AS SERPENTES PRATEADAS

ROSHANI CHOKSHI

AS SERPENTES PRATEADAS

TRADUÇÃO MARCIA BLASQUES

Copyright © 2020, Roshani Chokshi
Título original: *The Silvered Serpents*
Tradução para Língua Portuguesa © 2024 Marcia Blasques
Publicado originalmente por St. Martin's Press.
Direitos de tradução cedidos por Sandra Dijkstra Literary Agency e Sandra Bruna Agência Literária, SL.
Todos os direitos reservados à Astral Cultural e protegidos pela Lei 9.610, de 19.2.1998. É proibida a reprodução total ou parcial sem a expressa anuência da editora.

Editora Natália Ortega **Editora de arte** Tâmizi Ribeiro
Produção editorial Andressa Ciniciato, Brendha Rodrigues e Thais Taldivo
Preparação de texto João Rodrigues
Revisão Carlos César da Silva e César Carvalho
Capa Kerri Resnick
Foto-ilustração da capa James Iacobelli
Elementos da capa St. Basil's Cathedral © Reidl/Shutterstock.com;
Russian cathedral © Yongyut Kumsri/Shutterstock.com; trees
© Arina P Habich/Shutterstock.com; ice © IS MODE/Shutterstock.com;
snow © Cyril PAPOT/Shutterstock.com; gate © Tashsat/Shutterstock.com;
branches © OlgaKot17/Shutterstock.com; icicles © Nastco/Getty Images
Foto da autora Aman Sharma

Dados Internacionais de Catalogação na Publicação (CIP)
Angélica Ilacqua CRB-8/7057

C473s
    Chokshi, Roshani
       As serpentes prateadas / Roshani Chokshi ; tradução de Marcia Blasques. —
    Bauru, SP : Astral Cultural, Cultural, 2024.
       368 p

       ISBN 978-65-5566-471-3
       Título original: The Silvered Serpents

       1. Ficção norte-americana 2. Literatura fantástica I.

       Título II. Blasques, Marciaa

23-68963   CDD 813.6

Índice para catálogo sistemático:
1. Ficção norte-americana

BAURU
Rua Joaquim Anacleto
Bueno 1-20
Jardim Contorno
CEP: 17047-281

Telefone: (14) 3879-3877

SÃO PAULO
Rua Augusta, 101
Sala 1812, 18º andar
Consolação
CEP 01305-000
Telefone: (11) 3048-2900

E-mail: contato@astralcultural.com.br

Para Nicolas Cage,
a inspiração que eu não sabia que precisava.

Ah, Fausto, deixe esse maldito livro de lado,
Não o olhe, para que não lhe tente a alma
Nem lhe atraia sobre a cabeça a ira severa de Deus.
A trágica história do Dr. Fausto

PRÓLOGO

TREZE ANOS ANTES...

A matriarca da Casa Kore ajustou o presente de Natal em seus braços. Tratava-se de um teatrinho portátil, abarrotado de bonequinhos pintados com cores fortes e objetos em miniaturas — espadas e capas, carrosséis rodopiantes e até mesmo uma cortina de veludo linda que era controlada por um pequeno mecanismo de cordão. Séverin ia adorar. Ela planejara a surpresa depois da semana que se passou, quando o levara ao teatro. A maioria dos meninos de seis anos de idade teria olhado para o palco, mas Séverin passara o tempo todo observando a plateia.

— Você está perdendo o espetáculo, querido — dissera.

Séverin a olhou com os grandes olhos violeta inquisitivos.

— Estou?

Depois disso, ela o deixou em paz e, no final do espetáculo, o garoto lhe contou com entusiasmo como os rostos das pessoas mudavam quando alguma coisa acontecia no palco. De algum modo, parecia que a magia da apresentação lhe passara totalmente despercebida e que lhe fora completamente entendida, tudo ao mesmo tempo.

A matriarca sorria para si mesma enquanto subia os degraus de pedra da mansão da Casa Vanth, onde era possível ver as luzes brilhantes do Conclave de Inverno. Ainda que o evento desse ano tenha ocorrido às sombras congelantes das montanhas do Ródano-Alpes, o itinerário não mudava havia séculos. Cada Casa da Ordem de Babel deveria levar novos tesouros não marcados pela Forja, trazidos de suas colônias, para serem redistribuídos no Leilão da Meia-Noite. Era um teste para muitas Casas, e uma representação da riqueza e do imperialismo de seus países, o fato de não só levarem muitos tesouros, mas também o de arrematar novos. Todas as Casas tinham um interesse específico, mas algumas delas tinham recursos suficientes para diversificarem os seus.

A Casa Kore estava de olho nos avanços botânicos, mas sua célebre riqueza lhe garantia cofres cheios de tesouros tão variados quanto os idiomas do mundo. Outras, como a Casa Dažbog, da Rússia, tiravam uma pequena renda de suas colônias, e só conseguiam negociar segredos e pergaminhos. Apesar das diferenças entre as Casas que participavam da Ordem, os propósitos do Conclave de Inverno nunca mudaram: renovar a promessa de salvaguardar a civilização ocidental e seus tesouros, manter os Fragmentos de Babel em segurança e preservar a arte divina da Forja.

Mas, por mais grandioso que parecesse, era, em essência, uma festividade.

A mansão da Casa Vanth absorvia a luz do sol do início do inverno, enquanto a fumaça da chaminé ondulava felina através do telhado. Quase dava para sentir a festa lá dentro: canela em pau embebida em taças de vinho quente, guirlandas de pinheiro e neve ornamental Forjada para brilhar no ar como estrelas capturadas... e Séverin. Doce, sério e observador. A criança que ela teria escolhido para ser sua.

A matriarca passou as mãos pela barriga lisa. Às vezes, enquanto caminhava, achava que conseguia sentir as partes ocas de si mesma se juntando. Mas, quando olhava para baixo, via de relance o Anel de Babel e erguia o queixo um pouco mais. O poder gostava de ironias, pensou. Fora-lhe negado o poder feminino de dar à luz, mas, por outro lado, fora-lhe concedido o poder que o fato de ter nascido mulher lhe deveria ter negado. Sua família ainda se irritava com o modo como *ela* se tornara a matriarca da Casa Kore.

Mas eles não tinham de gostar.

Só tinham de obedecer.

Flanqueando a porta de ferro pesada da mansão, havia dois pinheiros imensos decorados com velas gotejantes. O mordomo da Casa Vanth a cumprimentou no alto da escadaria.

— Bem-vinda, madame. Permita-me ajudá-la... — disse, pegando o presente.

— Cuidado com isso — avisou ela, severa.

Então endireitou os ombros, curiosamente sentindo falta do peso da caixa, o que, por um instante, fez com que se lembrasse de como se sentira quando carregou Séverin... aquecido e sonolento em seus braços, ao levá-lo para casa depois do teatro.

— Perdoe-me, madame — disse o mordomo, com ar de culpa. — Embora não seja meu desejo atrasá-la para as festividades... *ela*, hm, gostaria de falar com a senhora.

Ela.

O pinheiro à sua esquerda se agitou de leve quando uma mulher saiu de trás dele.

— Deixe-nos — ordenou a mulher ao mordomo.

De imediato, o homem fez como lhe foi pedido. A matriarca sentiu uma pontada de admiração relutante pela mulher que não tinha poder nem status na Casa Vanth, mas que mesmo assim a comandava. Lucien Montagnet-Alarie a trouxera consigo depois de uma excursão atrás de um artefato na Argélia, e, seis meses mais tarde, ela dera à luz o filho deles, Séverin. Havia muitas mulheres como ela, as quais foram levadas para outro país enquanto carregavam o filho de um homem branco. Não exatamente uma esposa ou uma amante, mas um fantasma exótico assombrando os corredores e as margens da sociedade.

Mas a matriarca nunca vira uma mulher que tinha olhos como aqueles.

Séverin podia se passar por um garoto francês, mas seus olhos pertenciam à mãe: sombrios e violeta, como o céu noturno encoberto em fumaça.

A Ordem de Babel ignorara essa mulher tão completamente quanto ignorara a mãe haitiana do herdeiro da Casa Nyx... mas havia algo na mulher argelina que exigia ser notado. Talvez fosse porque desrespeitava o protocolo, usando túnicas e lenços absurdos. Ou talvez fosse devido aos rumores de que difundiu diante de si, tão vastos quanto a própria sombra. Os de que tinha poderes que nem sequer pareciam com a afinidade de Forja. De que o patriarca da Casa Vanth a encontrara em uma caverna encantada, uma miragem de olhos escuros que apareceu como se fosse do nada.

De que ela tinha segredos.

— Você não tem o direito de me encurralar assim — ralhou a matriarca.

— Você trouxe algo para ele — disse Kahina, ignorando o comentário.

Não era uma pergunta.

— E daí? — retrucou a matriarca.

A culpa ganhou vida em seu interior quando a matriarca notou o olhar de Kahina: faminto. Faminto por tudo o que a matriarca podia fazer e que lhe era negado. Kahina tivera o poder de dar à luz a ele, mas não o privilégio de chamá-lo de filho.

O poder gostava das ironias.

— Por que você escolheu aquele presente? — perguntou Kahina.

A questão desestabilizou a matriarca. Por que isso importava? Simplesmente porque achou que o garoto fosse gostar. Já conseguia imaginá-lo agachado atrás do teatrinho de brinquedo, movendo os bonequinhos, enquanto seu rosto encarava, não o palco de madeira, mas a plateia imaginária. Ele tinha o dom de entender como as coisas funcionavam. Como chamar a atenção. Talvez se tornasse um artista quando crescesse, pensou.

— Você o ama? — questionou Kahina.

— O que...

— Você ama meu filho?

Meu filho. As palavras foram sentidas como uma bofetada. A matriarca da Casa Kore podia levá-lo ao teatro, enchê-lo de presentes, mas o garoto não era dela. E, mesmo assim, seu coração não fazia diferença.

— Amo — confirmou.

Kahina acenou uma vez com a cabeça, como se estivesse se preparando, e enfim disse:

— Então, por favor... você deve prometer que vai protegê-lo.

PARTE I

DOS ARQUIVOS DA ORDEM DE BABEL

MESTRE BORIS GORYUNOV, DA CASA DAŽBOG DA FACÇÃO RUSSA
DA ORDEM, REINADO DO CZAR NICOLAU II

No dia de hoje, levei meus homens até o lago Baikal. Lá, esperamos até o cair da noite. Os homens estavam assustados e falavam de espíritos inquietos na água, mas esses homens são simplórios e talvez influenciados em excesso pelos relatos de garotas gritando. É possível que algum objeto da mente, o qual fora Forjado, tenha deixado a população local ensandecida, e por esse motivo investiguei e nada encontrei. Como de praxe, requisitei a ajuda da Ordem, mas duvido que eles encontrarão alguma coisa. Não ouvi chamados assombrados de mulheres moribundas, o que significa que elas jamais existiram ou já estão além da minha ajuda.

I
SÉVERIN

TRÊS SEMANAS ANTES DO CONCLAVE DE INVERNO...

Séverin Montagnet-Alarie olhou para o que outrora fora o Jardim dos Sete Pecados. Onde um dia flores raras e cobiçadas revestiam todo o terreno — hera-do-diabo com pétalas leitosas e musgos verde-dourados, jacintos-esqueletos e cactos que florescem à noite. E, mesmo assim, eram as rosas que seu irmão, Tristan, mais amava. Foram as primeiras sementes plantadas, e cuidou delas até que suas pétalas se abrissem, vermelhas, e sua fragrância se espalhasse até criar algo que parecia e cheirava como pecado derretido.

Agora, no final de dezembro, o terreno parecia vazio e estéril. Quando Séverin respirava fundo, o frio invadia seus pulmões.

O terreno quase não tinha mais cheiro.

Se quisesse, poderia ter pedido para seu valete contratar um jardineiro com afinidade de Forja para assuntos relacionados a plantas, alguém que pudesse manter o esplendor do jardim. Mas o rapaz não queria um jardineiro. E, sim, Tristan.

Mas Tristan estava morto, e o Jardim dos Sete Pecados morrera junto com ele. Em seu lugar, havia centenas de espelhos d'água Forjados. Suas superfícies espelhadas continham imagens de paisagens do deserto ou céus acolchoados com a luz do amanhecer, quando a noite já havia se espalhado pela propriedade. Os hóspedes do Hotel L'Éden aplaudiram sua obra de arte, sem saber que fora a vergonha, e não uma veia artística, o que guiara Séverin. Quando olhava para esses espelhos, não queria ver o próprio rosto encarando-o de volta.

— *Monsieur?*

Séverin se virou e viu um de seus guardas caminhando em sua direção.

— Ele está pronto? — perguntou Séverin.

— Sim, *monsieur*. Arrumamos o aposento exatamente como o senhor ordenou. Seu... *convidado*... está no escritório, do lado de fora dos estábulos, como pediu.

— E temos chá para servir ao nosso convidado?

— *Oui.*

— *Très bon.*

Séverin respirou fundo, franzindo o nariz. As roseiras tinham sido queimadas e arrancadas da raiz. O terreno fora salgado. E, mesmo assim, meses mais tarde, ainda sentia o cheiro fantasmagórico das rosas.

<hr />

Séverin seguiu em direção a uma pequena construção perto dos estábulos. Enquanto caminhava, tocou no velho canivete de Tristan, agora guardado no bolso de seu paletó. Não importava quantas vezes tivesse lavado a lâmina, ainda imaginava que conseguia sentir as penas dos passarinhos e os pedaços de ossos que no passado se prenderam ao metal, resquícios das mortes de Tristan... prova da violência distorcida que seu irmão tanto se esforçara para esconder.

Às vezes, gostaria de nunca ter ficado sabendo. Talvez, então, jamais tivesse ido ao quarto de Laila. Tudo o que ele quisera era desfazer o juramento ridículo dela de agir como sua amante dela durante o Conclave de Inverno.

Mas não a encontrou. Em vez disso, deparou-se com as cartas endereçadas a Tristan, e a sacola de jardinagem de seu irmão — a mesma que Laila jurara ter desaparecido — desamarrada ao lado delas.

Eu tinha achado que seria melhor não ler seus objetos, meu queridíssimo Tristan. Mas todos os dias me pergunto se eu teria percebido a escuridão dentro de você antes. Talvez, então, você não tivesse se voltado para aqueles pobres passarinhos. Vejo isso na lâmina. Todas aquelas mortes. Todas as suas lágrimas. Posso não o ter entendido por inteiro, mas te amo de todo o coração e rezo para que possa me perdoar...

Mesmo antes disso, Séverin sabia que tinha fracassado na única promessa que fizera para Tristan: protegê-lo. Agora via como esse fracasso era profundo. Tudo o que ele via era uma série de caminhos não trilhados. Cada vez que Tristan chorara, e ele deixara o aposento para lhe dar privacidade. Cada vez que Tristan entrara com raiva em sua estufa e ficara lá dias a fio. Ele devia ter ido até lá. Em vez disso, deixou que os monstros se alimentassem de seu irmão.

Quando leu aquelas cartas, não foi só o olhar sem vida de Tristan que apareceu diante de Séverin, mas o de todos eles — Enrique, Zofia, Hipnos. *Laila*. Viu seus olhos, leitosos com a morte, a morte que ele deixara acontecer porque não fora o bastante para protegê-los. Não soubera fazer isso.

Depois de um tempo, Laila o encontrou no quarto dela. Séverin não se lembrava exatamente o que ela lhe dissera, exceto pelas últimas palavras:

— Você não pode proteger todo mundo de tudo. Você é apenas humano, Séverin.

Séverin fechou os olhos, a mão na maçaneta do escritório.

— Então isso precisa mudar.

No que se referia a um interrogatório, Séverin se considerava uma espécie de artista.

Tudo se resumia aos detalhes, os quais precisavam parecer meras coincidências em vez de elementos controlados: a cadeira com pernas instáveis; o cheiro enjoativo de flores muito doces no quarto; os petiscos salgados demais fornecidos com antecedência. Até mesmo a iluminação. Pedaços de vidros ocultos refratavam a luz do sol, iluminando tudo, das paredes até o teto, de modo que apenas a mesa de madeira repleta de um jogo de xícaras de chá quente e perfumado merecesse atenção.

— Confortável? — perguntou Séverin, sentando-se diante do homem, que se encolheu.

— Estou.

Séverin sorriu, servindo-se de chá. O homem à sua frente era magro e pálido, com uma expressão assombrada no rosto, e, cauteloso, ficou de olho no chá até que Séverin tomou um longo gole.

— Quer uma xícara? — ofereceu Séverin.

O homem hesitou, e então concordou apenas com um gesto de cabeça.

— Por que... por que estou aqui? Por acaso você... — a voz dele se tornou um sussurro — ... está com a Ordem de Babel?

— Pode-se dizer que sim.

Meses depois de invadirem o lar da Casa Kore, a equipe de Séverin fora contratada pela Ordem de Babel para encontrar o tesouro perdido da Casa Caída, que, segundo os rumores, estava em uma propriedade chamada Palácio Adormecido, ainda que ninguém soubesse onde o lugar ficava. Em troca, Séverin teria permissão para catalogar e analisar tais tesouros, um privilégio inédito para alguém de fora da Ordem. Mas, de novo, ele *devia* ter sido um deles, porém já não queria mais o manto. Não depois do que aconteceu com Tristan.

A Ordem afirmava que queria o tesouro para destruir qualquer poder remanescente que a Casa Caída ainda tivesse... mas Séverin sabia que não era bem assim. A Casa Caída mostrara suas cartas. Eles eram serpentes que lançavam grandes sombras. É verdade que, sem o tesouro, ficariam enfraquecidos de modo irreversível, mas o motivo real por trás da busca da Ordem era simples. As colônias estavam repletas de tesouros — borracha no Congo, prata nas minas de Potosí, especiarias da Ásia. As maravilhas perdidas dentro do espólio da Casa Caída eram tentadoras demais para que ninguém fosse atrás delas, e Séverin sabia que os membros da Ordem cairiam sobre elas feito lobos. O que significava que tinha de encontrá-las primeiro. Ele não se importava com ouro ou prata; queria algo muito mais precioso:

As Líricas Divinas.

Um tesouro cujo desaparecimento a Ordem jamais notaria, porque sempre fora considerado perdido. A tradição da Ordem de Babel sustentava que *As Líricas Divinas* continham o segredo para juntar os Fragmentos de Babel espalhados pelo mundo. Assim que isso acontecesse, o livro poderia reconstruir a Torre de Babel e, dessa forma, acessar o poder de Deus. Tratava-se de um esforço que fizera com que a Casa Caída fosse exilada quinze anos antes. No entanto, ainda assim o livro desaparecera havia muito tempo, ou era isso o que todo mundo achava...

Até Roux-Joubert deixar a informação escapar.

Depois da batalha nas catacumbas, os membros da Casa Caída que foram capturados provaram ser informantes inúteis. Cada um deles não apenas tirou a própria vida, como também queimou o rosto e as digitais, evitando, assim, que fossem reconhecidos. Somente Roux-Joubert fracassara. Depois de matar Tristan, ele mordeu a pílula do suicídio, em vez de a engolir — o que era necessário para levar seus segredos para o túmulo. Ele morrera aos poucos no decorrer das semanas seguintes e, em um surto de loucura, se desembestou a falar.

— *O papai do doutor é um homem mau* — dissera ele enquanto ria, histérico. — *Você sabe tudo a respeito de pais perversos, monsieur, e tenho certeza de que simpatiza com isso... ah, que rude... ele não deixará o doutor ir até o Palácio Adormecido... mas o livro está lá, esperando pelo doutor, que vai encontrá-lo. Ele nos dará a vida após a morte...*

Ele? A pergunta assombrou Séverin, mas não havia nenhum registro sobrevivente quanto ao último patriarca da Casa Caída e, ainda que a Ordem parecesse desapontada por não conseguir encontrar o Palácio Adormecido... pelo menos sentiam-se mais tranquilos em saber que a Casa Caída tampouco fora capaz de achar o lugar.

Apenas Séverin e Hipnos, o patriarca da Casa Nyx, continuaram procurando, revirando registros e recibos, caçando quaisquer inconsistências, as quais, mais cedo ou mais tarde, lhes levaram até o homem que estava sentado diante de Séverin. Um homem velho e enrugado que conseguira se esconder por muito tempo.

— Já paguei minhas dívidas — disse o homem. — Eu nem sequer era parte da Casa Caída, apenas um de seus muitos advogados. E eu disse para a Ordem que, antes de a Casa cair, eles me deram uma poção, e não me lembro *de nenhum* de seus segredos. Por que me arrastar até aqui? Não tenho nenhuma informação que valha a pena saber.

— Acredito que você possa me levar ao Palácio Adormecido — informou Séverin, apoiando a xícara na mesa.

O homem bufou.

— Ninguém vê esse lugar há...

— Cinquenta anos, eu sei — completou Séverin. — É um lugar bem escondido, sei disso. Mas meus contatos me dizem que a Casa Caída criou um par de lentes especiais. Óculos de Tezcat, para ser preciso, que revelam a localização do Palácio Adormecido e de todos os seus tesouros *deliciosos*. — Aqui, ele sorriu. — No entanto, eles confiaram tais óculos para uma única pessoa, alguém que não sabe o que suas lentes guardam.

— C-como... — O homem o olhou boquiaberto, se conteve e então pigarreou. — Os óculos de Tezcat são um mero rumor. Eu certamente não estou com eles. Não sei de nada, *monsieur*. Juro pela minha *vida*.

— Péssima escolha de palavras — apontou Séverin.

Então tirou o canivete de Tristan do bolso, traçando as iniciais no cabo: T.M.A. Tristan havia perdido o sobrenome, então Séverin dividira o seu com o irmão. Na base da faca havia um ouroboros, uma serpente mordendo a própria cauda. No passado, tinha sido o símbolo da Casa Vanth, a Casa da qual poderia ter sido patriarca — se as coisas tivessem saído como planejado... se o sonho de herdar aquilo não tivesse matado a pessoa que lhe era mais próxima. Agora, porém, era um símbolo de tudo o que ele mudaria.

Séverin sabia que, mesmo se encontrassem *As Líricas Divinas*, isso não seria o bastante para proteger os demais... Eles teriam alvos nas costas pelo resto da vida, o que lhe era inaceitável. Então, Séverin nutriu um novo sonho. Sonhou com aquela noite nas catacumbas, quando Roux-Joubert passou sangue dourado sobre sua boca; a sensação de sua espinha se alongando, abrindo espaço para asas que surgiram do nada. Sonhou com a pressão em sua testa, com os chifres que brotaram e arquearam até que as pontas laqueadas roçassem o topo de suas orelhas.

Nós poderíamos ser deuses.

Essa era a promessa de *As Líricas Divinas*. Se conseguisse o livro, poderia ser um deus. E um deus não conhecia a dor humana, nem a perda ou a culpa. Um deus poderia *ressuscitar*. Ele compartilharia os poderes do livro com os demais, para que se tornassem invencíveis... protegidos para sempre. E, quando o deixassem — como Séverin sabia que o grupo sempre planejara fazer —, ele não sentiria nada.

Pois já não seria mais humano.

— Vai me esfaquear com isso? — quis saber o homem, afastando-se da mesa com violência. — Quantos anos você tem, *monsieur*? Vinte e poucos? Não acha que é jovem demais pra ter sangue nas mãos?

— Eu nunca fiquei sabendo que o sangue fazia discriminação entre idades — rebateu Séverin, inclinando a lâmina. — Mas não vou te esfaquear. De que adiantaria, quando já te envenenei?

Os olhos do homem voaram até o chá. O suor brotou em sua testa.

— Isso é mentira. Se tivesse envenenado o chá, então você também estaria condenado ao veneno.

— Com certeza — disse Séverin. — Mas o veneno não estava no chá. Estava no revestimento da porcelana de sua xícara. Agora... — Ele retirou um frasco translúcido de seu bolso e o colocou na mesa. — O antídoto está bem aqui. Tem certeza de que não há nadinha que deseja me dizer?

Duas horas mais tarde, Séverin derramou cera para selar vários envelopes — um para ser enviado de imediato, os outros para serem enviados em dois dias. Uma pequena parte de si hesitava, mas o rapaz deixou qualquer dúvida de lado. Estava fazendo aquilo por eles. Por seus amigos. Quanto mais se importasse com os sentimentos do grupo, mais difícil seria sua tarefa. E então se esforçou para não sentir absolutamente nada.

2

LAILA

Laila ficou encarando a carta que a camareira havia acabado de trazer. Quando pegou o envelope, achou que seria um bilhete de Zofia, que retornara de sua visita à Polônia. Ou de Enrique, contando de seu encontro com os Ilustrados. Ou de Hipnos, perguntando quando jantariam juntos. Em vez disso, era da última pessoa... e continha as últimas *palavras...* que ela esperava ler:

Sei como encontrar As Líricas Divinas.
Me encontre ao meio-dia.
—Séverin

O som do farfalhar de lençóis em seu quarto a surpreendeu.

— Volta pra cama — disse uma voz grogue.

A luz fria de dezembro entrava pela janela da sacada de sua suíte no *Palais des Rêves*, o cabaré onde se apresentava como a dançarina *L'Énigme*. Com a luz vieram as lembranças da noite passada. Havia trazido alguém para seus aposentos, o que não era algo incomum nos últimos tempos. Na noite anterior, fora o filho de um diplomata que lhe comprara champanhe e morangos depois da apresentação. Gostara dele logo de cara. Seu corpo não era esguio, mas largo; seus olhos não tinham um tom violeta profundo, mas eram claros como um vinho jovem; seu cabelo não era preto como ameixa, mas dourado.

Ela gostava do que ele não era.

Por causa disso, pôde lhe contar o segredo que lhe vinha devorando viva todos os dias. O segredo que fizera seu próprio pai chamá-la de aberração. O segredo que ela não suportaria contar para os amigos mais próximos.

— Estou morrendo — sussurrou quando o puxou para perto de si.

— Você tá morrendo? — O filho do diplomata sorriu. — Está ansiosa, hein?

Cada vez que proferia essas palavras para um amante, a verdade parecia cada vez menor, como se algum dia pudesse ficar de tal tamanho que lhe fosse possível manuseá-la e colocá-la na palma da mão, em vez de a engolir inteira. O *jaadugar* dissera que seu corpo — construído, em vez de nascido — não duraria além de seu vigésimo aniversário. *Ela* não duraria, o que a deixava com pouco mais de um mês de vida. Sua única esperança de sobrevivência eram *As Líricas Divinas*, um livro que continha o segredo do poder da Forja, a arte de controlar mentes ou matéria, dependendo da afinidade de cada um. Com isso, seu próprio corpo Forjado poderia encontrar um meio de se manter inteiro por mais tempo. Mas meses haviam se passado, e a trilha para encontrar o livro esfriara, apesar dos esforços de todos. Não havia outra opção a não ser saborear o tempo que lhe restava... e então era aquilo o que tinha feito.

Agora, uma pontada aguda florescia em seu peito. Ela colocou a carta na penteadeira. Seus dedos tremiam depois de lê-la. De lê-la *de verdade*. As memórias do objeto fluíam em sua mente: Séverin derramando a cera preta para selar o papel, seus olhos violeta brilhando.

Laila olhou por sobre o ombro para o rapaz em sua cama.

— Temo que você precise ir.

Algumas horas mais tarde, Laila caminhava pelas ruas gélidas de Montmartre. O Natal já tinha passado, mas o inverno ainda não havia perdido sua magia festiva. Luzes coloridas piscavam atrás de vidros foscos pelo gelo. Um vapor quente saía das padarias, levando consigo o aroma do *pain d'épices*, um pão de especiarias dourado-escuro, recoberto com mel âmbar. Ávido, o mundo se inclinava na direção do início de um novo ano, e a cada momento Laila se perguntava quanto de tudo isso ela ia viver para presenciar.

Na luz da manhã, seu vestido escarlate com decote de contas de ônix e carmim parecia extravagante. Como se estivesse ensopado de sangue. Parecia ser a armadura necessária para o que estava à sua espera no Hotel L'Éden.

Laila não vira Séverin desde que o rapaz entrara sem permissão em seu quarto e lera uma carta que não era para ele. Quanto sua vida seria diferente se ele jamais tivesse encontrado aquilo? Se ela jamais tivesse *escrito* aquelas coisas?

Na época, não sabia como fazer as pazes com o que sentia por Tristan. Lamentava a violência de sua morte tanto quanto a escuridão oculta na vida dele. O segredo que ele escondia parecia imenso demais para ser suportado sozinho, e então ela escrevera para seu amigo perdido, informando-lhe do que descobrira e como ainda o amava. Era algo que fazia de vez em quando — se dirigir àqueles que não poderiam lhe responder, e esperava que isso lhe trouxesse um pouco de paz.

Ela só deixara a suíte durante alguns minutos e, quando retornara, seu coração disparara ao encontrar Séverin. Mas então seu olhar se voltou para a carta na mão fechada do rapaz, para o branco sem vida dos nós de seus dedos, seus olhos escuros como uma paisagem infernal, sobrenaturais e arregalados em meio ao choque que sentia.

— Quanto tempo você achou que poderia esconder isso de mim?

— Séverin...

— Eu deixei que isso acontecesse com ele — murmurou.

— Não, não deixou — contra-argumentou ela, dando um passo adiante. — Como você poderia saber? Ele escondeu isso de todos nós...

Mas o rapaz se afastou dela, as mãos trêmulas.

— *Majnun* — chamou, com a voz falhando ao dizer o nome que não pronunciava havia meses. — Não deixe esse fantasma te assombrar. Ele está descansando, livre de seus demônios. Você pode fazer o mesmo e ainda viver.

Laila o segurou pelo punho, e seus dedos roçaram no bracelete de juramento. Ela conseguira extrair a promessa de Séverin na noite do aniversário dele. Naquela noite, quis que ele a aceitasse como sua amante, para poder acompanhar seu progresso na busca por *As Líricas Divinas*. Mas também havia outro motivo. Desejava que Séverin quisesse algo mais do que o entorpecimento... e, por um instante, pensou que pudesse ser ela. Laila não esquecera as palavras cruéis que ele pronunciou, mas podia perdoar a crueldade decorrente da culpa, desde que ele pudesse se perdoar.

— Escolha a vida — implorou ela.

Me escolha.

Ele olhara para ela. *Através* dela. E Laila não suportava vê-lo se retrair para dentro de si próprio, então havia segurado seu rosto, virando-o em sua direção.

— Você não pode proteger todo mundo de tudo — dissera. — Você é apenas humano, Séverin.

Algo se acendera nos olhos dele ao ouvir aquilo. A esperança ardeu dentro dela, só para voltar a se apagar quando ele se afastou. E, sem nada a dizer, saiu do quarto. A última notícia que tivera de Séverin era que tinha se jogado novamente na busca por *As Líricas Divinas*, para poder vingar Tristan e absolver a si mesmo da culpa com a qual vivia enquanto seu irmão estava morto.

Laila puxou o casaco mais para perto do corpo. Seu anel de granada captou a luz. Tinha pedido a Zofia para que lhe fizesse havia não muito tempo. A pedra parecia violenta e úmida, não como se fosse uma joia, mas um coração de passarinho arrancado e incrustado em ouro. Em sua face era possível ler o número 21. Vinte e um dias de vida restantes.

Era a primeira vez que se deixava duvidar daquele número.

Até o presente momento, havia feito as pazes com os pequenos sonhos... mais tardes com Zofia, Hipnos e Enrique. Talvez uma última noite de inverno com a neve fresca cobrindo as ruas de Paris e sua respiração esvoaçando diante de si. Às vezes, imaginava que isso parecesse a morte, como se observasse sua alma saindo de seus pulmões. Podia dizer a si mesma que, sim, a morte era fria, mas que pelo menos não doía.

No entanto, a carta de Séverin mudou tudo.

A Ordem os contratara para encontrar os tesouros da Casa Caída, mas para fazê-lo era necessário encontrar o Palácio Adormecido... e até agora todas as tentativas deles tinham sido frustradas. Uma vez que o fluxo constante de relatórios de Séverin secou, a Ordem dissera que encontraria os tesouros da Casa Caída por conta própria. Não haveria Conclave de Inverno para ela e os demais, e seu único alívio era que não teria mais de bancar a amante de Séverin.

Agora, pelo que parecia, teria de fazer isso.

Devagar, Laila se tornou ciente dos sons que a seguiam. O constante *ploct, ploct* de cascos. Ela parou, virando-se lentamente bem quando uma carruagem índigo, ornamentada com prata cinzelada, parou a menos de um metro e meio dela. Um símbolo familiar — uma grande lua crescente que parecia um sorriso malicioso — brilhou na porta da carruagem, a qual foi aberta.

— Estou magoado por você não ter me convidado para sua aventurazinha da noite passada — reclamou uma voz familiar.

Hipnos inclinou o corpo pela porta aberta e lhe jogou um beijo. Laila sorriu, pegou o beijo e se aproximou.

— A cama era pequena demais — comentou.

— Espero que o dono não tenha sido — respondeu ele. E então tirou do paletó uma carta com o selo de Séverin. — Imagino que também tenha sido convocada.

Laila respondeu pegando a própria carta. Hipnos sorriu, e então abriu espaço para ela na carruagem.

— Venha comigo, *ma chère*. Não temos tempo a perder.

Laila sentiu uma pontada no peito.

— Como se eu não soubesse disso — rebateu, entrando na carruagem.

3
ENRIQUE

Pela quinta vez no último minuto, Enrique Mercado-Lopez arrumou o cabelo e deu uma limpadinha na camisa imaculada. Então pigarreou e disse:

— Cavaleiros dos Ilustrados, agradeço por terem se juntado a mim hoje para esta apresentação sobre os poderes do mundo antigo. Para esta tarde, reuni uma seleção de artefatos Forjados de todas as partes do mundo. Acredito que, à medida que avançamos na soberania das Filipinas, devemos procurar orientação na história. Nosso *passado* pode remodelar nosso *futuro*!

Ele fez uma pausa, pestanejando. Então murmurou:

— Espera aí, *nosso* passado... ou *o* passado?

Olhou para o caderno de anotações, em que tinha riscado e rabiscado, sublinhado e rasurado quase metade de sua apresentação original, a qual tinha levado semanas para preparar.

— *O passado* — afirmou, fazendo outra anotação.

Então ergueu os olhos para a sala de leitura da *Bibliothèque Nationale de France*. Era uma das bibliotecas mais lindas que já vira, o teto abobadado como a caixa torácica de um monstro mitológico morto, cheio de vitrais, paredes repletas de estantes e livros de referência Forjados que se amontoavam em prateleiras douradas elegantes, agitando e exibindo suas capas.

O lugar também estava completamente vazio.

Enrique olhou para o meio da sala. No lugar do candelabro, havia um orbe grande e brilhante que girava e mostrava as horas: *onze e meia*.

Os Ilustrados estavam atrasados. *Muito* atrasados. A reunião deveria ter começado às dez. Talvez tivessem entendido o horário errado. Ou será que não receberam os convites? Não, não devia ser isso. Enrique verificara duas vezes os endereços e confirmara o recebimento. Eles não o ignorariam assim... não é mesmo? Certamente, havia provado seu valor como curador e historiador. Tinha escrito artigos para o *La Solidaridad*, e fora eloquente — pelo menos era o que pensava — na defesa da igualdade das civilizações colonizadas em relação a seus colonizadores. Além disso, contava com o apoio de Hipnos, um patriarca da Ordem de Babel, e de Séverin Montagnet-Alarie, o investidor mais influente de Paris e proprietário do hotel mais grandioso na França.

Enrique deixou o caderno de lado, desceu de seu palco e foi até a mesa de jantar arrumada no meio da sala, posta para nove membros do círculo íntimo dos Ilustrados... prestes a se tornar dez, ele esperava. O chá de gengibre *salabat* quente já começara a esfriar. Logo seria necessário cobrir as travessas com a *fritada* e a *pancit*. A essa altura, o balde com o champanhe tinha mais água do que gelo.

Enrique analisou a situação. Talvez não tivesse sido tão ruim se pessoas de fora dos Ilustrados tivessem vindo. Pensou em Hipnos, e um calor percorreu seu corpo de modo agradável. Quisera convidá-lo, mas o outro rapaz tendia a dar para trás em qualquer coisa que significasse muito compromisso, e preferia se manter no território que significava que eles não eram exatamente amigos nem exatamente amantes. Enfeitando a ponta da mesa estava um lindo buquê de flores de Laila, que ele sabia que não estaria presente. Uma vez, a acordara antes das dez da manhã e fora recebido com um rosnado irado, olhos vermelhos e um vaso arremessado em sua cabeça. Quando, mais cedo ou mais tarde, ela desceu cambaleante, lá pelo meio-dia, não se lembrava do incidente. Enrique decidira nunca mais voltar a encarar Laila antes do meio-dia. E, óbvio, havia Zofia, que teria participado e se sentado bem ereta na cadeira, seus olhos tão azuis quanto as chamas de uma vela, vivos em curiosidade. Mas ela estava voltando de uma visitinha à família na Polônia.

Em um momento de desespero, pensara em convidar Séverin, mas pareceu insensível de sua parte. Metade do motivo pelo qual arranjara essa apresentação era porque não poderia permanecer como historiador e curador do hoteleiro para sempre. Além disso, Séverin não era mais... o mesmo. Enrique não o culpava, mas existia um limite para a quantidade de vezes que alguém podia fechar a porta em sua cara. Então disse a si mesmo que não estava abandonando Séverin, mas escolhendo a vida.

— Eu tentei — disse, em voz alta, pela centésima vez. — Eu realmente tentei.

Ele se perguntou quantas vezes teria de repetir isso para que a culpa não rastejasse por suas veias. Apesar de toda a pesquisa, eles não tinham encontrado nada que pudesse levá-los ao Palácio Adormecido, o lugar cheio de tesouros da Casa Caída e que continha o único objeto que Séverin estava determinado a encontrar: *As Líricas Divinas*. Recuperá-la seria a última pá de terra jogada na Casa Caída. Sem isso, os planos de reunir os Fragmentos de Babel desmoronariam. A Casa Caída precisava de *As Líricas Divinas*, e talvez assim Séverin poderia sentir que Tristan fora vingado de verdade.

Mas não era para ser.

Quando a Ordem disse que assumiria a missão, Enrique não sentiu nada além de alívio. A morte de Tristan o assombrava. Ele jamais se esqueceria do primeiro suspiro que deu depois que soube da morte do amigo — irregular e duro, como se tivesse de lutar contra o mundo pelo privilégio de inspirar ar para seus pulmões. A vida era isso. Um privilégio. E ele não a desperdiçaria indo atrás de vingança. Faria algo muito mais significativo, mais importante.

Depois que Tristan morreu, Laila deixou o L'Éden de vez. Séverin se tornou tão frio e inalcançável quanto as estrelas. Zofia permanecera mais ou menos igual, mas partira para a Polônia... então sobrara Hipnos, que talvez entendesse seu passado o suficiente para querer ser parte de seu futuro.

Atrás dele, uma voz chamou:

— Olá?

Enrique deu um pulo de susto, endireitando o paletó e colocando um sorriso brilhante no rosto. Talvez toda sua preocupação tivesse sido em vão. Talvez todos *estivessem* mesmo atrasados... mas, quando a figura caminhou em sua direção, Enrique murchou. Não era um dos membros dos Ilustrados, mas um mensageiro segurando dois envelopes.

— O senhor é o *monsieur* Mercado-Lopez?

— Infelizmente — respondeu Enrique.

— Estas são pra você — disse o homem.

Uma carta era de Séverin. A outra, dos Ilustrados. Com o coração acelerado, abriu a última, inquieto enquanto um nó de vergonha se formava em suas entranhas.

... sentimos que esta posição está fora do domínio de suas habilidades, Kuya Enrique. A idade nos traz sabedoria, e nós temos sabedoria para lutar contra a soberania, para saber onde procurar. Foi só recentemente que o senhor se tornou um homem de vinte anos. Como sabe o que quer? Talvez, quando um momento de paz chegar, nós nos voltaremos para você e seus interesses. Mas, por enquanto, apoie-nos de onde está. Desfrute de sua juventude. Escreva seus artigos inspiradores sobre história. É o que faz de melhor...

Enrique se sentiu leve, o que lhe era estranho. Puxou uma das cadeiras da mesa de jantar e se largou ali. Tinha gastado metade de suas economias para alugar a sala de leitura da biblioteca, encomendar comida e bebida, agendar o transporte de vários artefatos emprestados do Louvre... e para quê?

A porta foi aberta de repente. Enrique ergueu os olhos, se perguntando o que mais o mensageiro queria, mas não era ele, e sim Hipnos caminhando em sua direção. Seus batimentos se aceleraram ao ver o outro rapaz, com a boca feita para sorrir e os olhos gélidos da cor de piscinas límpidas e naturais.

— Olá, *mon cher* — disse ele, aproximando-se para lhe dar um beijo no rosto.

O calor fez Enrique estremecer. Talvez nem todos os seus devaneios fossem tolices, afinal de contas. Para variar, queria que alguém viesse atrás dele, que o escolhesse primeiro. Desejava ser querido. E agora ali estava Hipnos.

— Se você pensou em assistir à apresentação para me surpreender, aprecio muito... mas, pelo que parece, você é o único.

— Assistir? *Não*. — Hipnos pestanejou. — É antes do meio-dia. Eu quase nunca existo antes do meio-dia. Estou aqui pra te buscar.

O frio tomou conta de Enrique enquanto dobrava seus devaneios e os guardava no escuro.

— Você não recebeu a carta? — perguntou Hipnos.

— Recebi várias cartas — disse Enrique, de mau humor.

Hipnos abriu a carta enviada por Séverin e a entregou para Enrique.

Alguns momentos mais tarde, Enrique se juntou a Laila na carruagem de Hipnos. A amiga lhe deu um sorriso caloroso, e o historiador imediatamente se acomodou ao seu lado. Hipnos segurou a mão de Enrique de leve e acariciou os nós de seus dedos com o polegar.

— Como foi? — perguntou ela. — Recebeu minhas flores?

Ele assentiu com a cabeça, e seu estômago ainda estava apertado por conta da vergonha. Os Ilustrados lhe disseram de modo bem claro que o que ele tinha a dizer não valia a pena ser ouvido. Mas isso, encontrar os tesouros da Casa Caída, devolver *As Líricas Divinas* para a Ordem de Babel... isso poderia mudar tudo. Sem falar que, de alguma forma, parecia certo fazer uma última aquisição. Como se ele estivesse não só honrando o legado de Tristan, mas também encerrando esse capítulo de sua vida como historiador do L'Éden... como parte da equipe de Séverin.

— Ninguém veio — comentou, mas suas palavras foram engolidas pelo som da carruagem avançando pelas ruas de cascalho.

No fim, ninguém o escutou.

4

ZOFIA

Ao longo dos últimos meses, Zofia Boguska aprendera a mentir. Em dezembro, dissera aos demais que ia celebrar o Chanucá em Glowno, na Polônia, onde sua irmã, Hela, trabalhava como governanta para a família do tio. Mas era mentira. A verdade era que Hela estava morrendo.

Zofia estava parada do lado de fora do escritório de Séverin, no Hotel L'Éden. Continuava com a mala de viagem ao lado e nem sequer tirara o sobretudo ou chapéu violeta que Laila dizia que "destacava seus olhos" — uma declaração que horrorizava a engenheira e a fazia tocar as pálpebras de modo ansioso. Não era sua intenção voltar tão cedo. Não fazia sentido quando Séverin não aceitara nenhum dos pedidos de aquisição, e seu conjunto de habilidades não fez com que eles chegassem nem um pouco mais perto de encontrar *As Líricas Divinas*. Mas, dois dias atrás, ela recebera uma carta urgente de Séverin, instruindo-a a voltar ao L'Éden, embora não dissesse o motivo.

— Vá, Zosia, eu vou ficar bem — insistira Hela, pressionando os lábios na mão de Zofia. — E quanto aos seus estudos? Não vai ter problemas por ficar tanto tempo afastada da universidade?

Zofia perdera a conta de quantas mentiras havia contado. No fim, não teve outra escolha a não ser voltar. Estava sem dinheiro. E Hela estava certa sobre uma coisa — ela *parecia* melhor. Poucos dias antes, a febre tomava conta do corpo de Hela. Assim que ficou inconsciente, seu tio mandara chamar um rabino para os rituais funerários. Mas, então, um novo médico visitara a casa de seu tio. O homem insistira que Zofia tinha pagado por seus serviços e, ainda que não se lembrasse de ter feito tal coisa, ela aceitou a ajuda dele mesmo assim. A esperança fornecia estatísticas frágeis, mas era melhor do que nada. Naquela noite, ele injetou em Hela um composto farmacêutico que afirmava não estar disponível em nenhum outro lugar, e prometeu que sua irmã viveria.

E foi o que acontecera.

Na manhã seguinte, a carta de Séverin chegou. Ainda que Hela já estivesse se recuperando, Zofia tinha tomado a decisão de não ficar em Paris. Voltaria para a Polônia, cuidaria da irmã... mas precisava de mais dinheiro. Suas economias tinham sido gastas nos cuidados de Hela e nas cobranças do tio — compensações que o velho exigia pelo tempo que Hela não fora capaz de ensinar os filhos dele. Embora, se a jovem morresse, certamente, ele esqueceria as dívidas "de bom coração".

Afinal, eram família.

Zofia precisava voltar para Paris. Precisava dizer adeus. E precisava vender seu laboratório por partes. O dinheiro que recebesse ia para os cuidados com Hela.

No L'Éden, bateu na porta do escritório de Séverin. Atrás de si, dava para ouvir os passos do mordomo do rapaz, que sibilou baixinho:

— *Mademoiselle* Boguska, tem certeza de que isso não pode esperar? O *monsieur* Montagnet-Alarie anda muito...

A porta foi aberta e Séverin apareceu. O rapaz olhou para o mordomo sem dizer nada, e o homem rapidamente se afastou pelo corredor. Distraída, Zofia se perguntou como Séverin podia fazer algo assim, comandar sem nem articular uma palavra sequer. Ela jamais teria esse tipo de poder. Mas, pelo menos, pensou consigo enquanto segurava a carta de demissão com força... pelo menos poderia salvar alguém que amava.

— Como foi a viagem? — perguntou Séverin, dando um passo para o lado para permitir que Zofia entrasse.

— Longa.

Mas não tão ruim quanto poderia ter sido. Quando Séverin a chamou, incluiu uma passagem de trem de primeira classe com um compartimento só para ela, para que não precisasse falar com mais ninguém. Ela gostou do fato de o compartimento ter abajures com muitas borlas, e um tapete que era de uma única cor, o que lhe permitiu passar toda a viagem contando coisas em voz alta... acalmando-se para o que precisava fazer.

Zofia empurrou a carta de demissão na direção dele.

— Tenho que voltar — informou. — Minha irmã precisa de mim. Estou me demitindo. Voltei pra me despedir de todos.

Séverin ficou olhando para o papel, mas não o pegou.

— Meu entendimento sobre seu emprego era que você precisava de uma entrada de dinheiro para suplementar a mensalidade da sua irmã na faculdade de medicina. Não é mais isso o que deseja?

— É... ainda é, mas...

— Então por que precisa ir embora?

Zofia procurou as palavras certas. Quando repassara a ordem dos acontecimentos, não previra uma situação na qual ele não fosse aceitar sua demissão de prontidão. Afinal, não era como se ela tivesse alguma coisa para fazer no L'Éden. Séverin parara de ir atrás de todas as aquisições quando a caçada pelo Palácio Adormecido fracassara. Zofia, portanto, não tinha trabalho.

— Minha irmã está morrendo.

— E esse é o motivo para você retornar a Glowno? — A expressão de Séverin não mudou.

Ela assentiu com a cabeça.

— Por que você mentiu pra mim?

Zofia hesitou. Pensou na última gargalhada de Tristan e nos murmúrios febris de Hela, falando sobre como a família costumava passar o Chanucá, todos reunidos ao redor da mesa enquanto a mãe servia ensopado e o cheiro de cera vinha da vela acesa no chanukiá.

— Porque eu não queria que fosse verdade.

Mas havia outro motivo. Quando Zofia começara a escrever uma carta para Enrique e Laila, Hela lhe dissera para parar:

— Ah, não os deixe preocupados, Zosia. Pode ser que comecem a se preocupar com quem vai ter que cuidar de você quando eu me for.

E se a irmã estivesse certa? A vergonha de não saber se ela seria uma imposição ou não lhe deteve a mão.

Zofia observou um pequeno músculo se contorcer na mandíbula de Séverin. Mesmo assim, o rapaz não aceitou a carta. Novas palavras encontraram Zofia, arrancadas de cada uma das vezes que vira Séverin girar o velho canivete de Tristan em suas mãos, ou ficar parado na porta do quarto do irmão sem nunca a abrir, ou olhar fixo pela janela para o que um dia fora o Jardim dos Sete Pecados.

— Você entende — disse ela.

Séverin estremeceu. E se afastou dela de modo brusco.

— Sua irmã não vai morrer — contestou ele. — E, ainda que ela possa precisar de você, eu preciso mais. Há trabalho a ser feito.

Zofia pareceu chocada. Em um instante, se perguntou como Séverin poderia ter tanta certeza da recuperação de Hela, e, no seguinte, pensar em trabalhar a sacudiu com uma pequena onda de alegria. Sem trabalho, se sentia inquieta. E não fora feita para assumir o lugar de Hela na casa do tio, onde todo o seu salário ia para o pagamento do restante do débito de sua irmã.

— Eu verifiquei suas economias hoje mais cedo. Você está dura, Zofia.

Zofia abriu a boca. Fechou. A raiva aqueceu seu rosto.

— Você... você não tem o direito de fazer isso. É particular.

— Não para mim — disse ele. — Fique até completar o próximo trabalho, e eu dobrarei seu pagamento. Sua irmã não terá que trabalhar como governanta. Você será capaz de proporcionar uma vida confortável para vocês duas durante vários anos. Vou começar mandando para ela parte de seu pagamento agora... mas você não pode voltar para a Polônia. E qualquer renda duplicada te será dada depois que o trabalho estiver completo.

— E eu... eu não vou ter nenhum dinheiro nesse meio-tempo? — perguntou Zofia.

Não gostava daquilo. Já dependia demais de outras pessoas.

— Eu me encarrego das suas despesas pessoais e do laboratório.

— E quanto ao Golias?

Séverin se virou de súbito, a boca apertada até formar uma linha fina.

— O que tem ele?

Zofia retesou o queixo. Desde a morte de Tristan, mantivera a tarântula venenosa sã e salva em seu laboratório. A única vez que não cuidara do aracnídeo foi durante sua viagem, mas nesse período pedira para Enrique fazer isso. A primeira reação do historiador ao pedido fora:

— Prefiro botar fogo no meu corpo.

Acontece que isso era um exagero, e ele acabou concordando, ainda que de má vontade. Ela imaginava que isso teria feito Tristan feliz.

— Ele precisa de dinheiro pra comida e abrigo.

— Vou cuidar disso. — Séverin afastou o olhar. — Você aceita os termos?

Zofia analisou o rosto dele, procurando os padrões familiares em sua expressão. Ela costumava ser capaz de decifrá-lo, mas talvez fosse ele quem permitisse que fizesse isso. Agora, Séverin era um estranho. Zofia se perguntava se isso era um efeito da morte, mas não podia ser verdade. Ela e Hela tinham visto a morte dos pais. Tinham visto seu lar e todas as suas posses arderem em chamas. Mas não tinham se tornado estranhas. Zofia fechou os olhos. *Elas.* Elas tinham uma à outra. Séverin — por mais que pudesse comandar homens sem abrir a boca — não tinha ninguém. A raiva dela desapareceu. Ao abrir os olhos, pensou no sorriso fraco de Hela. Por sua causa, a irmã sobreviveria. Pela primeira vez, Zofia sentiu um toque de orgulho. Sempre dependera de Hela e de tantos outros. Desta vez, estava pagando essa dívida. Talvez um dia fosse capaz de não depender de mais ninguém.

— A cada semana, eu mesmo vou mandar duas cartas com ordens de pagamento, as quais serão entregues para sua irmã em mãos — acrescentou Séverin. — Às *minhas* custas.

Zofia se lembrou do beijo que Hela deu em sua mão. *Vá, Zosia.*

— Eu aceito — disse ela.

Séverin assentiu com a cabeça, e olhou para o relógio.

— Então vai lá pra baixo. Os outros devem chegar a qualquer minuto.

5

SÉVERIN

Séverin sabia que se tornar um deus exigia que se divorciasse de todos os elementos que tornavam alguém humano. Quando olhou para Zofia, extinguiu qualquer vestígio de carinho que ainda existia dentro de si, e se sentiu um pouco menos humano. Podia muito bem ter dado dinheiro para ela ir para casa, mas não foi o que fizera. Por um breve momento, pensou que, se ela não tivesse irmã, não teria motivo para retornar à Polônia... mas algum vestígio de si mesmo o fez recuar. Em vez disso, mandara um médico até a casa do tio dela. Dissera para si que aquele era um gesto mais calculado, mais frio. Que não significava nada. Mesmo assim, enquanto repetia isso em sua cabeça, lembrou-se de quando se conheceram.

Dois anos antes, ouvira rumores de uma aluna judia brilhante, expulsa e presa por incêndio criminoso e por abusar de sua afinidade de Forja. A história não lhe pareceu certa, então fora de carruagem até a prisão feminina. Zofia era arisca como um potro, seus olhos azuis impressionantes mais animalescos do que os de uma garota comum. Ele não podia a deixar ali, então a levara para o L'Éden. Dias depois, sua equipe relatara que, todas as noites, ela dormia no chão recoberto de lençóis, em vez de na cama macia.

Quando ouviu isso, algo se aqueceu nele.

Havia feito a mesma coisa na casa de cada um de seus pais adotivos. Ele e Tristan nunca ficaram com um pai por muito tempo, então era perigoso demais se apegar a qualquer coisa. Até mesmo a uma cama. Séverin tirou todos os objetos do quarto de Zofia, lhe deu um catálogo e lhe disse para escolher o que quisesse, informando-a de que cada item que comprasse seria descontado de seu salário, mas pelo menos cada um deles seria dela.

— Eu entendo — dissera, baixinho.

E aquela fora a primeira vez que Zofia sorrira para ele.

A primeira coisa que Séverin ouviu quando se aproximou do observatório foi a música do piano. Notas crescentes, cheias de esperança, se afundaram em seu interior, imobilizando-o no lugar. A música sobrecarregou seus sentidos e, por um breve instante de admiração, era como se os sons viessem das próprias estrelas, como a mítica Música das Esferas, que movia os planetas em um ritmo solene. Quando a música parou, Séverin soltou a respiração, os pulmões ardendo por terem segurado o ar por tanto tempo.

— De novo, Hipnos! — pediu Laila.

Séverin a conhecia bem o bastante para ouvir o sorriso em sua voz. O som de seus batimentos abafou a lembrança da música. Como era fácil para ela sorrir. Afinal, não perdera nada. Podia ter ficado desapontada por não terem conseguido encontrar *As Líricas Divinas*, mas simplesmente queria o livro para satisfazer uma curiosidade do próprio passado.

— Desde quando você toca piano tão bem? — perguntou ela.

— Ele não é *tão* bom assim — resmungou Enrique.

Havia dois anos, Enrique tentara — para o desgosto de todos — aprender a tocar piano. Em pouco tempo, seus "ensaios" infestaram os corredores. Tristan declarou que a música de Enrique estava matando as plantas e, depois disso, Zofia "acidentalmente" derrubara no instrumento um solvente que apodrecia madeira, acabando com as lições de uma vez por todas.

De novo, a música cresceu e, com ela, as lembranças de Séverin, que enfiou as unhas na palma das mãos. *Me deixem*, implorou para seus fantasmas. As lembranças desapareceram. Mas, em seu rastro, ele sentiu o cheiro das rosas de Tristan.

O perfume-fantasma o fez tropeçar e Séverin estendeu o braço para se equilibrar, mas acabou segurando o batente da porta. A música parou de súbito.

Quando ergueu os olhos, Hipnos estava inclinado sobre o piano, as mãos pairando sobre as teclas. Laila estava sentada, rígida, em seu sofá verde favorito. Zofia estava empoleirada em seu banco, com uma caixa de fósforos fechada no colo. Enrique parou de andar de um lado para outro, bem diante de sua pesquisa sobre *As Líricas Divinas*, que estava pendurada na estante.

Duas imagens se sobrepuseram em sua visão.

Antes. Depois.

Antes, haveria chá e biscoitos açucarados. Risadas.

Devagar, Séverin endireitou a coluna. Então soltou o batente e arrumou os punhos da camisa, desafiando todos ali presentes a encararem seu olhar.

Nenhum deles o fez, exceto por Hipnos.

Que então abaixou as mãos do piano.

— Ouvi dizer que você tem boas notícias para nós, *mon cher*.

Séverin se obrigou a confirmar com a cabeça, e então gesticulou em direção à pesquisa pendurada na estante.

— Antes que eu comece, vamos revisar o que sabemos...

— Precisamos *mesmo*? — perguntou Hipnos, com um suspiro.

— Já faz algum tempo — respondeu Séverin.

— Acredito que dois meses — disse Laila, afiada.

Séverin não olhou para ela. Em vez disso, gesticulou para Enrique. Por um instante, o historiador ficou olhando sem entender, e então pareceu se lembrar. Assim, pigarreando, apontou para o esboço atrás de si, que mostrava o símbolo em hexagrama da Casa Caída, uma abelha dourada, e a Torre de Babel Bíblica.

— Nesses últimos meses, tentamos localizar *As Líricas Divinas*, o livro antigo que contém o segredo da Forja, o conhecimento acerca de como reunir os Fragmentos de Babel e, aos olhos da Casa Caída, o de como acessar o poder de Deus — relatou Enrique. Seus olhos se voltaram para Séverin, como se verificasse se aquilo estava correto. Séverin arqueou as sobrancelhas. — Hum, há bem pouca informação a respeito da existência do livro em si —continuou, apressado. —A maior parte é lenda. Nosso único registro conhecido do livro é uma inscrição desbotada de um dos Cavaleiros Templários originais, escrito num pedaço de velino no qual as letras foram cortadas...

Enrique levantou uma ilustração do velino, que dizia:

As Lír Divinas

— Até onde diz a tradição, o livro data da queda da Torre de Babel — prosseguiu ele, com uma animação familiar tomando conta de seu olhar. — Supostamente, havia um grupo de mulheres perto do local original que tocou nos tijolos mais altos da Torre e, dessa forma, absorveu um pouco do idioma divino. Elas escreveram seu conhecimento num livro. A partir daí, encarregaram as mulheres de sua descendência a guardarem os segredos do livro para que ninguém pudesse usar o idioma para reconstruir a Torre de Babel. Não é incrível?

Sorrindo, Enrique acenou a mão na direção de outro esboço, o qual mostrava uma ilustração de nove mulheres.

— Elas foram chamadas de Musas Perdidas, o que, presume-se, é uma homenagem às deusas gregas das artes e inspirações divinas. Parece adequado, já que a Forja em si é considerada uma arte divina. Costumavam existir locais por todo o mundo antigo dedicados a elas —explicou Enrique, encarando as imagens com ar melancólico. —Dizem que *As Líricas Divinas* não se trata de um livro que alguém pode pegar e ler, mas sim de um que exige uma habilidade herdada pela linhagem das Musas Perdidas originais.

— Que mito mais bobo — zombou Hipnos, tocando uma das teclas do piano. — A habilidade de ler um livro baseada na linhagem? A Forja não funciona desse jeito. Não é passada pelo sangue, ou então *eu* teria a afinidade de Forja da mente.

— Eu não desprezaria o mito — disse Enrique, em voz baixa. — A maioria deles são verdades recobertas em teias de aranha.

— Ah, mas é lógico, *mon cher*. Eu não quis insultar sua arte. — A expressão de Hipnos se suavizou.

Ele soprou um beijo e Enrique... corou? Séverin fez uma carranca, olhando para cada um deles. Hipnos notou sua expressão, e um canto de sua boca se ergueu.

Quando foi que isso aconteceu?

Mas a atenção de Séverin rapidamente se voltou para o historiador, que pegou um mapa amarelado que mostrava o extremo sul do subcontinente indiano. De canto de olho, viu Laila se inclinar para a frente, como se sentisse saudades, e Séverin sentiu um gosto amargo na boca.

— A última localização que se tem conhecimento de *As Líricas Divinas* foi em Puducherry, na Índia — informou Enrique. — Segundo documentos da Ordem de Babel, a Ordem foi até lá para recuperá-lo, mas, quando eles chegaram, descobriram que alguém já tinha levado o artefato usando o nome deles...

— ... e então não falaram nada sobre o roubo por quase vinte anos, afirmando que estava perdido — acrescentou Hipnos.

Enrique assentiu com a cabeça.

— Graças a Roux-Joubert, nossa melhor pista para encontrar *As Líricas Divinas* está dentro do Palácio Adormecido... que foi onde nossa busca terminou. — Ele ergueu os olhos para Séverin. — A menos... a menos que você realmente saiba como encontrar o Palácio?

Séverin costumava adorar esse momento — quando podia revelar algo novo e observar o assombro transformar as expressões deles. Costumava adorar esconder pistas sobre suas aquisições futuras... como pedir para Laila fazer um bolo cheio de rosas douradas na primeira vez que foram atrás da Mão de Midas, na Grécia. Desta vez, no entanto, não olhou para o rosto de ninguém.

— Sim — confirmou, sem se mover da porta. — As coordenadas para o Palácio Adormecido estão escondidas por um par de óculos de Tezcat, e sei onde podemos encontrá-lo.

— Um par de óculos? — Zofia se inclinou para a frente, interessada.

A voz de Laila cortou o ar:

— Como você sabe disso? — perguntou, a voz fria.

Ela não olhou para Séverin, que por sua vez não olhou para ela.

— Um informante — respondeu Séverin, com igual frieza. — Ele também me disse que o Palácio Adormecido fica em algum lugar na Sibéria.

— Sibéria? — repetiu Hipnos. — Esse lugar é... cheio de fantasmas.

O patriarca olhou ao redor da sala, talvez esperando que alguém fosse concordar. Os outros o encararam sem dizer nada.

Então seguiu em frente:

— Bem, foi antes da minha época... mas meu pai certa vez me contou sobre algo estranho que aconteceu lá anos atrás. Havia histórias sobre sons horríveis perto do lago Baikal, como garotas gritando pela própria vida. Isso aterrorizava a população local, e a coisa ficou tão feia que a facção russa, a Casa Dažbog, pediu para Ordem intervir. Meu pai enviou uma pequena unidade de artistas de Forja com afinidade mental para detectar se alguém estava sendo controlado. Mas ninguém jamais encontrou nada.

— E o barulho simplesmente parou? — perguntou Laila.

— Com o tempo. — Hipnos concordou com a cabeça. — Os moradores locais afirmaram que as garotas tinham sido assassinadas, mas nunca encontraram nenhum corpo. — Em uma voz mais fraca, acrescentou: — Espero que o Palácio Adormecido não seja na Sibéria.

Enrique estremeceu.

— Acho que só o nome já confirma... A etimologia da palavra "Sibéria" não é exata, mas de fato soa muito próxima da palavra para *terra sonolenta*, em tártaro siberiano, que é *sib ir*. Daí *Palácio Adormecido*. Mas talvez eu esteja errado — acrescentou rapidamente quando viu o pânico no rosto de Hipnos. — De toda forma, onde estão os óculos de Tezcat? Em um banco? Um museu?

— Numa mansão — respondeu Séverin.

Ele deu um tapinha no mnemo-inseto preso em sua lapela. A criatura Forjada ganhou vida, suas asas coloridas zumbindo e suas pinças estalando, enquanto abriu a mandíbula e projetou uma imagem na estante, a qual mostrava uma mansão imensa com vista para o rio Neva. Ele escrevera o nome da rua na margem: *Angliskaya Naberezhnava*. O Cais Inglês, em São Petersburgo, na Rússia.

— É... uma casa bem grande — comentou Enrique.

— Fica na Rússia? — perguntou Zofia, semicerrando os olhos.

Séverin trocou a imagem para outra gravação externa da mansão à beira do rio.

— Os óculos de Tezcat estão escondidos numa coleção particular na casa de um negociante de arte. O aposento em si é chamado de Câmara das Deusas, mas não consegui encontrar nenhuma informação...

Enrique deu um gritinho.

— Já ouvi falar dessa instalação! Tem centenas de anos... Ninguém sabe quem é o escultor original. Ou se é uma escultura. Pelo menos, esse é meu palpite. Morro de vontade de vê-la! — Ele deu um sorriso para todos na sala, suspirando. — Vocês *imaginam* o que tem na Câmara das Deusas?

— Deusas? — Zofia arqueou uma sobrancelha.

— Bem, esse é só o nome do aposento — falou Enrique, fungando.

— O nome está mentindo?

— Não, o título é *evocativo* de arte, mas poderia ser alguma outra coisa.

— Às vezes eu não entendo arte — comentou Zofia, parecendo confusa.

— Saúde! — Hipnos ergueu a taça.

— Então, temos que entrar na Câmara, encontrar os óculos de Tezcat e sair — resumiu Zofia.

— Não exatamente — corrigiu Séverin. — Os óculos de Tezcat são como óculos ornamentais, e uma parte crítica... as lentes... ficam penduradas no pescoço do negociante de arte. — Ele fez uma pausa para consultar anotações. — Um tal de *monsieur* Mikhail Vasiliev.

— Por que eu conheço esse nome... — comentou Hipnos, coçando o queixo. — Ele é o proprietário da Câmara das Deusas?

Séverin assentiu com a cabeça.

— Mas por que a Casa Caída confiaria a ele a chave para encontrar sua antiga propriedade e as salas do tesouro? — perguntou o patriarca. — O que ele sabe?

— E por que ele ia usar algo desse tipo ao redor do *pescoço*?

— Aparentemente, ele não sabe de nada — respondeu Séverin. — Segundo meu informante, a lente está disfarçada como uma lembrança nostálgica, no formato da chave que no passado abria a porta do quarto de sua amante.

Laila olhou para o colo, puxando uma borla do vestido, o qual tinha um tom de vermelho-sangue que enervava Séverin. Não queria olhar para ela.

— Mas por que ele? — indagou Enrique.

— Ele é importante o suficiente para manter os objetos em segurança e insignificante o bastante para não chamar atenção — explicou Séverin. — Ele não está ligado à Ordem, então não poderia ser levado para interrogatório. A parte mais escandalosa de seu passado é um caso com uma primeira bailarina que azedou. Ele a engravidou, se negou a se casar com ela, o bebê nasceu morto e ela se matou. — Enrique estremeceu e fez o sinal da cruz. — Como resultado, Vasiliev teve de se esconder durante alguns anos, e foi quando comprou a Câmara das Deusas. Ele usa a culpa que sente por conta de todo esse caso ao redor do pescoço.

— Agora eu me lembro do nome dele... o Russo Recluso — disse Hipnos. E balançou a cabeça. — Não sei como você vai fazê-lo sair de casa. Não acompanho as fofocas de São Petersburgo há algum tempo, mas a única coisa para a qual ele sai de casa é...

— O Balé Imperial Russo — completou Séverin, mudando a imagem para o imponente Teatro Mariinsky, reluzente e extravagante, decorado com bailarinas de fumaça Forjada que davam piruetas nos balcões externos e se desenrolavam sob a luz do luar. — A próxima apresentação do balé é em três dias, e ele vai estar presente. Só preciso do camarote ao lado do dele.

— Considere feito. — Hipnos estalou os dedos. — A Ordem mantém um camarote permanente, e posso conseguir um ingresso para você.

— Como? — quis saber Enrique.

— O caminho de sempre. — Hipnos deu de ombros. — Dinheiro, charme etcetera.

— Vou precisar de mais do que um ingresso. Uns dois ou três — disse Séverin, arriscando um olhar de relance para Laila. — Laila vai fazer o papel de minha amante durante toda a aquisição. Outra pessoa deve se juntar a nós.

Silêncio.

Séverin pareceu surpreso.

— Acredito que duas pessoas devem ser o bastante para o trabalho dentro da casa de Vasiliev. Uma terceira pessoa pode ir conosco.

Mais silêncio.

Enrique parecia preocupado até demais com alguma coisa embaixo de sua unha. Zofia olhou com desconfiança. Séverin observou Hipnos, que fez um som de desaprovação.

— Nem me pagando eu ficaria naquele camarote entre vocês dois.

Ao lado dele, Enrique pegou um copo de água, bebeu rápido demais e se engasgou. Zofia começou a bater em suas costas. Séverin tentava não olhar para Laila, mas era como ignorar o sol. Não precisava olhar para sentir seu brilho intenso.

— Ainda assim, há várias outras questões a serem consideradas — acrescentou Séverin, brusco. — Vasiliev tem um salão especial no teatro, onde fica com seus guarda-costas. A entrada depende de uma tatuagem especial, Forjada em sangue...

— Forja de sangue? — repetiu Zofia, empalidecendo.

— Certamente um luxo bastante caro. — Hipnos soltou um assobio.

— O que é Forja de sangue? — perguntou Enrique. — Nunca vi isso.

— Se trata de um talento para um conjunto misto de afinidades — explicou Zofia. — Mente e matéria, metal sólido e líquido.

— É muito raro encontrar alguém que consiga manipular ao mesmo tempo a mente e a presença do ferro na corrente sanguínea — disse Hipnos, antes de sorrir com malícia. — E também é *muito* prazeroso.

Séverin já tinha visto artistas assim algumas vezes no L'Éden. Muitos deles escolhiam aprimorar suas habilidades usando gelo em vez de sangue, mas os que se especializavam em sangue com frequência acompanhavam um patrono que precisasse de anestesia durante um procedimento médico doloroso, ou por recreação, para aguçar os sentidos antes de certas... atividades.

— Precisamos separar Vasiliev de seus guarda-costas — apontou Séverin. — Algo que possa afastar os homens...

— Dinheiro? — perguntou Enrique.

— Amor! — disse Hipnos.

— Ímãs — sugeriu Zofia.

Laila, Enrique e Hipnos se viraram para olhá-la.

— Ímãs poderosos — completou a engenheira.

— Você consegue fazer isso? — perguntou Séverin.

Zofia confirmou com a cabeça.

— Isso não resolve como vamos entrar no salão — observou Enrique.

— Tenho uma ideia pra isso — disse Laila. — Afinal de contas, sou *L'Énigme*. Posso conseguir uma certa notoriedade quando quero.

Séverin olhou para ela mesmo contra sua vontade. Mil momentos convergiram e se desfizeram. Viu o cabelo dela salpicado de açúcar. Viu o corpo dela de relance, quando a jogou no chão, pensando que ela era o alvo de Roux-Joubert naquela noite no *Palais des Rêves*. Lembrou-se das palavras dolorosas que pronunciou e como desejava, agora, que fossem verdadeiras. Se pelo menos ela não fosse real.

— Estou te ajudando, não estou? — perguntou Laila, com frieza, se impondo.

— Está. — Séverin fingiu arrumar os punhos da camisa. — Partiremos para São Petersburgo depois de amanhã. Temos muito o que fazer.

— E depois que conseguirmos os óculos de Tezcat? — perguntou Hipnos. — Vamos contar para a Ordem...

— Não — negou Séverin, com rispidez. — Não quero a interferência deles até que saibamos com o que estamos lidando. O Conclave de Inverno acontece em três semanas, em Moscou. Se tivermos alguma coisa até lá, vamos compartilhar com eles.

Hipnos ficou surpreso ao ouvir aquilo, mas Séverin o ignorou. Não ia deixar a Ordem tirar aquilo dele. Não depois de tantas mudanças. Quando se virou para sair da sala, viu de relance o cair da noite pelas janelas do observatório.

Antes, esta sala servia como uma lembrança de que até mesmo as estrelas estavam ao alcance deles. Antes, eles podiam inclinar a cabeça para trás e ousar olhar para o céu. Agora, as estrelas pareciam uma zombaria: os dentes à mostra de um sorriso irônico e constelações entrelaçadas em uma caligrafia celestial que soletrava destinos inabaláveis para todos os mortais. Isso logo mudaria, pensou Séverin. Logo... eles encontrariam aquele livro.

E, então, nem mesmo as estrelas seriam capazes de tocá-los.

6

LAILA

Laila observou Séverin sair do observatório, e uma sensação de vazio se instalou em seu interior. Por outro lado, se permitiu sentir esperança pela primeira vez em eras. Se o informante de Séverin estivesse certo, então talvez ela pudesse ter mais tempo de vida do que imaginara. Por outro lado, Séverin manchara toda aquela nova esperança com ódio. Ela odiava o brilho frio no olhar dele e a expressão frígida de seu sorriso. Odiava que o fato de o ver fazia com que algo se retorcesse em seu corpo, obrigando-a a se lembrar de que, em algum momento, ele a fizera sentir fascínio.

Pior ainda, odiava desejar que no momento em que ele encontrasse *As Líricas Divinas* fosse o instante em que voltaria a ser o que já fora um dia. Como se algum feitiço fosse quebrado. Laila tentava deixar aquele sonho de lado, mas ele era teimoso e se agarrava ao seu coração.

— Meu laboratório... — começou a falar Zofia, ao mesmo tempo que Enrique murmurou alguma coisa sobre a biblioteca.

— *Non.* — Hipnos os calou de modo violento e apontou para o chão. — Fiquem aqui. Eu *já* volto. Tenho uma surpresinha.

Ele saiu correndo da sala, deixando os três ali. Laila lançou um olhar de soslaio para Zofia. Mal tivera chance de conversar com a amiga antes da reunião. Agora que olhava para ela, novos detalhes lhe chamavam a atenção... Zofia não havia tirado as roupas de viagem. Círculos violeta assombravam seus olhos. Havia uma magreza em seu rosto que denotava preocupação. Não era assim que ela devia estar depois de passar o Chanucá com a família.

— Você está bem? Está se alimentando direito?

Antes de deixar o L'Éden, Laila tinha anotado instruções explícitas para os cozinheiros a respeito de como servir Zofia. A engenheira odiava que as comidas estivessem se tocando no prato; não gostava de louças coloridas ou desenhadas em excesso; e sua sobremesa favorita era um biscoito de açúcar perfeitamente claro e redondo. Laila costumava fazer essas coisas. Mas isso foi antes. E, no instante em que a pergunta deixou sua boca, mais culpa atingiu seu coração. Que direito tinha de perguntar aquilo para Zofia quando *ela* fora embora? Quando *ela* colocara distância entre as duas?

Laila girou o anel de granada em sua mão. Às vezes, sentia que seus segredos eram como um veneno, se infiltrando lentamente em sua corrente sanguínea. Mais do que tudo, queria contar para eles, queria se libertar desse fardo... mas e se a verdade os repelisse? Seu próprio pai mal conseguia olhar para ela. Não podia perder a única família que lhe restava.

Zofia deu de ombros e disse:

— O Golias tá perdendo o apetite.

— Levando em consideração que o Golias come grilos, não tenho certeza se posso culpá-lo — disse Laila, brincando.

— Ele não tá comendo tantos grilos quanto devia — reiterou Zofia, pegando um palito de fósforo e mordendo-o. — Fiz um gráfico documentando o volume de grilos consumidos, e a trajetória é decrescente. Eu posso mostrar se você quiser...

— Não precisa — garantiu Laila. — Mas obrigada.

— Não sei o que há de errado com ele. — Zofia olhou para o colo.

Laila quase segurou a mão da outra, mas se conteve. O que parecia amor para ela nem sempre parecia o mesmo para Zofia, cujo olhar se voltou para a almofada preta onde Tristan costumava se sentar, agora enfiada embaixo da mesa de centro.

— Talvez o Golias esteja de luto — comentou Laila, baixinho.

— Talvez. — Zofia encontrou seu olhar.

Ela parecia prestes a dizer mais alguma coisa, mas Enrique se aproximou de Laila.

— Precisamos conversar mais tarde — murmurou ele, antes de se sentar diante dela.

— Há pouco a ser dito — rebateu Laila.

Enrique a encarou com uma expressão que queria dizer "dá para sentir o cheiro das suas mentiras", mas não a pressionou. Laila lhe contara sobre o *jaadugar* em sua cidade, que no passado guardara *As Líricas Divinas*... mas isso era tudo. Enrique e Zofia sabiam que ela tinha tentado encontrar o livro, mas desconheciam o motivo. E Laila não era forte para contar para eles.

Soltando o ar, Enrique virou um pouco as costas, e Laila, percebendo o que o historiador estava fazendo, suspirou e começou a coçar entre as omoplatas dele.

— Sinto falta de coçarem minhas costas — comentou Enrique, com ar triste.

— Tinha um cachorro na Polônia que costumava fazer algo desse tipo — observou Zofia.

— Não tenho energia para rebater esse insulto — reclamou Enrique, parecendo ao mesmo tempo divertido e magoado.

— Não é um insulto.

— Você basicamente me chamou de cachorro...

— ... eu disse que suas ações pareciam as de um cachorro.

— Isso não é exatamente lisonjeiro.

— É lisonjeiro se eu te disser que ele era um cachorro exemplar?

— *Não...*

Laila os ignorou, aproveitando o murmúrio baixo de suas discussões. Parecia um eco de como costumavam ser. Ela tentara, à distância, permanecer por perto depois que Tristan morreu. Mas, no instante em que viu Séverin, se lembrou de como isso seria impossível. Se ficasse no L'Éden, não teria sobrevivido à recordação constante dessa ferida ainda não curada, aberta. Mesmo agora, Séverin a assombrava. Embora tivesse parado de uma vez por todas de mastigar cravos, ela ainda imaginava o cheiro deles.

Quando ele deixou a sala, fantasmas indesejados de lembranças brotaram em sua cabeça. Lembranças que ele não sabia que ela tinha, como quando foram atacados por uma criatura Forjada dentro da biblioteca subterrânea da Casa Kore. Quando ela recobrou a consciência, o primeiro som de que se lembrava era a voz de Séverin em seu ouvido: *Laila, é o seu Majnun. E você vai de fato me fazer perder a cabeça se não acordar nesse instante.*

— *Voilà!* — exclamou Hipnos, da porta.

O patriarca empurrava um carrinho cheio de guloseimas. Biscoitos coloridos — que desagradavam Zofia — e sanduíches de presunto — que reviraram o estômago de Enrique — e... um samovar com chocolate quente. Algo que só Tristan bebia.

O sorriso de Hipnos não tinha a petulância felina de sempre. Agora parecia tímido e agitado. Esperançoso.

— Achei que, talvez, antes de todo o planejamento... a gente pudesse comer algo?

Enrique encarava o carrinho, e enfim conseguiu dizer, com ar divertido:
— Ah.

Laila desejou não ter visto o jeito como Zofia se inclinou para a frente, ansiosa, só para retroceder em repulsa. E agora Hipnos estava parado diante deles, o sorriso forçado por um segundo a mais... e os ombros caindo um pouquinho.

— Bem, se não estão com fome, *eu* vou comer — disse, um pouco animado demais.

Essa costumava ser a responsabilidade de Laila. Naquele segundo, o aposento lhe pareceu sufocante e apertado demais, repleto de tantas lembranças antigas que quase não havia ar para encher seus pulmões.

— Com licença — pediu, levantando-se.

— Você vai embora? — perguntou Zofia, parecendo surpresa.

— Sinto muito — disse Laila.

— Quer um biscoito? — perguntou Hipnos, esperançoso, estendendo um para ela quando ela passou pelo patriarca.

Laila lhe deu um beijo no rosto e pegou a guloseima de sua mão.

— Acho que, infelizmente, os outros acabaram de comer — sussurrou.

— Ah — exclamou Hipnos, afastando a mão do carrinho. — Certo.

Com rapidez, Laila deixou a sala, jogando o biscoito em um vaso de planta na entrada. Tudo o que queria era sair correndo pelas ruas. Queria se ver livre de seu segredo e gritar para Paris... mas então virou a esquina.

E lá estava ele.

Séverin. Uma silhueta feita de seda e noite, um rapaz cuja boca era feita para beijos e para a crueldade. Um rapaz que certa vez lhe causara fascínio e chegara perto demais para tocar seu coração. Laila buscou o ódio para servir de armadura, mas o outro foi rápido demais.

— Laila — chamou ele, devagar, como se o nome dela fosse algo a ser saboreado. — Eu estava prestes a te procurar.

O coração de Laila não sabia odiar. Não *de verdade*. E uma pequena parte dela desejava jamais aprender. Tudo o que podia fazer era ficar parada ali, olhando para ele. Lembrou-se do rosto dele, de quando leu a carta que ela escrevera para Tristan... a dor quando o rapaz descobriu quantos demônios seu irmão estivera escondendo. Talvez foi isso o que a permitiu falar.

— Sinto muito por você ter descoberto a verdade sobre Tristan do jeito que aconteceu, mas eu...

— Eu não — disse ele. Séverin meneou a cabeça de lado com leveza, e seus cachos escuros caíram sobre sua testa. Seus lábios se curvaram em um sorriso frio. — Na verdade, você merece meus agradecimentos. E, já que vai fingir ser minha amante, tenho um presente para você. Não posso ter *L'Énigme* ao meu lado com o pescoço desnudo.

Até aquele momento, Laila não percebera a caixa de veludo sob o braço dele. Uma caixa de joias. Séverin a abriu, revelando um colar de diamante que parecia feito de pedaços de gelo quebrado. Só de pensar em colocar aquilo contra sua pele a fez estremecer.

— São reais — informou, segurando-os para que ela os tocasse.

Laila deslizou o dedo por um diamante, só para sentir uma leve *resistência* em seus pensamentos. Aquilo só acontecia quando tocava em um objeto Forjado. A sombra de Séverin caiu sobre ela.

— Quando eu precisar de você, esse colar de diamantes ficará quente e um pouquinho mais apertado — explicou. — Então você vai se reportar para mim e me contar qualquer descoberta. Da mesma forma, eu informarei você dos meus progressos em conseguir *As Líricas Divinas*.

— Você quer colocar *uma coleira* em mim? — Laila recuou.

Séverin ergueu o punho, e o bracelete de juramento dela captou a luz.

— Eu gostaria de retribuir o favor. Não somos iguais em todas as coisas? Não foi isso o que prometemos um para o outro?

As palavras dele eram um eco distorcido do primeiro encontro dos dois. A fúria roubou a voz de Laila bem quando Séverin se aproximou.

— Não vamos nos esquecer de que foi você quem foi até os meus aposentos e exigiu atuar como minha amante, estar na *minha* cama.

Os diamantes Forjados pareciam cintilar com astúcia, como se zombassem dela: *O que você esperava?*

Ele levantou o colar, deixando-o pender entre os dedos.

— Presumo que não tenha objeções.

O gelo lhe subiu as veias. Objeções? Não. Ela queria viver, saborear sua existência. Mesmo assim, tudo o que sentia era descrença por esse estranho à sua frente. Quanto mais o encarava, mais parecia estar observando a noite cair sobre ela, seus olhos se ajustando à escuridão.

—Absolutamente nenhuma — respondeu, pegando o colar de diamantes da mão dele. Quase fechou a distância que os separava, e sentiu uma pontada aguda de prazer quando Séverin se encolheu com sua proximidade. — A diferença entre um colar de diamante e uma coleira de cachorro feita de diamante depende da cadela. E, *monsieur*, as duas têm dentes.

7

ENRIQUE

SÃO PETERSBURGO, RÚSSIA

Enrique apertou o cachecol com força, como se o ato pudesse afastar o inverno russo. Flocos de neve chicoteavam suas pernas, passo após passo, e plantavam beijos frios em seu pescoço. São Petersburgo era uma cidade suspensa entre a magia antiga e a moderna — os lampiões elétricos lançavam amplas poças de luz dourada, e as pontes se arqueavam como asas de anjos abertas, e ainda assim as sombras pareciam muito nítidas, e o ar de inverno cheirava a cobre quente, como sangue velho.

Ao lado de Enrique e Zofia, o rio Neva brilhava como um espelho preto. As luzes das casas palacianas ao longo do Cais Inglês — uma das ruas mais grandiosas da cidade — haviam abandonado suas janelas rumo à água resplandecente. Inalterado pelo vento, o reflexo do Neva parecia como se uma versão diferente e paralela de São Petersburgo tivesse sido derramada na água.

Às vezes, Enrique acreditava nisso — em outros mundos criados a partir das escolhas que não foram feitas, dos caminhos que não havia seguido. Ele olhou para a água, para a imagem ondulante da outra versão de São Petersburgo congelante. Talvez, naquele mundo, Tristan estivesse vivo. Talvez estivessem bebendo chocolate quente, fazendo uma coroa feia de papel-alumínio para Séverin e pensando em como roubar um barril de champanhe importado para a festa anual de Ano-Novo no L'Éden. Talvez Laila não tivesse desistido de cozinhar, e o L'Éden continuaria com o mesmo cheiro perpétuo de açúcar, e ele e Zofia brigassem por pedaços de bolo. Talvez Séverin tivesse aceitado sua herança, em vez de a ter jogado fora, e aquele outro Enrique fosse não apenas um membro dos Ilustrados, mas também a estrela em Paris, cercado por um bando de admiradores de olhos arregalados, atentos a cada pausa em suas palavras.

Talvez.

Não muito longe dali, o clangor pesado dos relógios de São Petersburgo marcava a oitava hora da noite. Enrique parou e então ouviu: sinos de casamento soando ao longe. Em duas horas, os recém-casados na Catedral de Nossa Senhora de Kazan realizariam seu cortejo de núpcias por essas ruas, em meio a uma agitação de carruagens de inverno puxadas por cavalos. O que significava que eles ainda tinham tempo. Ninguém lhes esperaria na mansão à beira rio do negociante de arte antes das oito e quinze da noite, e a caminhada era longa. No segundo toque dos relógios, Enrique estremeceu. Apenas uma hora até que Séverin e Laila se encontrassem no Teatro Mariinsky, preparando uma armadilha para o negociante de arte, a fim de garantir as lentes dos óculos de Tezcat. Deus poderia ter prometido a salvação a Enrique naquele momento e, ainda assim, o historiador não ia querer estar lá, preso entre Laila e Séverin. Vagamente preocupado por ter cometido blasfêmia com esse pensamento, Enrique fez o sinal da cruz.

Ao lado dele, Zofia o acompanhava passo a passo.

Para esta noite, ela se disfarçara como um homem jovem e delicado. Seu cabelo loiro iluminado estava escondido sob um amplo chapéu; sua figura ágil, oculta por um casaco forrado; e sua altura diminuta foi reforçada por um par de sapatos engenhosos. Obviamente, ideia dela. Uma barba falsa saía do bolso frontal de seu sobretudo, já que Zofia declarara que aquilo coçava demais para ser usado antes do necessário. Ela não tremia enquanto caminhava. Pelo contrário, parecia se deleitar com o frio, como se este corresse em seu sangue.

— Por que está me olhando assim? — perguntou Zofia.

— Gosto de olhar pra você — disse ele. Horrorizado com a forma como aquilo soou, apressou-se em acrescentar: — Quer dizer, você quase está convincente, e eu aprecio isso, apenas, num nível estético.

— Quase convincente — repetiu Zofia. — O que está faltando?

Enrique apontou para a boca. Sua voz a entregava sem dó nem piedade.

— Eu sabia. — Zofia fez uma careta. — Deve ser uma predisposição genética da minha mãe. — Ela semicerrou os lábios. — Pensei que o frio ia ajudar, mas meus lábios sempre parecem muito vermelhos.

Enrique abriu e fechou a boca, lutando para encontrar as palavras seguintes.

— Era disso que você estava falando? — perguntou ela.

— Eu... sim. Era.

Agora que ela tinha mencionado a boca, é óbvio que ele precisava olhar. Agora Enrique estava pensando em como os lábios dela eram vermelhos, como uma maçã de inverno, e se o gosto poderia ser igual. Então percebeu o que havia acabado de pensar e se recompôs. Zofia o deixava *inquieto*. Era algo que se infiltrara em seu ser sem prévio aviso e agora fazia sua presença conhecida nos momentos mais malditos. Enrique forçou os pensamentos em direção a Hipnos, que era alguém que lhe entendia. O outro garoto sabia por experiência como era viver com uma fissura na alma, nunca sabendo exatamente qual lado de si reinaria soberano — espanhol ou filipino, filho dos colonizados ou filho dos colonizadores. Por enquanto, o relacionamento deles era casual, o que satisfazia Enrique muito bem, mas ele queria mais. Queria alguém que entrasse em uma sala e o procurasse primeiro, que o encarasse como se os segredos do mundo estivessem em algum lugar em seu olhar, para completar suas frases. Alguém com quem compartilhar bolo.

Talvez pudesse encontrar isso com Hipnos.

Viver uma vida plena teria feito Tristan feliz. Bem de leve, o historiador tocou a flor que espreitava de sua lapela e murmurou uma oração. Era uma flor da lua seca, uma das últimas que Tristan Forjara. Quando estavam frescas, as flores eram capazes de absorver a luz da lua e mantê-la por várias horas. Secas, não passavam de fantasmas de seu antigo brilho.

— Isso é do Tristan — apontou Zofia.

Enrique baixou a mão com a qual tocava a flor. Não achou que ela o tivesse visto. Quando baixou o olhar, na direção dela, viu que sua mão estava no bolso... com um caule de flor Forjada idêntico saindo dali... e ele soube que Tristan estava ali.

A mansão à beira d'água se erguia diante deles como uma lua. A neve se prendia às fitas de ouropel penduradas em centenas de pilares imponentes. Sinos delicados escondidos nos pinheiros de Natal alinhados na entrada tocavam à medida que eles passavam. A mansão em si parecia uma casa de bonecas trazida à vida — mosaicos coloridos como doces decoravam suas cúpulas, e os vidros congelados mais pareciam feitos de açúcar.

— Você se lembra dos nossos papéis? — perguntou Enrique.

— Você vai interpretar um humano excêntrico e facilmente distraído...

— ... um escritor, sim — ofereceu Enrique.

— E eu sou o fotógrafo.

— O fotógrafo *muitíssimo* silencioso.

Zofia fez que sim com a cabeça.

— Só distraia o mordomo por alguns minutos — pediu Enrique. — Isso deve me dar tempo suficiente para procurar por dispositivos de gravação antes entrarmos na Câmara das Deusas.

Ele ajustou as lapelas do casaco de veludo verde-esmeralda que pegara emprestado de Hipnos e puxou a enorme aldrava em forma de um leão rugindo. A aldrava Forjada estreitou os olhos, fingiu um bocejo e então soltou um rugido metálico que fez os pequenos sincelos de gelo caírem da soleira. Enrique gritou.

Zofia não se abalou, apenas o olhou intrigada quando Enrique recuperou a compostura.

— O que foi? — indagou Enrique.

— Isso foi muito alto.

— Nem *me* fale. Aquele leão Forjado...

— Eu estava falando de você — explicou Zofia.

Enrique franziu a testa, bem quando o mordomo abriu a porta e os cumprimentou com um largo sorriso. Tinha um tom de pele claro, barba preta aparada e usava um casaco azul e prateado ricamente bordado sobre calças bufantes.

— *Dobriy vyecher* — disse ele, caloroso. — O mister Vasiliev pede desculpas por não poder se juntar a vocês, mas está encantadíssimo com a cobertura de sua coleção, em especial por um crítico de arte tão estimado quanto o senhor.

Enrique estufou o peito e sorriu. Os documentos falsos que conseguira reunir pareceram *mesmo* bem impressionantes. Ele e Zofia entraram no amplo saguão da mansão. Até então, as plantas arquitetônicas pareciam bater. O piso de mogno formava padrões de estrelas e losangos entrecruzados. Lamparinas flutuantes iluminavam os corredores e, ao longo destes, era possível ver retratos de mulheres em movimento — algumas mitológicas, algumas modernas. O historiador reconheceu a Dança dos Sete Véus de Salomé e uma representação da ninfa indiana, Urvashi, se apresentando diante dos deuses hindus. Mas a pintura que dominava a parede era a de uma bela mulher que não reconheceu. Os cabelos cacheados vermelho-sangue caíam pelo pescoço de pele branca. A julgar pelas sapatilhas em sua mão, era uma bailarina.

O mordomo estendeu a mão em um cumprimento.

— Nós estamos muito...

Enrique fez um floreio com a mão, mas puxou-a antes que o homem tentasse apertá-la.

— Eu não... aprecio o toque da carne. Faz com que me lembre da minha mortalidade.

— Minhas mais profundas desculpas. — O mordomo pareceu levemente perturbado.

— Prefiro as desculpas rasas. — Enrique fungou, examinando as unhas da mão. — Agora...

— ...O nosso equipamento de fotografia já chegou? — interrompeu Zofia.

Enrique teve um milésimo de segundo para esconder a careta. Zofia devia estar distraída, porque nunca tinha errado suas falas antes. Olhando bem para ela, percebeu que seu bigode estava levemente levantado nas pontas.

— Sim, já chegou — informou o mordomo. Um leve franzir apareceu entre suas sobrancelhas. — Foram guardados dentro de uma grande mala de viagem. — Ele fez uma pausa, e Enrique observou seus olhos se desviarem para o bigode levantado de Zofia. — Preciso perguntar se está tudo bem...

Enrique soltou uma risada alta e histérica.

— Ah, meu caro rapaz! Tão atencioso, não é mesmo? — disse, agarrando o rosto de Zofia e pressionando o polegar sobre o bigode erguido. — Que obra-prima é o homem! Como és nobre em razão, como és infinito em competência... ah...

Enrique hesitou. Aquilo era tudo o que sabia de *Hamlet*, para ser sincero, mas então Zofia falou:

— ... na forma e nos movimentos, como és expresso e admirável — continuou ela, a voz grave.

Enrique a encarou.

— Você deve perdoar as excentricidades do meu amigo — disse ela para o mordomo, com suavidade, lembrando-se de suas falas. — Será que poderia fazer a gentileza de me mostrar alguns dos aposentos? Um breve tour é tudo o que é necessário, mas quero verificar se será preciso fazer alguma outra fotografia para o artigo.

O mordomo, ainda de olhos arregalados, assentiu aos poucos com a cabeça.

— Por aqui...

— Vou ficar aqui — disse Enrique, virando-se em um círculo lento. Tocou as têmporas e respirou fundo. — Quero me embeber na arte. *Senti-la*, antes de me ousar a escrever sobre ela. Vocês entendem.

— Deixo o senhor fazer o que faz de melhor. — O mordomo deu um sorriso tenso.

E, com isso, levou Zofia a uma outra parte da casa.

Assim que sumiram de vista, Enrique tirou uma esfera Forjada do bolso e a jogou no ar, observando-a esquadrinhar lentamente o aposento, em busca de dispositivos de detecção. As palavras do mordomo se reviraram em seu estômago. *O que faz de melhor.* Lembrou-se de quando ficou plantado no átrio da Biblioteca Nacional, os dedos úmidos manchando as anotações para a apresentação na qual ninguém compareceu... e, mais tarde, a carta dos Ilustrados.

... Escreva seus artigos inspiradores sobre história. É o que faz de melhor...

Ainda doía. As referências de Enrique não tinham servido de nada. Esperara que o peso das palavras de seus professores e orientadores não significaria muito para ele, mas ficou chocado em ver que a influência de Séverin não ajudara em nada. O apoio público de Séverin significava uma influência universalmente apreciada: o dinheiro. E talvez suas ideias fossem tão tolas que nenhuma quantidade de dinheiro as tornasse dignas de serem ouvidas. Talvez ele simplesmente não fosse o bastante.

O que faz de melhor.

Enrique travou a mandíbula. Àquela altura o dispositivo de detecção esférico já estava no chão. O aposento era seguro. Passos ressoaram do outro lado do corredor. Zofia e o mordomo estavam retornando. Em um instante, entrariam na Câmara das Deusas, onde encontrariam os óculos de Tezcat e, com o objeto, *As Líricas Divinas*. Os Ilustrados achavam que o historiador não fazia nada além de dominar línguas mortas e examinar livros empoeirados, que suas ideias eram sem valor, mas havia muito mais nele. Conseguir *As Líricas Divinas* era a prova de que precisava. Então ninguém seria capaz de negar que suas habilidades poderiam obter poder.

Agora, tudo o que precisava fazer era conseguir aquilo.

A Câmara das Deusas quase fez Enrique cair de joelhos.

Era como o saguão de algum templo esquecido. Em nichos recuados, deusas em tamanho real se inclinavam para a frente. Sobre eles, estendia-se um elaborado teto azul-cerúleo, mecanizado para que as estrelas rotacionassem devagar e os planetas girassem de eixos invisíveis. O trabalho artístico fazia com que se sentisse pequeno, mas de modo tão glorioso, como se fosse parte de algo maior do que ele próprio. Era como Enrique costumava se sentir todos os domingos, quando ia à missa, absorvendo o lembrete de que estava cercado de amor divino. O aposento fazia com que se sentisse assim pela primeira vez em anos.

— Esta câmara é verdadeiramente avassaladora — comentou o mordomo, em um tom de voz reverente. — Mas não dura muito tempo.

Aquilo atraiu a atenção de Enrique.

— O quê? O que você quer dizer?

— A Câmara das Deusas tem uma função única, uma que não entendemos por completo, mas que esperamos que se torne mais clara depois que seu artigo for publicado. Veja bem, a Câmara das Deusas... desaparece.

— Como é que é?

— A cada hora — explicou o mordomo. — As deusas se recolhem para dentro das paredes, e todos esses adornos dourados ficam brancos. — Ele consultou o relógio. — Pelas minhas contas, vocês têm cerca de vinte minutos até que tudo desapareça e retorne na hora seguinte. Mas imaginei que isso seria tempo suficiente para que vocês tirassem fotos e fizessem anotações. Além disso, fica praticamente congelante aqui dentro depois que a porta é fechada. A gente acredita que o artista original instalou um mecanismo Forjado de controle de temperatura, talvez para a preservação da pedra e da pintura. De todo modo, me avisem se eu puder ajudar em alguma coisa.

E, com isso, o mordomo partiu, fechando a porta atrás de si. Enrique suspeitava que seus batimentos cardíacos mudaram para: *Ah, não, ah, não, ah, não.*

— Onde está Hipnos? — perguntou Zofia.

Um som abafado chamou a atenção deles. Quase escondida por um pilar e apoiada em uma das paredes douradas da câmara, estava um baú grande, preto, marcado como: *equipamento fotográfico*. Rápida, Zofia destravou as dobradiças. O baú se abriu, e um Hipnos de aparência muito irritada saiu, se sacudindo.

— Isso foi... horrível — exclamou, soltando um suspiro dramático, e pestanejou por causa da luminosidade súbita e da beleza do salão. Uma admiração pura iluminou seu rosto, mas desapareceu assim que se virou para Zofia e Enrique. — Zofia, você é um rapaz bem charmoso, mas eu prefiro você sem barba... e por que está *tão gelado aqui dentro*? O que foi que eu perdi?

— Só temos vinte minutos até que toda essa instalação artística de deusas desapareça — comentou Zofia.

— *Como assim?*

Enquanto Zofia explicava a situação, Enrique se concentrava nas estátuas propriamente ditas dentro da sala. Havia algo unificador, de um jeito estranho, nas estátuas de deusas ao redor deles. Achou que elas seriam de diferentes panteões ao redor do mundo... no entanto, todas as dez usavam as mesmas túnicas fluidas de mármore, comuns às divindades do período helênico... exceto por *uma*. Elas pareciam quase idênticas, salvo por um objeto distintivo aqui e acolá: uma lira ou uma máscara, um dispositivo astronômico ou um ramo de ervas.

— Essas deusas me parecem estranhas — disse Enrique. — Eu achei que seriam variadas. Achei que veríamos Parvati e Ishtar, Freya e Íris... mas são todas tão... similares?

— Nos poupe da palestrinha sobre artes por enquanto, *mon cher* — cortou Hipnos, estendendo a mão para tocar em sua bochecha. — Concentre-se apenas em onde os óculos de Tezcat podem estar.

— Em uma deusa? — perguntou Zofia.

— Não — disse Enrique, olhando a coleção. — Sei como os cofres da Casa Caída funcionam... eles sempre escondem um enigma. E não seria algo que exigisse a destruição da propriedade em si.

— O frio é a temperatura base — comentou Zofia, quase para si mesma.

— Acho que já sabemos disso, *ma ch-chère* — rebateu Hipnos, tremendo.

— Então mude o fator. Adicione calor.

Zofia tirou o casaco e, com um movimento suave, rasgou o forro. Hipnos soltou um grito.

— Isso é seda!

— É *soie de Chardonnet* — disse Zofia, e pegou um palito de fósforos atrás da orelha. — Um substituto da seda altamente inflamável e que foi mostrado na Exposição, em maio. Não serve para produção em massa. Mas é excelente para uma tocha.

Zofia riscou o fósforo e o soltou. Então ergueu o tecido em chamas, aquecendo o ar em um clarão brilhante. Virou a chama ao redor, mas nada nas paredes ou no rosto das estátuas mudou. A seda Chardonnet ardia rápido. Em um minuto, atingiria suas mãos, e ela não teria outra escolha a não ser largar o tecido no chão.

— Zofia, acho que você estava enganada — disse Enrique. — Talvez o calor não funcione...

— Ou... — interrompeu-o Hipnos, agarrando seu queixo e apontando-o para o chão. A fina camada de gelo no chão de mármore começou a derreter. Quando Enrique se inclinou para ver mais de perto, uma forma brilhante como um espelho captou seu olhar, formando o contorno de uma letra. — Talvez você não tenha se curvado o suficiente numa câmara cheia de deusas.

— É isso — falou Enrique, ficando de joelhos. — O *chão*.

Zofia aproximou a tocha. Ali um enigma ganhou forma:

O NARIZ NÃO CONHECE O CHEIRO DOS SEGREDOS,
MAS GUARDA SUA FORMA.

8
SÉVERIN

Séverin teve sete pais, mas só um irmão.

Gula era o seu pai favorito. Um homem gentil, com muitas dívidas, e isso fazia com que fosse um homem perigoso de ser amado. Tristan costumava contar os minutos que Gula os deixava sozinhos, apavorado com a ideia de que ele pudesse abandoná-los, não importando o que Séverin dissesse para acalmá-lo. Depois do funeral de Gula, Séverin encontrou uma carta enfiada embaixo de sua escrivaninha e suja de terra:

> Meus queridos, sinto muito, mas preciso renunciar ao posto de guardião de vocês. Ofereci minha mão em casamento a uma viúva rica e adorável que não deseja ter crianças.

Séverin segurou a carta com força. Se Gula ia se casar, então por que tirara a própria vida com veneno de rato? Um veneno que só era mantido na estufa para evitar pestes, uma estufa na qual Gula jamais entrava, mas onde Tristan adorava ficar.

Você sempre vai ter a mim, dissera Tristan no funeral.

Sim, Séverin pensava agora. Ele sempre o teria. Mas será que sempre conhecera o irmão?

Enquanto a *troika* percorria as ruas de São Petersburgo, Séverin pegou o canivete de Tristan. Uma veia cintilante do veneno paralisante de Golias corria pelo fio afiado. Ao tocar a lâmina, imaginou o roçar suave de penas espectrais, remanescentes dos assassinatos de Tristan. E então se lembrou do sorriso amplo e das piadas astutas de seu irmão, e não conseguia conciliar essa lâmina com Tristan. Como alguém podia ter tanto amor e tantos demônios em um só coração?

A *troika* parou. Através das cortinas de veludo fechadas, Séverin ouviu risos e música de violino, o tilintar de copos se tocando.

— Chegamos ao Teatro Mariinsky, *monsieur* Montagnet-Alarie — informou o cocheiro na frente do veículo.

Séverin escondeu o canivete atrás de um bolso forrado de linho em seu casaco, onde a lâmina não podia machucá-lo. Antes de sair, fechou os olhos e imaginou Roux-Joubert nas catacumbas, o icor dourado escorrendo de sua boca, aquele sangue brilhante dos deuses. Sensações fantasmas lhe percorriam a pele — penas pretas nascendo de sua coluna, asas se dobrando ao redor de seus ombros, chifres saindo de sua cabeça e aquela rajada inconfundível de invencibilidade. De *divindade*. Mau ou benevolente, ele não se importava. Só queria mais daquilo.

Dentro do Teatro Mariinsky, a elite resplandecente de São Petersburgo deslizava pelos ambientes antes da apresentação de balé. Na entrada, uma escultura de gelo Forjada de Snegurochka — a donzela de neve dos contos de fada russos — girava lentamente, com seu vestido de estrelas de gelo e pérolas de cristal captando a luz e espalhando fios de geada pelo carpete vermelho no chão. Mulheres usando *kokoshniks* de aplique dourado e penas de cisne riam por trás das mãos pálidas. O ar cheirava a perfume de âmbar-cinzento e fumaça de tabaco, sal e o ocasional toque metálico de neve. Duas mulheres envoltas em pele de arminho e zibelina passaram por ele, fofocando enquanto caminhavam.

— Aquele é o hoteleiro de Paris? — sussurrou uma delas. — Onde ele tá sentado?

— Não olha pra ele desse jeito, Ekaterina — replicou a outra. — Dizem que ele tem uma estrela de cabaré ou uma cortesã aquecendo a cama esta noite.

— Bem, *eu* não a vejo de braços dados com ele — replicou a primeira, com uma fungada.

Séverin as ignorou, virando-se na direção das portas de ouro e marfim da entrada. Os minutos passavam bem devagar. Séverin girou o anel de sinete de diamante em seu mindinho. Laila o odiaria por convocá-la dessa forma, mas ela não lhe dera outra escolha. Supostamente, devia ter se encontrado com ele quinze minutos atrás. Séverin observou a sala ao seu redor. Um serviçal vestido com um colete prateado impecável equilibrava uma bandeja de copos gravados, esculpidos em gelo, cheios de vodca com pimenta-preta ao lado de *zakuski* em pequenos pratos de porcelana: pepino em conserva e ovas brilhantes, pedaços de carne suspensos em gelatina e grossas fatias de pão de centeio.

Um homem usando um manto de arminho chamou sua atenção e seguiu seu olhar até a porta. Deu-lhe um sorriso cúmplice, pegou dois copos e entregou um para Séverin.

— *Za lyubov!* — disse o homem, fazendo um brinde animado. Então baixou a voz: — Isso significa "ao amor", meu amigo. — Deu uma piscadela e voltou a olhar para a porta. — Que ela não te deixe esperando por muito tempo.

Séverin tomou a vodca em um único gole. A bebida queimou sua garganta.

— Ou que ela jamais me encontre.

O homem pareceu confuso, mas, antes que pudesse dizer qualquer coisa, um locutor chamou do alto da escada dourada em espiral:

— Senhoras e senhores, por favor, ocupem seus assentos!

A multidão se moveu em direção à escadaria. Séverin ficou para trás. Laila ainda não havia chegado e, mesmo em sua ausência, conseguia deixá-lo louco. Ele a ouviu no tilintar da risada exagerada de outra mulher, na batida de um leque que Laila jamais se incomodara em usar. Pensou tê-la visto através da névoa dourada de um candelabro flutuante, passando uma mão bronzeada no casaco de alguém. Mas nunca era ela.

Dentro do auditório, candelabros de champanhe dourado flutuavam sobre os convidados, que acenavam para pegar as taças com um gesto rápido de mão. Um artista com afinidade para a matéria da seda tinha Forjado o bordado nas cortinas cor de escarlate do palco, então os fios se moviam de maneira fluida, no formato de uma carpa nadando. O despertar de um impulso reluzente de sua infância fez seu peito se agitar... observar a plateia, seguir o caminho de seus olhares. Causar *admiração*. Mas ele reprimiu o sentimento.

Séverin deu uma espiada no camarote vazio ao lado do que estava. O negociante de arte Mikhail Vasiliev devia chegar a qualquer minuto. Impaciente, o rapaz batia o pé no chão, e então xingou baixinho. Um pouco do pó antimagnético com o qual Zofia cobrira seus sapatos deixara uma leve camada contra o chão de madeira. Ele olhou para a mão, para o anel de sinete que estava ligado ao colar de Laila. Fez uma careta. Ou não estava funcionando ou ela resolvera ignorá-lo por completo.

Ao som da porta sendo aberta, Séverin endireitou o corpo. Esperava ver Laila, mas não foi sua porta que se abriu — foi a de Vasiliev. Dois guarda-costas armados entraram, posicionando-se na cabine ao lado da dele. As mangas de suas camisas estavam dobradas, e a tatuagem de sangue Forjada, que lhes permitia entrar no salão privado no andar de baixo, lançava um brilho escarlate sob as lâmpadas a gás. Séverin mal conseguiu distinguir o pequeno símbolo... uma maçã... antes que os guarda-costas se virassem, examinando o camarote.

— Este não é o de sempre — murmurou um dos guarda-costas.

— O outro estava em reforma — disse o segundo. — Até o salão de Vasiliev está em reforma. Tiveram que colocar novas vigas de metal, ou algo assim, nos cantos.

O outro guarda-costas assentiu e fez um som de desgosto ao esfregar o pé no chão.

— Eles não limpam mais esse estabelecimento? Olhe todo esse pó. Um nojo.

— Vasiliev não vai gostar de todas essas mudanças... ele está nervoso esta noite.

— Bem, e *devia* estar mesmo. Alguém roubou o leão de pedra verita da entrada. Não que ele saiba, então nem comenta. — O homem estremeceu. — Já anda bem difícil ficar perto dele esses dias.

Séverin sorriu ao beber da taça de champanhe.

O primeiro guarda-costas pegou a garrafa de champanhe que suava no balde de gelo.

— Pelo menos o Teatro Mariinsky achou adequado enviar um pedido de desculpas borbulhante.

O segundo guarda-costas só grunhiu.

Então os dois saíram do camarote, sem dúvida para garantir a Vasiliev que tudo estava bem. Na cortina, a carpa bordada nadava em um elaborado número 5.

Cinco minutos até as cortinas se abrirem.

A porta de Vasiliev se abriu mais uma vez, e Séverin enfiou as unhas no braço da cadeira. Foi só quando a porta se fechou que percebeu que não se tratava da entrada do camarote de Vasiliev. O cheiro de rosas e açúcar tomou conta do ar.

— Você está atrasada — disse.

— Sinto muito por tê-lo feito esperar, Séverin — respondeu ela, com suavidade. Antes, o teria chamado de *Majnun*, mas isso foi há muito tempo.

Ele virou a cabeça e olhou para Laila. Esta noite, ela usava um vestido dourado magnífico. Mil laços tentadores enfeitavam sua cintura. Seu cabelo estava preso no alto da cabeça, e um minúsculo chapéu de penas douradas se apoiava em seus cachos como um pequeno sol. Os olhos dele seguiram até o pescoço dela — sua garganta estava nua.

— Onde está o colar?

— Um colar de diamantes com um vestido metálico me parece um tanto exagerado — replicou, fazendo um som desaprovador. — Nosso acordo permite que você, supostamente, reivindique um lugar em minha cama, não no meu senso de estilo. Além disso, essa é nossa primeira aparição em público juntos. Um colar de diamantes chamativo proclamaria em alto e bom som que faço o que você manda por dinheiro, quando o mundo já sabe que uma mulher como eu não pode existir fora do cabaré sem a desculpa de um amante rico. Seu *colar* teria sido um exagero para hoje à noite.

Acrescentou a última parte com amargura, pois era verdade. Mulheres como Laila não podiam se mover com liberdade pelo mundo, e o mundo era um lugar mais pobre por causa disso.

— A menos que você ache que meu traje está exagerado para meu papel? — perguntou ela, arqueando a sobrancelha. — Você teria preferido o colar de diamantes com um vestido menos chamativo?

— Não se trata do traje. E, sim, da aparência — disse ele, com firmeza. — Eu esperava que você entrasse comigo, e que usasse o colar como uso o juramento que te fiz.

Nesse momento, as cortinas se abriram, e bailarinas vestindo um tule delicado começaram a rodopiar pelo palco. As luzes Forjadas capturaram a barra do vestido de Laila, transformando-a em metal derretido. Séverin observou as expressões da plateia, irritado em ver que várias pessoas tinham se virado em sua direção, embora seus olhares estivessem fixos em Laila. Tarde demais, percebeu que os dedos de Laila tinham ultrapassado a barreira do apoio de braço compartilhado, até sua mão repousar na manga dele. Séverin se afastou bruscamente.

— Isso é jeito de tratar a garota que você ama? — indagou ela. — Certamente você pode suportar meu toque.

Laila se inclinou mais para perto, e Séverin não teve outra escolha a não ser olhar para ela: para a linha elegante de seu pescoço, seus lábios cheios, os olhos de um jovem cisne. Antes, quando confiavam um no outro, ela lhe dissera que fora montada como uma boneca. Como se isso a tornasse menos real. Essas partes — os lábios que ele traçara, o pescoço que beijara, a cicatriz que tocara — eram refinadas. Mas nada disso era a essência dela. A essência de Laila era entrar em uma sala e todos os olhares se voltarem em sua direção, como se aquela fosse a apresentação de sua vida. Sua essência era um sorriso cheio de perdão, o calor de suas mãos, o açúcar em seu cabelo.

Com a mesma rapidez com que surgiu em sua mente, o pensamento desapareceu, engolido pela lembrança de asas de pássaros destroçadas e icor, dos olhos acinzentados de Tristan ficando opacos e dos batimentos rápidos de Laila. O entorpecimento cresceu, e o gelo tomou conta, até que ele não sentisse mais nada.

— Eu não te amo — disse, com frieza.

— Então finja — murmurou ela em resposta, passando os dedos pela mandíbula dele agora, virando o rosto em sua direção.

Ela se aproximou, e Séverin achou que Laila fosse...

— Eu li os casacos dos guarda-costas, o esquema de segurança de Vasiliev, enquanto estava no saguão principal — sussurrou. — O homem deixa dois guardas plantados do lado de fora do salão privado. Um com uma arma e um que tem acesso Forjado no sangue para abrir o salão. O que tem a tatuagem é... um admirador... meu. — Séverin não pôde deixar de notar o jeito como os lábios dela se curvaram em desgosto ao dizer isso. — Hipnos tem vários seguranças da Casa Nyx posicionados para redirecionar a multidão. Uma dupla está vestida como os guardas de Vasiliev.

Séverin assentiu com a cabeça, e começou a se afastar. Odiava ficar tão perto assim dela.

— Eu ainda não terminei — sibilou Laila.

— Estamos chamando muita atenção. Me conta depois.

Laila segurou a mão dele com mais força, e Séverin se sentiu escaldado. Isso tinha ido longe demais. Ele estendeu a mão, segurando a parte de trás da cabeça de Laila, sentindo a pulsação quente de sua pele, enquanto se inclinava na direção de seu pescoço. A respiração dela falhou.

— Agora você tá exagerando na atuação — disse, e a soltou.

Trinta minutos depois veio o chamado para o intervalo.

As cortinas do palco se fecharam. Séverin ouviu o som de Vasiliev se levantando da cadeira no camarote ao lado.

— Estou farto disso — disse ele.

Era a primeira vez que Séverin ouvia a voz do homem. Não era o que esperava. Vasiliev era um homem largo, com uma cabeleira escura e fios prateados nas têmporas. Parecia cheio de energia, mas sua voz era quase fina e frágil. Ao redor de seu pescoço, reluzia uma corrente dourada. E, na ponta, giravam as lentes dos óculos de Tezcat.

Laila se levantou, apoiando a mão no ombro de Séverin, tocou a garganta, e o adereço de cabeça da *L'Énigme* se desenrolou ao redor de seu rosto, escondendo seus olhos e nariz e deixando de fora apenas sua boca, que se curvava com um ar sugestivo de sensualidade. Seu sorriso tímido agia como uma camuflagem enquanto os dois se afastavam da multidão, seguiam pelos aposentos de serviço dos funcionários, até um corredor escuro que se desprendia do saguão principal.

A entrada do salão particular de Vasiliev era projetada como duas mãos de mármore de três metros e meio de altura, unidas em oração. Quando alguém recebia autorização para entrar, as palmas se afastavam uma da outra. Séverin estudou o limiar. Cada aquisição era a mesma coisa, no sentido de que todo esconderijo continha uma mensagem que alguém esperava que perdurasse além de sua vida. O truque estava em entender o contexto. O salão de Vasiliev não era diferente. Seria possível imaginar que as mãos em oração eram um sinal de que o convidado devia se humilhar diante de Vasiliev... mas Séverin suspeitava de que era o oposto. As portas se assomavam, imensas, tornando quem estivesse diante delas — independentemente da estatura — pequeno. Havia um certo quê de apologético no projeto. Para Séverin, era uma expressão pública e em voz alta de culpa. A mesma culpa que talvez tivesse convencido Vasiliev a usar o colar com as lentes de Tezcat da Casa Caída, pensando se tratar de uma homenagem à sua amante bailarina morta.

Séverin julgou a distância entre os dois homens parados na entrada. Um era um segurança com uma baioneta cruzada nas costas. O jeito como estava parado, apoiado em um lado, sugeria uma perna ruim. O outro tinha as mãos juntas diante de si. Quando viu Laila, deu um sorriso seboso.

— Mademoiselle *L'Énigme!* — disse, inclinando a cabeça. — Ouvi rumores de que a senhorita estaria aqui esta noite.

Ele mal notou a presença de Séverin atrás dela.

— A que devemos o prazer?

Laila deu uma risada. Era um som agudo e falso.

— Me falaram que tenho um admirador aí dentro que deseja me cumprimentar pessoalmente.

— Ah, *mademoiselle*, quem dera... — O primeiro segurança olhou de soslaio. — Mas ninguém pode entrar sem uma dessas. — Ele ergueu o punho, mostrando a tatuagem Forjada em sangue, em forma de maçã. — A menos que *mademoiselle* tenha uma assim escondida em algum lugar secreto de sua pessoa?

Os olhos dele percorreram o corpo de Laila, e Séverin sentiu uma vontade imensa de quebrar o pescoço do sujeito.

— Fique à vontade para verificar — ofereceu ela, com um ar sedoso.

Os olhos do segurança se arregalaram. Ele endireitou a lapela e se aproximou. Laila esticou a perna bronzeada para a inspeção. Séverin contou até dez, de trás para a frente.

9...

O homem colocou a mão na coxa dela.

7...

Laila fingiu uma risada quando a outra mão dele foi para sua cintura.

4...

No segundo em que o homem a tocou, Laila desembainhou uma faca e a pressionou contra seu pescoço, deixando Séverin parado ali, segurando uma faca na mão sem nenhuma serventia.

— Segurança! — gritou o primeiro.

Mas o homem com a baioneta não se moveu.

— Tira essa cadela de cima de mim.

Séverin ergueu a faca e avançou.

— Sinto dizer que ele não trabalha para você. Ele trabalha para nós.

Laila pressionou a faca com mais força contra a garganta do homem.

— Se me matar, não vão conseguir entrar ali — disse o homem, começando a suar. — Vocês precisam de mim.

— Pelo contrário — rebateu Laila. — Só precisamos da sua mão.

O homem arregalou os olhos.

— Por favor...

Laila olhou para Séverin, que levantou a faca um pouco mais.

— Não... — começou a implorar o segurança.

Séverin abaixou a lâmina, girando o punho no último instante, para bater com o cabo pesado na nuca do guarda-costas, o qual caiu para a frente, inconsciente.

— Asqueroso — sibilou Laila, guardando a faca. Quando viu Séverin olhando, deu de ombros. — Eu *ia* te dizer que conseguia imobilizá-lo sozinha. Foi você quem escolheu não me ouvir.

Séverin calou a boca.

Com a ajuda do segurança disfarçado da Casa Nyx, eles arrastaram o guarda para a frente, colocando seu punho com a tatuagem Forjada em sangue no ponto de acesso, que ficava no meio das portas de mármore em forma de mãos postas. O mármore estremeceu e se abriu ao toque, e Séverin largou o homem no chão.

Então olhou para o segurança.

— Prepare a carruagem nupcial.

O outro homem assentiu com a cabeça e partiu.

Dentro do salão, cortinas ricas e retratos de uma bailarina com cabelos ruivos adornavam as paredes pretas como alcaçuz. Vasiliev estava sentado diante de uma escrivaninha, desenhando. Ao ver Laila e Séverin, seus seguranças saltaram para a frente.

— Um tanto empoeirado aqui dentro, não acha? — perguntou Séverin.

Ele apertou o anel de sinete magnético de Zofia, e os seguranças foram arremessados de costas para os quatro cantos do salão onde mais cedo, naquele mesmo dia, uma equipe de construção falsa erguera várias colunas magnéticas poderosas, seguindo as instruções específicas de Zofia.

Vasiliev ficou olhando para eles, seu rosto pálido.

— Como?

— Adesivo magnético — ofereceu Séverin, com um sorriso sombrio. — Fascinante, não acha? Mesmo pequenas partículas que possam cobrir os sapatos de um homem podem reter uma polaridade forte. Agora, a corrente e as lentes penduradas ao redor de seu pescoço, por favor.

Esperava que Vasiliev franzisse o cenho, sem entender... em vez disso, o outro homem apenas abaixou a cabeça. A culpa estava marcada em suas feições. A mesma culpa que Séverin detectara no projeto da entrada de seu salão.

— Eu sabia que isso estava por vir.

Séverin pareceu ficar confuso e estava prestes a falar quando Vasiliev pegou uma taça de champanhe, tomou um gole e depois estremeceu ao limpar a boca com a manga.

— Um homem verdadeiramente abençoado é aquele que conhece seus fardos — disse Vasiliev. Seu olhar se voltou para o champanhe. — Foi muito gentil de sua parte me proporcionar champanhe com Forja mental. Absolve a pessoa da culpa, embora nos últimos tempos eu tenha poucas pessoas na vida a quem responder.

Vasiliev tirou a corrente do pescoço, já começando a oscilar em pé. As lentes dos óculos de Tezcat brilhavam no aposento escuro. Eram do tamanho de um monóculo qualquer e inseridas em uma estrutura que lembrava uma chave. Ele a colocou na escrivaninha, os olhos se fechando lentamente.

— Ela não está segura, sabe? — comentou, cansado. — Ela vai te encontrar. E então verá a razão.

Seu queixo caiu até o peito quando a inconsciência tomou conta de seu corpo.

Laila olhou para Séverin, com uma expressão horrorizada.

— De quem ele tá falando?

Mas Séverin não tinha resposta.

9

ZOFIA

Zofia voltou a vestir o casaco, agora sem chamas, e arrancou um de seus pingentes detectores de Tezcat.

Ao longo dos últimos meses, aperfeiçoara a fórmula para que tudo o que precisava fazer era segurar o pingente perto de um objeto e ele revelaria se ali havia uma porta Tezcat escondida. Ela segurou o pingente diante de cada uma das estátuas, mas ele nunca chegou a mudar de cor.

O que quer que estivesse escondido ali tinha tomado precauções distintas.

Zofia franziu o cenho, estremecendo. O ar ártico enchia a Câmara das Deusas. Uma tonalidade branca se espalhava a partir do chão, apagando a filigrana dourada na lajota e subindo pelas paredes. Onde o branco tocava as estátuas, suas formas começavam a se dissolver, fazendo-as desaparecer para dentro dos nichos na parede.

Em questão de minutos, desapareceriam por completo. Até mesmo o enigma começou a desaparecer do chão:

O NARIZ NÃO CONHECE O CHEIRO DOS SEGREDOS,

MAS GUARDA SUA FORMA.

Aquilo não significava nada para ela, mas, quando olhou para Enrique, os olhos dele pareciam iluminados. Hipnos estava parado à direita do historiador, batendo com o dedo no próprio nariz e então cheirando a mão.

— Não cheguei a nenhuma conclusão — anunciou Hipnos.

— Então fica de olho na hora e vigia a porta — orientou Enrique, caminhando na direção das estátuas. — O mordomo disse que temos vinte minutos. Zofia?

Zofia prendeu o pingente de novo.

— Nenhuma presença de Tezcat detectada — informou. — Se tiver uma aqui, deve ter várias camadas de segurança.

Enrique caminhou de um lado para outro do aposento, bem devagar. Zofia vasculhou o restante dos bolsos de seu casaco, tirando mais seda Chardonnet inflamável, uma caixa de fósforos, um pequeno conjunto de ferramentas de cinzelagem e uma caneta de gelo Forjado que absorvia a água do ar e a congelava. Zofia analisou o lugar, mas nenhuma das ferramentas que trouxera lhe era útil.

— Eu pensei... pensei que haveria um sinal ou algo assim para o tesouro — disse Hipnos, soprando as mãos em concha para aquecê-las.

— Como um "o X marca o lugar"? — perguntou Enrique.

— Isso teria sido bem útil, sim — respondeu Hipnos. — Alguém deveria informar a este tesouro que eu o acho indevidamente provocador. Achei que ele deveria estar escondido numa das deusas. Mas então o enigma fala de nariz?

— Zofia, alguma sorte com as ferramentas?

— Sorte não serve pra nada.

— Tudo bem, algum êxito?

— Não.

— Mitologicamente falando, estamos tratando de algo que dizem guardar ou esconder coisas — observou. — Há dez deusas aqui, será que uma delas tem uma história a respeito de esconder alguma coisa?

— Como você sabe qual deusa é qual? — perguntou Hipnos.

— Iconografia — respondeu Enrique, que olhava fixamente para as dez estátuas, e todas pareciam a mesma para Zofia, exceto pelo objeto que carregavam. E então Enrique estalou os dedos. — Agora entendi... essas são as nove *musas* da mitologia grega, deusas da arte. Vocês veem essa lira? — Ele apontou para uma das estátuas de rosto inexpressivo segurando uma harpa dourada. — Essa é Calíope, a musa da poesia épica. Ao lado dela está Érato, a musa da poesia amorosa, e seu instrumento é a cítara, e depois Tália, musa da comédia, com suas máscaras de teatro.

Zofia observava, fascinada. Para ela, aquelas estátuas eram proezas da tecnologia de Forja. Eram mármore e afinidade. Mas isso era tudo o que suas formas lhe diziam. Quando ouvia Enrique falar, no entanto, era como se uma nova luz se acendesse em sua mente, e ela queria ouvir mais. Enrique parou diante de uma estátua com asas abertas.

— Estranho — disse. — Há uma décima estátua... Esta não se encaixa. Mas por que *musas*? Pode ser uma referência para a tradição da Ordem que diz que as Musas Perdidas guardam *As Líricas Divinas*?

— Mas a Ordem não construiu essas obras de arte — apontou Zofia.

— Verdade — concordou Enrique, assentindo com a cabeça. — E ainda tem essa décima estátua, que não se encaixa com nada. Para ser sincero, é estranha. Olha a forma da...

— Esse não é o momento de conjecturar! — ralhou Hipnos, gesticulando para o chão. — Pelas minhas contas só temos quinze minutos.

A essa altura, a tonalidade branca tinha se espalhado por quase metade do salão e começava a se estender pelas pernas de metade das estátuas de deusas.

— Não acho que ela seja uma deusa — comentou Enrique. — Não tem nenhum aspecto iconográfico distintivo. Tem algumas folhas de ouro nas asas, mas isso não nos diz muito. E o rosto não tem expressão alguma.

Zofia não se mexeu, mas havia algo familiar na estátua... algo que a fazia pensar na irmã.

— Eu quero ver também — resmungou Hipnos, aproximando-se da estátua. Olhou-a bem e fez uma careta. — Se *eu* tivesse essa aparência, também não ia exigir ser venerado. Nada nesses trajes diz "me reverenciem, mortais".

— Não é uma musa... é um serafim, um *anjo* — afirmou Enrique.

Ele deu um passo mais para perto e passou a mão pelo rosto, ombros e corpo da estátua.

Hipnos assobiou.

— Um tanto ousado da sua parte...

— Estou tentando ver se há algum ponto de pressão — disse Enrique —, algum tipo de mecanismo de liberação para acessar seja lá o que estiver escondido aqui dentro.

Nesse ponto, a tonalidade branca tinha alcançado a estátua do anjo. Começou nos pés, puxando lentamente o mármore de volta para a parede. A respiração de Zofia formava nuvens diante de si. Quanto mais encarava aquela cena, mais uma antiga história e um jogo que ela e Hela costumavam brincar lhe vinham à mente. Ela se lembrava da irmã sussurrando: *Você consegue guardar um segredo, Zosia?*

— Hipnos? Zofia? Alguma ideia? — perguntou Enrique.

— "O nariz não conhece o cheiro dos segredos, mas guarda sua forma" — repetiu Zofia, tocando a própria boca. Então começou a cruzar o salão, indo na direção deles. — Hela e eu costumávamos nos divertir com uma brincadeira de uma história que nossa mãe nos contou sobre anjos e crianças... Antes de nascer, você sabe todos os segredos do mundo. Mas um anjo os tranca dentro de você ao pressionar o polegar sobre seus lábios. É por isso que todo mundo tem uma pequena cavidade logo acima da boca.

— É um conto bonito... — Hipnos franziu o cenho.

Mas Enrique sorriu.

— Se encaixa... está demonstrando o conceito de *anamnese*!

Zofia pestanejou para ele.

— É uma doença? — perguntou Hipnos.

— É essa ideia de uma perda cósmica da inocência. A impressão do polegar de um serafim logo abaixo de seu nariz se encaixa com o enigma, porque o nariz não saberia o cheiro dos segredos, mas *guarda sua forma*. É o filtro labial! Ou o Arco do Cupido! Aquele pequeno V que temos acima da boca... bem embaixo do nariz. Na verdade, na mitologia filipina, existem *diwatas*, que...

— Para com a palestra e parte pra ação, Enrique! — pediu Hipnos.

— Desculpa, desculpa!

A tonalidade branca agora tinha avançado até a cintura do serafim, e suas mãos começavam a perder o formato. Rapidamente, Enrique estendeu o braço e pressionou o polegar contra o lábio superior do anjo. Um som como o de água escorrendo emanou de dentro da estátua do serafim. No mesmo instante, ela se abriu ao meio, as duas metades balançando como uma porta escondida. Dentro do anjo oco havia um pedestal esbelto de ônix e, sobre ele, uma pequena caixa de metal reluzente, não maior do que a palma da mão de Zofia. Pequenas rachaduras percorriam a superfície, como se tivesse sido fundida havia muito tempo.

— Nós encontramos — maravilhou-se Hipnos.

Enrique estendeu a mão e pegou a caixa... que não saiu do lugar.

— Espera — disse Zofia, e então pegou um pingente de lanterna, iluminando o metal. Pequenas marcas de dedos apareceram onde Enrique segurara para tentar puxar a caixa. Quando a tocou, sua afinidade de Forja para matérias sólidas fez as pontas de seus dedos formigarem. — Essa caixa é feita de estanho Forjado, reforçado com aço.

— Isso é ruim? — perguntou Enrique.

Zofia assentiu com a cabeça, fazendo uma careta.

— Quer dizer que meus dispositivos incendiários não vão funcionar. É à prova de fogo. — Ela olhou no interior do anjo oco e franziu o cenho. — E o interior da estátua é à prova de som... — Ela tocou nas camadas de esponja, tecido e cortiça. Por que um dispositivo ia precisar ser silencioso?

Um pequeno toque soou no relógio de Hipnos, que olhou para seus dois companheiros.

— Cinco minutos.

Zofia sentiu a garganta apertar. A sala parecia pequena demais, brilhante demais, muito parecida com o laboratório em sua antiga universidade, onde costumavam trancá-la e...

— Fênix —chamou Enrique, com suavidade. — Fica comigo. O que temos aqui? Você sempre tem alguma coisa.

A seda Chardonnet era inútil ali. Além das ferramentas e dos fósforos de sempre, tudo o que lhe restava era um dispositivo incendiário controlado, que não ajudaria em nada, e a caneta de gelo, para o caso de precisarem congelar as dobradiças das portas.

— Uma caneta de gelo — disse Zofia.

— Em um ambiente que já está congelante? — reclamou Hipnos. — Então, fogo é inútil... gelo é inútil... aliás, *eu* sou inútil.

— Não podemos nem sequer tirar a caixa do suporte, então como vamos abri-la... — começou a falar Zofia, mas, de repente, Enrique ficou imóvel, e algo se iluminou em seu olhar.

— Abrir — repetiu ele.

— Eeeeee lá se vai a sanidade do moço — comentou Hipnos.

— Zofia, me dá essa caneta de gelo. Ela absorve água do ar, certo? — perguntou Enrique.

Zofia assentiu com a cabeça e lhe entregou o objeto, observando quando Enrique começou a traçar cada uma das rachaduras da caixa de estanho.

— Vocês sabiam...

— E lá vamos nós — murmurou Hipnos.

— ... em 218 a.C., o general cartaginês Anibal atravessou os Alpes com seu exército imenso e quarenta elefantes, com o objetivo de destruir o coração do império romano — contou Enrique, enquanto despejava a água que a caneta coletara do ar. O líquido desapareceu nas rachaduras de estanho. — Naquela época, o padrão para remover obstáculos de rochas era bastante tortuoso. As rochas eram aquecidas com fogueiras, depois embebidas com água fria...

Ele tocou na caixa com a caneta de gelo, e um som cintilante e estaladiço ecoou na câmara silenciosa. O gelo se espalhou a partir das fissuras. Um som de estalo ressoou bem de dentro da caixa.

— ... o que fazia com que elas rachassem — completou, sorrindo.

A caixa se abriu, as bordas do metal brilhando úmidas.

Enrique estendeu a mão e retirou os delicados óculos de Tezcat. O objeto era do tamanho de óculos comuns... só que mais elaborado. A armação de metal cinza-chumbo formava um padrão de heras e flores de ferro que podia ser enrolada ao redor da cabeça como um diadema. Um par de lentes quadradas se projetava para fora, mas apenas uma delas tinha um pedaço de vidro prismático.

Hipnos bateu palmas bem devagar, sorrindo.

— Bom trabalho! Embora eu ache estranho que desta vez a engenheira tenha usado uma história e o contador de histórias tenha usado engenharia.

— Sou um *historiador* — corrigiu Enrique, guardando os óculos de Tezcat no casaco. — Não um contador de histórias.

— Historiador, contador de histórias — disse Hipnos, balançando a mão e sorrindo para Zofia. — *Quelle est la différence?*

Outro toque soou. Sem fazer barulho, a estátua de anjo foi engolida pela parede, deixando um aposento de mármore pristino. Zofia olhou ao redor, mas as paredes estavam lisas, sem sinal de nenhuma das estátuas de musas que estiveram ali logo antes.

— Acabou o tempo — informou Hipnos. — E é rude se atrasar para casamentos.

— Você precisa voltar para o baú...

— ... *Argh.*

— É isso ou...

Naquele exato momento, a porta da câmara foi aberta. O mordomo entrou, carregando uma bandeja de bebidas.

—Achei que pudessem gostar de...— Ele parou abruptamente quando viu Hipnos e o baú de viagem quebrado.

— Eu falei pra você vigiar a porta! — ralhou Enrique.

— Eu esqueci!

— *Que diabos é isso?* — questionou o mordomo. — *Guardas!*

— *Corram!* — gritou Enrique.

Zofia, Enrique e Hipnos saíram em disparada da Câmara das Deusas. Atrás de si, Zofia ouviu o barulho de uma bandeja caindo no chão e o mordomo gritando. O trio fugiu correndo pela magnífica mansão. Por um breve instante, Zofia sentiu uma onda de adrenalina, o tipo de energia que a fazia sentir que tudo era possível.

Enrique a olhou, as bochechas coradas e um canto da boca curvado em malícia, mesmo enquanto corriam. Zofia reconhecia aquela expressão de Laila, cada vez que a confeiteira costumava lhe passar um biscoito extra sem que ninguém percebesse. Era conspiratória, como ser incluída em um segredo. Fazia com que se sentisse grata... e confusa, porque não tinha certeza de qual era o segredo que o historiador estava lhe oferecendo.

No final do corredor, a ampla porta da frente brilhava como um sinal de advertência. Hipnos a alcançou primeiro, puxando a maçaneta. Do outro lado, Zofia podia ouvir os sinos nupciais tocando alto, o *ploct-ploct* dos cascos dos cavalos e as rodas da carruagem esmagando o gelo que cobria as ruas.

Atrás dela veio o som de arranhões e batidas pesados. Enrique olhou por sobre o ombro dela e empalideceu.

— *Maldição* — sibilou Hipnos, puxando a maçaneta.

— Cães! — exclamou Enrique.

— Não é exatamente o xingamento que eu usaria para articular a situação, mas...

— Não — disse Enrique. — *Cães!* Anda logo!

Zofia olhou para trás, a mente processando o que seus olhos viam antes que o medo tomasse conta: quatro cachorros brancos imensos correndo na direção deles.

— Consegui! — gritou Hipnos.

A porta foi aberta com tudo. De modo vago, ela sentiu a mão de Hipnos ao redor de seu punho. E ele a puxou com força, arrastando-a até as ruas geladas de São Petersburgo, enquanto a porta se fechava com um baque atrás deles, e o ar gélido a atingiu como um soco.

Lá na frente, os sinos nupciais tocavam em uma enxurrada de *troikas* avançando pelas ruas de *Angliskaya Naberezhnava*. Um conjunto de três cavalos robustos puxava cada uma das quinze carruagens brancas. Fogos de artifício Forjados zumbiam pelo ar, explodindo em imagens que mostravam a silhueta da noiva e do noivo, ursos rosnando e cisnes voando que se dissolviam noite adentro.

— Ali! — apontou Enrique.

Uma das carruagens tinha uma faixa preta no meio. A condução dobrou a esquina na direção deles bem quando a porta da frente foi aberta mais uma vez. Do fim da calçada, Enrique xingou alto. Acenou loucamente para a carruagem com a faixa preta, mas o veículo não reduziu a velocidade. Rosnados surgiram atrás de Zofia.

— Não vamos conseguir chegar a tempo! — disse Hipnos, com o rosto brilhando de suor.

Com um giro do punho, Zofia arrancou um dos pingentes de fogo de seu colar, jogando-o nos cães. Ao mesmo tempo, enviou sua *vontade* para o objeto de metal: *Incendeie*.

Ouviu o crepitar das chamas se espalhando uma sobre a outra, seguido de ganidos indignados e o som de patas recuando com pressa. Uma coluna de fogo se ergueu na calçada, obrigando os cães de guarda a recuarem.

A carruagem com a faixa preta parou de modo abrupto no fim da entrada da mansão. As outras *troikas* seguiram em frente bem quando a porta foi aberta pelo lado de dentro... Hipnos e Enrique subiram de forma desajeitada na escuridão da carruagem. Zofia segurou o corrimão, e então sentiu as mãos quentes de Laila a puxarem para dentro.

Na outra extremidade estava Séverin, que não olhou para nenhum dos outros enquanto batia duas vezes com os nós dos dedos no teto da carruagem. À medida que se afastavam, Zofia espiou pela janela. A coluna de fogo tinha sumido. O mordomo e vários guardas tinham saído correndo... mas a *troika* deles já estava na fila com o restante do cortejo nupcial.

Hipnos se atirou no banco, com a cabeça repousando no colo de Laila e as pernas esparramadas sobre Enrique. Sem saber muito bem o motivo, Zofia olhou de relance para o historiador. Queria saber como era a expressão em seu rosto com o corpo de Hipnos contra o dele. Ela não se esquecera do beijo que Enrique e Hipnos trocaram meses atrás. A lembrança a surpreendeu. Não sabia por que aquela imagem aparecera diante de si naquele momento, mas foi o que aconteceu — seu jeito lento, como um pavio queimando até alguma explosão que ela não conseguia compreender. Não conseguia criar. Pensar naquilo lhe trazia um peso dolorido ao peito, mas ela não sabia o porquê.

— Zofia quase foi comida pelos cães — anunciou Hipnos. — Quer dizer, ela basicamente descobriu como conseguir os óculos, mas *eu* ajudei no resgate também! Sério, Fênix, o que você faria sem a gente?

Ele deu um sorriso amplo, mas Zofia não podia sorrir. Pensou em Hela amassando a carta que tentara escrever para eles quando estava na Polônia:

Ah, não os deixe preocupados, Zofia. Pode ser que comecem a se preocupar com quem vai ter que cuidar de você quando eu me for.

Ainda que o dinheiro do trabalho dela tenha salvado a vida de Hela; ainda que a equipe fracassaria sem suas invenções, Zofia não gostava de sentir que seu jeito de ser de algum modo a tornava um fardo. Mesmo assim, sabia que às vezes precisava de ajuda quando outras pessoas, não. Essa consciência estava em seu cerne como uma peça de quebra-cabeça que não se encaixava bem.

— Eu não sei — disse, baixinho.

10

LAILA

Laila desceu da carruagem nupcial e olhou para a escuridão que tomava conta da fachada da loja aninhada em um canto sonolento de São Petersburgo. A neve caía como se fosse açúcar — suave e doce, cobrindo com delicadeza as beiradas de madeira da fachada da loja. Mas ainda que a neve deixasse a cidade com a aparência de estar coberta de açúcar, o frio da Rússia tinha um gosto de amargura. Ficava preso atrás dos colarinhos dos casacos, manchava os dedos de azul e queimava o interior de seu nariz pelo simples fato de ousar respirar.

— Venham! — disse Hipnos, praticamente pulando diante deles. — E você...

Ele parou para olhar para a pessoa que descera da carruagem atrás deles. Laila conteve um arrepio. Ainda não havia se acostumado com a visão de uma Esfinge, os membros da guarda da Ordem de Babel, que usavam máscaras de crocodilo grotescas e sempre exalavam um leve odor de sangue.

— Você sabe como e onde nos encontrar. Deixe a carruagem pronta.

A Esfinge não respondeu. Talvez não pudesse, pensou Laila, com uma pontada de pena. Atrás da Esfinge estavam outros três guardas da Casa Nyx, os quais ainda usavam o uniforme dos homens de Vasiliev. Embora estivessem com o pingente com as lentes de Tezcat desaparecidas, a atuação no Teatro Mariinsky a perturbara. Não conseguia parar de pensar nas últimas palavras de Vasiliev, antes de ficar inconsciente. *Ela vai te encontrar.* Quem era ela? Séverin não tinha ideia e desdenhara daquilo, considerando a declaração como as palavras de um homem à beira da exaustão nervosa. Mas Laila sentia o eco delas lançando sombras sobre seus pensamentos.

Dentro da loja, objetos estranhos revestiam as paredes. Bonecas coloridas, com o formato de cabaça, não maiores do que a extensão de sua mão, cobriam as prateleiras como um exercitozinho. Jarros e xícaras de cerâmica azul delicada, samovares de prata esterlina e caixas de chá e tabaco importados estavam meio desembalados em caixotes de madeira repletos de palha. Ao longo de uma das paredes pendiam peles caras — linces malhados e doninhas aveludadas, visons cor de gelo e peles de raposa de belas tonalidades laranja e escarlate, como um pôr do sol arrancado do céu. Na outra extremidade da sala, Laila pôde distinguir um par de portas de vidro em uma das paredes. O gelo se espalhava pelo vidro, mas, pela porta da esquerda, Laila conseguia ver a silhueta de uma cidade... e não era São Petersburgo.

Hipnos seguiu seu olhar, sorrindo.

— Um dos maiores segredos da Ordem de Babel — comentou. — Esses são antigos portais de Tezcat que usam tecnologia da Casa Caída para cobrir distâncias imensas. Aquela porta à esquerda leva direto para Moscou.

— E a da direita? — perguntou Zofia.

Hipnos fez uma cara estranha.

— Eu nunca mais a abri depois da vez que vi uma poça de sangue vindo do outro lado.

— Como é que é? — perguntou Enrique. — E por que vocês têm tantos portais na Rússia?

— Aqui é a capital do aprendizado da Ordem de Babel, *mon cher* — disse Hipnos, enquanto seguia para o fundo da sala. — Só há uma Casa na Rússia, a Casa Dažbog. Imaginem isso! *Uma* Casa para realizar todas as festas? É de perder a cabeça. De todo modo, a Rússia não tem nem de perto tantas colônias além de algumas coisas relacionadas à captura de peles. Talvez esteja muito distraída com suas constantes escaramuças com a China e sei lá mais o quê, então a Casa Dažbog se especializou em sua própria moeda: o *conhecimento*. Quanto aos portais, precisava haver maneiras seguras de cada Casa conseguir informações ou se encontrar em segredo, então a Rússia tem a maior concentração deles.

Laila escutava sem prestar muita atenção à medida que se aproximou de uma das prateleiras com as bonecas pintadas. Um nó se formou em sua garganta. Na infância, só tivera uma única boneca. E não gostava de se lembrar do que acontecera com ela.

— Essas são bonecas *matryoshka* — explicou Hipnos, pegando uma da prateleira.

Ele torceu a parte de cima e o dorso da boneca, abrindo-a ao meio e revelando uma boneca menor. Então fez a mesma coisa com esta ... e assim sucessivamente até criar uma perfeita ordem descendente de miniaturas.

— Lindas — comentou Laila.

— São o mais recente projeto de Vasily Zvyozdochkin — disse Hipnos.

Laila passou o dedo pela boneca — o casaco azul-gelo e a pele cor de concha, o floco de neve pintado sobre o coração da boneca.

— Quem é ela? — perguntou Laila.

Hipnos deu de ombro. Mas então Enrique tinha se aproximado deles e espiava por cima de seu ombro.

— Snegurochka.

— Deus te abençoe — disse Hipnos solenemente.

Enrique revirou os olhos, ainda que um pequeno sorriso tocasse sua boca.

— A donzela de neve dos contos de fada russos — explicou Enrique. — Diz a lenda que ela era feita de neve e, ainda que tivesse sido advertida a vida toda para não se apaixonar, não foi capaz de evitar. No momento em que isso aconteceu, ela derreteu.

As palmas das mãos de Laila formigaram de irritação. Ela queria sacudir essa Snegurochka por se quebrar tão facilmente. Afinal, elas eram bem pouco diferentes uma da outra. Laila era feita de ossos recolhidos, e a donzela da história não passava de um monte de neve. O amor não merecia derreter suas mentes e transformar seus corações em pó.

— Está tudo em ordem? — perguntou uma voz sombria e familiar.

Um calor rápido percorreu o corpo traidor de Laila, que se virou bruscamente das bonecas da donzela de neve.

— Sim, sim, está tudo pronto — respondeu Hipnos, dando o braço para Enrique e seguindo até um caixote de madeira cheio de feno.

Além do patriarca, Séverin capturou o olhar de Laila, e sua visão se moveu lentamente para as bonecas atrás dela. Laila caminhou em direção a Zofia, que estava sentada diante de uma mesa baixa e brincava com sua caixa de fósforos.

— Shots? — perguntou Hipnos, pegando uma garrafa de vodca envolta em gelo.

— Óculos — respondeu Zofia.

— Nunca ouvi falar desse jogo de bebedeira.

— Pensei que a gente ia montar os óculos de Tezcat.

— Não aqui — disse Séverin, lançando um olhar para a porta. — Muito visível. Os homens de Vasiliev ainda podem estar lá fora. Vamos entrar no portal para Moscou primeiro.

— Dá azar começar uma jornada sóbrio — acrescentou Hipnos, erguendo a garrafa de vodca. — Agora. Brindemos à Senhora Sorte?

— Não vejo sentido em brindar a uma antropomorfização do acaso — comentou Zofia. — Isso não faz aumentar a frequência de sua ocorrência.

— E, por isso, você vai beber *dois* shots — disse ele. — Aliás, tenha cuidado ao se sentar nessas caixas de madeira. São antigas e têm uma bela quantidade de farpas traiçoeiras.

Laila se sentou. Obrigou-se a sorrir, mas aquelas bonecas a deixaram abalada. Então virou o anel de granada no dedo: *18 dias*.

Temos os óculos de Tezcat, recordou-se. Mas suas dúvidas ofuscavam a esperança: e se não funcionasse? Como podia ter certeza de que o segredo da vida estaria nas páginas de *As Líricas Divinas*? E se o livro tivesse sido retirado do Palácio Adormecido?

— Laila? — chamou Hipnos.

Ela ergueu os olhos. Não estava prestando atenção.

— A gente vai atravessar na ordem dos nossos aniversários. Quando é o seu?

— Em dezoito dias — respondeu, e seu estômago se revirou ao dizer isso em voz alta.

— Tá logo aí, *ma chère!* Você devia ter me falado! Vai fazer uma festa?

Ou um funeral?, pensou. Em seguida negou com a cabeça enquanto Hipnos colocava um copo gelado em sua mão, e depois entregava outro para Enrique e Zofia — que fez uma careta. Séverin recusou. Ficou parado perto da lareira, distante dos demais. Sombras e luzes das chamas dançavam sobre ele, tornando-o quase não humano. A curva do pescoço de Laila formigava, lembrando-a do quase roçar de lábios dele contra sua pele. *Agora você tá exagerando na atuação.* O olhar de Séverin se voltou bruscamente para o dela, que virou a cabeça com um segundo de atraso.

— Que os fins justifiquem nossos meios — entoou Hipnos.

Toda vez que pensava nos fins, o sorriso brilhante de Tristan fazia o coração de Laila se apertar. Em seus pensamentos, murmurou o nome dele antes de tomar a vodca gelada em um só gole. Tinha gosto de fantasmas, pensou, pois mesmo depois de terminar a bebida, o álcool permaneceu amargo em sua língua.

— *L'Chaim* — disse Zofia, baixinho, virando sua vodca também.

Enrique tomou o shot e se engasgou, segurando a garganta.

— Isso é *nojento.*

— Pega aqui, bebe mais — sugeriu Hipnos, estendendo a garrafa. — Com shots suficientes, você não vai sentir o gosto de nada.

— Eu gostaria de ter uma palavrinha a sós com a minha equipe — informou Séverin, em voz baixa. — Vá verificar o portal, Hipnos.

Sem pressa, o patriarca colocou a garrafa no chão. O sorriso desapareceu de seu rosto.

— Ok — disse.

Quando se levantou, Enrique segurou sua mão, apertando-a por um instante antes de soltá-la. Laila reconheceu aquela expressão de anseio em seu rosto, e aquilo a fez parar... era a mesma expressão que ele tinha quando enamorava alguma ideia. Como o que aconteceu com a ideia de tocar piano ou durante sua breve obsessão com árvores bonsai que irritava Tristan até não poder mais. Laila observou quando Hipnos deu um sorriso ausente para Enrique antes de se voltar para seus guardas e se dirigir para o portal. Ficou feliz pelos dois, sim, mas aquilo não a impediu de sentir uma pontada de apreensão em seu coração. Hipnos gostava de se apaixonar e se desapaixonar como se fosse um passatempo. E Laila não tinha certeza se o Hipnos se importaria se alguém se apaixonasse demais por ele ao longo do caminho.

Enrique se virou para Séverin com uma expressão fria.

— Acho que ele já conquistou um espaço aqui.

— Ele conquistou um espaço na sua cama — ralhou Séverin. — Não à minha mesa.

Manchas vermelhas apareceram nas bochechas de Enrique. Se Séverin notou, resolveu ignorar.

— Além disso, ele continua sendo parte da Ordem.

Laila se lembrou de Hipnos preparando os lanchinhos com todo o cuidado para eles no observatório, o brilho em seus olhos quando os surpreendeu com tudo o que havia feito, e o desânimo em seus ombros quando percebeu que não fora a surpresa que pretendia. Ela olhou com raiva para Séverin.

— Hipnos é tão confiável quanto qualquer um de nós — disse, batendo com a mão em um caixote.

Tudo o que ela queria era enfatizar um ponto. Em vez disso, uma dor aguda e intensa inundou seus sentidos. Tarde demais, a advertência de Hipnos soou em seus ouvidos: *Toma cuidado*. O sangue jorrou na palma de sua mão pela perfuração de um prego solto.

— Pelos deuses, Laila, você está bem? — perguntou Enrique, correndo até ela.

Sua mão pulsava e ela a pressionou contra o vestido, sem se importar de destruir o tecido dourado. Laila tomava tanto cuidado para não se cortar. Na última vez que isso acontecera, tinha doze anos. As chuvas de monções tinham varrido sua vila, e a casca da tília na qual ela costumava subir estava lisa por conta da água. Quando caiu e cortou a mão, correu até o pai com o ego ferido e a mão ensanguentada. Só queria que ele a mimasse, que dissesse que ia ficar tudo bem. Em vez disso, o homem recuou.

Se afasta de mim. Não quero olhar pra esse sangue com o qual o jaadugar te encheu.

De quem era o sangue em suas mãos?

Aquilo a deixava enjoada.

— Com licença — disse, afastando a mão de Enrique. — Preciso de um pouco de ar.

Sua respiração parecia presa nos pulmões enquanto ela corria para o lado de fora. A Esfinge simplesmente meneou a cabeça, mas, fora isso, não se incomodou com sua presença. Tarde demais, Laila percebeu que tinha deixado o casaco no caixote de madeira. Pensava que sabia o que era o inverno, mas o frio da Rússia parecia... vingativo.

— Laila?

Ela se virou e viu Enrique e Zofia parados à porta. Enrique lhe entregou seu casaco.

— O fogo cicatriza os ferimentos — disse a outra, mostrando um fósforo aceso.

— É só um corte minúsculo! — Enrique ficou chocado. — Apaga isso!

Zofia soprou o fósforo, parecendo levemente irritada. Em uma de suas mãos, Enrique equilibrava um rolo de bandagem e um copinho com vodca, o qual derramou na mão de Laila. A dor foi tão aguda que ela não conseguiu respirar.

Zofia pegou a bandagem de Enrique e começou a envolver a mão machucada. Era um gesto tão pequeno. Ser mimada. Ser cuidada com carinho. Da última vez que se cortara, ela simplesmente ficara na chuva, com a mão latejando enquanto deixava a água correr por suas palmas até que não houvesse mais traços do sangue de outra pessoa em sua pele. Lágrimas começaram a correr por seu rosto.

— Laila... Laila, o que foi? — perguntou Enrique, seus olhos estavam arregalados, assustados. — Conta pra gente.

Conta pra gente. Talvez fosse a dor em sua mão ou a nota de sofrimento na voz do historiador, mas Laila sentiu seu segredo escapar de seu controle.

— Eu tô morrendo — revelou, baixinho.

Ela olhou para o rosto de Enrique, mas o rapaz apenas balançou a cabeça com um sorrisinho. Zofia, no entanto, parecia chocada.

— É só um cortezinho, Laila... — disse Enrique.

— Não — interrompeu ela de modo brusco.

Então o olhou, memorizando suas feições. Talvez fosse a última vez que os dois olhariam para ela desse jeito. Como se se importassem.

— Há algo que vocês não sabem a meu respeito — contou, afastando o olhar. — É mais fácil se eu mostrar para vocês.

O coração de Laila saltou em seu peito quando estendeu a mão, tocando no rosário que Enrique usava ao redor do pescoço.

— Seu pai te deu isso quando você deixou as Filipinas — disse.

— Isso não é exatamente um segredo — respondeu Enrique, com gentileza.

— Ele te disse que no passado também sonhara em fugir... na noite anterior ao casamento com sua mãe. Ele pensou em desistir de tudo, da Empresa Mercantil Mercado-Lopez, de tudo... pelo amor de uma mulher em Cavite. Mas escolheu cumprir seu dever, e nunca se arrependeu disso... Ele te deu o rosário e disse que esperava que aquilo te guiasse pelos caminhos certos...

Enrique parecia atordoado. Abriu a boca e a fechou sem dizer nada.

— Eu consigo ler as lembranças dos objetos — revelou Laila, retirando a mão. — Não todas elas, é óbvio. Mas emoções fortes ou recentes. E consigo fazer isso porque eu... eu sou Forjada.

Sem olhar para eles, contou a história de sua criação. Não de seu nascimento. Porque ela nunca nascera de verdade. Ela morrera dentro do útero de sua mãe, e o que sobrou dela foi montado.

— É por isso que preciso encontrar *As Líricas Divinas* — explicou. — O *jaadugar* que me fez disse que eu não viveria além dos dezenove anos sem os segredos que estão dentro daquele livro.

Os segundos de silêncio se estenderam até se tornarem um minuto inteiro. Laila achou que os dois dariam meia-volta, ou que se afastariam ou então que fariam *alguma coisa*. Em vez disso, só a encararam, e tudo o que ela queria fazer era sair dali correndo. Os olhos azuis de Zofia se iluminaram com uma nova determinação, e Laila quase se encolheu diante da resolução que viu ali.

— Não vou te deixar morrer — afirmou Zofia.

Enrique segurou sua mão, seu toque cheio de calor.

— *Nós* não vamos deixar que nada aconteça com você.

Você.

Nenhuma condição. Nenhuma mudança no modo como se referiam a ela. Nenhuma mudança, nem sequer em como olhavam para ela. Laila se conteve e precisou de um instante para perceber que todo seu corpo estava tenso, pronto para recuar. Para fugir. Saber, pela primeira vez, que não precisava fugir fez com que ela encarasse as mãos, completamente perdida. E então, como se soubesse o que se passava em seus pensamentos, Enrique estendeu a mão. Aquele toque ricocheteou em seu cerne e, um segundo depois, Laila jogou os braços ao redor de Enrique e de Zofia. Miraculosamente — um milagre maior do que uma garota ser trazida dos mortos, ou das maravilhas terríveis das Catacumbas —, eles a abraçaram com força. Quando finalmente os soltou, os olhos de Enrique estavam repletos de perguntas.

— ... então você podia fazer isso o tempo todo? — perguntou, enrubescendo um pouco. — Porque, se isso for verdade, eu sei que pode parecer que roubei aquela estola de plumas do cabaré, mas eu juro que...

— Eu não preciso saber, Enrique — consolou Laila, gargalhando apesar de tudo. — Seus segredos ainda são seus. Eu nunca li os objetos dos meus amigos.

Mesmo contra sua vontade, a lembrança de Tristan e de toda sua escuridão oculta lhe veio à mente, todas as ocasiões em que ele precisava de ajuda e todas as oportunidades perdidas em que ela podia ter descoberto como ajudá-lo. Talvez ela devesse reconsiderar essa política.

— Séverin sabe? — perguntou Zofia.

Laila cerrou a mandíbula.

— Séverin sabe que eu fui... feita. E que consigo ler objetos. Mas não sabe por que eu preciso de *As Líricas Divinas* — respondeu. E, em um tom de voz gélido, acrescentou: — Ele não precisa saber. Não devo meus segredos a Séverin.

Se ele soubesse e isso não fizesse diferença, ela não seria diferente da Snegurochka, cujo coração derretido a transformou em nada mais do que um amontoado de flocos de neve. Laila não faria isso consigo mesma. Talvez, para garotas feitas de neve, o amor era digno do derretimento. Mas ela era feita de ossos roubados e pele lustrosa, de terra de sepulturas e sangue de estranhos — nem o coração que tinha era seu para dar. Sua alma era tudo o que tinha, e não valia a pena perdê-la por amor nenhum.

Enrique apertou-a no ombro e entrou primeiro. Laila limpou as últimas lágrimas e ergueu o queixo. Estava quase atravessando a porta quando um leve toque da mão de Zofia a fez se virar.

— Obrigada — disse a amiga.

— Por quê? — perguntou Laila.

Zofia hesitou.

— Pela verdade.

— Eu que devia agradecer a vocês — disse. — Segredos são fardos pesados.

A expressão de Zofia se fechou.

— Fardos são algo de que sei tudo a respeito.

Do outro lado da porta, em um beco em Moscou, uma *troika* os esperava para levá-los até uma localidade segura da Casa Nyx. Ao longe, Laila captou o som de uma segunda carruagem, carregada com os pertences do grupo, que também seguia para o novo esconderijo. Um poste de luz brilhante iluminava a neve que caía, e a alquimia de suas luzes parecia transformar os flocos em moedas de ouro. O ar tinha o cheiro distante de madeira queimada e lata, e os pedaços de neve nas calçadas desertas estalavam como ossos sob suas botas. Persianas de madeira cobriam as vitrines das lojas com sombras e silêncio. Da *troika*, três cavalos escuros sacudiam e viravam as cabeças. Dois guardas da Casa Nyx esperavam para levá-los, mas, quando começaram a caminhar em direção à *troika*, Zofia estendeu a mão, segurando Laila pelo punho.

— Tá sentindo esse cheiro? — perguntou ela.

Hipnos enrugou o nariz.

— Não fui eu — apressou-se a dizer Enrique.

Havia um leve... ardor no ar.

— É nitrato de potássio — disse Zofia, os olhos se arregalando quando olhou para eles. — É um explosivo...

Ela mal teve tempo de dizer as palavras antes que algo atrás da *troika* explodisse em chamas. Os cavalos relincharam, disparando na escuridão enquanto imensas chamas se aproximavam deles.

11

SÉVERIN

Séverin deu um passo para trás, cambaleando. Os cavalos se ergueram sobre as patas traseiras, soltando-se dos arreios e saindo em disparada noite adentro um pouco antes que as chamas altas engolissem a *troika* e bloqueassem a saída deles. O rapaz bateu a mão contra a parede de tijolos atrás de si, procurando, em meio ao desespero, por qualquer sinal de saliência, qualquer sinal de uma rota de fuga. Mas os tijolos estavam cobertos de gelo. Qualquer coisa que conseguisse pegar escorregava por entre seus dedos. Assim não, pensou, olhando para Hipnos, Laila, Zofia e Enrique... *Assim não*.

— Eu não entendo... não consigo entender... — sussurrava Hipnos sem parar, fitando a *troika* que aos poucos escurecia.

Gritos irromperam de dentro da carruagem enquanto dois dos guardas da Casa Nyx eram consumidos pelas chamas.

Hipnos tentou correr até a carruagem, mas Zofia o impediu.

— Água! — gritou Enrique. — Precisamos de água para apagar as chamas!

Enrique pegou punhados da neve suja da cidade e os enfiou em seu chapéu, jogando-os nas chamas que se aproximavam. Com dificuldade,

Séverin se deu conta de que Enrique tentava apagar o fogo. Era inútil, estúpido e... corajoso. Mas tudo o que conseguia fazer era olhar fixo para a cena. Enrique olhou por sobre o ombro e gritou sobre o som das chamas:

— Não me olha desse jeito! — disse, fazendo cara feia. — Pode acreditar. Eu sei como a cena deve estar parecendo!

Séverin caiu de joelhos e começou a juntar neve, empurrando-a entre as chamas e os demais. Suas mãos congelaram e a longa cicatriz em sua palma ardeu. Zofia ficou ao seu lado, enchendo o chapéu de neve, derretendo-a com um toque de seu pingente de fogo e jogando-a nas chamas em vão. Ele olhou para ela, para as mãos dos dois trabalhando lado a lado. Ouviu os outros ali perto e se virou por impulso, seus olhos se enchendo com a visão do grupo todo.

Eu queria transformá-los em deuses.

Queria proteger vocês.

Séverin sentia como se estivesse vendo Tristan morrer de novo, só que desta vez seu fracasso se tornara uma coisa viva, mordendo os calcanhares de todos aqueles que se aproximavam demais. Viu que suas mãos não se moviam rápido o suficiente, suas pernas estavam congeladas, uma terrível consequência escapando por entre seus dedos esticados. Era a mesma coisa e também era diferente. Não havia ninguém com uma máscara de lobo dourado, nenhuma cabeça jogada para trás, nem gargantas expostas nem estrelas se soltando do teto. Apenas neve, fogo e gritos. As chamas se aproximavam deles, e a respiração de Séverin queimava em seus pulmões. Ele se engasgaria com a fumaça antes que o fogo o alcançasse, mas pelo menos partiria antes do outros. Pelo menos não teria de ver. Alguém o puxou para trás com força. Mesmo em meio ao fedor de enxofre das chamas, o rapaz captou o aroma de conto de fadas de açúcar e água de rosas.

— *Majnun* — disse Laila.

Só podia estar alucinando. Ela já não o chamava mais assim.

Séverin sacudiu o ombro para se soltar das mãos dela, recusando-se a olhar naquela direção. Não podia vê-la morrer. Mal conseguia suportar a expressão de dor no rosto de Laila. O calor queimava sua face, e Séverin se forçou a olhar para as chamas que se aproximavam. Conseguia ouvir Hipnos,

Enrique, Zofia e Laila gritando para que ele se afastasse. No entanto, deu um passo adiante e estendeu as mãos, com as palmas viradas na direção do grupo, como se pudesse afastá-los da morte ou oferecer a si mesmo ao senso de misericórdia distorcido do mundo, uma vez que não poderia ver como fracassara com eles pela última vez.

Ele fechou os olhos, preparando-se para o calor ardente.

Mas as chamas se extinguiram.

Séverin abriu os olhos no mesmo instante. Uma luz azul atravessou as chamas. A tonalidade até então de um escarlate intenso diminuiu enquanto mais e mais fragmentos azuis as rasgavam. Séverin pestanejou, e suas mãos falharam por uma fração de segundos. Grandes ondas de fumaça se espalhavam no ar. Onde as chamas eram vermelhas, agora havia tons azulados na base, como se uma infecção de gelo tivesse tomado conta de seu calor. O azul se espalhou para o alto, engolindo chamas inteiras antes de se espalhar novamente pelo chão, deixando apenas um véu de bruma índigo. Sob seus pés, as pedras sibilavam e soltavam vapor. Aos poucos, o mundo ganhou claridade à medida que a fumaça se dissolvia no ar, revelando a noite fria e as estrelas ainda mais frias. Quando Séverin olhou para a esquerda, viu que o beco cercado por paredes de tijolos, até então bloqueado pelo fogo da *troika*, agora apresentava uma rota de fuga certeira — ainda que chamuscada.

— Estamos vivos! — exclamou Enrique, feliz.

O historiador olhou para Séverin, sorrindo e esperançoso, e o rapaz quase — *quase* — sorriu de volta. Mas, na partida abrupta das chamas, lembrou-se de que ainda estava com os braços erguidos. Como se pudesse salvá-los. Então, envergonhado, abaixou as mãos. Estava com o peito pesado, o suor escorrendo pela espinha e a boca com gosto de fumaça. Ele era tão... inutilmente humano. Mas aquilo podia mudar.

Enrique estava ajoelhado na terra, seu rosto ainda feliz e esperançoso.

— Séverin?

Séverin se lembrou de quando conhecera o historiador. Naquela época, Enrique não passava de um universitário graduado e bem-vestido. Um garoto com um livro embaixo do braço enquanto parava para estudar uma estátua na galeria de arte do L'Éden.

— Essa descrição está toda errada — pontuou Enrique.

Séverin se sentiu surpreso por esse rapaz que falava como se fosse seu igual. Ninguém falava com ele assim no L'Éden, e o efeito era... revigorante.

— Como é que é?

— Essa não é uma divindade da morte. É o deus sol. Surya. — Enrique apontou para a couraça e a adaga. — Essas marcas na canela da estátua representam marcações de botas.

— Deuses hindus usavam botas? — perguntou Séverin.

— Bem, deuses hindus que podem não ter se originado na Índia — comentou Enrique, dando de ombros. — Acredita-se que o deus sol Surya se originou na Pérsia, por isso é descrito como um guerreiro da Ásia Central. — Ele balançou a cabeça. — Seja lá quem foi que acreditou nisso era um tolo que precisava de um historiador de verdade.

Séverin sorriu, e então estendeu a mão.

— Meu nome é Séverin, e sou um tolo que precisa de um historiador de verdade.

Séverin deu as costas para Enrique e para a esperança em seus olhos. O frio se impôs mais uma vez no beco e o ar cortante do inverno lhe feriu a pele. Sua mão foi até os óculos de Tezcat, enterrados bem no fundo do bolso de seu casaco.

Não podia se dar ao luxo de ser um tolo.

Seu olhar se voltou para a saída liberada à frente deles.

— O que estamos esperando? — quis saber Hipnos. — Vamos embora! — A voz dele se ergueu quando o patriarca olhou para a *troika* queimada da qual os membros da Casa Nyx tinham lutado para fugir.

Parecia muito quieta, muito vazia.

— Esperem — disse Séverin, erguendo a mão.

Alguém os resgatara. Alguém também montara uma armadilha para o grupo. Agora, alguém esperava pelo próximo movimento que fariam.

Sua mente rodopiava com nomes, rostos e ameaças, mas nenhum deles se destacou em seus pensamentos. Do final do beco veio o som brusco de botas contra o concreto. O caminhar da pessoa era medido. Determinado.

Séverin levou a mão à lâmina escondida no salto de seu sapato. Olhou de relance para todos eles — o cabelo molhado pela neve de Zofia estava grudado em seu rosto, seus olhos azuis imensos. Enrique ainda estava abaixado na neve. Hipnos se segurava em Laila, encarando a *troika* sem piscar os olhos. E Laila... Laila olhava apenas para ele. Séverin lhe deu as costas, com um pressentimento frio no coração. Eles não estavam em condições de lutar. Não tinham nada além de chapéus cheios de neve derretida e um punhado de armas que escorregavam de suas mãos úmidas. Mesmo assim, endireitou o corpo, tenso, e esperou até que a figura enfim entrasse sob a luz.

Séverin achou que estava enganado. Mas a luz da lua não mentia. Sua cicatriz pulsava, e a mais breve lembrança — de ser abraçado e mantido em segurança — desapareceu em um clarão de luz azul.

— Ora essa... quem nós temos aqui? — disse Delphine Desrosiers, matriarca da Casa Kore, acariciando preguiçosamente a gola de peles de sua capa. — Bem, temos uma engenheira acusada de incêndio criminoso.

Os olhos de Zofia brilharam.

— Um historiador que precisa de um corte de cabelo.

Enrique fez cara feia e arrumou os cabelos.

— Uma cortesã.

Laila ergueu o queixo.

Hipnos tossiu alto.

— E *você* — disse a matriarca, em um tom de voz afetuoso e repugnante. — E, por fim, *monsieur* Montagnet-Alarie... o caçador de tesouros favorito da Ordem. O que vocês estão fazendo tão longe de casa?

Então sorriu, e seus dentes capturaram a luz.

PARTE II

DOS ARQUIVOS DA ORDEM DE BABEL

DO TEXTO HINDU, *O LIVRO DA DINASTIA*,
ESCRITO POR VIDYAPATHI DAS
TRADUÇÃO DE 1821 FEITA POR FITZWILLIAM AINSWORTH

Após a coroação, o novo rei faz oferendas aos deuses com tigelas de leite temperado e favos de mel, moedas de ouro envoltas em pétalas de rosas e uma variedade de doces. Ele deve prestar homenagem particular aos vários avatares de Saraswati, a deusa do conhecimento, da música, da arte e [nota do tradutor: o autor deste texto se refere à Forja como "chhota saans", ou "o sopro irrisório", já que ela imita a arte dos deuses de dar vida às criações. Daqui em diante, me referirei a isso pelo nome adequado, Forja] da Forja.*

*Nota do arquivista:
É muito curioso ver uma referência aos avatares da deusa Saraswati, cuja esfera religiosa parece ser muito similar a das nove musas da Grécia antiga, e que é responsável pelo longínquo (ou apócrifo, dependendo do viés de cada intelectual) grupo de guardiãs, as Musas Perdidas. Talvez um comerciante indiano tenha trazido notícias dessas divindades helenísticas e, dessa forma, as introduziu na consciência do subcontinente indiano? De que outra forma seria possível tal conexão?

12

SÉVERIN

Séverin teve sete pais, mas só um irmão.

Inveja foi um deles. Inveja tinha uma linda esposa, duas belas crianças e uma casa maravilhosa com uma janela que dava vista para um campo de violetas e um riacho murmurante. No primeiro dia, a esposa de Inveja disse que ele e Tristan poderiam chamá-la de "mãe", e Séverin se perguntou se talvez pudesse ser feliz.

Mas não era para ser.

— Eu queria que eles tivessem alguma outra família! — disse Clotilde, que não mais queria ser chamada de mãe, desesperada.

Eu tinha, pensava Séverin. No passado, ele tivera Tante FeeFee, que o amara e o abraçara, até o dia em que disse a ele que não eram mais uma família. Depois disso, ela se tornou Delphine Desrosiers, matriarca da Casa Kore. Ele disse que não a amava, mas toda noite, quando Tristan já tinha ido para a cama, Séverin se ajoelhava ao lado de seu colchão e rezava. Rezava para que ela viesse. Rezava para que ela o amasse novamente. Rezava e rezava, até que seus olhos se fechassem e ele não pudesse mais segurar o queixo.

Um dia, Delphine apareceu na casa de Inveja. Clotilde sorriu e a bajulou. Ele e Tristan foram arrancados do galpão de jardinagem, onde moravam, e levados até *o saguão principal. Um arrepio fantasmagórico percorreu as mãos de Séverin, que se obrigou a não estender os braços para ela.*

Delphine deu uma olhada nele e partiu sem dizer uma única palavra.

Naquela noite, Tristan se sentou ao seu lado, com as mãos postas como se estivesse em oração.

— *Eu sempre serei sua família.*

Séverin estava parado diante de uma casa de chá no distrito Khamovniki. Guirlandas e luzes Forjadas brilhavam ao longo dos beirais cobertos de neve. O ar tinha um leve aroma de chá infundido e o tilintar das colheres sendo colocadas nos pires das xícaras de porcelana. Nas ruas, casais bem agasalhados com longos casacos cinza e chapéus forrados com pelos mal os olhavam enquanto desapareciam dentro dos edifícios e para ficarem bem longe do frio.

Séverin observava com atenção enquanto Enrique, Zofia e Laila eram levados a uma entrada diferente pela Esfinge da matriarca e — por exigência de Séverin — pelos guardas não feridos da Casa Nyx.

— Nenhum dano será causado a eles durante nossa conversa privada — garantiu a matriarca, olhando para ele e Hipnos. — Confiem em mim.

Infelizmente, não adiantava ele duvidar dela. Antes de entrarem na carruagem, a matriarca tirara o paletó dele e pegara os óculos de Tezcat. *Para mantê-lo em segurança*, dissera ela, sorrindo. No percurso de carruagem, ele percebeu que Laila tinha retirado as luvas para tocar o estofado do assento do veículo da Casa Kore e a estola de pelo esquecida da matriarca. Quando capturou o olhar de Laila, ela fez que não com a cabeça. Era um sinal óbvio — a matriarca não era responsável pelo ataque.

Mas isso não significava que ele precisava confiar nela.

Hipnos captou seu olhar e deu de ombros.

— Bem, nós fomos sequestrados... mas pelo menos a maior parte das nossas roupas e equipamentos chegou em segurança?

— Pequenas vitórias — disse Séverin, com ar sombrio.

Na entrada da casa de chá, uma mulher os cumprimentou em um saguão revestido de espelhos em cada lado.

— Chá para quatro? E vocês preferem chá de folhas pretas ou verdes?

— Folhas vermelhas — disse a matriarca, e estendeu a mão, na qual seu Anel de Babel, com espinhos entrelaçados, brilhava com opacidade.

— Um dragão ou um unicórnio? — perguntou a mulher.

— Apenas o chifre e a chama — respondeu a matriarca.

No instante em que terminou a sentença, um dos espelhos pendurados na parede ganhou um brilho verde-claro e se abriu ao meio, revelando uma escadaria em espiral vermelho-carmim que subia para algum lugar. Irritado consigo mesmo, Séverin percebeu que estava curioso.

— Podemos? — perguntou a matriarca.

Sem esperar pela resposta de ninguém, a matriarca e seu guarda seguiram para a escada. A porta de espelho pareceu se fechar atrás de Séverin, e a última gargalhada no salão do andar inferior desapareceu... sendo substituída pela bela música de uma cítara. Hipnos fechou os olhos, cantarolando com apreciação. Séverin tinha se esquecido de como o outro garoto amava música. Quando eram jovens, se lembrava de que Hipnos tinha uma bela voz para o canto. Naquele último ano em que seus pais estavam vivos, eles até chegaram a fazer uma apresentação de Natal, com Séverin controlando o palco e observando os rostos na plateia brilharem em admiração.

Séverin enfiou as unhas na palma das mãos, querendo que as lembranças virassem pó. Ele não *queria* relembrar. Não queria ver Hipnos como uma criança sorridente, sem fôlego por causa da canção. Não queria ver a matriarca do modo como fora no passado... *Tante FeeFee*... cujo amor, por um momento, parecera incondicional.

No alto da escada, o corredor se abria em um cômodo amplo. O teto era de vitral Forjado e parecia uma gota de sangue se desdobrando sem fim em uma tigela de cristal com água. Bancos e mesas privativos carmesim ficavam atrás de telas de marfim. Pétalas de papoula vermelha cobriam o chão, e o aposento tinha cheiro de almíscar e incenso ardente.

Serviçais mascarados vestidos de preto se moviam com discrição pela sala, equilibrando bandejas de ônix com pequenas xícaras de estanho, enquanto os clientes usavam máscaras grotescas de coelhos e se esticavam languidamente para se servir. Foi só quando viu que cada um dos clientes tinha uma garra de metal presa ao dedo mindinho que Séverin se deu conta de que lugar era aquele.

— Uma alcova de Forja de sangue?

— Nós precisamos ter nossos prazeres de uma forma ou de outra — disse a matriarca.

Séverin nunca tinha entrado em uma alcova de Forja de sangue antes... mas conhecia a reputação desses lugares. Um ambiente assim mantinha um punhado de artistas residentes que não só podiam manipular a presença do ferro dentro do sangue de alguém, mas também aguçar aspectos da mente e do humor. Uma gota de sangue nas mãos de um artista talentoso podia trazer um prazer vertiginoso, apagar inibições com um único gole e — segundo alguns rumores — até mesmo permitir que uma pessoa usasse o rosto de outra por uma noite, durante muito mais tempo do que os efeitos do pó de espelho.

— Talvez você esteja imaginando que estou por trás do ataque no beco — comentou a matriarca assim que se acomodou em um banco.

Graças a Laila, ele já sabia que não era o caso, mas isso não explicava como a mulher sabia onde eles estariam. As últimas palavras de Vasiliev soavam em sua mente: *Ela vai te encontrar.*

Será que se tratava *dela*?

Quando nem Hipnos nem ele disseram nada, a matriarca continuou:

— Como vocês sabem, as Casas da Ordem de Babel estão se preparando para o Conclave de Inverno, que acontecerá em duas semanas, em um palácio em Volgogrado — disse, acenando com a mão. — É a programação de sempre de aparições e festas antes do Leilão da Meia-Noite anual.

— Então você chegou mais cedo na Rússia.

— Eu tinha alguns negócios para resolver aqui — respondeu ela, batendo na mesa com os nós dos dedos.

— Você é dona dessa alcova de Forja de sangue? — Hipnos ficou boquiaberto.

Ela não respondeu.

— Minha Esfinge me alertou do uso de uma das passagens da Ordem quando vocês atravessaram até Moscou. Fiquei curiosa para saber quem mais da Ordem estaria aqui, e segui vocês até o beco a tempo de salvar suas vidas... e também com tempo suficiente para encontrar isso.

Ela deslizou algo pela mesa.

— Meus homens foram atrás de alguém que foi visto correndo do fogo no beco e, ainda que não tenham conseguido capturar o culpado, conseguiram recuperar isso de suas roupas.

Ela removeu a mão, revelando uma abelha dourada.

— A Casa Caída — disse Hipnos, baixinho, com um toque de pânico na voz. — A gente não encontrou sinais de atividades deles desde o ataque nas catacumbas.

— Bem, eles estão ativos agora — afirmou a matriarca. — Não me esqueci do seu último relatório com os delírios desvairados e gritos de Roux-Joubert. Ele disse que a Casa Caída não tinha acessos aos próprios tesouros porque eles não conseguiam encontrar o Palácio Adormecido. Pelo que parece, eles acham que vocês têm algo digno de ser encontrado... algo que pode mudar a situação da Casa...

A matriarca examinou as unhas.

— Eu achava que os óculos de Tezcat e as lentes eram meros rumores, até encontrá-los com você. Quando ia contar para a Ordem que você tinha uma pista para o Palácio Adormecido? Até onde sei, você trabalha para nós.

Séverin apontou para Hipnos.

— Como membro da Ordem, o patriarca da Casa Nyx estava presente o tempo...

— O patriarca da Casa Nyx não passa de um filhote dentro da Ordem — rebateu a matriarca, com ar de desdém.

— Isso me magoa — disse Hipnos, resmungando. — No *mínimo*, já sou um adulto.

— Você devia conhecer melhor as regras, Hipnos — ralhou a matriarca. — Qualquer atividade da Ordem na Rússia deve ser supervisionada por dois líderes das Casas, além de representantes da Casa Dažbog, do contrário você sofre a expulsão imediata do país. Mas quem sabe como vai ser com o novo patriarca? Eu não o conheço, mas ouvi dizer que é tão recluso quanto o pai. E que pode ser cinco vezes mais cruel. Por outro lado, a Ordem sempre ajudaria vocês se conseguissem provar que podem encontrar o Palácio Adormecido. — Ela arqueou as sobrancelhas. — Vocês precisam de nós.

Séverin inclinou a cabeça, notando um deslize nas palavras dela.

— Provar? — repetiu. Então sorriu. — Você já tentou colocar as lentes nos óculos de Tezcat, não foi? Estive me perguntando por que você preferiu fazer o percurso em carruagens separadas. Imagino que seus esforços não funcionaram. E agora tenta esse truquezinho de benevolência para garantir que não deixemos a Ordem sem nada, tentando encontrar suas próprias soluções.

Por um instante, a matriarca pareceu atônita. Séverin analisou seu rosto. Estava muito mais velha agora. Seu cabelo, antes loiro, estava grisalho, e linhas profundas marcavam sua boca. Em todos aqueles anos, ela não perdera a vivacidade nos olhos azuis. Era difícil encará-los sem pensar na última vez que se encontraram... quando ele rejeitou a herança que a mulher originalmente roubara dele, e ela se mostrou muitíssimo aliviada. Séverin abaixou os olhos, e seus batimentos ruminavam com dor. Quanto ela devia odiá-lo para sentir alívio por ele nunca saber o que deveria lhe ter pertencido?

— Não — disse ela, por fim. — Não funcionou.

— Então, para corrigir sua frase, é *você* quem precisa da gente.

— Você ainda está vulnerável, *monsieur*. — O olhar dela endureceu. — Se puder determinar as coordenadas, eu te garantirei a proteção da minha Casa e farei os arranjos necessários com a Casa Dažbog. Em troca, quero que encontre algo especificamente para mim.

Séverin ficou tenso, pois parte dele já sabia o que ia escutar, mesmo antes que as palavras deixassem a boca da matriarca.

— *As Líricas Divinas* — completou ela.

— Esse livro foi perdido — disse Hipnos, um pouco rápido demais.

— Talvez — alegou Delphine. — Mas, se não estiver, e se estiver escondido entre a horda de tesouros da Casa Caída, quero que o entreguem diretamente a mim.

Séverin apenas sorriu. Então era por isso que ela o queria. A Ordem ainda estava furiosa com as Casas da França por colocar em risco seus segredos. Para Hipnos, revelar a localização do Palácio Adormecido era o suficiente para reconquistar a confiança deles, mas estava na cara que a matriarca ansiava pelo status de elite que um dia tivera... e só um golpe como *As Líricas Divinas* podia restaurar isso.

Séverin flexionou a mão. Esse arranjo poderia funcionar bem. Acesso mais fácil, mais segurança para os demais. E então ele poderia deixar a matriarca assisti-lo enquanto roubava o livro bem diante de seu nariz.

— Fechado — disse ele.

A matriarca assentiu com a cabeça, e então fez um sinal para que o serviçal lhe servisse um cálice de cristal de chá de hortelã e um pequeno frasco carmesim que parecia sangue.

— Planos agitados para a noite? — indagou Hipnos, olhando para o frasco.

— Eu não participo de atividades de Forja de sangue — disse a matriarca, bebendo o conteúdo do frasco. — E não confio nelas.

— Então o que era isso?

— Meu *próprio* sangue, misturado como uma poção que repele a Forja — explicou. — Uma medida mitridática, pode-se dizer.

— Tem medo de que alguém te atraia pra uma noite de depravação? — perguntou Hipnos.

A matriarca limpou a boca.

— Por que não? Habilidade e experiência estão sempre em demanda. E eu tenho o suficiente de ambas as coisas.

Hipnos balbuciou, e antes que a conversa pudesse tomar um rumo sombrio, o serviçal trouxe vinho e, para Séverin, *mazagran* servido em um copo alto. O rapaz ficou olhando a bebida. O cheiro de xarope de café e gelo o levou de volta à infância, quando Kahina costumava beber isso todas as manhãs em um copo verde-claro. Quando era pequeno, lembrava que Tante — a matriarca — costumava provocá-lo, dizendo que, se bebesse aquilo, não ficaria alto. A garganta dele apertou.

— Não está com sede? — perguntou a matriarca.

A garganta dele parecia queimada com fumaça, mas Séverin empurrou o copo de lado.

— Não — disse, afastando-se da mesa e gesticulando para Hipnos. — Temos trabalho a fazer.

———◆———

Séverin hesitou diante das portas de mogno do salão de música da casa de chá. Laila, Enrique e Zofia esperavam por ele lá dentro. Hipnos fora na frente, para repassar as exigências da matriarca, mas Séverin hesitava. Como poderia encará-los depois que todas as suas escolhas quase os tinham levado à morte?

Lá dentro, o salão de música era pequeno e bem iluminado. Em um canto havia uma harpa. No outro, um piano, diante do qual Hipnos se sentou e começou a tocar algumas notas. Alguns sofás e poltronas de cetim estavam espalhados pelo ambiente, mas Zofia e Enrique estavam sentados diante de uma mesa perto da entrada. Estavam de cabeça curvada, em meio a uma conversa séria. Diante dos dois, os óculos de Tezcat brilhavam com intensidade sob o lustre. Ao lado da armação, em um pedaço de veludo, estavam as lentes tiradas da corrente de Vasiliev. Laila entrou por outra porta, carregando uma bandeja de chá e biscoitos. Havia até mesmo uma xícara para ele. Séverin não sabia o que pensar a respeito daquilo.

Enrique o viu primeiro, e imediatamente apontou para Zofia.

— Zofia acabou de tentar colocar fogo nas lentes de Tezcat.

Zofia fez cara feia para ele.

— Eu tentei ver se as lentes e os óculos podiam ser *soldados* uns nos outros.

— E...? — perguntou Laila, colocando a bandeja na mesa.

— E não deu certo.

— A Casa Kore tampouco conseguiu — comentou Laila, com suavidade.

— A simbologia ao redor do instrumento é bem estranha também — comentou Enrique. — Uma mistura de iconografia cósmica... incluindo, acredito... planetas.

— Não são planetas, *mon cher*, são bolas de prata — disse Hipnos ao piano.

— São *representações* artísticas de planetas.

Séverin se curvou para examinar os óculos de Tezcat. Parecia um estranho par de óculos de proteção. A armação era grossa e decorada com esferas de prata em relevo que, de fato, eram planetas, a julgar pelas inscrições em latim em cada uma delas. Os parafusos, as hastes e dobradiças eram decorados com nuvens e constelações.

— É um treco *feio* — afirmou Hipnos. — E, em geral, não costumo julgar quando...

— Nem termine essa frase — repreendeu Laila.

Hipnos olhou por sobre o ombro, dando um sorriso malicioso enquanto tocava uma melodia rápida e agourenta ao piano.

— Espera aí — disse Séverin. — Vocês viram isso?

Ele jurava ter visto os óculos de Tezcat ganharem o mais leve brilho ao redor das lentes e na armação vazia.

— O quê?

— Como se... como se houvesse uma reação dos óculos. Com a música.

— Isso faz de mim irresistível para coisas animadas e inanimadas? — perguntou Hipnos. — Porque isso é algo que me agrada.

Laila flexionou os dedos e ponderou:

— Interessante que reaja à música quando me parece que quem retirou as lentes o fez no mais completo silêncio.

Hipnos fez um som de espanto.

— Como você chegou a essa conclusão, *ma chère*?

— Digamos que eu tenha habilidade para esse tipo de coisa, pode ser? — Laila deu de ombros.

Zofia se sentou um pouco mais ereta.

— Quando pegamos a caixa, vimos que o anjo oco tinha uma barreira sonora feita de cortiça e lã.

Séverin ergueu os óculos e as lentes de Tezcat, virando-os nas mãos antes de erguê-los no nível dos olhos. Ele sabia que aqueles objetos escondiam a localização do Palácio Adormecido. Mas e quanto ao instrumento em si? Aqui estava o segredo para desvendar enigmas e encontrar o tesouro... Qual era o contexto, o que o fabricante *queria* e *via*? Por que todas as medidas silenciosas tomadas para os proteger?

— Isso estava trancado dentro da Câmara das Deusas. Parte dele estava pendurado no pescoço de uma pessoa com o máximo de cuidado, e a armação está repleta de imagens de um universo distorcido. Quando o erguemos à altura dos olhos, sua serventia é contemplar o mundo inteiro num único vislumbre — disse Séverin, falando mais ou menos para si mesmo. Ele passou o polegar pelo metal, imaginando que era a pessoa que primeiro possuíra o objeto. — Ninguém, a não ser um deus, pode criar um universo, e o mundo pode ser refeito pelos olhos de Deus. Seja qual for a chave que aciona a posição da armação, vai estar relacionada ao movimento e aos planetas... ao *som*. Ou, mais provável, música, que para alguns pode ser considerada oração. Neste caso, só há uma teoria que se encaixa para destrancar isso. *Musica universalis*, ou a Música das Esferas. *Essa* é a chave para abrir isso.

Quando parou de falar e ergueu os olhos, os outros o observavam.

— Como você faz isso? — quis saber Hipnos.

— Como você acha que ele caça tesouros senão assim? — perguntou Enrique, olhando com orgulho para Séverin.

O estômago de Séverin se revirou, e o rapaz rapidamente largou os óculos. Cada aquisição costumava ser uma sinfonia das engenharias de Zofia, do conhecimento de Enrique e das leituras de Laila. E aquele era seu papel, um jeito silencioso de olhar através dos olhos de reis e sacerdotes, monstros e monges — qualquer um que tivesse algo que valesse a pena esconder. Sempre que chegava o momento de ele desempenhar seu papel, aqueles pequenos gestos — o aceno de cabeça aprovador de Zofia, o sorriso lento de Laila, a confiança de Tristan, o orgulho de Enrique — costumavam ancorá-lo. Mas agora parecia roubado. Ele não tinha o direito de encontrar paz naquilo.

— O que é, exatamente, a Música das Esferas? — perguntou Hipnos. — Parece algo terrivelmente entediante de se tocar.

— É uma filosofia antiga que ganhou muita popularidade no século xv — explicou Enrique, parecendo intrigado enquanto se afastava de

Séverin. — Na teoria, existem um ritmo e um movimento que governam os corpos celestes, como o sol, a lua e as estrelas.

— Qualquer tipo de música pode desbloquear isso?

Hipnos começou a tocar, mas o brilho ao redor das lentes dos óculos só oscilou de maneira fraca.

— Teria que ser uma música ou um ritmo com uma propriedade universal — sugeriu Zofia. — Tente a proporção áurea.

— *O que* é isso? — perguntou Hipnos, balançando a cabeça. — O que eu *sei* é que, quando se trata de afinar pianos, existe um método acordado. O piano é afinado por quintas. Acredito que seja universal o bastante. Vejam só. Vou demonstrar com Dó Maior.

Hipnos flexionou os dedos e tocou a escala. De imediato, a circunferência das lentes se iluminou, assim como a armação. Os pequenos planetas prateados do lado de fora vibraram e giraram. Séverin colocou as lentes na armação vazia, pressionando-as com força. Quando Hipnos parou, as lentes se encaixaram no lugar. Através do vidro, uma inscrição em prata líquida dizia:

$$55.55°N, 108.16°L$$

O patriarca se virou em seu assento.

— É assim que... — O olhar dele foi para as lentes e os óculos de Tezcat, e ele ficou em silêncio. O olhar de todos se voltou de Hipnos sentado ao piano para os óculos de Tezcat nas mãos de Séverin.

— São coordenadas de latitude e longitude — observou Zofia.

— Um mapa exato para o Palácio Adormecido. — Enrique se inclinou para a frente, boquiaberto.

— Eu sou... sou um gênio? — perguntou Hipnos. E, sem esperar pela resposta de ninguém, se levantou de seu assento e fez uma mesura.

Clemente, Enrique bateu palmas para Hipnos, que retribuiu com um sorriso.

— Alerte a matriarca — disse Séverin. — Avise que partiremos ao amanhecer para seguir essas coordenadas.

Quando olhou para o grupo, as expressões de todos brilhavam com a vitória, e ele queria se sentir dessa forma também. Mas aquele fedor leve de fumaça ainda impregnava as roupas deles, resultado do incêndio na *troika*. E, por baixo, Séverin ainda percebia o cheiro das rosas de Tristan, deixadas para apodrecer. Quase vomitou.

—*Anos* de prática levam a isso — disse Hipnos, orgulhoso — ... consertar óculos quebrados. *Voilà!*

— Anos? — repetiu Laila. — Não consigo imaginar você trabalhando em alguma coisa por anos.

A luz nos olhos de Hipnos diminuiu um pouco. E ele se ocupou em endireitar as mangas e a lapela do paletó.

— Bem, às vezes não se tem muita escolha nesses assuntos — disse ele, brusco. — Eu tinha que me entreter sozinho por muito tempo quando era criança... a música ajudava a afastar o silêncio. — Ele pigarreou. — Mas chega disso. Vamos comemorar antes de a desgraça acontecer, certo?

Hipnos passou o braço ao redor da cintura de Enrique, puxando-o para perto. De canto de olho, Séverin notou o olhar questionador do patriarca, mas não olhou de volta. Que eles comemorassem, pensou. Pelo bem do que precisava ser feito, ele tinha de se manter afastado, e não fazer parte dessas coisas. Séverin se ocupou dos óculos de Tezcat, ignorando a conversa, até que os demais deixaram o aposento e ele ouviu a porta se fechar.

Mas, quando ergueu os olhos, uma parte sua se surpreendeu. Laila não partira com os demais. Estava recostada no batente da porta, e ele notou que a garota tinha trocado o vestido dourado da ópera e agora usava um de algodão e um roupão azul-escuro.

— Preciso de um nome para te chamar — disse ela, cruzando os braços.

Ele pestanejou.

— Como é que é?

— Como sua amante. — Laila manteve os braços cruzados. — Preciso de algum nome para te chamar.

Amante. O incêndio e a casa de chá quase o fizeram esquecer. Mas ela estava certa. A farsa à qual achava que ela não teria que se submeter por muito tempo se tornara real em questão de horas.

— Séverin — respondeu.

— Uma *amiga* te chama de Séverin.

— *Monsieur...*

— Não. Um *funcionário* te chama de *monsieur* Montagnet-Alarie. Sou sua igual. Preciso de um nome carinhoso. Algo humilhante.

— *Humilhante?* — Ele ergueu uma sobrancelha.

— Nós nos rebaixamos por quem amamos.

Havia outro nome que parecia pender no espaço entre eles. *Majnun.* O nome que ela lhe dera anos antes. O nome que um dia lhe pareceu um talismã na escuridão.

— Não sei. Só associe um traço pessoal a uma peça de roupa — sugeriu Séverin.

— Sapato teimoso.

Ele a olhou feio.

— Luva cabeça-dura.

— Você não pode estar falando sério...

— Sutiã irracional.

Ele não pretendia nem tinha ideia de como aconteceu... mas caiu na gargalhada. O som o abalou até o âmago. Pior ainda era a expressão de suavidade nos olhos dela. Laila tinha como hábito exigir fraqueza dele. Séverin travou a mandíbula. Não haveria suavidade aqui.

Seu olhar foi até a garganta desnuda dela, e seus olhos se estreitaram.

— Comece usando o colar de diamantes.

13

ENRIQUE

Enrique acordou duas horas antes da reunião matinal. Enquanto seguia para o local do encontro, no Salão Oriental da casa de chá, segurava seu material de pesquisa com força. Agora que sabiam as coordenadas do Palácio Adormecido, sua pesquisa ganhara nova luz, e ele não conseguia parar de pensar nisso. As coordenadas confirmavam sua suspeita: o Palácio Adormecido ficava em algum lugar da Sibéria.

No dia de hoje, a matriarca da Casa Kore e os representantes da Casa Dažbog os levariam até o Palácio Adormecido, onde sua pesquisa ou se mostraria valiosa ou — ele rezava pelo contrário — inútil. Desde que Laila contara para ele e Zofia sobre seu início e, era possível, seu fim, todo seu conhecimento ganhara um peso novo terrível. Não se tratava apenas de uma carreira ou um futuro que dependiam do que ele sabia; era um membro de sua família. Depois de Tristan, não podia perder Laila também.

Para ele, Laila era como um conto de fadas retirado das páginas de um livro — uma garota com uma maldição tecida no coração. Em todo o tempo em que a conhecia, parte dela parecia vibrar com a força de seu segredo. Quem era ela? O que ela podia *fazer*? Na noite passada, tentara testar as habilidades dela enquanto esperavam até que Séverin e Hipnos se juntassem aos três.

— Enrique — dissera Laila, desanimada.

— Agora leia isso! — pediu ele, empurrando outro objeto pela mesa.

— Essa *cueca* é sua?

— Está recém-lavada! Acabei de pegar da minha mala. Você conseguiu perceber só de encostar nela? Ou foi o formato...

Laila jogou a cueca no rosto dele.

— Você já não se cansou? Já me deu um relógio, uma mala de mão, duas xícaras e me pediu para tocar o *sofá*, algo de que ainda estou me recuperando. — Ela fingiu um estremecimento. — Pelo menos Zofia me poupou.

Zofia deu de ombros.

— O contexto pessoal de um objeto não afeta sua utilidade.

— Não é verdade! — exclamou Enrique. — Podia ser *prova* de alguma coisa. Laila, você é praticamente uma deusa.

Laila bebeu o chá, assumindo uma expressão que Enrique viera a reconhecer como "gato convencido".

— Eu sabia que estava na época errada — disse ela, antes de olhar feio para ele. — Mas *chega* de leituras. Não sou um instrumento.

— E que tal um instrumento do destino? — perguntou, balançando os dedos.

— Não.

— Instrumento do...

— Enrique.

— Instrumento do Enrique? Pouco ortodoxo, mas eu gosto.

Laila deu um tapinha nele, mas não falaram mais nada assim que Hipnos entrou na sala de música.

Desde então, a conversa permanecera na mente de Enrique.

Laila precisa de *As Líricas Divinas* para viver. Mas será que *As Líricas Divinas* precisavam de... *Laila*? Sua pesquisa anterior sobre o livro sugeria que só alguém que descendesse da linhagem das Musas Perdidas poderia lê-lo.

E se... e se Laila fosse uma delas? Não era uma ideia que queria abordar com os demais. Pelo menos, não ainda. Se as evidências dentro do Palácio Adormecido levassem nessa direção, então ele contaria para ela. O fogo na *troika* o deixara nervoso. Até então, achava que ninguém estivesse observando os movimentos do grupo, e agora não sabia quem era o responsável por isso. A última coisa que ele queria era chamar a atenção dessas pessoas para Laila.

A essa altura, havia chegado ao local da reunião no Salão Oriental. No instante em que abriu a porta, fez uma careta. O Salão Oriental era nitidamente resultado do sonho de alguém que nunca visitara o Oriente. A sala parecia um osso mal encaixado. Nas estantes nas paredes, reconheceu uma roda de oração tibetana usada como batedor para um gongo chinês. Pequenas esculturas *netsuke* em marfim e ágata — antes usadas em vestimentas masculinas japonesas — se espalhavam em um tabuleiro de xadrez, fazendo o papel das peças do jogo.

— Você tem um cabelo *excelente* — comentou uma voz desconhecida.

Enrique se assustou, quase derrubando os documentos que tinha nos braços. Um homem alto, de pele clara, se levantou de uma poltrona situada na parte do salão envolta pelas sombras. Era jovem, notou. E careca. Quando veio para a luz, Enrique percebeu o leve inclinar em seus olhos que sugeriam uma descendência do leste asiático.

— O que você usa? Máscaras de ovos? Azeite de oliva? — perguntou o homem. — Posso tocar?

Enrique se surpreendeu com aquela pessoa bizarra.

— Não?

O homem deu de ombros.

— Muito bem. Talvez você tenha nascido com ele desse jeito. — Ele deu um tapinha na própria careca. — Minha própria herança é um pouco mais escassa do que eu gostaria.

Quando o homem se aproximou, Enrique viu que ele tinha um dos braços em uma tipoia, ainda que estivesse escondido pelo manto de pele de sua vestimenta.

— Ruslan Goryunov, o Careca, a seu dispor — disse o homem, fazendo uma mesura profunda.

— Enrique Mercado-Lopez.

— Ah! O historiador! — exclamou Ruslan. — É um prazer conhecê-lo.

— Você me conhece? — O rosto de Enrique ardeu.

Ele nunca imaginou que alguém já tivesse ouvido falar a seu respeito. Isso o fazia se perguntar se não deveria ter vestido algo... de aparência mais oficial... mais interessante do que seu terno preto de sempre e a gravata simples de lenço. Mas é lógico que ele não tinha certeza do quanto era demonstrativo o fato de que a única pessoa que o reconhecia era alguém que se chamava Ruslan, o Careca.

— Eu sei *de* você — corrigiu Ruslan. — Eu sei *de muitas* coisas. Exceto como ressuscitar cabelos. Infelizmente. E gostei muito do seu artigo sobre a devolução das obras de arte aos países colonizados. Meu entendimento é que você já é historiador e linguista a serviço do *monsieur* Montagnet-Alarie, no L'Éden, há algum tempo. Gosta de trabalhar lá?

Enrique assentiu com a cabeça, odiando o fato de que a primeira — e provavelmente a *última* — vez que era reconhecido em público também era a única vez que não conseguia encontrar as palavras certas. Estava em pânico, achando que sua voz sairia mais grave do que pretendia. Ou que poderia arrotar sem querer e, assim, destruir qualquer coisa que se parecesse com credibilidade.

Ruslan sorriu, e então olhou por trás de Enrique, para o relógio sobre o limiar da porta. Então franziu o cenho.

— Eu errei o horário — disse ele. — Tenho certeza de que teremos mais tempo para conversar em breve.

— O que você está... — Enrique começou a falar, mas parou. Não queria parecer rude.

— Fazendo aqui? — completou Ruslan, com uma risada. — Achei que estaria aqui para uma reunião, mas então me distraí com um besouro, depois com um devaneio e, por fim, com aquela pintura. — Ele fez uma mesura. — Foi uma honra conhecê-lo, *monsieur* Mercado-Lopez.

Em seguida, se encaminhou com pressa para a saída, deixando Enrique ponderando o que, exatamente, acabara de acontecer. Meio constrangido, levou a mão à cabeça e tocou seu cabelo. Era bonito *mesmo*, tinha de admitir.

Enrique seguiu até o fundo da sala. O mural que Ruslan mencionara estava coberto pelas sombras. No início, era difícil notá-lo entre os vários objetos que abarrotavam a sala. Parecia apenas ser um papel de parede feio.

Mas, conforme se aproximava, as imagens ficavam mais nítidas. O mural mostrava aldeões de pele escura segurando uma cesta de folhas de chá, e soldados, sacerdotes e reis de pele clara estendendo os braços para receber o presente. Nativos e europeus. Aquele não era um padrão desconhecido, mas, enquanto olhava, Enrique sentiu o pânico silencioso que o assombrava desde a infância. Onde ele existia nesse arranjo? Ficou encarando o espaço vazio no meio da pintura, e uma dor familiar se acomodou em seu peito.

Não pertencer era algo perigoso. Ele aprendera isso ainda muito jovem, nos mercados de peixe das Filipinas. Quando sua mãe o levara até lá, ele se perdera dela no mar de pessoas. Lembrava-se de correr de um lado para o outro pelos corredores do mercado, o cheiro de peixe e vinagre fazendo seus olhos arderem. Por fim, a localizara, com seu vestido rosa-choque, se virando de um lado para o outro, desesperada, com a cesta balançando nos braços, enquanto chamava o nome do filho.

— *Mama...* — gritou ele, apontando.

Uma mulher segurou sua mão, olhou para a mãe dele e riu.

— Aquela não pode ser sua mãe, vocês não se parecem em nada! Vem comigo, vou te levar até a Guarda Civil...

Ele gritou aterrorizado, e só então sua mãe o viu e o pegou, abraçando-o apertado enquanto Enrique soluçava e se recusava a ser colocado no chão. Mais tarde, ela riu do incidente, mas tudo o que ele via era o rosto marrom dela, e como seus braços pareciam escuros perto dos dele. Ele tinha o formato dos olhos e a curva do sorriso dela, além de seu hábito de acumular travesseiros... mas algo em sua existência não era suficiente para pertencer a ela.

Enrique ainda olhava a pintura quando ouviu a porta ser aberta mais uma vez. Hipnos sorriu para ele enquanto analisava rapidamente a sala.

— Tem mais alguém aqui?

— Não — disse Enrique.

— Ótimo.

O patriarca atravessou a sala em passos rápidos e o beijou. O beijo fez uma faísca percorrer seu corpo, e Enrique saboreou seu lento derretimento. Era uma distração bem-vinda, a que se agarrou com a ganância de alguém faminto. Hipnos foi o primeiro a se afastar, ainda que seu polegar continuasse apoiado na nuca de Enrique, traçando pequenos círculos em sua pele. Enrique não sabia o que o possuiu no instante seguinte. Talvez ainda estivesse abalado pelo fogo na *troika*, ou perturbado pelo mural na parede... ou talvez estivesse atraído pelo toque hipnótico do outro rapaz.

— Não quero apenas beijos furtivos ou encontros de conveniência — disse Enrique de repente. — Os outros já sabem sobre a gente... e se tornássemos mais público?

— Por quê? — Os dedos de Hipnos pararam.

— Por que não? — perguntou Enrique. E então, sentindo-se tolo, acrescentou: — Se nós descobrirmos o que estamos procurando, tudo pode voltar ao normal. Séverin vai voltar a si. Você poderia fazer parte da equipe oficialmente, e nós poderíamos ficar juntos também.

Ele parou de falar, encarando o chão, até que sentiu a mão de Hipnos erguendo seu queixo.

— Você sabe que esse não é meu arranjo usual — falou Hipnos, com gentileza. — Mas eu poderia me sentir tentado. Vamos ver como esse trabalho se desenrola primeiro, que tal?

Era uma proposta justa, pensou Enrique. Ainda que notasse algo como culpa nos olhos de Hipnos, não conseguia imaginar o motivo para isso.

— Eu teria que me mudar para o L'Éden para fazer parte da equipe? — quis saber Hipnos. — Porque eu até que gosto do lugar onde moro.

Enrique riu, bem quando os braços de Hipnos se apertaram ao seu redor. Então fechou os olhos com força, imaginando como seria não sentir essa dor na alma, na qual alguma parte de si sempre parecia querer algo. Quando ergueu a cabeça, captou um lampejo de cabelos dourados na porta.

— Zofia?

Hipnos o soltou, e Zofia entrou na sala, parecendo um pouco tensa.

— Estou aqui para a reunião — disse ela, sucinta.

Hipnos sorriu ao se jogar em uma das espreguiçadeiras de seda, pegando um dos objetos da prateleira mais próxima, sem prestar muita atenção, e sacudindo-o como se fosse um brinquedo.

— Isso é uma roda de oração tibetana! — disse Enrique, arrancando-a de sua mão. — E, a julgar pela aparência, muito antiga.

— Eu só estava rezando por um alívio do meu iminente tédio — comentou Hipnos.

— Como você pode estar entediado? — perguntou Enrique. — A gente quase morreu queimado ontem.

— Não é verdade — discordou Zofia.

— Nem todos nós somos otimistas...

— A asfixia teria te matado primeiro — explicou ela. — Não as chamas.

Hipnos bufou.

— Ah, *ma chère*, não mude jamais.

Zofia se sentou em um banquinho próximo, e sua postura parecia a de uma acrobata.

— Não diga isso — disse Zofia, parecendo um tanto sombria. — A mudança é a única constante.

— Bem... — Hipnos começou a falar, então parou e se levantou abruptamente. — Madame Desrosiers.

A matriarca da Casa Kore estava parada à porta, envolta em suas peles caras. Era alguém cuja simples presença emanava *grandeza*. De um jeito estranho, fazia com que Enrique se lembrasse de sua mãe. Seu pai costumava provocá-la, chamando-a de *Doña*, porque ela podia usar um saco de arroz e ainda parecer nobre. Mesmo nas cartas para ele, ela costumava soar imperiosa e intimidadora, sempre reclamando pelo fato de ele estar vagando por Paris, enquanto havia lindas garotas em casa, à sua espera, e como o comportamento dele era decepcionante em excesso, e se ele estava comendo o suficiente, se ainda se recordava de fazer as orações à noite, com amor, *Ma*.

— Não acredito que tenhamos nos conhecido formalmente — disse Enrique. — Sou...

— Aquele que posou de especialista em botânica e colocou fogo no meu jardim na primavera passada?

Enrique engoliu em seco e se sentou.

— E a "Baronesa Sophia Ossokina"? — perguntou a matriarca, arqueando uma sobrancelha para Zofia.

Zofia apagou o fósforo, sem se incomodar em atender ao nome falso que usara quando invadiram o *Château de la Lune*, na primavera passada.

— Estou cercada de enganação — acusou a matriarca.

— E de cadeiras — destacou Zofia.

— Por falar nisso, por que não se senta? — perguntou Hipnos.

— Acho que não — disse a matriarca, examinando as unhas. — Já convoquei o patriarca da Casa Dažbog e um de seus representantes para se juntarem a nós no que talvez seja uma perda de tempo atrás dessas supostas coordenadas até o Palácio Adormecido. Partiremos para Irkutsk em duas horas. Vocês podem ter resolvido o problema dos óculos de Tezcat, mas isso pode ter sido apenas um golpe de sorte. Preciso saber por que eu deveria ouvir uma garota insolente e... — o olhar dela se voltou para Enrique — ... um garoto que *ainda* precisa de um corte de cabelo.

Um canto do coração de Enrique gritou: "Mãe!". O outro canto se irritou, enquanto ele alisava o cabelo.

— ... perdi meu pente — murmurou, constrangido.

— E eu perdi minha paciência — constatou ela.

— Onde estão Séverin e Laila? — perguntou Hipnos.

— Saíram para "discutir" — informou a matriarca, bufando.— Como se eu não soubesse o que isso significa.

Zofia franziu o cenho, obviamente perdida quanto ao que mais "discutir" poderia significar.

— Vocês conseguiram ganhar minha proteção como matriarca da Ordem de Babel. Mas não minha confiança.

Hipnos pigarreou.

— Eu *também* ofereci proteção...

— Sim, meu caro, com a *troika* em chamas, eu percebi qual é o alcance exato da sua proteção.

As bochechas de Hipnos ganharam um tom mais escuro.

— Que tipo de inteligência vocês reuniram a respeito do Palácio Adormecido?

O grupo olhou um para o outro, mas ninguém abriu a boca. A verdade era que não havia plantas do Palácio Adormecido. A Casa Caída conseguira destruir os registros, o que significava que, para todos os efeitos, eles iam para essa expedição às cegas.

Delphine deve ter percebido isso em suas expressões, porque seus olhos se estreitaram.

— Entendo — disse ela. — E o que... além dos delírios de um homem moribundo e destruído... faz com que vocês tenham tanta certeza de que *existem* tesouros no Palácio Adormecido?

— Esse lugar... — começou a dizer Hipnos, mas então sua voz foi sumindo. — ... seria um terrível desperdício de espaço sem... um tesouro?

Zofia não falou nada.

— Não há registros históricos que confirmem? — perguntou Delphine, voltando o olhar para Enrique. — Então, o que vocês têm?

Enrique pressionou os papéis do dossiê contra o corpo. Tudo o que podia dizer era a verdade, então foi o que fez.

— Histórias de fantasmas.

— *Histórias de fantasmas?* — A matriarca pareceu descrente.

Enrique confirmou com a cabeça.

— Que tipo de prova é essa? — perguntou a mulher.

As orelhas de Enrique arderam, mas ele percebeu a curiosidade ali. Era genuína. Ao notar isso, uma emoção silenciosa e conhecida atravessou seu corpo.

— Madame Delphine, dependendo de para quem você pergunta, às vezes histórias de fantasmas são tudo o que restam da história — explicou. — A história é cheia de fantasmas, porque é repleta de mitos, e todos eles se entrelaçam, dependendo de quem sobreviveu para contá-la.

— Prossiga — pediu ela, parecendo curiosa.

— Segundo as coordenadas dos óculos, sabemos que o Palácio Adormecido está em algum lugar no lago Baikal.

— Não há nada na Sibéria além de gelo — disse a matriarca. — E assassinos do passado; é onde todas as histórias de fantasmas começam.

— O lago Baikal é um lugar sagrado, em especial para os Buriates, o povo indígena que vive a sudeste da Rússia, perto da fronteira mongol — apressou-se a dizer Enrique. — O nome em si significa "Mar Sagrado".

— Ainda não estou escutando uma história de fantasmas — observou a matriarca.

— Bem, essa é a questão interessante — respondeu Enrique. — Quando rastreamos os contos que cercam essa área do lago Baikal, o que encontramos são vários rumores sobre espíritos inquietos. Mulheres, em especial, cujas vozes são conhecidas por clamar pelas pessoas no meio da noite, ecoando pelo gelo. Também há histórias no passado de... de assassinatos naquela área. O último deles foi cometido há quase vinte anos.

Desconfortável, Zofia se remexeu em seu assento.

Hipnos estremeceu.

— E nenhum dos assassinos jamais foi capturado — disse Hipnos, visivelmente perturbado.

— Dizem que os assassinatos foram cometidos sem motivos — falou Enrique. — Mas não acredito que seja verdade.

O historiador se aproximou da matriarca, estendendo um dos papéis de sua pesquisa. Mostrava a ilustração de uma paisagem siberiana e um imenso sepulcro escavado em uma única laje de mármore preto, que estava coberta por um intricado trabalho de metalurgia de prata Forjada na forma de videiras e inscrições sinuosas.

— No século XIV, um viajante conhecido chamado Ibn Battuta observou o enterro de um grande Khan mongol. Ele foi colocado com seus maiores tesouros, junto com seus guardas favoritos e mulheres escravizadas. Todos eles foram fechados lá embaixo.

— As escravizadas e os guardas foram mortos? — perguntou Hipnos.

— Eles morreram ali em algum momento — respondeu Enrique.

Hipnos empalideceu.

— Algumas culturas achavam que não se podia construir um edifício importante sem uma vida humana como dízimo, então enterravam pessoas nas fundações das construções. — Enrique pegou outro papel, este mostrava uma parede de tijolos. — Por exemplo, a lenda albanesa de Rozafa conta que uma jovem mulher se sacrificou para que um castelo pudesse ser construído.

— O que isso tem a ver com histórias de fantasmas?

Enrique engoliu em seco. O terror do que estava prestes a dizer obscureceu seus pensamentos.

— Se alguém está enterrando um tesouro, então precisa de uma guarda que os proteja. Guardas que não podem partir.

A sala ficou em silêncio.

— A Casa Caída era conhecida por emular práticas mais antigas. Acredito que, talvez, essas garotas desaparecidas na área estejam conectadas aos esforços da Casa para esconder o tesouro. O último assassinato foi há vinte anos, o que coincide com a última documentação conhecida de *As Líricas Divinas*, antes que o artefato fosse perdido.

Zofia parecia enjoada. A matriarca não disse nada, mas estava com a boca semicerrada. Uma expressão curiosa passou por seu rosto, como se uma ideia terrível acabasse de lhe fazer sentido.

— É por isso que acredito que o Palácio Adormecido guarda o tesouro pelo qual estamos procurando — finalizou Enrique.

Delphine não olhou para Enrique quando este terminou de falar. Em vez disso, virou o rosto para a entrada vazia e falou:

— Bem? Está convencido ou não?

Alguém entrou na sala... uma garota ruiva deslumbrante, que parecia ter mais ou menos a idade de Enrique. Havia algo familiar nela, mas o pensamento desapareceu quando outra pessoa parou ao lado da garota: Ruslan.

— Como era de esperar, um cabelo excelente esconde uma mente excelente! — disse Ruslan, batendo palmas. Então se voltou para a matriarca: — Sim, me encontro completamente convencido. Fiquei muito intrigado com sua carta. Admito que é difícil deixar de lado um convite para bisbilhotar a conversa de outra pessoa. — Ele sorriu para Delphine. — É um prazer finalmente conhecê-la, matriarca.

— E é um prazer conhecer você — disse Delphine, estendendo a mão. — Só me encontrei com seu pai uma única vez, mas estou feliz por conhecê-lo pessoalmente.

Ela gesticulou para Ruslan e para a garota ruiva.

— Zofia, Hipnos e Enrique... eu gostaria de apresentar para vocês Eva Yefremovna, uma artista de Forja de sangue de habilidades impecáveis, e prima de Ruslan Goryunov, patriarca da Casa Dažbog.

14

ZOFIA

Querida Zofia,
Estou me sentindo muito melhor. Agora, a única dor que me resta é em meu coração, porque você já não está mais aqui. Você trabalha tanto, irmãzinha. Confesso que isso me assusta. Nosso tio me contou sobre todos os fundos que você alocou para meus cuidados, e sinto tanta vergonha. Você nem sequer tem vinte anos. Precisa de alguém que cuide de você, Zofia. Quando eu estiver melhor, farei isso.
Hela

Zofia estudou a carta. Fiel à sua palavra, Séverin lhe garantira que teria notícias de Hela. Normalmente, seria impossível receber uma carta com tanta rapidez, mas os portais da Ordem que atravessavam a Rússia eram numerosos, e a Polônia não ficava tão longe. Zofia continuava voltando para a mesma frase: *Precisa de alguém que cuide de você*. Aquilo ficou martelando em sua cabeça. Talvez em determinado ponto, ela tivesse precisado que seus pais a guiassem por Glowno, para explicar as diferenças de significado entre o que as pessoas faziam e o que diziam. E, sim, precisara que Hela a guiasse depois da morte deles. Mas Paris a mudara. Ela tinha a estrutura de seu trabalho, a rotina de seu laboratório e tudo funcionara bem até que Tristan morrera e Hela ficara doente. E então, mais uma vez, todo o seu mundo se tornara sombrio e desconhecido, e, às vezes, quando era obrigada a se mover por ele sozinha, o pânico *realmente* tomava conta de seu ser... mas isso não significava que precisava ser monitorada. Significava?

— Zofia?

Zofia ergueu os olhos da carta. Laila estava parada à sua frente, enrolada em um casaco branco e quentinho. Um colar de diamantes que Zofia não reconheceu circundava sua garganta.

— Você está bem? — perguntou Laila, olhando a carta.

Zofia a dobrou e a guardou no bolso. Não queria que a amiga visse o que Hela escrevera e ficasse ainda mais preocupada. Laila estava lutando para viver. Zofia não aumentaria seu fardo.

— Está com frio?

— Estou.

— Foi o que pensei. — Laila fez um som de desaprovação e tirou seu cachecol. — Devia ter me falado. Tá melhor agora?

Zofia assentiu com a cabeça, saboreando o calor do cachecol antes de olhar novamente para a entrada do portal, o qual se encontrava na outra extremidade da estação de trem deserta. O lugar fora desativado havia dois anos, depois de revoltas. Tinha sete janelas quebradas, pelas quais entrava uma luz fragmentada. Os azulejos eram uniformemente quadrados, mas rachados. Havia dez bancos, mas só quatro suportavam o peso de uma pessoa. O silêncio do espaço só era interrompido pelo ocasional arranhar dos ratos nas paredes e pelos pombos — exatamente catorze — pousados nas balaustradas.

Depois do ataque da Casa Caída, o patriarca da Casa Dažbog exigira que eles fizessem viagens separadas pelos portais que atravessavam a Rússia. Tinham deixado Moscou havia quase uma hora, e nas últimas horas estavam esperando que a Casa Kore, a Casa Nyx e a Casa Dažbog trouxessem o restante dos suprimentos que puderam ser recuperados do incêndio da *troika* e o que mais fosse necessário para a expedição — ferramentas, luvas de pele de foca, luzes Forjadas e tiras incendiárias.

— Eles não esqueceram a gente aqui, né? — perguntou Enrique, andando de um lado para o outro. — Óbvio que eles não poderiam continuar a expedição sem nós, embora se estão com os óculos de Tezcat...

— Não estão — disse Séverin.

— Mas eu vi Ruslan pegar a caixa. — Enrique franziu o cenho.

— O patriarca da Casa Dažbog pegou *uma* caixa.

Enrique ficou quieto por um momento. Então perguntou:

— O que todos vocês acham dele?

Laila suspirou.

— Acho que é querido. Talvez um pouco solitário.

— E um pouco louco — completou Séverin.

— Um pouco excêntrico, talvez — corrigiu Laila, franzindo o cenho. — Zofia, o que você acha?

— Ele é macio — disse Zofia.

E estava falando sério. Depois das apresentações, Ruslan elogiara o cabelo loiro dela, depois dera tapinhas em sua cabeça como se ela fosse um cão ou uma criança — o que alguém poderia considerar um gesto rude —, mas, então, o patriarca ofereceu a *própria* cabeça, e talvez essa fosse uma interação normal para ele. Sem querer ser rude, Zofia retribuiu o gesto.

A cabeça dele era macia.

— Acho que o segredo é não usar muita cera — dissera Ruslan para ela. — Se alguém precisa parecer um ovo, então deve aspirar ser um ovo erudito.

Séverin tirou os óculos de Tezcat do bolso, e as coordenadas de latitude e longitude do Palácio Adormecido ainda reluziam nas lentes de vidro.

Da outra extremidade da estação de trem veio um som de metal rangendo. Zofia fez uma careta e cobriu os ouvidos, virando-se para a porta pela qual as pessoas saíam do portal. Lá estavam a matriarca da Casa Kore, sua guarda de Esfinges e serviçais; Hipnos com os funcionários e Esfinges da Casa Nyx, e o patriarca da Casa Dažbog e sua prima, a artista de Forja de sangue chamada Eva.

Ruslan gesticulou para as caixas e os equipamentos que trouxeram consigo. Zofia reconheceu seu laboratório portátil, mas a mala Forjada estava queimada. A explosão da *troika* fizera um pequeno buraco na lateral, e o nitrato de potássio escorria pela abertura. A pele de Zofia coçou. Ela precisava de nitrato de potássio para qualquer demolição que fosse necessária no Palácio Adormecido. Se não tivesse o suficiente, isso significava...

— Esta é a última parada antes do lago Baikal — explicou Ruslan. — Temo dizer que, se precisarem de algum outro suprimento, terão que ir até Irkutsk.

Quando os mensageiros da Casa Dažbog trouxeram sua bagagem, Zofia sentiu uma pontada percorrer o corpo. Seu estoque de nitrato de potássio definitivamente fora afetado. A única questão era quanto se perdera e se ela precisava ir até a cidade. Quando começou a abrir a mala, uma sombra caiu sobre ela. Eva se aproximara deles, e Zofia notou que a garota mancava um pouco ao andar.

— Espero não estar sendo muito atrevida, mas tenho que dizer que sou uma grande admiradora de todos vocês — disse Eva.

Zofia a escutou, mas não era uma pergunta, então não precisava de resposta. O cadeado de sua mala estava danificado, exigindo uma trava e uma palheta de seu colar de pingentes. Ela se agachou no chão, tentando abrir a bagagem.

— Ouvi falar da senhorita Boguska que é, sem dúvidas, uma engenheira fantástica — comentou Eva.

Zofia grunhiu. Nunca tinha ouvido falar de Eva Yefremovna.

— E também do sr. Mercado-Lopez. Ruslan é um ávido fã de seus artigos...

Enrique soltou uma risada que pareceu estranhamente aguda. Zofia franziu o cenho e olhou para ele, que sorria para Eva. Assim como Hipnos.

— E eu sei *tudo* sobre você, senhor Montagnet-Alarie — disse Eva.

Naquele momento, detectou uma leve mudança no tom de voz de Eva. Estava mais baixo. E, enquanto falava, mexia com um pingente de prata no pescoço, balançando-o para a frente e para trás.

— O belo caçador de tesouros e seu hotel majestoso — continuou Eva, sorrindo. — Que sonho. Talvez você precise dos meus serviços um dia.

Como artista de Forja em sangue, sou versada em dor. Ou prazer. Ou em ambas as coisas, a depender do seu gosto.

Ao lado de Zofia, Laila pigarreou. A engenheira finalmente tinha conseguido abrir a bagagem. Ergueu os olhos, de maneira triunfante, mas ninguém olhava para o que ela estava fazendo. Todos os olhares iam e voltavam entre Laila e Eva.

— Que rude da minha parte! — disse Eva. — Sou Eva Yefremovna, a artista de Forja de sangue da Casa Dažbog. Você é a cozinheira? A secretária?

Enrique respirou fundo. Zofia olhou para ele, mas o historiador não parecia machucado. Quando olhou para Laila, sua amiga parecia estar ainda mais alta, e tinha colocado a mão gentilmente no rosto de Séverin.

— *Amante* — respondeu Laila. — Você deve me conhecer pelo meu nome de palco no *Palais des Rêves*, em Paris: *L'Énigme*.

Ainda que Laila tivesse parado de esconder seu outro trabalho assim que deixou o L'Éden, Zofia não se lembrava de ela falar sobre o assunto e parecer tão gélida. Talvez estivesse com frio e Zofia devesse devolver seu cachecol.

— Nunca ouvi falar de tal estabelecimento. — Eva deu de ombros. — Mas parabéns, acho?

Zofia começou a erguer as camadas de tudo o que empacotara. Até então, a maior parte de seus pertences estava intacta.

— Ouvi tudo sobre seus gostos exóticos, *monsieur* — disse Eva para Séverin. — Relacionado a todos os seus... objetos. Espero que não ache minha pergunta impertinente, mas posso saber por que o senhor permitiria a presença de sua amante em uma empreitada tão perigosa? Meu entendimento é que as amantes têm um lugar bem distinto.

Ah, não, pensou Zofia. Suas suspeitas estavam corretas. Estava mesmo sem nitrato de potássio. Quando ergueu os olhos, Eva segurou a mão de Laila.

— É sério, minha cara, este trabalho é perigoso.

Séverin abriu a boca para responder, mas Laila retesou o queixo e deu um passo na frente dele. Séverin fechou a boca e recuou.

— Meu lugar, *mademoiselle* Yefremovna, é onde quer que eu deseja estar — disse Laila. Então virou o punho de modo que agora parecia que ela segurava a mão enluvada de Eva com sua mão desnuda.

Zofia ficou de cócoras.

— Estou sem nitrato de potássio do Chile.

Os demais olharam para ela como se tivessem acabado de notar sua presença.

— Chile? O que tem o Chile? — perguntou Hipnos, parecendo interessado.

— Nitrato de potássio — respondeu Laila. — Não o país.

— Que extraordinariamente entediante.

— Certamente Irkutsk terá o que você procura? — sugeriu Eva.

Um zumbido baixo e frenético começou a se formar na base de seu crânio. Zofia não conhecia a cidade siberiana de Irkutsk. Não sabia quantas árvores cresciam ao lado das calçadas. Não estava preparada para seu cheiro, não sabia se encontraria multidões ou absolutamente ninguém.

— Eu vou com você — ofereceu Enrique. — Se você quiser?

Zofia assentiu com a cabeça, grata. Vira Enrique caminhar por uma multidão de desconhecidos e se afastar de um grupo de amigos. Era uma das coisas que gostava nele. Também gostava do jeito com que a luz brincava em sua pele e parecia, de algum modo, ficar presa em seus olhos escuros. Ela gostava como o pânico em seu peito diminuía quando o historiador estava por perto. Ainda que às vezes, na companhia dele, se sentisse como se estivesse vendada em um aposento. Fazia com que se sentisse um pouco atordoada, mas não era desagradável.

Enrique olhou para ela com ar intrigado, e Zofia percebeu que não tinha respondido em voz alta.

— Sim — disse ela. — Eu quero.

A cidade de Irkutsk não se parecia em nada com Paris.

Aqui, as construções pareciam ter sido esculpidas em renda. Casas pintadas em tons de creme, azul e amarelo, com intricadas esculturas em madeira, aglomeravam-se nas ruas invernais. A luz do sol refletia nos domos dourados das catedrais e, além dos limites da cidade, Zofia avistara uma taiga coberta de neve, com pinheiros e abetos pontilhando as encostas dos montes Urais. Seus passos esmagavam o gelo e, quando respirava fundo, o ar trazia aromas familiares — bolo de mel quente e peixe defumado, amoras misturadas com malte e até o cheiro terroso e açucarado do *borscht*, uma sopa agridoce feita de beterrabas que sua mãe costumava servir com bolinhos recheados de cogumelos. Havia uma simplicidade em Irkutsk que a fazia se lembrar de casa, em Glowno. Se voltasse para lá, não encontraria nada: nem família, amigos, trabalho, nem mesmo um lar. Além disso, não podia deixar Golias para trás. E era frio demais na Polônia para tarântulas.

— Você acha que Laila e Eva já mataram uma à outra? — perguntou Enrique.

— Por que elas fariam isso?

Enrique fez um som exasperado.

— Você estava *bem* ali! Dava pra cortar a tensão entre as duas com uma faca de manteiga!

— Isso não é fisicamente possível.

— O que está passando pela sua cabeça, então, Fênix?

— As preferências ambientais das tarântulas.

— Me arrependo de ter perguntado.

— A Polônia seria um lugar frio demais para o Golias.

— E toda a Polônia lamenta.

Zofia esperava que os funcionários do L'Éden estivessem cuidando dele. Golias a fazia se lembrar de outros tempos. Tempos mais felizes. E, ainda que eles não existissem mais, ela gostava daquilo que a fazia se lembrar de que um dia estiveram lá.

— Sinto falta dele — disse Enrique.

Zofia suspeitava que o rapaz não estava falando de Golias.

— Eu também.

Lá na frente, Zofia avistou uma loja de alquimia e farmácia pintada de verde-claro. Agachado ao lado de uma janela quebrada, estava um homem usando um *kippah*. Seu pai, que não era judeu, nunca usara um, mas muitos homens e meninos em Glowno o faziam. O tecido se estendia pelo topo do crânio do homem, um gesto de sua fé.

— *Gutn tog* — disse Zofia.

O homem ergueu o olhar, surpreso. Seus olhos percorreram a rua antes de pousarem nela.

— *Gutn tog.* — Ele ficou em pé, antes de apontar para a janela quebrada e dizer, com a expressão cansada. — É a terceira vez este ano... Você pensaria que Alexandre II foi assassinado ontem. — Então suspirou. — Como posso ajudá-la?

— Preciso de nitrato de potássio — disse Zofia.

O homem franziu o cenho e hesitou, mas então gesticulou para que ela entrasse. Enrique, disse ele, teria de esperar do lado de fora. Sozinha na loja, Zofia contou as prateleiras de madeira bem-arrumadas e as garrafas brilhantes e verdes que se alinhavam nelas: *vinte e uma, vinte e duas, vinte e três*. Quando o comerciante encheu a bolsa dela, o homem abaixou a voz ao deslizar a bolsa pelo balcão.

— Não é seguro para nós — disse ele. — A cada ano fica mais difícil.

— Estou em segurança.

O homem balançou a cabeça com tristeza.

— Nós nunca estamos, minha querida. Os *pogroms* podem ter parado por enquanto, mas o ódio, não. *Kol tuv.*

Zofia pegou a bolsa com desconforto. *Mas o ódio, não.* Sua mãe perdera a família nesses *pogroms*, os tumultos antissemitas que arrasaram lares e famílias, culpando-os pelo assassinato do Czar Alexandre II. Quando tinha treze anos, encontrou a mãe ajoelhada em casa ao lado do fogo apagado, soluçando. Zofia ficara imóvel. Sua irmã e seu pai sempre souberam como consolar, mas os dois estavam dormindo. Então Zofia fizera a única coisa que podia — acendeu o fogo. Ela se abaixou diante da lareira apagada, pegou um pouco de sílex e esfregou o metal até que brilhasse de calor. Só então sua mãe ergueu os olhos e sorriu, antes de puxá-la para perto e dizer:

— Seja uma luz neste mundo, minha Zosia, pois as coisas podem ser muito sombrias.

A garganta de Zofia se apertou ao se lembrar deles naquele momento. O mundo parecia sombrio demais para se navegar, não importava a luz que ela tentasse trazer. Do lado de fora, Zofia girou lentamente na calçada.

A cidade já não parecia mais familiar, como Glowno. Agora, seus olhos saltavam das janelas fechadas e das pessoas em casacos com cores vivas demais para a neve suja presa nas rodas das carruagens, e para as ruas pavimentadas que pareciam se entrelaçar. Era demais...

— Fênix!

Enrique virou a esquina, segurando um saco de papel e sorrindo. Quando viu a expressão no rosto dela, seu sorriso sumiu e ele correu mais rápido para o lado dela.

— Você não me viu apontar para a esquina antes de entrar na loja?

Zofia negou com a cabeça.

— Ah — exclamou ele. — Bem, eu imaginei que, com todo esse lance de carruagens em fogo, histórias de fantasmas e mau humor, podíamos muito bem comer um biscoito.

Ele tirou do saco de papel dois biscoitos claros de açúcar, com uma cobertura grossa e lisa. Entregou um para ela.

— Eu demorei um pouco mais do que imaginei que fosse no começo, porque o biscoito tinha confeitos, mas eu sei que você não gosta da textura, então pedi para tirarem tudo e falei para a confeiteira colocar outra camada de cobertura — disse ele. — Eu os saborearia, porque você não...

Zofia enfiou o biscoito todinho na boca. Enrique a encarou, então deu uma risada e fez o mesmo. No caminho de volta, Zofia saboreou o gosto do açúcar que permaneceu em sua língua. Foi só quando se aproximaram da entrada que Enrique voltou a falar:

— Não vai nem me agradecer? — perguntou. — Arrisquei minha mão ao entregar o biscoito de açúcar para você. Você comeu tão rápido que achei que fosse pegar minha mão sem querer.

— Eu não confundiria sua mão com um biscoito.

Enrique fingiu estar magoado.

— E eu aqui pensando que eu era um docinho.

Era uma piada terrível, mas Zofia ficou chocada por tê-la reconhecido como tal. Mesmo assim, ela riu. Riu até que as laterais de sua barriga doeram, e só então ela percebeu como se esquecera completamente da cidade desconhecida e frígida que os cercava. Enrique lhe comprara um biscoito e a fizera rir, e era como estar sentada ao lado da lareira em casa, sabendo exatamente onde tudo estava e quem entraria pela porta.

— Obrigada — disse ela.

— Uma gargalhada da própria Fênix? — Enrique sorriu, levando a mão ao coração e dizendo com ar de dramaticidade: — Um homem se colocaria diante de qualquer desafio para ouvir tal som elusivo. Vale uma mão machucada. Certamente melhor do que qualquer agradecimento banal.

O sorriso de Zofia vacilou. Ela sabia que era uma brincadeira e que ele com frequência dizia coisas grandiosas que não eram sérias. Mas, antes de voltar para a estação de trem, ela queria que essa coisa fosse verdadeira.

Que o som de sua risada pudesse um dia significar tanto para alguém que fizesse valer a pena qualquer desafio.

Eles partiram para o lago ao anoitecer, quando o mundo parecia azul e o gelo retinha a luz. Uma equipe de doze trenós puxados por cães, os quais eram equipados com rédeas Forjadas para abafar o som de suas patas, os aguardava do outro lado da porta Tezcat da estação de trem. Não havia um portal que levasse direto para o destino deles. Os buriates locais haviam erguido barreiras Forjadas contra tais estradas havia muito tempo. Os cinco se empilharam em um trenó, operado por um buriate idoso que calçava botas grossas forradas de pele e uma longa faixa atravessada em seu casaco, enfeitada com pequenos ornamentos de cobre. Delphine estava sentada em um dos trenós na dianteira da operação, enquanto Ruslan e Eva estavam em outro. Laila se acomodou ao lado de Zofia no banco do trenó.

— Você ouviu o tradutor? — perguntou, estremecendo. — Ele continua falando sobre "espíritos perturbados" nas proximidades.

Zofia não acreditava em espíritos. Mas o vento produzia o som uivante que a assustava quando criança, e uma pequena parte de si pensava nas histórias que Hela sussurrara no escuro. Contos de *dybbuks* com suas almas desarticuladas e lábios azuis, de meninas fantasmas afogadas, forçadas à guardarem tesouros, de terras entre o espaço da meia-noite e o amanhecer nas quais os mortos caminhavam e a luz corria fria e fina. Zofia nem gostava nem acreditava nessas histórias.

Mas se lembrava delas.

— Ainda não tive oportunidade de me desculpar — começou Laila.

Zofia franziu o cenho. Pelo que Laila precisava se desculpar? A amiga se virou para olhá-la, e Zofia analisou suas feições.

— Eu devia ter te contado a verdade a meu respeito, mas não queria que você me visse de um jeito diferente. Ou, não sei, como se eu não fosse mais humana.

Anatomicamente, o corpo era uma máquina, fosse este nascido ou construído. O que ficava do lado de dentro não era diferente, pensou Zofia. Era como a física. A transferência de energia não tornava a energia menos real. Portanto, Laila era real, e sua chance de morrer era mais real ainda caso não encontrassem *As Líricas Divinas* e garantissem que ela pudesse permanecer como estava.

— Se quiser me falar alguma coisa, você pode — disse Laila. — Você não precisa... mas pode.

Zofia não tinha certeza de como responder àquilo. Queria lhe contar sobre Hela, e o pânico que sentia em relação a se tornar um fardo para os demais, por conta do modo como processava o mundo... mas observações como essas não a tornariam um fardo?

Laila estendeu a mão. Zofia vislumbrou o anel de granada que a outra lhe pedira para fazer. Pensou que os dias numerados faziam a contagem regressiva para o nascimento de Laila. Não para sua morte.

A engenheira sentiu o rosto arder em fúria. Não faria parte da morte da amiga. Não a deixaria morrer.

Zofia estendeu a mão, segurando a de Laila, e, por um momento, não sentiu o vento ou o gelo. Acima delas, as estrelas se fundiam em um borrão. O trenó puxado por cães deslizava sobre o gelo por um tempo que parecia horas, mesmo com os aparatos Forjados que lhes permitiam seguir mais rapidamente pelo terreno escorregadio. Assim que o amanhecer tocou o horizonte pálido, eles pararam. Zofia gostava do lugar, mesmo que sua respiração queimasse nos pulmões. Gostava de como o mundo parecia solene e frio. Gostava do cinturão mais baixo dos montes Urais, de como o lago sob eles tinha um padrão de renda de gelo. Gostava do fato de não haver nada ali.

Mas esse era o problema.

Não havia nada. E ainda assim, de acordo com as bússolas, essas eram as coordenadas exatas do Palácio Adormecido. Séverin e Ruslan estavam afastados dos outros, com o primeiro girando os óculos de Tezcat na mão. Eva ficou entre os dois, olhando por cima do ombro de Séverin, com a mão em suas costas.

— Você acha que está debaixo d'água? — perguntou.

Séverin não respondeu.

— Será que invertemos as coordenadas? — perguntou Hipnos.

Zofia olhou para os óculos. Depois, para todas as pessoas que olhavam para o instrumento sem fazer o óbvio: *usá-lo*.

— São óculos — disse ela, em voz alta.

Séverin ergueu os olhos em sua direção, e em seguida curvou a boca para cima. Ele levantou os óculos de Tezcat até o rosto e ficou imóvel.

— O que é? — perguntou Eva. — O que você está vendo?

Séverin deu alguns passos para a esquerda e se inclinou em direção ao gelo, estendendo a mão como se estivesse pegando algo no ar, algo como uma maçaneta invisível. Então puxou. Quando o fez, a luz começou a oscilar bem na frente dele, e o ar cintilou.

Ruslan riu e aplaudiu, desviando a atenção de Zofia.

— Zofia — ofegou Laila ao seu lado.

Ela olhou novamente para onde o ar começara a cintilar, mas agora o efeito brilhante se estendia a uma distância que parecia igual ao comprimento inteiro do L'Éden. Os montes Urais atrás do lago desapareceram, e um prédio imponente emergiu no ar, sobre o lago Baikal: cúpulas congeladas e varandas translúcidas, agulhas de cristal e paredes de gelo espesso. Não havia dúvidas sobre o que estava diante deles.

O Palácio Adormecido da Casa Caída.

15
LAILA

O Palácio Adormecido fazia com que Laila se lembrasse do L'Éden, se o hotel tivesse sido sonhado pelo inverno.

Quando a porta foi aberta, finos pingentes de gelo se espatifaram pelo chão. Seu estômago deu uma reviravolta ao dar o primeiro passo. Flocos de neve cobriam o solo translúcido e, por meio das estrias de gelo, Laila conseguia ver o movimento da água safira... como se pudesse cair nela a qualquer momento. O amplo vestíbulo se abria para um átrio expansivo e prateado. Turíbulos Forjados de pedra da lua deslizavam ao longo de um teto abobadado cheio de cristais gravados e gelo. Duas escadarias brilhantes como a neve subiam em espiral até um balcão que circundava o átrio. Assim que entraram no átrio, o Palácio Adormecido começou a *despertar*. Esculturas cristalinas de gárgulas desdobravam suas cabeças de suas asas. Desenhos de flores fechadas e heras enroladas aos poucos se desabrocharam, a neve caindo de suas formas como pólen enquanto se abriam e arqueavam em direção ao teto. Os sons ecoando pelos corredores amplos faziam Laila se lembrar da neve fresca sendo quebrada sob os pés.

Sua respiração se condensava diante dela e, não pela primeira vez, Laila se perguntava se deveria estar sentindo *mais*... Olhou para as mãos, flexionando os dedos, tentando procurar em seu corpo algum sinal de que estavam mais próximos de *As Líricas Divinas*. Mas tudo o que sentia era o frio implacável, e tudo o que via era seu anel de granada, úmido como um coração, com o número 17 encarando-a de dentro da joia.

Delphine ficou na entrada, voltando a atenção para os guardas e o transporte, convocando uma comitiva para examinar os quartos, determinar sua segurança e prepará-los para a hora de dormir. Eva se aproximara de Séverin, óbvio. Laila ignorou a pontada aguda em seu coração. Talvez estivesse sendo injusta. Eva não tinha causado a melhor impressão, mas Laila podia deixar isso para lá.

Laila se obrigou a olhar para Ruslan, que encarava o teto abobadado de gelo. Com delicadeza, ele apoiava a mão machucada na tipoia. Por um momento, algo passou por seu rosto que, para Laila, parecia ser tristeza.

— Inacreditável — exclamou, animado, dando um pulinho onde estava. — Isso parece o início de um feito histórico, não acham? Vocês não *sentem* o pulso do universo acelerando com essa descoberta? Isso me faz sentir...

Seu estômago roncou alto. Ruslan fez uma careta e sussurrou *quieto!* para a barriga. Abriu a boca para voltar a falar, mas então Delphine apareceu ao lado dele, e Ruslan ficou quieto. A matriarca os observava com os olhos semicerrados. Quando falou, Laila notou que ela só olhava para Séverin.

— Bem, caçadores de tesouros, temos exatamente uma semana antes do Conclave de Inverno, e ainda menos tempo antes de não termos escolha senão revelar essa descoberta à Ordem — disse ela, com frieza. — Comecem a caçada.

Com isso, ela e Ruslan deixaram o átrio. Ruslan parou apenas para lançar um sorriso encorajador para Eva. Laila achou que era um convite, mas a garota não o seguiu. Em vez disso, andou para a frente. Pela primeira vez, Laila notou que ela mancava de leve com a perna esquerda.

— Eu desejo ficar e ajudar vocês — anunciou Eva, cruzando os braços. — Para começar, sou uma Forjadora de sangue talentosa *e* artista de gelo. Como prima de Ruslan, cresci ouvindo histórias sobre o Palácio Adormecido *e* a Casa Caída. Vocês podem utilizar meus talentos. Além disso, tenho tanto a oferecer quanto qualquer outra pessoa na equipe. — Ela lançou um olhar escaldante para Laila. — Talvez até mais do que alguns.

Quando Séverin não disse nada, Eva perguntou:

— E então?

Ele olhou para Laila. Ninguém se juntava ao grupo sem uma leitura minuciosa, e o que Laila havia descoberto sobre Eva não lhe era suficiente para considerá-la segura. Quando a matriarca convocara a reunião matinal no dia anterior, Séverin a chamara para a sala de bagagens, onde tinham aberto as malas do patriarca e de Eva, e Laila havia lido tudo o que pôde. Não havia nada fora do comum nos pertences de Ruslan. Nenhuma memória relevante. Nenhuma emoção, exceto a *pressão* para a descoberta, algo que sentiu como uma mão pressionada em seu coração. Os objetos de Eva, no entanto, eram escassos. Nada além de um par de sapatos gastos pelo trabalho no local de Forja de sangue em Moscou. Era só isso.

— Sinto muito — disse Laila, realmente querendo dizer isso. — Mas, não.

Eva pareceu consternada por apenas um momento, antes de franzir o cenho e atravessar o aposento na direção de Laila. Hipnos rapidamente se afastou.

— Isso é porque eu não sabia quem você era? — perguntou, irritada.

Laila se sentiu cansada.

— Para mim, não me importa se você me conhece ou não, Eva. Isso não muda o fato de que seguimos certos protocolos, com os quais você não está familiarizada, e por isso devemos recusar sua oferta bem-intencionada de fornecer seus serviços.

Eva deu um sorriso malicioso, puxando um pingente de prata em seu pescoço.

— Você está com ciúme, é isso? Não te culpo. — Eva se inclinou, baixando a voz: — Que arte você tem para oferecer além do seu corpo?

Laila controlou as expressões, mantendo o rosto inexpressivo. Entendia como o mundo cultivava malícia entre as garotas, ensinando-as a mostrarem os dentes quando talvez devessem expor a alma. Suas próprias amizades no *Palais des Rêves* tinham começado com crueldade — uma garota acrescentando corante ao creme facial dela e outra cortando os saltos de seus sapatos, na esperança de que ela torcesse o tornozelo no palco. *C'est la vie.* Era Paris. Era o mundo das apresentações. E elas tinham medo de perder seu sustento. Mas a diferença era que, pelo menos, as garotas do cabaré a tratavam como uma adversária formidável no mesmo campo de batalha.

Quando Eva se dignou a lhe referir a palavra, era como se nem a enxergasse.

— Não vejo nada que inspire ciúme — respondeu Laila.

E dizia a verdade. Eva era bonita, mas corpos eram apenas corpos. Facilmente quebráveis e, infelizmente, nem tão facilmente feitos. Laila nunca teve controle sobre suas características físicas, nem nunca achou certo julgar alguém por elas.

Mas, com suas palavras, o rosto de Eva empalideceu.

— Diz isso porque acha que tem um protetor em *monsieur* Montagnet-Alarie — disse ela. — Mas não pense que vai continuar assim. Até eu percebi que ele não se deu ao trabalho de defender sua honra.

Com isso, se afastou, furiosa.

Laila cravou as unhas nas palmas das mãos. Eva estava certa, mas também estava errada. Se Séverin quisesse mostrar que ela era alguém por quem ele poderia falar ou no lugar de quem falaria, ele teria feito isso. Mas Laila o vira pensar em falar antes de optar por recuar. E desejou nunca ter visto isso.

Porque, naquele instante, sua mente evocou contos de fadas e maldições, mitos de garotas instruídas a não olhar para seu amado à meia-noite, para que não vislumbrassem sua verdadeira forma. O que Séverin tinha feito naquele momento e como estendera os braços durante o fogo na *troika* eram vislumbres cruéis do garoto que ele realmente tinha sido. O garoto que salvara Zofia e lhe proporcionara um mundo de conforto, que tinha dado uma chance a Enrique e lhe dado uma plataforma para falar, que tinha visto Laila por sua alma e não apenas pela carne que a envolvia. Ela odiava aquele vislumbre porque a lembrava que ele era como um príncipe amaldiçoado, preso na pior versão de si mesmo. E nada do que ela possuía — nem seu beijo dado por vontade própria, nem seu coração oferecido com timidez — poderia quebrar o encanto que o prendia, porque ele mesmo tinha feito aquilo consigo.

Quando se virou na direção de Séverin, o rapaz observava com olhos ávidos o Palácio Adormecido. Ele afastou os cabelos escuros da testa. Um sorriso sutil tocou seu rosto. Antes, ele teria enfiado a mão no bolso do casaco para pegar sua lata de cravos. Costumava dizer que aquilo o ajudava a pensar e lembrar, mas parou de consumi-los depois que Tristan morreu. Laila não tinha certeza do porquê. Deixar de comê-los não ia ajudá-lo a esquecer.

E então Laila se juntou aos demais e, juntos, ficaram observando enquanto Séverin circulava em torno do grande átrio. A observação era o domínio dele. Podia odiá-lo o quanto quisesse, mas não tinha como negar que, quando se tratava de tesouros, Séverin tinha um talento para entender o contexto. Sua história, de certa forma.

— Nós ficamos chamando isso de "palácio" — disse ele, devagar. — Mas não é. É como uma catedral...

Séverin fez uma anotação em um de seus papéis.

— Qual é a parte mais sagrada de uma catedral? — perguntou, mais para si mesmo do que para os outros.

Laila não se sentia particularmente qualificada ou interessada em responder à pergunta.

— O treco de vinho — respondeu Hipnos.

— Por que eu deveria saber? — Zofia deu de ombros.

— O altar — disse Enrique, balançando a cabeça.

Séverin assentiu, seu queixo virado para que a luz de inverno brilhasse em seu rosto.

— Alguém quer brincar de Deus.

A boca de Laila se contorceu em um sorriso vazio. Às vezes, se perguntava se Séverin já tinha pensado em fazer o mesmo.

Diante deles, quatro corredores se ramificavam a partir do átrio principal. Em vez de arriscar se separarem, seguiriam como uma unidade, documentando as coisas à medida que avançavam. No corredor oeste, havia uma biblioteca na qual nove estátuas femininas serviam como pilares. Pelo menos, *devia* ter sido uma biblioteca... mas todas as prateleiras estavam vazias de livros.

— Eles podem estar escondidos — disse Enrique, com anseio, os dedos coçando para explorar a sala. Mas, então, seguiu o restante do grupo com obediência.

O corredor sul dava acesso à cozinha e a uma pequena enfermaria. Na entrada do corredor leste, arrepios percorreram os braços de Laila. Ao longe, achou ter ouvido... grunhidos? Não, *roncos*. Um par de portas duplas arqueadas, gravadas com desenhos de lobos e cobras, se abria para uma sala fracamente iluminada em que grandes saliências cobriam o chão de mármore. Zofia pegou um pingente de fósforo, e a luz revelou que eles não estavam olhando para saliências, mas para uma coleção de dezenas de animais Forjados de gelo. Leões com bigodes de gelo delicados, pavões com uma cauda de penas congeladas, lobos cujos pelames vítreos se eriçavam e subiam e desciam com suavidade como se vivessem e respirassem.

Laila recuou no mesmo instante, mas nenhuma das criaturas se moveu. Permaneceu observando-as por mais um momento, e seu medo deu lugar à admiração.

— Estão *dormindo* — constatou.

Sobre o chão de mármore cremoso, os animais dormiam com as patas dobradas, os cascos encolhidos e as asas recolhidas. Apenas um deles — um rinoceronte de gelo — se deu ao trabalho de abrir os olhos ao som das portas. Seu olhar se voltou para o grupo, mas a fera não se moveu.

— Eu odeio tudo isso — disse Hipnos.

— Eu também — concordou Enrique. — Fecha a porta antes que eles acordem.

— De qualquer forma, o tesouro não estaria aqui — disse Séverin, franzindo a testa mais uma vez para os animais, antes de fechar a porta.

Em cada corredor, Séverin parava para verificar se os aposentos tinham gatilhos que ativariam quaisquer mecanismos de defesa. Com a Casa Caída, tudo era possível. Mas nenhuma das portas os traiu, e nenhum dos pisos reagiu. Os dispositivos de detecção esféricos também não indicaram nada. Era como se o Palácio Adormecido estivesse realmente adormecido. Em todos os pontos, Zofia levantava seus pingentes de fósforo, procurando sinais de uma porta Tezcat à vista, mas nada se revelava. Enquanto caminhavam pelo corredor final, a passagem norte, Enrique apertou o casaco contra o corpo e olhou para as entalhaduras onde a parede encontrava o teto.

— Toda a iconografia representa mulheres — apontou ele.

Laila não tinha notado aquilo antes, mas o historiador estava certo. Todas as mulheres nas imagens congeladas que cobriam as paredes a faziam se lembrar de sacerdotisas. O detalhe do gelo parecia não ter desvanecido ao longo dos anos, e havia uma nitidez curiosa nos olhos das imagens.

— Nenhuma delas está mostrando as mãos — comentou Enrique.

Pequenos arrepios desceram pela espinha de Laila, que rapidamente desviou o olhar. A postura delas lhe era muito familiar. Quantas vezes, quando criança, tinha colocado as mãos para trás, para que o pai não se lembrasse do que ela podia fazer, ou, como ele disse mais tarde, do que ela *era*.

Até aquele momento, o corredor norte era o mais longo. Ficava mais frio à medida que avançavam. Na frente, Séverin espreitou por cima do ombro e encontrou o olhar de Laila, que discretamente foi até seu lado.

— Procedimento usual — pediu Séverin.

— Aqui, Hipnos, segure o dispositivo de detecção — disse Enrique, enquanto o resto deles se ocupava com as respectivas tarefas.

Agora eram apenas ela e Séverin, que não a olhou.

— Alguma coisa?

Laila tirou as luvas. Estendeu o braço na direção da porta entalhada de gelo diante deles, deixando suas mãos deslizarem sobre as estranhas incisões no limiar.

— Não consigo ler — informou. — É tudo Forjado.

— Nenhum dispositivo de armadilha detectado — avisou Enrique do fundo. — Vamos entrar. Por que é tão estreito?

— É como um corredor para um quarto de meditação — refletiu Séverin. — Projetado para fazer a pessoa sentir que o caminho que percorre, percorre sozinha.

— Bem, em vez de ficarmos aqui parados, vamos seguir em frente e entrar — disse Hipnos, cruzando os braços.

— Não dá — respondeu Séverin.

— Não tem maçaneta — comentou Zofia e, com agilidade, seus olhos azuis examinavam a porta.

Séverin tentou empurrar, mas não fez diferença. A porta não se mexeu. Ele baixou o olhar para as ranhuras no chão.

— Este lugar foi projetado como uma catedral. Não *quer* força bruta. Quer algo mais... algo que honre seja lá o que for sagrado aqui dentro — raciocinou ele, com os olhos brilhando com o mistério da sala.

Laila observou o rosto dele ganhar vida com o quebra-cabeça da sala.

— Luz — disse ele, estendendo a mão.

Zofia lhe entregou um dos pingentes de seu colar. Séverin quebrou a peça fosforescente. O brilho súbito esculpiu as sombras de seu rosto, jogando-as em um alívio nítido.

— Recuem — ordenou ele.

Os quatro se amontoaram no pequeno espaço do corredor. Séverin se ajoelhou, movendo a luz sobre as estranhas ondulações e entalhes que cobriam a porta.

— Achei a abertura — avisou.

Séverin manteve a mão perpendicular ao gelo e a deslizou até onde ela desapareceu, como se em um encaixe. Ainda assim, a porta não se moveu.

— Parece um buraco de fechadura — disse Enrique. — Mas por que alguém colocaria isso onde só fica na altura dos olhos de uma criança?

Essa ideia perturbou Laila. Nenhuma parte do palácio fazia sentido, desde a coleção de animais de gelo até os corredores vazios. Mesmo agora, tremeu ao pensar no olhar lento do rinoceronte de gelo seguindo-os pela sala. O animal não tinha se movido. Ainda.

—Altura dos olhos de uma criança... ou de um suplicante — comentou Séverin.

Ainda agachado, encaixou os joelhos nas reentrâncias do chão. Deixou o pingente fosforescente cair no solo, e a luz azul destacou sua silhueta. No passado, quando saíam em busca de aquisições, Laila sempre ficava impressionada com a forma diferente como Séverin via o mundo. Ele tinha um senso de admiração diferente de qualquer pessoa que ela já conhecera. Aquilo a fez lembrar da primeira noite em que percebeu que queria beijá-lo. Na época, Séverin havia encomendado uma instalação de jardim baseada em *teias de aranha*, entre todas as coisas. E Laila achou que era uma ideia nojenta até ele estender a mão, inclinar o queixo dela para cima e perguntar com suavidade:

— Agora você vê como é uma maravilha?

Foi o suficiente para o céu noturno se transformar acima deles. Um simples movimento de sua cabeça, e o mundo parecia entrecruzado com o fio estrelado das futuras constelações.

Séverin ainda tinha um senso incrível para a performance. Mas, agora, parecia alguém ansioso para ser sacrificado, e Laila teve de conter o estranho impulso de correr até onde estava e ajudá-lo a se levantar.

— É como um altar — comentou Séverin, tão baixinho que Laila não pôde afirmar se era para terem ouvido. — E eu ajoelho em adoração.

Em seguida, uniu as palmas das mãos como se estivesse rezando, pressionando-as nas depressões da porta. Uma luz prateada percorreu as vinhas, como se estivesse despertando após um longo sono. O gelo e as dobradiças de metal da porta gemeram à medida que se abria, revelando uma sala iluminada por um brilho prateado.

Ao lado de Laila, Enrique fez o sinal da cruz e Hipnos prendeu a respiração. Séverin se levantou, mas não entrou.

— Por que ele não entra? — murmurou Hipnos.

— Medo de desmembramento — disse Zofia. — Se eu projetasse mecanismos para capturar ladrões, prepararia um dispositivo para atacar as três primeiras pessoas que entrassem.

Hipnos deu um passo para trás de Zofia.

— As damas primeiro.

Enrique jogou o dispositivo de detecção esférico para Séverin, que o pegou com uma mão.

— O que você vê? — perguntou Enrique.

Normalmente, Séverin teria narrado toda a cena, desde o número de paredes até a forma do teto. Mas o que ele viu ali valia a pena guardar só para si. Laila prendeu a respiração.

— Estrelas — disse Séverin simplesmente.

Laila e Enrique se entreolharam, confusos. E o tesouro? O *livro*?

— Nenhum dispositivo de detecção — informou Séverin. — Está limpo.

Eles entraram um por vez — Hipnos se agarrando ao casaco de Zofia — em uma sala que Laila só poderia descrever como uma gruta de gelo. Séverin estava certo sobre as estrelas. Acima deles se estendia uma representação do céu noturno, mas não era real, embora parecesse infinito. Era como uma imagem suspensa de uma noite anterior, e no centro pendia uma lua pendular que mudava diante de seus olhos, ficando mais fina a cada segundo, como se estivesse fazendo uma contagem regressiva para algo.

A gruta de gelo se assemelhava a um pátio afundado. Mais adiante, degraus rasos desciam para um chão vazio com um único poço irregular revelando a água safira do lago Baikal. Na parede mais ao longe, se erguiam três estruturas em forma de escudo enormes. Se havia escrita ou símbolos nelas, as teias de aranha de gelo os ocultavam da vista. Acima desses três escudos, apareciam mais entalhes de mulheres. Pareciam se inclinar para fora de nichos rebaixados na parede de gelo, os braços esticados e... *sem as mãos*. Quando a luz passou rapidamente sobre elas, pareciam realistas até demais.

A luz pálida das estrelas acima deles aos poucos revelava o conteúdo da sala, mas uma coisa era certa...

Não havia nenhum tesouro ali.

O coração de Laila afundou, mas ela se recusou a se sentir desencorajada. Os tesouros gostavam de se esconder. Depois de dois anos trabalhando com Séverin, já sabia disso muito bem. Enquanto avançavam para inspecionar a parede leste, Enrique deu um pulo para trás com uma guinchadinha. Laila se virou, seus batimentos se acelerando ao ver o que quase fez Enrique gritar. Quando a luz atingiu a parede de gelo leste, esta se tornou translúcida e revelou toda a coleção de animais que tinham avistado momentos atrás.

— Interessante — falou Zofia. — Uma parede Tezcat que não requer chave, apenas luz, conectando à coleção. Isso é inteligente.

— Isso é horrível — disse Enrique. — Olha pra eles... estão *acordados*.

Laila se virou lentamente na direção das criaturas. Se antes dormiam, agora estavam acordadas. Cada uma das cabeças se virou para encará-los.

— Eu me voluntario para vigiar a porta — informou Hipnos. — Do corredor. Na verdade, do final do corredor.

Séverin o ignorou e disse:

—Vamos continuar documentando. Eu quero ver o que há lá embaixo.

— Como? — perguntou Enrique. — Está muito escuro. A gente devia voltar com mais luz. Eu quero lanternas apontadas diretamente para aquela parede leste.

Então, Laila ouviu o som inconfundível de um fósforo sendo aceso. Em seguida, Zofia criou uma tocha improvisada.

— Muito melhor... — disse Enrique, mas suas palavras foram interrompidas por um grito agudo de Hipnos.

— Séverin, *espera*!

Tarde demais, Laila percebeu que Séverin havia se afastado do grupo e avançado em direção à escadaria no fundo da gruta, que levava à parede norte. Ele não esperou. Com a lanterna erguida, Séverin deu o primeiro passo...

E então tudo mudou.

O tempo pareceu congelar. Como se estivesse em câmera lenta, Laila viu Séverin respirar fundo, seu hálito formando uma pequena névoa no ar, uma névoa prateada suspensa por um momento perfeito de silêncio... e então o *som* irrompeu. Do canto leste da parede, o rinoceronte de gelo se chocou contra a barreira de vidro. Voou gelo quebrado para todo lado, espalhando-se pelo chão. O rinoceronte avançou, um som profundo ecoando de seus pulmões. Com o canto do olho, Laila viu os outros animais lentamente ganhando vida. O pelo cristalino de um jaguar tremeluziu. O animal balançou a cabeça e arranhou o chão.

A escadaria havia desencadeado vida.

— Volta! — gritou.

Séverin virou a cabeça, mas, do outro lado da parede, uma pequena bola de gelo foi lançada contra seu corpo, espatifando-se em seu rosto e cobrindo sua boca e nariz como uma teia de gelo. Ele cambaleou para trás, caindo nos degraus. Laila tentou correr em sua direção, mas o rinoceronte bloqueou o caminho.

— Alguém traz ele pra cá! — exclamou.

Zofia lançou a tocha para Enrique e rapidamente jogou uma rede explosiva sobre o rinoceronte.

— *Acenda* — desejou ela.

A rede Forjada pegou fogo, e o rinoceronte grunhiu, explodindo em mil fragmentos de gelo. Zofia e Laila correram até Séverin. Cada uma agarrou um braço, levantando-o da escadaria. Assim que ele cruzou o limiar, os animais de gelo mais uma vez ficaram imóveis e silenciosos. Laila puxou a neve que cobria a boca dele, mas estava muito escorregadia.

Tentou tirar várias e *várias* vezes, mas o gelo apenas queimava sua mão e grudava na pele dele. A respiração dela ficou irregular em seu corpo. Ela arriscou um olhar para Séverin e desejou não o ter feito. As pupilas dele estavam dilatadas; as veias do pescoço, inchadas, e ele sacudia os braços e começava a arranhar o rosto. Séverin estava morrendo diante dos olhos dela.

Zofia alcançou um fósforo, mas Séverin segurou o punho dela.

— Você vai queimá-lo! — gritou Laila.

— Desfiguração e morte não são opções comparáveis — retrucou Zofia, com firmeza.

Então, pelo canto dos olhos, Laila avistou um lampejo de vermelho quando uma figura se aproximava correndo. Eva se jogou no chão ao lado deles, sem fôlego. A cabeça de Séverin tombou para um lado. Um brilho azul se espalhou por sua pele, e suas pálpebras começaram a se fechar. Um soluço se prendeu na garganta de Laila.

— Eu posso salvá-lo — garantiu Eva, empurrando Laila para o lado. — Já vi esse tipo de ataque antes.

Eva segurou o rosto de Séverin e pressionou sua boca sobre a dele. Seu cabelo vermelho caía sobre os dois, e Séverin se agarrou a ela, suas mãos segurando as costas dela. No mesmo instante, o gelo da boca de Séverin derreteu. Ele tentava recuperar o fôlego enquanto Eva se afastava, ainda segurando seu rosto entre as mãos. Aquela visão provocou uma estranha torção no estômago de Laila, que assistiu enquanto Séverin piscava rapidamente. O gelo forrava seus cílios. Ele não tirava os olhos de Eva, como se fosse um príncipe amaldiçoado e ela, sozinha, o tivesse libertado.

150

PARTE III

DOS ARQUIVOS DA ORDEM DE BABEL

AUTOR DESCONHECIDO
1878, AMSTERDÃ

A Forja de sangue é uma arte particularmente vulgar, adequada apenas para os bordéis mais vis. O fato de não ser proibida em todos os países é, a meu ver, uma verdadeira atrocidade.

16

LAILA

Laila cruzou e descruzou os tornozelos, mexendo na ponta de seu vestido. Haviam-se passado quase quatro horas desde que Eva resgatou Séverin. Desde então, ele esteve trancado com ela e um médico que Ruslan trouxera de Irkutsk. Ninguém podia entrar em seu aposento, apesar dos protestos de Laila. Por um lado, ela não estava esperando sozinha... mas era a única que continuava acordada.

Após duas horas, Hipnos usara o ombro esquerdo de Enrique como travesseiro. Depois de três, Zofia cochilou, embora continuasse a tombar com a cabeça para trás, até que Enrique, temendo que a engenheira fosse quebrar o pescoço, ajeitou o ombro direito para ser o travesseiro dela.

— Não se preocupe, Laila — disse Enrique, bocejando. — Não tem como eu dormir assim. Vamos vê-lo em breve. Tenho certeza disso.

Isso foi há vinte minutos.

Agora ele estava roncando levemente.

Laila suspirou e retirou seu cobertor. Com cuidado, o estendeu sobre os três e começou a organizar os papéis sobre a mesa, onde estavam as anotações de Enrique acerca do que ele havia visto e os diagramas que Zofia fez do corredor. Hipnos também tinha pedido papel, e Laila não conseguia entender a finalidade para tal até olhar para baixo e ver rabiscos de flocos de neve e dos animais do zoológico de gelo.

Do lado de fora, o lago congelado brilhava por conta da nova neve. Mais cedo, parecia tão isolado. Agora, a atividade fervilhava ao redor do palácio. Esfinges armadas estavam paradas, imóveis, nos perímetros da propriedade. O brilho familiar vermelho-sangue das redes de alarme Forjadas se estendia sobre o gelo. Precauções necessárias, Ruslan explicara, para mantê-los seguros dos membros da Casa Caída que os atacaram em Moscou.

— O que restou deles é um pequeno grupo de fanáticos — disse Ruslan. — Eles não serão capazes de chegar a Irkutsk sem nossos recursos. Não se preocupem. Vocês estão sob a proteção da Casa Dažbog.

No entanto, mesmo um pequeno grupo de fanáticos ainda podia matar. Laila se lembrava dessa verdade todas as noites, antes de dormir, quando murmurava uma prece pela alma inquieta de Tristan. Com um golpe daquele chapéu adornado com lâminas, Roux-Joubert o havia matado. Ela nunca esqueceria a luz febril em seus olhos, ou como ele caíra, patético, aos pés do doutor, o líder mascarado da Casa Caída. Ela não conseguira ler nada do homem, mas não esquecera sua *quietude*. Parecia não humano.

O som de passos na escada a fez se sentar ereta.

Ruslan apareceu, carregando mais cobertores em seu braço não machucado. Ele sorriu de modo desculposo quando a viu, e uma sensação de gratidão se espalhou por Laila. Foi Ruslan quem teve a ideia de trazer um sofá extra, cobertores, vodca e vários copos minúsculos, além de uma variedade de pratos da culinária do lago Baikal — peixe *omul* defumado e frio, carne da taiga envolta em samambaias da floresta e frutas silvestres congeladas, bolos de geleia de amora branca silvestre, e *pirozhki* dourados com o formato de peixes e aves selvagens. Laila não estava com muito apetite depois do que aconteceu na gruta de gelo, então Enrique comeu a porção dela... e a de todos os outros também.

— Sei que não é muito, mas não há necessidade de esperar no frio — disse Ruslan. — Não é bom para o coração nem para o cabelo, e você tem os fios mais *adoráveis*. Como uma garota diretamente saída de um mito. — Ruslan segurou o braço enfaixado perto do peito. — Você está familiarizada com o poeta persa Ferdowsi, do século XI? Ele escreveu um poema maravilhoso chamado *Shahnameh*, também conhecido como *O Livro dos Reis*. Não? — Ruslan balançou um pouco o corpo, fechando os olhos, como se esse simples ato pudesse levá-lo para outro mundo. — Só imagina... cortes elegantes e árvores de citrinos, joias nos cabelos e poesia se dissolvendo como açúcar na língua. — Ele suspirou, abrindo os olhos. — Com esse cabelo, você me lembra a princesa Rudaba, e seu Séverin é como o rei Zal! Nas histórias, ela jogou suas madeixas hipnotizantes, e o rei Zal as usou como uma corda. Espero que não use as suas para esse propósito. Muito anti-higiênico.

Laila riu quase sem querer.

— Eu te garanto que não uso.

— Ótimo, ótimo — disse Ruslan, esfregando a cabeça.

Depois disso, Ruslan pareceu perdido em pensamentos, murmurando sobre tranças e laranjeiras. A Casa Dažbog, com sua concentração na acumulação de conhecimento, em vez de objetos, era diferente das outras Casas. E Ruslan parecia diferente da maioria dos patriarcas. Para começar, ele nem parecia europeu. Suas maçãs do rosto altas e largas faziam Laila se lembrar dos ateliês de perfume que chegaram da China e estabeleceram negócios em Paris. Havia uma inclinação ascendente em seus olhos, como os de Enrique, e seu rosto parecia pertencer a dois mundos: leste e oeste.

No final do corredor, a porta do aposento de Séverin foi aberta, e o médico colocou a cabeça para fora.

— Patriarca Ruslan?

Laila se aproximou da porta, mas o médico ergueu a mão.

— Peço desculpas, mas a artista de Forja de sangue disse que a amante não pode entrar ainda. Talvez altere a frequência cardíaca e a pressão sanguínea dele, coisas que acabamos de estabilizar.

O punho de Laila se fechou, mas ela deu um passo para trás quando Ruslan se dirigiu à porta.

— Tenho certeza que vai demorar só mais um pouco — tranquilizou ele.

Quando a porta se fechou atrás do patriarca, Laila ouviu uma risada quase imperceptível. Quando se virou, viu Delphine mais uma vez parada no patamar das escadas. A cada vinte minutos ela tinha vindo, exigindo entrar.

— Afinal, eu sou a mecenas dele — dissera ela ao médico.

Para Laila, a mulher soava mais como uma mãe preocupada.

— Ainda não pode entrar? Acredito que a moça que o reanimou não teve o mesmo problema — comentou Delphine, com um sorriso torto. — Ela é muito bonita.

Laila se lembrou do cabelo escarlate de Eva, quando esta se inclinou sobre Séverin.

— É verdade — concordou Laila, rígida. — E estamos em dívida com ela.

Laila voltou para os outros, sentando-se perto da janela e ignorando a outra mulher. Delphine se sentou ao lado dela mesmo assim, empurrando a garrafa de vodca para o lado e pegando o último pedaço de bolo. Laila tinha certeza de que Enrique acordaria de um pulo, de alguma forma sentindo que o último pedaço seria tirado dele, mas, em vez disso, o historiador roncou mais alto.

Lá fora, o crepúsculo logo se transformou em noite, e o número no anel de Laila mudou de forma. Ela se obrigou a respirar com calma. Ainda tinha dezesseis dias. Ainda havia tempo para viver.

— Me falaram que você era uma dançarina *nautch*, quando invadiu minha casa — lembrou Delphine.

Laila sorriu. Preferia esse embate à batalha por sua própria vida.

— Era mentira. Não sou uma dançarina *nautch*.

— Uma pequena mentira — apontou a outra mulher, dando de ombros. — Entendo que não está muito distante de sua profissão real. Você é uma cortesã, estou correta? — Delphine bufou, não esperando pela resposta. — Um eufemismo para prostituta, se é que já ouvi um.

Laila não se ofendeu, embora talvez a outra mulher desejasse que fosse isso o que acontecesse. As mãos de Delphine se aquietaram, esperando. Testando.

— Temos muitas coisas em comum, madame.

— E como você supõe isso? — perguntou Delphine, com ironia.

— Eu e minha profissão antiga, você e sua Ordem antiga. Eu e meus artifícios para separar os homens de suas moedas, e você e o modo como a sua Ordem força as mãos deles — disse Laila, enumerando os motivos com os dedos. — A única diferença, sem dúvidas, é que a minha mercadoria nunca sai de moda. Corrupção, assassinato e furto, imagino eu, não são tão facilmente aceitos nas camas das pessoas.

Delphine a encarou, chocada. E então, de forma surpreendente, a mulher riu. Em seguida estendeu o braço e serviu vodca em dois copos de quartzo delicadamente entalhados.

— Aos nossos interesses compartilhados, então — disse ela.

Laila brindou com o copo no de Delphine e, quando terminou, percebeu que ela a observava. Parecia que queria dizer algo mais, mas então as portas do quarto de Séverin foram abertas.

Laila e Delphine se sentaram, ansiosas, e um serviçal da Casa Dažbog espiou pela porta para o corredor.

— O senhor Montagnet-Alarie vai recebê-la agora — informou o criado.

Instintivamente, Laila olhou por sobre o ombro, esperando ver Enrique, Zofia e Hipnos logo atrás — mas eles estavam adormecidos feito pedras.

— Muito bem... — começou a dizer Delphine, mas o serviçal fez que não com a cabeça.

— Ele não pediu sua presença.

— Não importa se...

— Ele pediu especificamente para que você *não* entrasse — admitiu o serviçal, com o olhar baixo.

Laila sentiu uma pontada de empatia pela mulher mais velha. Ela esperara tanto para ter certeza de que ele estava bem. Uma vez, Séverin lhe confidenciara que Delphine o tratara como se fosse o próprio filho. Quando ela o abandonou, Laila a achou insensível. Mas, olhando para a matriarca agora — com a cabeça baixa, os lábios cerrados, as mãos entrelaçadas e a estola de arminho deslizando de seu ombro como uma armadura quebrada —, ela se perguntava não sobre o que sabia a respeito da mulher, mas sim sobre o que não sabia.

— Bom ver que a inimizade afetuosa dele permanece intacta — disse Delphine, com leveza.

O primeiro lugar para onde o olhar de Laila se dirigiu foi para a enorme cama de dossel, coberta de seda damasco prateada e almofadas de safira pálida. Uma cobertura Forjada de gelo esculpida com delicadeza, atravessada por fios de prata, se derramava sobre a cama e balançava levemente com uma brisa invisível. Sob a cama, estendia-se um tapete cujo formato era irregular e feito por peles de vários animais de pelo branco, e em seus quatro cantos se enrolavam as garras amareladas de feras mortas. Gelo polido formava o teto, e Laila viu seu reflexo tremendo na superfície espelhada. Na luz azul e vestida de peles, ela mal parecia consigo mesma, e sua mente evocou o conto de Enrique sobre Snegurochka, a dama de neve. Talvez aquela garota soubesse o que fazer neste quarto belo e gelado com o garoto bonito e frio que estava à espera para vê-la.

Conforme entrava no quarto, o colar de diamantes na pele de Laila parecia um aro de inverno em sua garganta.

Você acaba de concordar em passar todas as noites na minha cama durante as próximas três semanas. E eu cobrarei isso.

Séverin estava sentado em um trono de gelo esculpido. Ele a olhou, seus olhos escuros ardendo. Laila conseguia perceber que outra pessoa tinha trocado a roupa dele, pois usava um roupão de seda preta que se abria na garganta. Ele costumava odiar roupas de dormir escuras depois que Tristan disse uma vez que o faziam "parecer um morcego tentando ser glamouroso". A lembrança quase a fez rir, quando notou quem mais estava ao lado.

Eva estava atrás dele, as mãos erguidas, sangue brilhando nas pontas de seus dedos. Ela não sorriu quando Laila entrou no quarto — em vez disso, lançou um olhar de consternação para Ruslan.

— Pode não ser seguro para ela estar aqui — disse Eva.

Ruslan fez um som de reprovação.

— Ah, cale-se, prima.

O médico guardou os últimos aparatos e desejou bom-dia.

— Que atencioso da sua parte esperar por ele. *Monsieur* Montagnet-Alarie, você é um homem de sorte por ter tantas garotas bonitas preocupadas com sua saúde.

Ruslan fez uma careta, e Laila achou que o ouviu resmungar:

— E eu?

Quando a porta foi fechada, Eva deslizou até a pia no fundo do quarto, mergulhando as mãos ensanguentadas na água. Laila olhou para Séverin, mas o rapaz estava muito quieto... totalmente imóvel.

— O que você fez com ele? — perguntou.

— Além de salvá-lo? — respondeu Eva. — Regulei a pressão arterial, mas isso tem um leve efeito sedativo. Ele poderia ter entrado em choque devido à hipotermia, então seus membros estão paralisados por um tempo para permitir que um efeito de aquecimento percorra seu corpo e o restaure de volta à saúde perfeita.

Laila ergueu o queixo ainda mais.

— Você tem nossos agradecimentos — disse ela, gélida.

— E quanto à sua confiança? — exigiu Eva. — Se você tivesse me deixado trabalhar com o grupo desde o início, ele nem estaria nesse estado.

— Prima... — alertou Ruslan.

— Como apontei para *monsieur* Montagnet-Alarie mais cedo, sou proficiente em afinidades de Forja com o gelo. Eu poderia ajudar quando vocês voltarem para a câmara amanhã. Vocês *precisa*m de mim — declarou Eva, tocando nos lábios, do jeito que uma amante se recorda de uma carícia. Ela olhou para Séverin e depois de volta para Laila. — Mas, pelo menos, houve alguns benefícios.

Laila conteve um olhar de desdém. Eva e Ruslan tinham de sair... e havia apenas uma maneira de fazer isso. Se aproximou de Séverin, colocando a mão em sua bochecha e olhando por cima do ombro.

— O que *eu* preciso é de tempo a sós com ele — disse Laila, meiga. — Obrigada por cuidar dele, mas eu posso assumir a partir daqui.

— Não acho que seja uma boa ideia — discordou Eva, cruzando os braços. — Ele precisa de descanso e sono. Talvez você possa se recolher em outro lugar esta noite, e eu posso ficar de olho nele.

— Por acaso, eu sei exatamente como fazê-lo dormir.

Séverin olhou para ela, e, pela primeira vez, o nevoeiro em seus olhos havia diminuído um pouco. Laila se acomodou em seu colo, e o corpo do rapaz ficou tenso sob o dela. Em sua mente, ignorou o que estava fazendo.

Mas seu corpo percebeu. Cada parte dela se lembrou e catalogou a rigidez dos músculos dele, sinuosos e magros de dias gastos trabalhando ao lado dos funcionários do L'Éden em várias instalações; o calor que emanava de sua pele, apesar de estar em um palácio de gelo; e o leve aroma de cravos que ele nunca conseguia tirar de suas roupas.

— Coloque suas mãos em mim — sussurrou ela em seu ouvido.

Séverin olhou para seus braços e pernas, a mandíbula se contraindo ligeiramente.

— Não consigo — disse ele, e as palavras saíram como se lhe custasse lutar contra o sedativo. Séverin inclinou a cabeça para a frente, os lábios próximos ao ouvido dela. — Se quer que minhas mãos estejam em você, Laila, vai ter que fazer isso você mesma.

Então foi o que ela fez.

Todo o ritmo de seus movimentos — de afundar o corpo de encontro ao dele, passar um braço em torno de seu pescoço — levou apenas alguns segundos e, ainda assim, o tempo parecia lento como mel derramado. A mão de Séverin parecia pesada e quente, e quando ela a colocou em sua cintura, os dedos dele se cravaram em sua pele. Séverin franziu o cenho, como se tocá-la lhe machucasse de um jeito físico. Laila quase esqueceu por que havia feito aquilo, até ouvir alguém pigarreando. Na entrada da suíte, Ruslan estava praticamente empurrando Eva para fora do quarto.

— Até amanhã, então — despediu-se ele.

— Sim — disse Eva, com os olhos em Séverin. — Até amanhã.

Laila esperou até a porta da câmara estar fechada. Então prendeu a respiração, muito consciente de como estavam próximos, de como os fios de cabelo no pescoço dele estavam úmidos... a pressão dos dedos em sua cintura. Ela imediatamente se levantou de seu colo.

— Me diga o que todos viram na gruta de gelo — exigiu Séverin, hesitante.

Laila o atualizou sobre tudo o que haviam discutido. Enquanto falava, observou os dedos dele se dobrando e desdobrando bem devagar, o movimento retornando ao corpo. Quando terminou, ele não disse nada além de:

— Amanhã de manhã, voltamos lá.

Algum tempo depois, ele flexionou as mãos.

— Finalmente está passando.

Pouco depois, o rapaz se levantou e desapareceu no banheiro adjacente da suíte. Um nervosismo bobo tomou conta de Laila enquanto ela caminhava até a cama. Ele estava aqui. Com ela. Tudo por causa de um juramento impulsivo que havia arrancado dele.

Você acaba de concordar em passar todas as noites na minha cama.

Um leve ruído de movimento à sua frente fez com que Laila levantasse a cabeça no mesmo instante. Séverin estava parado do outro lado. Não tinha trocado as roupas noturnas de seda escura e flexível, e ela percebeu que a cor alternava de índigo a preto. Combinava com os olhos dele, embora ela desejasse não ter notado. Ele a olhou e arqueou uma sobrancelha.

— Você deve querer muito isso — disse ele.

Laila se assustou.

— O quê?

— *As Líricas Divinas* — respondeu Séverin, frio. — Você deve querer muito, se está disposta a passar por isso.

Mas o canto de sua boca se curvou para cima. Era o espectro de seu antigo eu desafiando essa nova couraça de gelo. *Pare de me assombrar,* implorou ela em silêncio.

— Óbvio que eu quero o livro — disse.

— Sim, eu sei — falou Séverin, displicente. — Para descobrir suas origens etc...

Laila deu um sorriso sombrio. Ele não fazia ideia de que a vida dela estava em jogo. Nem merecia saber.

— ... ou talvez tenha sido só uma desculpa para me trazer aqui — acrescentou Séverin, com um sorriso cruel.

Ela poderia tê-lo estrangulado.

— Eu não precisei de desculpas da última vez.

Se pretendia provocá-la, afastá-la mais ainda, ele havia cometido um erro. E, julgando pela expressão em seu rosto, sabia disso. Então ela partiu para o ataque. Queria que ele vacilasse de novo. Queria que qualquer vestígio de seu antigo eu se encolhesse tão profundamente naquele punhado de neve que ele chamava de coração, que ela nunca mais seria lembrada de quanto

Séverin havia mudado. Ela subiu na cama, ficando de joelhos, observando como os olhos dele se estreitavam.

— Você se lembra daquela última noite, em seu escritório? Você mesmo disse que eu não era real, Séverin — provocou, desfrutando ao ver que ele se encolheu. — Você sempre pode redescobrir isso por si mesmo.

Ela estendeu a mão para o rapaz, sabendo que foi longe demais no instante em que ele segurou seu punho e encarou seus dedos, que envolviam a pele dela.

— Eu sei que você é real, Laila — disse. Sua voz era como seda venenosa. — Apenas gostaria que não fosse.

Então soltou a mão dela e fechou as cortinas que pareciam teias de aranha. Laila o viu se afastar até a poltrona. Levou alguns momentos até que percebesse que ele não voltaria. *Ótimo*, pensou, se acomodando na cama grande e vazia. *Exatamente o que eu quero.*

Ao fechar os olhos, imaginou os espaços frios e sem luz do Palácio Adormecido. Em algum lugar dentro deste lugar estavam *As Líricas Divinas*, o segredo para mais vida. Mas nada vinha sem sacrifício.

Na semana antes de deixar a casa de seu pai, ele lhe dera um presente. Não as pulseiras de casamento da mãe, como ela pedira, mas uma pequena faca incrustada com marfim e filigrana de ouro que se curvava sobre o cabo como a cauda de um pavão.

— Melhor pela sua própria mão do que pela do *jaadugar* — dissera ele.

O significado era nítido. Laila pensou nisso agora enquanto puxava os lençóis até o queixo. Deu as costas para Séverin, para as noites que passaram jogando xadrez, os minutos em que fingiu não o ver à sua espera do lado de fora da cozinha do L'Éden, para o modo como ele não percebia que sorria quando olhava para ela, e para cada segundo em que ele nunca a fez sentir-se como se fosse algo menos do que sua igual.

Ela pensou na faca e nas palavras de seu pai, nas donzelas de neve com o coração derretido e no colar de inverno em sua garganta.

Se sobreviver significava remover o próprio coração, então pelo menos ela podia fazer isso com as próprias mãos.

17

SÉVERIN

SEIS DIAS ATÉ O CONCLAVE DE INVERNO...

Séverin tinha sete pais, mas apenas um irmão.

Houve um tempo, no entanto, em que ele pensou que poderia ter dois.

Ira o tinha arrastado para uma reunião no *Jardin du Luxembourg* porque, de vez em quando, os advogados de confiança de Séverin precisavam ver que o garoto estava saudável antes de permitirem que Ira tivesse mais acesso às finanças. Eles não ouviam quando Séverin lhes contava sobre o Elmo de Fobos, que invocava pesadelos; sobre o arbusto de roseiras espinhosas no qual ele e Tristan se escondiam todas as tardes; sobre os hematomas em seu punho que sempre desapareciam a tempo de uma nova reunião.

Logo, ele aprendeu a não dizer nada.

Em uma dessas reuniões, viu Hipnos andando de mãos dadas com o pai sob as árvores de tília balançantes.

— Hipnos! — chamou Séverin.

Ele agitou a mão, desesperado para chamar a atenção do outro garoto. Se Hipnos o visse, talvez pudesse resgatá-los. Talvez pudesse dizer a Séverin o que ele tinha feito de tão errado para fazer Tante FeeFee o deixar para trás. Talvez pudesse fazê-la amá-lo de novo.

— Para com isso, garoto — sibilou Ira.

Séverin teria gritado o nome de Hipnos até a garganta ficar rouca caso o outro garoto não tivesse captado seu olhar... apenas para encarar uma outra direção. Séverin sentiu aquela virada de cabeça como uma lâmina em seu coração.

Alguns meses depois, Tristan os salvou com uma planta. O irmão lhe confidenciou que um anjo o havia visitado e lhe dado flores venenosas de acônito que — quando preparadas em um chá — os libertaram de Ira.

Anos depois, os dois ficariam parados sobre a terra recém-arada que se tornaria o Hotel L'Éden. Tristan tinha guardado suas economias para comprar um pacote de mudas de rosas que ele prontamente plantou no solo e as fez crescer. À medida que os brotos esbeltos se projetavam da terra, ele lançou o braço ao redor de Séverin, sorriu e apontou para as rosas que cresciam com rapidez.

— Este é o começo dos nossos sonhos — dissera. — Prometo que vou proteger esse lugar.

Séverin sorriu de volta, conhecendo sua fala de cor:

— E eu vou proteger você.

Séverin não conseguia dormir. Estava sentado na poltrona, a cabeça virada para longe da silhueta inconfundível de Laila atrás das camadas de cortinas vaporosas. Depois de um tempo, ele pegou o canivete de Tristan, traçando a veia prateada perto da lâmina cheia do soro paralisante de Golias.

Séverin pegou o sobretudo e o vestiu. Não olhou para Laila quando abriu a porta de sua suíte e foi até as escadas. Em vez disso, virou o canivete de Tristan na mão. Ele o virou uma vez, observando a lâmina giratória se transformar em prata derretida. As rosas que seu irmão tinha plantado já estavam mortas havia muito tempo, arrancadas da terra quando ele ordenou que os jardineiros do hotel destruíssem o Jardim dos Sete Pecados. Mas uma muda permaneceu em seu escritório, à espera de um novo solo e um lugar para se enraizar. Ele entendia isso. Em *As Líricas Divinas*, Séverin sentia a riqueza. Um futuro no qual a alquimia daquelas palavras antigas douraria suas veias, curando-o do erro humano, e suas páginas se tornariam terreno fértil o suficiente para ressuscitar sonhos mortos.

Àquela hora da manhã, o Palácio Adormecido ainda dormitava.

As flores de gelo, antes abertas, tinham se fechado. As gárgulas se enroscaram em cristais apertados, as cabeças cornudas enfiadas sob as asas. Das janelas, a luz azul que entrava no átrio de vidro tinha cor de afogamento e silêncio. Embora o chão fosse em grande parte opaco, um punhado de quadrados transparentes revelava as profundezas do lago muito abaixo dele, e, enquanto caminhava, Séverin avistou o ventre pálido de uma lampreia caçadora.

Nos beirais, havia estátuas curvadas e quebradas de mulheres com as mãos cortadas ou amarradas atrás das costas. A cada passo que dava, Séverin sentia os pelinhos na nuca se eriçarem. Era tudo muito frio, muito desnudo, muito silencioso. Fosse lá quem tivesse criado este lugar considerava o Palácio Adormecido sagrado... mas era sagrado da mesma maneira que os ossos de santos e as arcadas dentárias de mártires. Um sorriso sinistro de uma catedral que se autodenominava sagrada, e era preciso acreditar nisso apenas para suportar a visão.

Séverin atravessou o átrio, repassando na mente o que havia visto no dia anterior na gruta de gelo... as escadas que levavam à plataforma afundada e aos três escudos cobertos de gelo, a poça d'água e o zoológico de gelo virando a cabeça como um só para observá-los. De todos os quartos e andares do Palácio Adormecido, *aquele* era o que parecia ser seu coração frio e pulsante.

Estava prestes a fazer uma curva em direção ao corredor norte, quando ouviu passos tilintando atrás de si. Ficou intrigado. Os outros não poderiam estar acordados tão cedo. Mas, quando se virou, não viu nenhum membro de sua equipe. Delphine se aproximou, segurando uma xícara de café em uma mão. Na outra, um prato com uma fatia de torrada, as bordas cortadas em diagonais. Estava generosamente besuntada de manteiga, e ela usou geleia de framboesa e cereja. A combinação favorita dele quando era criança.

— Imaginei que você acordaria cedo — disse ela. — Este é o momento em que apenas os fantasmas nos despertam do sono.

Ela se aproximou, oferecendo a comida. Séverin não se moveu. Que jogo ela estava fazendo? Primeiro o chá, depois ela havia pedido acesso a ele durante sua convalescença, e agora estava lhe trazendo torrada?

— Então por que você está acordada? — perguntou friamente.

— Também tenho meus fantasmas — disse ela. — Fantasmas de decisões tomadas. Fantasmas de amores perdidos... de familiares falecidos.

A matriarca hesitou na última parte, e lembranças de Tristan se apossaram dos pensamentos de Séverin. Ela não tinha o direito de evocá-lo.

— Ele era um bom rapaz — ofereceu ela. — Gentil, e talvez um pouco frágil demais...

— Pare — avisou Séverin. Tristan não era dela. Ela não tinha o direito de falar dele. — O que você pensa que tá fazendo?

Delphine enrijeceu sob seu olhar.

— É um pouco tarde para tentar ser mãe agora, madame.

A dor brilhou nos olhos dela. Ele esperava que doesse. Depois de construir L'Éden, havia pesquisado o que acontecera com sua adorada *Tante FeeFee*. Sabia que o marido dela havia morrido, e que ela havia nomeado seu sobrinho — um rapaz que queria se tornar padre — como seu herdeiro, assim que ficou óbvio que a mulher não poderia ter filhos. Ele não sentia piedade. Ela teve a chance de cuidar de uma criança, e a abandonou. Enquanto isso, Séverin passou dias esperando por ela nas janelas; horas rezando para ser alguém diferente, alguém que a matriarca desejasse manter por perto.

— Séverin... — tentou dizer ela, mas o rapaz a impediu ao erguer a mão.

Ele pegou a torrada do prato e a xícara de café da mão dela.

— Obrigado pela generosidade — disse, dando meia-volta.

— Você precisa saber que eles estão ficando curiosos — alertou ela quando Séverin começou a se afastar.

Ele parou e olhou por cima do ombro.

— A Ordem — continuou Delphine. — O Conclave de Inverno é daqui a seis dias, e eles querem saber por que as Casas Kore, Nyx e Dažbog ainda não chegaram. Querem saber se *encontramos* algo digno de atenção. Tenho de informá-los a respeito do meu paradeiro caso não chegue a tempo para o Conclave de Inverno. Não posso mantê-los afastados para sempre.

Séverin cerrou a mandíbula. A última coisa que queria era este lugar infestado por membros da Ordem... contaminando seus campos de caça.

— Então permita que eu me apresse, madame.

Agora ele entendia a gruta de gelo.

Sozinho, inundou a maior parte do aposento com a luz das lamparinas flutuantes Forjadas. A cerca de cinco metros da entrada, estavam as escadas que levavam à plataforma afundada. À direita, ficava a coleção de animais de gelo. À esquerda, a parede de gelo. Contra a parede norte, três escudos cobertos de gelo, os quais pareciam ter aproximadamente a altura da cintura dele, brilhavam sob uma fileira de estátuas inquietantes. O gelo precisaria ser removido para descobrir se havia alguma inscrição nos escudos, mas, por enquanto, a atenção de Séverin se voltou para a piscina à esquerda das estátuas. Ali, as águas do lago Baikal se agitavam em silêncio. A piscina tinha o tamanho de uma mesa de jantar pequena, suas bordas eram irregulares e cintilavam sem brilho.

Ele também testara outros aspectos. No dia anterior, quando dera um passo na escada, algo fora disparado das paredes. Agora, conseguia distinguir o sinal de três saliências em forma de bala situadas nos cantos do aposento... exatamente onde um intruso poderia passar. Ele tinha uma suspeita de como poderia ter acionado os alarmes, mas valia a pena testar só para ter certeza.

Séverin pegou uma das lamparinas flutuantes, retirando o dispositivo Forjado que a mantinha no ar, para que o objeto caísse no chão. Ele a chutou, fazendo-a rolar em direção à escada. Assim que cruzou a fronteira, as saliências na parede giraram na direção da lanterna. No outro extremo, onde estava a coleção de animais de gelo, uma criatura — dessa vez, um alce cristalino — balançou a cabeça, trotando para dentro do ambiente. Séverin não se moveu. Em vez disso, observou a lamparina. Da parede, uma bala de gelo idêntica àquela que o acertara ontem no nariz e na boca foi disparada, espatifando o objeto e apagando sua luz.

De imediato, o alce parou de se mover. Baixou a cabeça por um momento, os cascos prontos para raspar o chão e avançar. Alguns segundos depois, voltou à postura normal, virou-se e trotou de volta para o lugar de origem.

Séverin sorriu.

Tinha acabado de confirmar o que acionava o sistema de segurança: o *calor*.

O que significava que precisaria de alguém que pudesse neutralizar isso. Alguém que fosse bom com gelo.

Horas mais tarde, ele não estava mais sozinho. Laila estava envolta em um casaco extravagante do lado de fora da entrada da gruta de gelo. Hipnos, Zofia e Enrique se espalhavam ao redor dela, como se Laila fosse o centro do grupo. No meio da gruta de gelo estavam Ruslan e Eva. O patriarca usava um chapéu de pele horroroso e o acariciava como se fosse um animal de estimação.

— É realmente necessário que eu seja um rato de laboratório para as suas invenções, prima? — perguntou para Eva, que assentiu.

— Também é completamente desnecessário que você fale.

Ruslan fez uma careta. Todos observaram enquanto ele dava um passo em direção à plataforma afundada... e depois outro... até que sua bota cruzou a fronteira. Todos ficaram imóveis. Séverin olhou para o zoológico de gelo, mas os animais não se moveram nem piscaram. Devagar, Ruslan girou no lugar. Eva jogou os cabelos vermelhos por cima do ombro, em triunfo:

— Estão vendo? Eu disse que vocês precisavam de mim.

Séverin assentiu sem olhar para a garota. Em vez disso, encarava as botas nos pés de Ruslan, Forjadas para ocultar a temperatura corporal de uma pessoa e permitir que esta descesse a escadaria e acessasse a plataforma afundada sem acionar as criaturas. Ele tinha uma vaga noção do modo como o olhar de Eva se fixava nele. Ela o salvara, e Séverin agradecera. Se ela confundisse reanimação com romance, isso dificilmente era problema dele, desde que não o atrapalhasse.

— Muito bem, Eva! — elogiou Ruslan. — E muito bem *para mim*, por não morrer.

Eva revirou os olhos, mas parecia satisfeita consigo mesma. Ruslan subiu de volta as escadas. Quando se aproximou do grupo, tirou as botas e as entregou a Séverin. Seus olhos brilhavam com uma sinceridade inquietante.

— Estou *profundamente* ansioso para ver o que vocês vão descobrir — disse ele, batendo palmas com animosidade. — Ainda consigo sentir, sabem, aquela pulsação vibrante deliciosa do universo esperando para que seus segredos sejam desenterrados.

— O que, exatamente, você espera que a gente encontre?

— *Eu* espero conhecimento. Só isso — respondeu Ruslan, acariciando a atadura de seu braço ferido. — É tudo o que sempre quero. Afinal, é no conhecimento que encontramos as ferramentas para fazer história.

— Fazer história é um objetivo bastante ambicioso — comentou Séverin.

— Não é? — Ruslan sorriu radiante. — Estou encantado. Nunca tive a cabeça... ou talvez cabelo... para a ambição, e acho que gosto disso. — Ele deu um tapinha na cabeça de Séverin. — Adeus, então.

Irritado, o rapaz ajeitou o cabelo. Quando se virou, os outros já estavam calçados com as novas botas. No começo, Zofia havia projetado um par de sapatos para tração no gelo e a capacidade de alternar entre sapato e esqui a qualquer momento. Mas Eva agora os havia Forjado para ocultar a temperatura, o que os tornava brilhantes e iridescentes, como uma mancha de óleo em um lago congelado.

— Nenhum agradecimento de sua parte, *monsieur* Montagnet-Alarie? — perguntou Eva, deslizando para o lado dele.

— Você já tem meus agradecimentos — disse ele, distraído.

— Tão taciturno! — Eva riu. — É assim que ele agradece você, Laila?

— De jeito nenhum — respondeu Laila, os dedos roçando o colar de diamantes em seu pescoço.

O olhar de Eva se estreitou e seu sorriso se afiou. Então levou a mão para o próprio pescoço e para um fino pingente de prata pendurado em uma corrente. Ela o puxou com força.

— Diamantes por serviços prestados. Você *só pode* ser excepcional...

De canto do olho, Séverin viu a cabeça de Enrique se erguer em fúria, enquanto os dedos de Laila pararam sobre o colar.

— Saia — ordenou Séverin, com firmeza.

Eva se assustou, e sua frase ficou sem ser terminada.

— Sua ajuda é muito apreciada, mas para esta próxima parte eu preciso estar com minha equipe. O patriarca Hipnos vai servir como testemunha da Ordem. Já é quase meio-dia, e não temos tempo a perder.

Os olhos de Eva faiscaram.

— Claro, *monsieur* — disse Eva, com rigidez, antes de sair andando pelo corredor.

Constrangido, Enrique tossiu e cutucou Hipnos ao seu lado. Laila olhou para o chão, os braços cruzados. Apenas Zofia continuou serenamente a amarrar as botas.

— Sabe, eu realmente *adoro* esse brilho — comentou Hipnos, girando sobre um calcanhar. — *Très chic.* Mas me pergunto que outras peças de vestuário poderiam funcionar como gelo? Manto de gelo? Coroa de gelo? Nada muito frio, no entanto. A língua da gente tende a grudar nessas coisas.

— Por que sua língua é relevante para essa discussão? — Zofia franziu a testa.

— Você quer dizer: "Quando a minha língua *não* é relevante?"

— Não é isso o que quero dizer — rebateu Zofia.

Laila ajustou o casaco e depois olhou corredor abaixo.

— Vamos?

Um a um, Laila, Enrique e Zofia caminharam pelo corredor estreito e entraram na gruta de gelo. Séverin estava prestes a segui-los quando sentiu um toque em seu braço. Hipnos.

O outro rapaz o olhou com preocupação, a boca franzida.

— Você está bem? Depois de ontem? — perguntou. — Eu quis perguntar, e esperei com os outros, mas então... então acabei dormindo.

Séverin franziu a testa.

— Tô aqui, não estou?

Ele começou a se afastar quando Hipnos baixou a voz e disse:

— Eu fiz alguma coisa errada?

Séverin se virou para olhá-lo.

— Fez?

— Não?

Mas houve um lampejo de hesitação nos olhos do patriarca. Como se soubesse de alguma coisa.

— É tão impossível assim que eu expresse alguma preocupação por você? — quis saber Hipnos. Seus olhos azuis brilharam, as narinas se dilatando apenas um pouco. — Você esqueceu que nós praticamente fomos criados juntos por um tempo? Porque *eu não esqueci*. Por Deus, Séverin, a gente quase era irmão...

Séverin fechou os olhos com força. Aquela terrível lembrança no *Jardin du Luxembourg* se entranhou em seus pensamentos e, por um momento, ele era mais uma vez um menininho chamando por Hipnos, a mão estendida. Ele se lembrou do momento em que Hipnos o viu — seus olhares se encontrando através do parque — antes que o outro garoto se afastasse.

— Nós nunca fomos irmãos — afirmou Séverin.

A garganta de Hipnos se moveu. Ele olhou para o chão.

— Bem, você foi o mais próximo que eu tive de um.

Por um instante, Séverin não conseguiu dizer nada. Não queria se lembrar de como ele e Hipnos brincaram lado a lado, ou de como uma vez chorou quando o outro garoto teve de voltar para sua própria casa quando eram crianças.

— Talvez você tenha sentido que eu me esqueci de você depois que seus pais morreram, mas isso nunca aconteceu, Séverin. Eu juro — disse Hipnos, a voz falhando. — Não havia nada que eu pudesse fazer.

Algo na voz de Hipnos quase o convenceu... mas aquele pensamento lhe trouxe terror. Não era possível confiar nele com outro irmão. Séverin mal conseguira sobreviver à morte de Tristan em seus braços. E se isso acontecesse com Hipnos em seguida? Tudo porque ele o deixou se aproximar demais? Incisivo, o pensamento o beliscou atrás das costelas.

Séverin virou-se de costas.

— Eu só tive um irmão, Hipnos. E não estou procurando um substituto.

Com isso, se afastou pelo corredor.

— Olhem só para isso! — chamou Enrique.

O historiador ergueu uma lamparina. Finalmente, a plataforma afundada de fato estava iluminada. Séverin recuou em desgosto quando a luz iluminou as estátuas femininas. De seus nichos rebaixados na parede, elas se inclinavam para fora, estendendo os braços cortados nos punhos. Pareciam grotescas. As mandíbulas estavam destruídas — ou diaceradas — e projetadas para parecerem desarticuladas.

— São completamente arrepiantes de se olhar, não acha? — perguntou Enrique, estremecendo. — Quase realistas. E, espera, acredito que essas marcações em suas bocas sejam *símbolos...*

Ele segurou seu mnemo-inseto, registrando as estátuas e falando rapidamente, mas Séverin já não prestava atenção. Estava observando o rosto de Laila, que se aproximava das estátuas completamente fascinada. Ela havia tirado uma de suas luvas forradas de pele, esticando-se na ponta dos pés enquanto estendia a mão nua em direção às estátuas.

Acima deles, a lua gigante mudava de forma a cada minuto que passava, ficando cheia aos poucos. Ele olhou para o relógio e percebeu que marcaria uma "lua cheia" exatamente ao meio-dia. Séverin examinou a sala. Estava deixando alguma coisa passar batida. Se esse lugar supostamente era um santuário, por que ficar de olho no tempo? Qual era o sentido?

Seu relógio marcou meio-dia.

Da piscina de água imóvel veio o som de agitação distante, como um trovão submerso. O chão tremia. Apenas um instante atrás, aquela grande forma oval de água jazia lisa e plana como um espelho.

No entanto, não estava mais lisa e plana. Ondulava, com pequenas ondas derramando pelos lados.

Algo estava vindo.

— Mexam-se! *Recuem!* — gritou Séverin.

De canto do olho, viu a mão de Laila espalmada nas estátuas, seus olhos arregalados e chocados. Ele se lançou para para a frente, agarrando-a e puxando-a para trás no exato momento em que uma criatura feita de metal saltou para fora d'água. Uma palavra bíblica surgiu em sua mente: *leviatã*. Um monstro do mar. A criatura emergiu da piscina oval, sinuosa, semelhante a uma serpente, com um focinho afiado como o de uma enguia saltando das ondas enquanto o vapor saía das guelras de aço em seu pescoço. Quando abriu suas mandíbulas mecânicas, Séverin viu um cenário infernal de dentes de ferro de enguia. Seus olhos globosos de vidro se moviam em um frenesi enquanto mergulhava mais uma vez...

Na direção *deles*.

Séverin correu até a porta, abrindo-a por completo e se preparando para um ataque que nunca veio. O leviatã subiu, depois se enrolou para baixo, a cabeça gigante repousando no gelo e as mandíbulas apoiadas abertas.

O relógio na parede bateu o terceiro badalar do meio-dia.

Séverin sentiu seus pensamentos se chocarem, tentando montar um quebra-cabeça do qual estava faltando uma peça crítica. Mas então sentiu Hipnos puxando-o pela porta...

— O que você estava esperando, caramba? — quis saber Hipnos.

A porta foi fechada, selando o monstro atrás de suas paredes. O coração de Séverin disparou. Sua mente tentou se agarrar a cada detalhe que acabara de ver: olhos pálidos e dentes, o badalar do meio-dia.

— Ele vai vir atrás da gente? — Hipnos levou a mão ao coração.

— Eu não acho que ele consiga passar pela porta — comentou Zofia.

Enrique fez o sinal da cruz.

— Laila, você conseguiu...

Mas então parou de falar quando a olhou. Todos eles pararam quando olharam para Laila.

Lágrimas escorriam pelo rosto dela. Ver aquilo fez algo se apertar dentro de Séverin.

— Laila, *ma chère*, o que foi? — perguntou Hipnos.

— Aquelas e-estátuas — soluçou ela. — Elas não são estátuas.

Laila ergueu a cabeça e seus olhos encontraram os de Séverin.

— São garotas mortas.

18

ENRIQUE

Enrique prendeu a respiração.

Sabia que haviam acabado de ser atacados por um leviatã mecânico, mas eram as estátuas — não, as *garotas* — que continuavam a dominar sua mente. Havia algo na boca delas, algo que exigia atenção.

— Alguém reparou nos símbolos... — começou a dizer, mas Séverin se virou para ele, os olhos ferozes de raiva.

— *Agora* não — disse, áspero.

A vergonha se espalhou quente por seu estômago. Só estava tentando ajudar. Havia algo na disposição daquelas garotas que denotava intenção. Siga a intenção, encontre o tesouro. Era o que Séverin costumava dizer. Enrique estava apenas tentando fazer isso, e não para si mesmo e qualquer glória que pudesse conquistar com isso, mas por Laila. Pela fé de que o que ele fazia poderia ter significado para as pessoas que mais lhe importavam.

E se o que ele tinha visto pudesse ajudá-los a encontrar *As Líricas Divinas*? Então ela viveria. Suas pesquisas acerca do livro às vezes mencionavam lendas de guardiãs femininas. Entre isso e as garotas mortas na gruta, Enrique sentiu a possibilidade de uma conexão. Isso o atraía como a pista de um segredo, e ele precisava desvendá-lo.

Nesse momento, Eva correu para encontrá-los no átrio do Palácio Adormecido. Séverin apressou-se a contar o que acontecera na gruta de gelo.

— Um *leviatã* mecânico? — repetiu Eva, ainda olhando para os corredores.

— E todas aquelas garotas — sussurrou Laila. — Penduradas como...

Ela não conseguiu terminar a frase. Enrique tentou pegar a mão dela, mas Laila se assustou quando a matriarca se apressou para dentro do átrio. Delphine Desrosiers nunca tinha um fio de cabelo fora do lugar. Enrique achava que nem mesmo a sombra dela ousava se esticar pela calçada sem sua permissão.

Mas, quando chegou, os olhos da matriarca pareciam selvagens e seu cabelo loiro-platinado se esvoaçava em volta do rosto.

— Disseram que houve um ataque — disse ela, ofegante.

Seus olhos foram direto para Séverin, mas este não olhou para ela.

— Você está ferido? — perguntou Delphine.

— Não — disse Séverin.

Por fim, ela desviou o olhar para longe de Séverin e observou todos os outros. Quando avistou Laila, seu rosto se suavizou. Então tirou o próprio manto e o colocou sobre os ombros de Laila.

— Eu vou levá-la. Ela precisa de um caldo quente e um cobertor — disse Delphine. Em seguida estreitou os olhos para Séverin quando o rapaz se moveu para impedi-la. — Nem venha.

Laila parecia tão frágil, com o grande casaco de pele pendurado nos ombros. Ao lado, Séverin a observou por um momento a mais... e então virou o rosto e encarou o corredor.

— A gente precisa ficar de olho seja lá o que for que está dentro daquele lugar — avisou ele, com ar sombrio. — E precisamos nos assegurar de que não possa *sair* de lá.

Zofia assentiu.

— Eu tenho uma rede incendiária pronta e preparada. Já temos mnemo-insetos posicionados para registrar os movimentos dentro da gruta.

— Eu vou buscar as Esfinges — prontificou-se Eva. — Elas têm fios sensíveis a movimento e armas suficientes para nos alertar se a criatura passar pela porta.

— Eu vou com você — disse Hipnos, olhando para Eva. — Até onde sabemos, essa *coisa* pode já estar planejando se infiltrar no átrio...

— O leviatã não parecia ter sido projetado para sair... — comentou Enrique, pensando em como a criatura havia saltado no ar apenas para descansar a cabeça, semelhante a uma serpente, no gelo.

— Concordo — disse Zofia. — Suas dimensões não são compatíveis com o espaço do corredor. Ia acabar destruindo a beleza de seu mecanismo.

Pelo menos alguém estava ouvindo, pensou. Enquanto Séverin e Hipnos discutiam novos esquemas, e Eva e Zofia examinavam uma rede Forjada, Enrique ficou ali com o mnemo-inseto apertado em sua mão suada. Invisível.

— A gente precisa falar sobre as garotas.

Enrique não disse estátuas. Não as desrespeitaria dessa maneira, mas podia sentir sua escolha de palavras tremendo através do grupo.

—Agora *não*, Enrique, apenas vá e... — Séverin parou no meio da frase quando outro serviçal correu com notícias sobre o leviatã na gruta.

Enrique apertou ainda mais o mnemo-inseto. Desejava que Séverin se importasse o suficiente para ao menos terminar seu insulto. A agitação girava ao seu redor, e ele decidiu, de repente, que, se era inútil ali, então poderia muito bem se tornar útil em algum outro lugar.

— Vou para a biblioteca — anunciou para ninguém em particular.

Zofia ergueu os olhos de seu trabalho.

— Aquela que não tinha livros?

— A própria — disse Enrique, com firmeza.

Além de Zofia, ninguém disse nada. Enrique ficou ali por mais um momento, depois pigarreou de forma desajeitada. Hipnos olhou para cima, os olhos azuis inclinados em confusão.

— Talvez você poderia me acompanhar até lá? — perguntou Enrique.

Hipnos piscou. Por um segundo, seu olhar deslizou para Séverin, como se esperasse por permissão. O gesto irritou Enrique, que quase deu meia-volta bem quando Hipnos assentiu com a cabeça e deu um sorriso.

— Com certeza, *mon cher*.

Longe dos demais, Hipnos parecia perdido em pensamentos, a testa franzida enquanto brincava com o Anel de Babel em forma de lua crescente em sua mão. Enrique esperou que o patriarca fosse perguntar sobre as garotas, que notasse que o historiador estava tentando falar, mas Hipnos não disse nada. As largas portas duplas da biblioteca surgiram diante deles. Hipnos o deixaria ali, e finalmente a impaciência de Enrique prevaleceu.

— Você acha que essas garotas são as vítimas desaparecidas de vinte anos atrás? — perguntou.

Hipnos ergueu os olhos do anel.

— Humm?

— As garotas... — insistiu Enrique. — Elas podem ser as mesmas das histórias da região.

Hipnos fez uma careta.

— Acho que você tem razão.

— E a forma como elas foram *dispostas* — disse Enrique, sentindo-se encorajado. — Parecia intencional. E se elas são parte da chave para encontrar *As Líricas Divinas*? Eu estava pensando em como, no século XVII, há uma conexão entre...

— Meu belo historiador — interrompeu Hipnos. Então parou de andar e se virou para ele, passando o polegar ao longo do alto osso da bochecha de Enrique —, suas palavras são deslumbrantes, mas agora não é o momento.

— Mas...

— Eu tenho de ir, *mon cher* — disse Hipnos, recuando. — Neste momento, Séverin precisa de mim. Preciso consultar Ruslan, verificar as Esfinges *et cetera et cetera.* — Ele agitou a mão. — Normalmente, responsabilidade me dá indigestão, mas me sinto bastante motivado agora.

Em seguida se inclinou para a frente e beijou Enrique.

— Tenho toda a confiança de que você resolverá o que precisa ser resolvido e nos deslumbrará! Mergulha na sua pesquisa, *mon cher*, é...

— O que faço de melhor — concluiu Enrique, monótono.

Hipnos pareceu confuso por um momento, então sorriu e se afastou. Enrique o observou, tentando não deixar aquelas palavras — *o que você faz de melhor* — se cravarem em seu coração. Certo, Hipnos estava ocupado. Só isso. Caso contrário, ele lhe teria dado ouvidos, certo?

Atordoado, Enrique estendeu a mão para a maçaneta da porta. Apenas uma vez olhou por cima do ombro para ver se Hipnos notou que ele havia hesitado do lado de fora das portas. Mas o outro rapaz não se virou. Enquanto entrava, Enrique sentiu como se alguém tivesse virado dos avessos seu pesadelo de esperar pelos Ilustrados no auditório da biblioteca... o lento temor de esperar e torcer para ser ouvido se transformando em estar diante de uma plateia que não podia ouvi-lo.

Para Enrique, a "biblioteca" parecia a entrada de um templo abandonado. Passadas as portas duplas, havia um corredor de mármore salpicado de luz que vinha dos vitrais acima, dando-lhe uma aparência ondulante. Colunas de mármore sustentavam o teto. Quatro de cada lado do corredor e uma no final, cada uma delas esculpida com a semelhança de uma das nove musas.

À direita estava Clio, para a história; Euterpe, para a música; Érato, para a poesia de amor; Melpômene, para a tragédia. À esquerda estava Polímnia, para os hinos; Terpsícore, para a dança; Tália, para a comédia; e Urânia para a astronomia. No final do longo corredor, estava uma musa separada de suas irmãs como a principal de todas... Calíope. A musa da poesia épica, reverenciada na mitologia pela transcendência extasiada de sua voz.

Todas seguravam o objeto a que mais lhes era associado: tabuletas e máscaras, liras e pergaminhos. No entanto, quando olhou mais de perto, caminhando para examinar as colunas, Enrique viu que cada um dos objetos estava quebrado. Partidos ao meio ou então agrupados em montes de pedra aos pés das deusas. Pareceu-lhe uma escolha artística estranha.

Prateleiras vazias cobriam quase todo o espaço da parede e, ainda assim, quando respirou com força, Enrique sentiu o cheiro de livros. De encadernações e páginas e histórias ansiosas para serem descobertas. O conhecimento era tímido. Gostava de se esconder sob o véu do mito, colocar seu coração em um conto de fadas, como se fosse um prêmio ao final da jornada. Talvez o conhecimento aqui fosse semelhante. Talvez quisesse ser cortejado e persuadido a se revelar.

Cada uma das nove musas se inclinava para fora das colunas com uma mão estendida, como se fosse um cumprimento ou um convite. Enrique colocou o dossiê de sua pesquisa embaixo do braço, e então tocou a mão de mármore gelado de Érato, musa da poesia de amor.

Ao toque, a musa de mármore tremeu e se partiu ao meio, como um par de portas duplas que se desenrolaram em prateleiras. Enrique recuou, maravilhado. As prateleiras se estendiam mais alto do que sua cabeça, e o som das engrenagens de madeira rangendo consumia o silêncio que o cercava. Quando enfim se aquietaram, ele estendeu a mão para os livros. À primeira vista, cada volume parecia relacionado à poesia de amor. Enrique estudou os títulos nas lombadas: *Píramo e Tisbe, Troilo e Créssida... Laila e Majnun*. Isso o deteve. Laila e Majnun? Não foi de "Majnun" que Laila chamou Séverin uma vez? A pele de Enrique arrepiou. De repente se lembrou da sensação desconfortável de abrir a porta do quarto de seus pais após um pesadelo angustiante, apenas para ser recebido por outro pesadelo.

—Argh—murmurou, devolvendo o livro de volta à prateleira com pressa.

Ao virar a cabeça, um desenho estranho saltou aos seus olhos, esculpido na borda da mão de Érato. Não o havia notado, até que a estátua, ou, no caso, a estante, estivesse completamente aberta. Era como o número 3 invertido:

Ɛ

Enrique traçou o desenho com delicadeza. Curioso, pensou. Seria a assinatura do artesão? Ele fez uma rápida anotação do símbolo e voltou à musa da história. Ali, montou um suporte e uma tela de projeção para seu mnemo-inseto.

Em suas mãos, o mnemo-inseto parecia pesado.

Ou ele era um tolo que não vira nada na boca daquelas garotas mortas, ou viu algo e, bem, talvez continuasse sendo um tolo, mas pelo menos era um tolo com habilidades de observação.

Momento da verdade, pensou, preparando o mnemo-inseto para a projeção.

Antes que pudesse pressionar o botão de exibição, as portas da biblioteca foram abertas com violência e um par de guardas desconhecidos entrou. A julgar pelo colarinho de pele com neve em suas gargantas, eram sentinelas posicionadas do lado de fora do Palácio Adormecido. O sol metálico que brilhava nas lapelas de seus casacos de pele os identificava como representantes da Casa Dažbog.

— O que você está fazendo aqui?

— Estou com Séverin Montagnet-Alarie, a negócios com a Ordem de Babel... — começou ele.

Mas um dos guardas interrompeu:

— Ah, agora me lembro de você... O que você é? O serviçal dele?

— O mordomo? — disse o outro, rindo. — O que tá fazendo numa sala cheia de livros?

O rosto de Enrique ardeu. Estava tão de saco cheio. De ninguém o ouvir, ou se dar ao trabalho de ouvi-lo. Mas então, atrás dos guardas, vieram os passos estrondosos de Ruslan, que entrou na sala fazendo uma carranca.

— Este homem é um erudito — corrigiu.

Os guardas de Dažbog pareciam envergonhados.

— Pedimos desculpas, patriarca — disse um deles, ajoelhando-se.

O outro também se ajoelhou, murmurando suas desculpas.

— Tirem seus chapéus! — ordenou Ruslan.

Os guardas fizeram como mandado, seus cabelos molhados de neve e bagunçados. Ruslan fez um som de desaprovação na garganta.

— Vocês não merecem o cabelo que têm — murmurou. — Vão embora antes que eu raspe suas cabeças.

Vindo de Ruslan, aquilo parecia uma ameaça legítima, e os guardas se afastaram de imediato. O patriarca os observou irem embora, então se virou rapidamente para Enrique, os olhos brilhando em arrependimento.

— Sinto muito — disse Ruslan.

Enrique queria desesperadamente dizer algo suave como Hipnos ou enigmático como Séverin... mas tudo o que tinha era a verdade.

— Está tudo bem. Não é a primeira vez — disse. — E provavelmente não será a última.

Ruslan o observou por um momento, e então seus ombros relaxaram.

— Entendo.

Aquilo pegou Enrique de surpresa.

— O que você quer dizer com isso?

Com a mão não ferida, Ruslan fez um gesto em direção ao próprio rosto, virando de um lado para o outro.

— Não é o perfil mais russo do mundo, né?

— Bem...

Enrique sabia que o Império Russo era enorme, com cidadãos que tinham aparências tão variadas quanto as cores de um arco-íris, mas havia algo que ele reconhecia nos traços de Ruslan. Uma lacuna, de certa forma, na qual um elemento de *diferenciação* se infiltrava e borrava suas características. Reconhecia isso porque todos os dias via o mesmo em seu próprio reflexo.

— Eu sei — disse o patriarca e, em seguida, deu um tapinha no topo de sua cabeça. — Eu não sei quem era minha mãe. Imagino que fosse uma nativa buriate ou uma mulher quirguiz, ou algo assim. Afinal, elas têm cabelos tão *maravilhosos* que é de se pensar que eu teria herdado isso delas! Uma grosseria. Ah, bem. Não importa. O que importa é que a parte dela que se agarra a mim é a parte da qual ninguém parece gostar. Então eu entendo, senhor Mercado-Lopez. E vejo o que você deseja esconder.

Enrique sentiu um nó duro em sua garganta. Levou um tempo até que pudesse reunir forças para falar novamente.

— Fico feliz por não estar sozinho.

— Certamente não está — ofereceu Ruslan, gentil. Ele bateu os dedos contra a tipoia de seu braço ferido, depois se virou pela sala. Então suspirou. — Eva me contou sobre sua descoberta bastante perturbadora. Jovens mulheres *mortas* nestes corredores? — Ele estremeceu. — Não o culpo por fugir para o silêncio desta sala.

Fugir? Era isso o que todos pensavam que ele estava fazendo? Suas bochechas esquentaram.

— Eu não vim aqui para ficar sozinho com meus pensamentos —explicou, mexendo no mnemo-inseto. — Vim aqui para pesquisar e estudar o que vi na gruta. Acredito que há uma ligação entre aquelas garotas e os tesouros da

Casa Caída. E tenho certeza de que elas são a verdade por trás das histórias de fantasmas que existem por aqui.

— Fantasmas? — Ruslan piscou para ele.

— As... histórias de fantasmas que existem nesta área? — esclareceu Enrique. O rosto de Ruslan ainda estava sem expressão. — Hip... quer dizer, o patriarca Hipnos me disse que esta área aterrorizava tanto os locais que até mesmo a Casa Dažbog a investigou. No entanto, nunca foi encontrado nada.

— Ah, sim — disse Ruslan, balançando a cabeça. — Se essas realmente forem as mesmas vítimas, fico feliz que possam descansar em paz. Mas o que isso tem a ver com os tesouros da Casa Caída?

Enrique tinha suas ideias, mas talvez fossem tolas. Estava prestes a dizer isso quando percebeu o modo como Ruslan o olhava. Com olhos arregalados e animados. Tristan costumava ser assim, ansioso para ouvir o que Enrique tinha a dizer, mesmo que este não tivesse a menor ideia do que estava falando. Era intoxicante, pensou, ser compreendido com tamanha transparência por outra pessoa.

Ele acionou a projeção do mnemo-inseto. Não queria ir direto para a imagem das garotas. Precisava pensar em seu processo antes de chegar a uma conclusão que poderia mudar o rumo de como tratariam a gruta de gelo. Em vez disso, trouxe algumas imagens que haviam surgido durante suas pesquisas em Paris. Uma era do Castelo de Matsue, no Japão. Outra imagem se seguiu, desta vez de uma ponte, depois outro templo e, em seguida, um projeto arrancado das páginas de um livro medieval sobre lendas arturianas mostrando uma torre equilibrada no alto de um dragão vermelho e branco lutando embaixo da terra.

— Todas essas construções têm um aspecto em comum — explicou Enrique. — Sacrifícios de fundações. No Japão, essa prática era chamada de *hitobashira*, um ato de sacrifício realizado durante a construção de instituições como templos ou pontes. Nesta região, nos arredores dos montes Urais, os antigos citas e mongóis tinham construções semelhantes com seus locais de sepultamento, os *kurgan*, onde os guerreiros eram enterrados com todas suas riquezas e, às vezes, com vários serviçais e guardas, para que os espíritos dos sacrificados continuassem a agir como guardiões.

Enquanto falava, viu as histórias que mencionava se desenrolarem diante de si. Viu-as se conectando às meninas na gruta de gelo e às bocas arruinadas. Ele se perguntou sobre a dor delas e o medo, tudo cortado pelo sabor de neve e sangue, metal e frio.

— Com relação à posição das meninas... parece semelhante a esse sacrifício ritualístico, embora a gente precise de mais provas concretas antes de eu poder fazer essa associação — disse Enrique.

— Mas você acha que a presença das meninas mortas pode ser prova de que há um tesouro naquele ambiente? Que há algo a ser guardado?

Enrique assentiu com hesitação e depois manobrou o mnemo-inseto para a última imagem, a das meninas mortas acima dos três escudos. Já era terrível o suficiente que tivessem sido assassinadas e penduradas, mas, se suas mandíbulas continham um símbolo, então poderia ser uma pista.

— Meu Deus — murmurou Ruslan, os olhos arregalados em horror.

Enrique olhou para a imagem e seu coração se contorceu. Rapidamente, fez o sinal da cruz sobre o corpo. Ele não era como Séverin ou Zofia, que conseguiam separar a história humana da busca pelo tesouro. Tudo o que via eram histórias... vidas interrompidas, sonhos murchos pelo frio e esquecidos, famílias desfeitas. Quantas meninas haviam desaparecido por conta disso? Quantas pessoas ficaram se perguntando para onde elas tinham ido? Quando, na verdade, durante todo esse tempo elas estavam aqui, e ninguém era capaz de encontrá-las.

Na pele manchada das bocas e bochechas das meninas havia cortes e perfurações precisos e terríveis, uma cifra horrível e inconfundível que pesou nas palavras seguintes de Enrique:

—Aquelas garotas são a chave para o tesouro.

19

ZOFIA

TRÊS DIAS ATÉ O CONCLAVE DE INVERNO...

Zofia,
Você se lembra da sopa de frango que a mamãe fazia com eyerlekh? Você costumava chamá-la de "sopa do sol". Estou com tanta vontade de comer um prato dessa sopa agora.

Não quero te preocupar, mas minha tosse voltou e, embora eu me sinta fraca, sei que vou melhorar. O rapaz que entrega meu remédio me deixou uma flor hoje. Ele é bonito, Zofia. Bonito o suficiente para talvez eu não me importar de ter de ficar na cama o dia todo se isso significa que ele vem me visitar. O nome dele é Isaac...

Sozinha na gruta, Zofia decidiu testar uma teoria.

— Setenta e um, setenta e dois, setenta e três — disse, em voz alta, contando os dentes do leviatã.

Nos últimos três dias, Zofia havia monitorado cada movimento dentro da gruta. Diariamente, ao meio-dia, a lua da gruta se tornava cheia, e a criatura mecânica emergia da água, colocava a cabeça no gelo e abria a boca. Por sessenta minutos, permanecia imóvel antes de deslizar de volta para a água.

Zofia considerava o leviatã uma presença calmante. A máquina nunca se desviava de seu cronograma. Não estava viva, mas o sussurro tranquilo de suas engrenagens de metal a lembrava do ronronar de um gato.

A partir da manhã de hoje, as observações registradas por Zofia tinham convencido Séverin de que o leviatã seguia um padrão, e que a gruta podia ser explorada em segurança. Desde então, membros da Ordem haviam removido as meninas mortas das paredes, deixando para trás uma mnemo-projeção que delineava a posição original delas e os símbolos esculpidos em suas peles. Laila não assistira à remoção, mas Zofia sabia que agora ela estaria com as meninas. Pensar nisso revirou seu estômago, lembrando-a mais uma vez de que Laila poderia morrer. Zofia não podia permitir que isso acontecesse, mas também não sabia o que fazer. Nos últimos tempos, suspeitava de que tinha mais em comum com o leviatã mecânico do que com qualquer outra pessoa no Palácio Adormecido. Ela entendia o que significava ser impotente, seguir a mesma rotina, o mesmo caminho. Havia sentido isso com Tristan. Na noite em que ele morreu, ela ficara em seu laboratório por horas a fio, contando todos os objetos que não poderiam salvá-lo. Havia sentido com Hela, quando voltara para a Polônia, incapaz de fazer qualquer coisa além de segurar a mão da irmã e assistir enquanto esta lutava para respirar.

Zofia não faria isso com Laila. Estendeu a mão e segurou um dos dentes do leviatã enquanto dava um passo dentro de sua boca. As águas do lago Baikal corriam ao redor de seus tornozelos. Sob seus sapatos, a superfície era plana e sulcada para proporcionar aderência.

Zofia arrancou um botão Forjado de seu casaco, o qual se transformou em uma pequena tocha não acesa. *Acenda*, pensou, e uma chama surgiu ruidosamente. Pela primeira vez, pôde ver o interior da garganta da criatura de metal. A aparência do lugar mudou, abrindo-se em um espaço plano, depois uma descida íngreme, seguida por outro espaço plano... como uma escadaria. Acima dela, espalhados contra a parte de trás da garganta da criatura, havia sulcos profundos, símbolos gravados no metal...

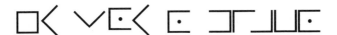

Pareciam os símbolos que Enrique havia descoberto na boca das meninas mortas. Zofia pressionou a função de gravação em seu mnemo-inseto com formato de mariposa. O historiador ainda não havia decifrado o código. Talvez isso pudesse ajudar. Com a outra mão, pegou um pingente Forjado para detectar a presença de uma porta Tezcat em um raio de quinze metros. Devagar, o pingente se iluminou, e os batimentos de Zofia aceleraram.

Havia uma presença de Tezcat dentro da gruta. Para onde levava? Para fora? Ou para algum lugar completamente diferente? Zofia observou a garganta do leviatã. Poderia ser ainda mais fundo dentro de sua construção. Estava prestes a dar outro passo quando alguém gritou:

— Que merda você tá fazendo?

Enrique correu em sua direção, quase escorregando no gelo. Zofia parou. Pensou que o historiador estivesse na biblioteca. Em vez disso, ele abaixou a cabeça para passar pelas mandíbulas do leviatã, agarrando-a pelos ombros e puxando-a para fora até que ela tropeçou e caiu contra o peito dele.

— Espera! — gritou.

O pingente de Tezcat em sua mão saiu voando, deslizou pelo gelo e aterrissou com um som metálico em um dos três escudos na parede distante.

Os olhos castanhos de Enrique pareciam agitados, e o suor brilhava em seu rosto.

Ele estava, como Laila diria, "em um transe".

— Você tá bem? — perguntou Zofia.

Enrique a encarou.

— Se *eu* estou bem? Zofia, você quase foi engolida por aquela... aquela coisa — disse ele, gesticulando com a mão na direção do leviatã. — O-o que você estava fazendo?

— Testando uma teoria. — Zofia cruzou os braços.

— Uma teoria sobre o quê?

— Uma teoria de que há um portal Tezcat dentro da gruta. O leviatã não fica no gelo por mais de uma hora, então explorá-lo era a mais alta prioridade. Depois disso, eu pretendia testar os três escudos de metal na parede de trás — explicou. — O leviatã merece uma investigação mais aprofundada. Parecia haver escadas dentro dele, e eu planejava ver para onde elas levavam.

— Mas *nem* pensar — retrucou Enrique. — Se houvesse escadas para o inferno, você se aventuraria por elas?

— Depende do que houvesse dentro do inferno, e se eu precisasse disso.

Naquele momento, a expressão de Enrique se tornou indecifrável. Zofia examinou seus traços, sentindo o mesmo impulso de consciência que andava sentindo quando olhava para ele por muito tempo.

— Você é algo único, Fênix — comentou Enrique.

O estômago dela afundou.

— Algo ruim.

O rosto de Enrique oscilou entre uma cara feia e um sorriso, e ela não conseguiu decifrar.

— Algo... corajoso — disse ele, por fim.

Corajoso?

— Mas isso nem *sempre* é uma coisa boa — apressou-se em dizer. Seus olhos se moveram para o leviatã, e ele estremeceu. — Aquela coisa é aterrorizante.

Zofia discordava, mas entendia.

— Por que você tá aqui?

Enrique suspirou.

— Não consigo decifrar aqueles símbolos. Tenho certeza de que se trata de um alfabeto codificado de algum tipo, mas pensei que talvez sair da biblioteca e mudar de ambiente pudesse me dar um surto de inspiração divina.

Zofia ergueu o mnemo-inseto:

— Encontrei mais desses símbolos dentro da boca do leviatã.

— *Sério?* — perguntou Enrique, e olhou para o leviatã e de volta para ela, então ficou mais empertigado. Suas sobrancelhas franziram e ele semicerrou os lábios. Zofia reconheceu a expressão que o historiador assumia quando estava prestes a fazer algo que não queria. — Posso ver is...

Bem nesse momento, uma lufada de vapor saiu das guelras do leviatã, e Enrique deu um pulo para trás e gritou.

— E meu instinto de autopreservação se reafirma mais uma vez — disse ele, fazendo o sinal da cruz. — Por favor, me diz que você gravou os símbolos? E, espera... — Enrique parou, olhando para algo logo acima do ombro de Zofia. — O que é *aquilo*?

Zofia seguiu o olhar dele. O pingente de Tezcat estava pousado sobre o gelo. Só que agora, em vez do brilho fraco, estava mais forte, como um farol. O que só acontecia na presença direta de um portal Tezcat. Ela se afastou de Enrique, caminhando na direção do pingente e dos três escudos ainda cobertos de gelo.

— Zofia — sussurrou Enrique. — O leviatã está *bem* ali! Sai de perto dele!

Ela o ignorou, passou pelo leviatã — mas não sem antes dar um tapinha em sua mandíbula e ouvir um gemido abafado de Enrique — e se dirigiu à parede de gelo. Os três escudos tinham um raio de pelo menos três metros cada. Cordas de gelo espesso se entrelaçavam na superfície, mas ela conseguia ver um padrão por baixo: o metal não era liso. Zofia se inclinou para pegar o pingente de Tezcat, que ainda brilhava com intensidade diante do primeiro escudo. Os sapatos de Enrique rangeram no gelo quando se aproximou dela.

— Assim que pegar esse pingente, a gente pode dar o fora daqui? Vamos dizer aos outros para se juntarem a nós depois que essa criatura desaparecer na água — sugeriu ele, os ombros encolhidos até as orelhas. Um padrão de medo. Quando olhou mais uma vez para os escudos de metal, os ombros caíram e ele franziu a testa, interessado. — Tem algo escrito aqui embaixo. Ou desenhado? Eu... eu não consigo dizer.

— Você pode ir porque tá com medo — disse Zofia. — Mas eu vou ficar.

Enrique gemeu, olhou para o escudo e depois para o leviatã, antes de soltar um suspiro.

— Estou com medo — confirmou, baixinho. — É um estado constante com o qual ainda não consegui fazer as pazes. — O canto de sua boca se curvou em um sorriso. — Talvez a exposição constante ajude.

— Você não vai embora? — perguntou Zofia.

— Não. — Enrique endireitou os ombros.

Ela gostava que o historiador pudesse dizer que estava assustado e, ainda assim, ser corajoso. Isso a fez querer ser corajosa também. Quando pensou nisso, um calor desconhecido se enroscou em sua barriga.

Enrique inclinou a cabeça.

— Terra chamando? Fênix?

Zofia se sacudiu e depois voltou a atenção para o pingente fosfórico brilhando em sua mão.

— Minhas invenções nunca erraram antes — constatou. — Se isso está brilhando diante desse escudo, então é um Tezcat. Na verdade...

Ela caminhou, passando por cada um dos três escudos enquanto segurava o pingente. Em nenhum momento o brilho se apagou.

— Todos os três escudos são Tezcats separados — afirmou Enrique, ligeiramente boquiaberto.

— O que você acha que tá por trás dessas portas? — perguntou Zofia. — O tesouro?

Enrique fez uma careta.

— Eu não sei... por que estaria atrás de um portal? Isso significaria que não estava realmente na sala, mas em algum outro lugar, e depois de todos os símbolos e das meninas... algo nessa história não parece... apropriado. Talvez os símbolos no metal nos digam mais coisas, mas precisamos derreter o gelo. Talvez eu possa pedir à matriarca um de seus ventiladores de calor ou... ah. Bem. Suponho que isso também funcione.

Zofia tinha guardado o pingente fosfórico e pegado um medalhão que irradiava calor de seu colar. Ela bateu o objeto contra o escudo. O gelo brilhou alaranjado. Com o som de uma torneira completamente aberta, o gelo derretido formou uma poça no chão. Zofia repetiu o procedimento com os outros dois escudos, até que revelaram uma série de imagens gravadas no metal.

Enrique a encarou.

— Não me leve a mal... mas você me parece perigosamente inflamável.

Zofia analisou a frase dele e disse:

— Obrigada.

— Não há de quê — disse Enrique, antes de voltar a atenção para a porta Tezcat.

A circunferência era totalmente lisa, sem indício de dobradiça ou algo que pudesse ser torcido ou segurado para abri-la e revelar o que estava por trás dos escudos. Um desenho entalhado se estendia pelo metal. Quando Zofia o tocou, um zumbido familiar surgiu no fundo de seus pensamentos, sinalizando que a peça era Forjada.

— O metal foi projetado para absorver algo — apontou ela, parecendo intrigada. — Um líquido. Mas não gelo. Embora talvez seja algo que também possa estar presente no gelo, a julgar pelos pequenos buracos no metal. Parece que reagiu a algo.

Enrique tirou um caderno e começou a esboçar o desenho.

— Esse símbolo... — disse, mostrando a folha do caderno para ela. — Está bastante desgastado, mas eu reconheço isso.

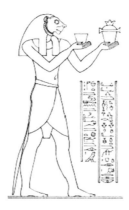

— Por que parece um leão com um copo de vidro? — Ela semicerrou os olhos. — E... uma urna?

— Porque é um leão com um pote... e uma *taça de vinho* — explicou Enrique. — Está mostrando um deus egípcio que não vejo representado há séculos.

Atrás deles veio o som de metal sobre o gelo. Zofia se virou para ver o leviatã fechar as mandíbulas e deslizar de volta para a água. Ela olhou para a lua Forjada na gruta.

Aconteceu exatamente no horário.

No momento em que a criatura deslizou de volta para a água, uma nova visão entrou em cena: Hipnos e Eva, parados à entrada. A garota ruiva segurava uma bandeja de comida nas mãos.

— Eu estava procurando vocês dois! — disse Hipnos, e lançou um olhar para a piscina oval de água, por onde a criatura tinha desaparecido. — Mas estava esperando até que *aquela coisa* — ele fez um gesto na direção do leviatã — fosse embora. O que estão fazendo? Por que ninguém me chamou? — Ele inclinou a cabeça para o lado. — Por que esse leão tá segurando uma taça de vinho? Além disso, Eva trouxe comida.

Eva segurava a bandeja com tanta firmeza que os nós de seus dedos pareciam brancos.

— Ruslan me pediu para verificar o progresso de todos — informou, franzindo a testa. — Eu *não* vou arredar o pé até que isso esteja feito, então nem percam tempo perguntando.

Zofia ainda estava organizando mentalmente as perguntas de Hipnos e apenas assentiu para Eva. Ao seu lado, Enrique esfregou as têmporas.

— Sim — disse ele.

— Sim para o quê? Para a comida? Para as perguntas? — perguntou Hipnos. — "Sim" não explica por que esse leão tá segurando uma taça.

— Definitivamente sim para a comida. — Enrique gesticulou para que os dois se aproximassem. Então atravessaram a gruta até ficarem diante da parede de gelo.

Hipnos sorriu para Enrique, e Zofia notou que o historiador não retribuiu. Em vez disso, se virou para o escudo, com o rosto inexpressivo.

— Vocês veem como os símbolos se estendem por todos os três escudos? Eles representam um deus.

— Há um deus dos leões e das taças de vinho? — Hipnos parecia perdido. — Isso parece incrivelmente específico.

— Este deus é Shezmu — explicou Enrique, revirando os olhos. — Raramente é representado, talvez porque esteja em contradição consigo mesmo. Por um lado, ele é o senhor dos perfumes e óleos preciosos, com frequência considerado uma espécie de divindade da celebração.

— Meu tipo de deus — comentou Hipnos.

— Por outro, ele também é o deus do massacre, do sangue e do desmembramento.

— Retifico minha declaração original — afirmou Hipnos.

— Tecnicamente, a tradução de "sangue" também pode valer para "vinho". Não tenho tanta certeza — disse Enrique, que olhou para a bandeja de sanduíches e estendeu a mão para pegar um. — De qualquer forma, apostaria que ele é crucial para entender como abrir esses Tezcats.

— Abrir? — repetiu Eva.

A bandeja caiu de suas mãos e acertou o chão.

— Os sanduíches! — lamentou Enrique.

— Por que você abriria isso?

— Estamos aqui para encontrar o tesouro da Casa Caída — lembrou Zofia. — Isso significa abrir coisas que estão fechadas.

Hipnos massageava as costas de Enrique.

— Agora, sobre o tesouro, *mon cher* — disse Hipnos.

— Não dá pra comer um tesouro — respondeu Enrique, olhando com tristeza para os sanduíches.

— Pois é, mas ainda podemos encontrá-lo.

Zofia tocou o escudo de metal mais uma vez. Por meio de sua afinidade com a metalurgia, ela sabia que o artista havia fundido as propriedades da cortiça e do metal... mas havia um metal específico que afetava o escudo com maior intensidade. Algo que, pelo jeito, também estava presente no gelo, considerando o dano mínimo causado à estrutura original.

— A porta quer alguma coisa — apontou Zofia. — O metal tem propriedades absorventes, então parece que ele quer um líquido.

Hipnos suspirou.

— Quanto mais eu olho pra isso, o único líquido que quero é vinho.

Enrique estalou os dedos.

— E se for isso?

— Não pode ser — disse Zofia. — Não há vinho no gelo.

— No entanto, existe vinho feito de *uvas congeladas* — rebateu Hipnos. — Muito doce. Na verdade, eles conseguem safras realmente excelentes na Rússia.

— Você disse que ele era um deus da celebração...

— E do sangue — disse Enrique. — Ou do vinho.

— Sangue... ou vinho.

Até onde Zofia sabia, não havia propriedades metálicas no vinho que alguém pudesse manipular com uma afinidade.

— É sangue ou *gelo* — ofereceu Eva.

Todos se viraram para encará-la. Eva flexionou a mão e, pela primeira vez, Zofia notou o anel estranho que ela usava no mindinho. Era curvado como uma garra.

— Todos os artesãos de Forja de sangue são bem versados em matéria e na mente, mas nós particularmente nos destacamos no gelo por conta de seu conteúdo metálico.

— Há ferro tanto no gelo quanto no sangue — disse Zofia, devagar.

— Pelo menos no gelo que surge *naturalmente* — explicou Eva. — Água fervida deixada ao ar livre em temperaturas congelantes não é tão receptiva à minha afinidade, mas gelo de lagos e oceanos? Muito rico em metal.

Enrique foi se afastando do escudo.

— Então você acha que a porta quer... sangue?

— Apenas o experimento confirma uma hipótese — argumentou Zofia.

— A hipótese é *sua*. Você pode muito bem se comprometer a ela — disse Eva. Ela abriu a mão, mostrando a garra de metal cintilando. — Posso fazer isso sem causar dor.

Zofia engoliu em seco, depois estendeu a mão, mas Hipnos se colocou entre ela e Eva e gentilmente baixou seu braço.

— Não posso ver você se machucar, *ma chère* — afirmou ele, suave. — Permita-me.

"Permitir" era uma palavra estranha. Zofia nunca havia considerado que poderia conceder a alguém permissão para protegê-la, e uma sensação de calor — como engolir uma sopa não muito quente — se instalou em seu peito. Ela deu um passo para trás, em silêncio.

— Você parece ter prática nesse tipo de recreação — comentou Eva.

Hipnos apenas estendeu a mão. Então Eva passou o anel em forma de garra e deixou a palma ensanguentada. Com uma careta, Hipnos pressionou a mão no metal. Um momento se passou, depois dois...

— Espero não ter me machucado à toa — resmungou Hipnos. — Sabe, essa era minha palma da mão favorita.

Mas, no instante seguinte, uma mudança ocorreu no escudo de metal. As bordas se iluminaram, fazendo um pequeno som ao se desprenderem da parede de gelo. Enrique se aproximou, e os três se agruparam enquanto a porta de metal se abria como uma tampa cobrindo um túnel para revelar...

— Uma parede de tijolos? — reclamou Hipnos. — Desperdicei meu sangue com *isso*?

Enrique se aproximou da parede, arranhando-a com a unha.

— Isso tem um cheiro horrível — comentou Eva, afastando-se.

— Ficou fechado por um longo tempo — disse Enrique, apontando para a fina treliça de musgo que havia quebrado o tijolo.

— Vamos tentar as outras portas — sugeriu Zofia.

Segurando a mão, Hipnos foi até a segunda porta. E, mais uma vez, colocou a palma contra o metal. Novamente, o portal se abriu.

— Ah, ótimo, mais tijolos — constatou Hipnos.

Mas esse tijolo era diferente. Um cheiro, como um lago estagnado no verão, atingiu o nariz de Zofia. O tijolo estava úmido e, quando ela colocou a cabeça por meio da abertura, viu água turva lá embaixo. Acima, quase invisível por meio das fendas da madeira fechada, vislumbrou recortes de um céu azul. Podia até ouvir o murmúrio das pessoas da cidade. O idioma delas era próximo ao seu polonês nativo.

— Dá num poço — disse ela.

Enrique se aproximou.

— Você está vendo essas inscrições? — perguntou ele, apontando para marcas nos tijolos escuros que formavam o poço. — São símbolos de talismãs e amuletos, línguas destinadas a afastar demônios... Tem até um nome entalhado na pedra... Horowitz? Isso soa familiar?

— Parece judaico — comentou ela.

— Talvez seja o nome do construtor do poço?

Zofia não respondeu. Já havia passado para o terceiro Tezcat. Afinal, uma porta que se abria para um poço fechado não salvaria Laila.

— Agora este.

— Acho que ainda há algumas inscrições aqui — protestou Enrique. — Mal olhamos para a segunda porta!

Hipnos seguiu Zofia e colocou a palma no terceiro escudo. De novo, esperaram. De novo, ele se abriu com aquele mesmo som de algo sendo liberado.

Um novo aroma inundou o nariz de Zofia. Cheirava a *especiarias*, como aquelas que Laila colocava no chá matinal. A luz do sol quente se derramou sobre a gruta de gelo. A porta larga se abrira para revelar uma queda de um metro que dava em um pátio deserto abaixo deles. Nove pilares quebrados cercavam as paredes do pátio de pedra. Diferente das outras, a parede do lado oposto não era feita de pedra, mas parecia ser de ripas de madeira, através das quais Zofia vislumbrou o que poderiam ser as águas verdes de um lago. Acima do pátio, o céu aberto aparecia entre ripas de madeira enfeitadas com fitas manchadas. Havia inscrições ao longo da parede, em um idioma que Zofia não conseguia decifrar. Ao lado dela, as mãos de Eva penderam ao lado do corpo, a boca levemente aberta, e Enrique rapidamente fez o sinal da cruz.

Hipnos respirou fundo e então bateu palmas.

— Vou chamar Séverin e Ruslan! Ninguém se mexe! Digam "prometo"!

— Prometo — murmurou Zofia, sem desviar os olhos das estátuas.

No momento em que percebeu que Hipnos tinha ido embora, Zofia deu um passo à frente. Já tinha tudo de que precisava preparado por conta de sua aventura dentro do leviatã: corda, tochas, facas afiadas e as ferramentas retráteis ao redor de seu pescoço. Ela precisava saber se esse lugar continha as respostas pelas quais procuravam. Se esse lugar poderia salvar Laila. Mas, assim que deu um passo, Enrique a segurou pelo braço.

— O que você tá fazendo?

— Só dando uma olhadinha — disse, soltando-se dele.

— Mas — começou Enrique, em um tom tímido — você disse "prometo". Zofia olhou por cima do ombro, uma mão na entrada do pátio.

— É mesmo, eu realmente disse "prometo".

Com o canto do olho, viu Eva com um sorriso forçado.

— Vou só dar um passo — disse Zofia.

— Apenas *um* — advertiu Enrique.

Os pelinhos no braço de Zofia se eriçaram. *Apenas um. Fique à vista. Não se mova.* Ela podia fazer isso, disse a si mesma. Podia salvar Laila. Zofia pegou seu mnemo-inseto e acionou o interruptor de gravação enquanto saltava no chão. Eva pousou ao seu lado com graciosidade. Enrique esticou o pescoço, mas o restante de seu corpo permaneceu na gruta de gelo.

— Esse lugar parece abandonado — comentou.

Vidros quebrados e facas enferrujadas se espalhavam pelo chão de terra dura compactada. Buracos escavados, como aqueles deixados por balas, marcavam o que restava das paredes, e o estômago de Zofia se revirou. Seus pais falavam de paredes crivadas como essas, testemunhas de momentos em que seu próprio povo era expulso das aldeias. Fosse lá quem estivera ali também tinha sido expulso.

E ainda havia a inscrição ao longo da parede... e as colunas quebradas que, na verdade, não eram colunas, mas sim estátuas de mulheres. Mulheres com as mãos atrás das costas. Parecia familiar. Enrique não tinha apontado algo semelhante quando desceram o corredor que levava à gruta de gelo? Ela deu mais um passo adiante.

— Zofia, espera! — chamou Enrique.

— Ah, não seja tão covarde — ralhou Eva. — Esse lugar tá praticamente morto.

Zofia tirou o casaco de pele.

— Eu reconheço a inscrição na parede — comentou Eva. — Acho... Acho que estamos em Istambul.

— No *Império Otomano*? — perguntou Enrique lá de cima.

Mas Eva não teve tempo para responder. Porque, da parede à direita, vieram os sons de uma cadeira sendo arrastada para trás. No instante seguinte, ela viu um pouco de fumaça. Alguém emergiu das sombras de uma estátua. Ao mesmo tempo, os pilares ganharam vida, os rostos quebrados de nove estátuas girando na direção deles.

Uma voz antiga, rouca de fumaça, declarou:

— Você não levará mais ninguém.

20

LAILA

Quando Laila era criança, sua mãe fez uma boneca para ela.

Foi o primeiro — e último — brinquedo que a menina já teve.

A boneca foi feita com folhas de bananeira costuradas com fiapos do fio de ouro que antes enfeitava a barra do *sari* de casamento de sua mãe. Tinha olhos queimados de carvão e longos cabelos pretos feitos da crina do búfalo-d'água favorito de seu pai.

Toda noite, a mãe de Laila massageava óleo de amêndoa doce na cicatriz em suas costas, e toda noite Laila ficava quieta, o terror assolando seu coração. Ela temia que, se a mãe pressionasse com muita força, ela se partiria ao meio. Assim, segurava sua boneca com firmeza, mas não muito forte. Afinal, a boneca era como ela: uma coisinha frágil.

— Sabe o que você e essa boneca têm em comum, meu amor? — perguntara sua mãe. — As duas foram feitas para serem amadas.

Para Laila, a boneca era uma promessa.

Se conseguia amar aquela forma remendada, então ela também poderia ser amada.

Depois que a mãe morreu, Laila levava a boneca para todos os lugares. Levou-a para as aulas de dança, para que pudesse aprender os mesmos movimentos que ela e lembrar de sua mãe a cada batida forte do calcanhar e movimento de punho. Levou-a para a cozinha, para que pudesse aprender a harmonia das especiarias e do sal, e o alívio que ela sentia por aquele lugar ser um santuário. Todas as noites, quando abraçava a boneca, sentia a própria emoção e a própria memória se desenrolando diante de seus olhos, como um sonho que não acabaria, e, embora estivesse triste, não tinha pesadelos.

Uma manhã, Laila acordou e percebeu que sua boneca tinha desaparecido. Saiu correndo pelo corredor... mas já era tarde demais. Seu pai estava junto à lareira, observando enquanto as chamas escarlates consumiam a boneca, carbonizando seus olhos, engolindo a única trança de cabelo que Laila havia feito com tanto cuidado para combinar com a que ela própria tinha. O quarto cheirava a coisas chamuscadas. O tempo todo, seu pai não a olhou.

— Ela teria se desfeito mais cedo ou mais tarde — dissera ele, cruzando os braços. — Não há sentido em mantê-la. Além disso, você já é muito velha pra essas coisas de criança.

Depois, ele a deixou ajoelhada diante das chamas. Laila a observou até que não fosse mais do que cinzas suaves e o brilho opaco do fio dourado. Sua mãe estava errada. Elas não foram feitas para serem amadas, mas sim para serem destruídas.

Depois daquele incidente, Laila parou de brincar com bonecas. Mas, apesar dos esforços do pai, ela não parara de levar, para onde quer que fosse, a própria morte. Mesmo agora, tudo o que tinha de fazer era olhar para sua mão, e ali estava o anel de granada brilhante para zombar dela.

Laila estava no necrotério congelante improvisado, a única garota viva na sala. Hoje, usava um vestido preto fúnebre. Em uma pequena mesa ao seu lado estavam uma pena e um pergaminho, e o colar de diamantes que Séverin a obrigou a usar. Não parecia certo se inclinar sobre essas garotas com tanta extravagância em sua pele, mesmo que fosse apenas um meio requintado de convocá-la.

Espalhadas em nove placas de gelo estavam as garotas mortas retiradas das paredes da gruta de gelo. À fraca luz das lamparinas Forjadas, pareciam feitas de porcelana. Como se fossem simples brinquedos que tinham sido amados com muita intensidade e, por isso, suas pernas de um tom perolado pálido estavam manchadas; por isso, as finas vestes que vestiam se agarravam a elas em farrapos; por isso, as coroas colocadas em suas cabeças tinham sido inclinadas e emaranhadas nos aglomerados gélidos de seus cabelos. Pelo menos, era o que parecia, até que alguém olhasse para suas mãos. Ou, melhor dizendo, para a ausência delas.

Laila lutou contra uma onda de náusea.

Foram necessários esforços combinados de todos os serviçais das Casas Dažbog, Kore e Nyx para removê-las das paredes. Artistas de Forja trazidos de Irkutsk criaram um necrotério, e os artistas de jardinagem da Casa Kore fizeram flores de gelo que emitiam calor sem derreter. Um médico, um padre e um membro da polícia de Irkutsk tinham sido convocados para administrar os últimos ritos e identificar os corpos, mas só chegariam em algumas horas, o que deixava Laila sozinha com elas por algum tempo. Os outros pensavam que ela estava ali para documentar o que via, mas a verdadeira razão estava em suas veias. Seu sangue lhe permitia que fizesse o que ninguém mais era capaz de fazer por essas garotas — conhecê-las.

— Meu nome não é Laila — sussurrou para as garotas mortas. — Eu dei esse nome a mim mesma quando saí de casa. Não digo meu nome verdadeiro há anos, mas como não sei se algum dia vamos descobrir quem vocês eram... Espero que encontrem paz nesse segredo.

Uma a uma, ela passou por entre as meninas e lhes disse seu nome real... o nome que sua mãe lhe dera.

Quando terminou, se virou para a garota mais próxima. Assim como as outras, suas mãos tinham sido removidas. Havia uma coroa ao redor de sua cabeça e, em alguns lugares, pétalas congeladas ainda se agarravam ao arame. De um cesto aos seus pés, Laila pegou um pedaço de pano. Para o que tinha de fazer, não conseguia suportar olhar para a garota. O que restava de seu rosto a lembrava muito da jovem Zofia... a sugestão de um queixo pontiagudo e um nariz delicado, a mais sutil das elevações de suas maçãs do rosto e a nitidez feérica de suas orelhas. Esta era uma garota jovem demais para ser bonita, mas poderia ter se tornado, se tivesse vivido tempo suficiente.

Laila cobriu o rosto da garota, seus olhos ardendo de lágrimas.

E, então, a leu.

Laila começou com a coroa de arame e o metal frio queimou-lhe a mão. Suas habilidades sempre foram temperamentais. As lembranças — visões, sons, impressões emocionais — de um objeto pairavam perto de sua superfície por um mês antes de desaparecer. Depois disso, o que permanecia era resíduo, uma impressão do momento ou uma emoção precisa do objeto. Em geral, Laila as enxergava como texturas — a casca espinhosa do pânico; a suavidade da seda do amor; os espinhos da inveja; a fria solidez do luto. Mas às vezes... às vezes, quando era forte, era como reviver a lembrança, e seu corpo inteiro ficava tenso por conta do peso daquilo. Foi assim que se sentiu com o terço de Enrique, como testemunhar uma cena.

Hesitando, Laila fechou os olhos e tocou a coroa. Uma melodia penetrante fluiu em sua mente. Assombrosa e vasta, como o que um marinheiro perceberia do canto de uma sereia segundos antes de se afogar. Puxou a mão de volta e abriu os olhos. O arame tinha sido retirado de um instrumento, como um violoncelo ou uma harpa.

Em seguida, seus dedos deslizaram sobre o pano que cobria o rosto desfigurado da garota e os símbolos estranhos talhados nele. A alma de Laila se contraiu com o pensamento... independentemente de quem tenha feito isso com elas nem sequer as enxergava como pessoas, mas como algo no qual se poderia escrever — como um pergaminho.

Não queria olhar, mas tinha de fazer aquilo.

Laila tocou a alça do vestido da garota. De imediato, o gosto de sangue tomou conta de sua boca. A força dos últimos instantes de vida da garota dominou seus pensamentos como uma tempestade de trovões...

— *Por favor! Por favor, não!* — gritou a garota. — *Meu pai, Moshe Horowitz, é um prestamista. Ele pode pagar qualquer resgate que vocês pedirem, eu juro, por favor...*

— *Silêncio, minha querida* — disse um homem mais velho.

A pele de Laila se arrepiou. A voz do homem era gentil, como alguém acalmando uma criança em um acesso de raiva. Mas Laila sentiu a pressão da faca como se estivesse sendo pressionada contra o próprio pescoço.

Sentiu o gosto fantasma de sangue em sua boca, o mesmo sabor metálico que a garota deve ter sentido quando percebeu o que estava acontecendo e, como resultado, mordeu com força demais a própria língua.

— *Não se trata de dinheiro. Trata-se de imortalidade... nós somos as criaturas que superaram nosso criador, por que não deveríamos nos tornar iguais a Ele? O sacrifício do seu sangue abrirá o caminho, e você será um instrumento do divino.*

— *Por que eu?* — choramingou a garota. — *Por que...*

— *Veja, minha flor* — disse o homem. — *Eu a escolhi porque ninguém vai procurar por você.*

Laila segurou a garganta, lutando para respirar.

Por um instante, fora como se de fato... Ela tocou a pele de seu pescoço e olhou para as pontas dos dedos, se perguntando se estariam vermelhas... mas não estavam. Foi apenas uma lembrança de muito tempo atrás, forte o suficiente para dominá-la por completo. Laila se forçou a não chorar. Se chorasse agora, não pararia mais.

Apesar das flores de gelo a manterem aquecida, Laila não conseguia parar de tremer. Quando Enrique tinha compartilhado suas descobertas a respeito dos símbolos nas garotas, ele dissera acreditar que elas eram destinadas a serem sacrifícios... e ele estava certo. Laila não conseguia tirar da cabeça a voz do homem. Ele devia ser o patriarca da Casa Caída e, ainda assim, ela odiava como ele soava *amável*, de um jeito nauseante. Nada parecido com a inexpressividade do doutor, quando ele os atacara nas catacumbas.

Laila segurou a borda da placa de gelo, sentindo o estômago se embrulhar. Meses atrás, ela se lembrava de ouvir a confissão de Roux-Joubert:

O papai do doutor é um homem mau.

Todos presumiram que isso significava que o pai do doutor um dia fora o patriarca da Casa Caída. Tinha soado tão bobo. "Um homem mau." Como algo que uma criança diria. Mas as garotas, suas bocas, o gelo... não se encaixavam no escopo de palavras como "mau". Laila sempre pensara que o exílio da Casa Caída era relacionado ao poder. Eles queriam acessar o poder de Deus, reconstruindo a Torre de Babel, mas tudo o que conseguiram foi o exílio. E, ainda assim, ele sacrificara essas garotas, tinha cortado suas mãos, e *por quê?* Ela precisava descobrir.

Com o coração martelando no peito, ela estendeu a mão para encostar na garota seguinte. E depois na outra e na outra. As lia em uma espécie de transe, as mesmas palavras apunhalando seus pensamentos repetidas vezes:

Você será um instrumento do divino.

Ninguém virá procurar por você.

O patriarca tinha escolhido garotas cuja escuridão as tornava invisíveis aos olhos do mundo; cujos idiomas caíam em ouvidos incapazes de ouvir; cujas casas, à margem da sociedade, as empurravam tão para dentro das sombras que ninguém as notava. Uma parte de si esperava que ele ainda estivesse vivo, pelo menos para que ela pudesse lhe mostrar o significado da palavra vingança.

Quando chegou à última garota, suas mãos tremiam violentamente. Sentia como se tivesse sido esfaqueada e estrangulada, arrastada pela neve pelos cabelos e jogada na escuridão, e mantida lá por horas. Em sua mente, ouvia o que parecia ser o som d'água. Na sola de seus pés, sentia o deslizar do metal congelante. Em cada leitura, provara sangue e lágrimas. E no fundo de seus pensamentos surgiu uma dissonância terrível. O que decidiu que elas deveriam morrer enquanto ela — nascida morta, por assim dizer — caminhava entre seus corpos? Laila queria acreditar em deuses e estrelas insondáveis, destinos sutis como a seda da aranha capturada em um raio de sol e, acima de tudo, no *motivo* das coisas. Mas, entre essas paredes de gelo, apenas o acaso a encarava de volta.

Laila se obrigou a olhar para a última garota. Seu cabelo, escuro e entremeado de gelo, espalhava-se atrás de seu pescoço. Embora sua pele tivesse empalidecido e ficado manchada pelo frio, era possível notar que ela tinha pele escura. Assim como ela própria. Laila se preparou para estender a mão e ouvir os últimos momentos da garota:

— *Minha família vai te amaldiçoar* — ameaçou a garota. — *Você vai morrer na própria sujeira. Será abatido como um porco! Eu serei um fantasma e farei picadinho de você...*

O patriarca da Casa Caída tapou a boca dela.

— *Uma língua tão afiada em um rosto tão bonito* — disse, como se a repreendesse. — *Agora, minha querida, se puder... fique quieta.*

Ele ergueu a faca em direção ao rosto dela e começou a cortar.

— Era para você ser minha última tentativa — disse, falando por cima do som abafado dos gritos dela. — Pensei que as outras seriam instrumentos do divino, mas parece que meu maior tesouro requer um tipo específico de sangue... exigente, exigente. — Ele suspirou. — Pensei que você poderia ser a escolhida para ver, para ler, mas você me decepcionou.

Laila fez uma careta, seus olhos revirando-se diante do espectro da dor da garota.

— Sei que uma de vocês está lá fora, e eu vou encontrá-la... e será meu instrumento.

Laila se afastou da última placa com uma sensação de amortecimento horrorosa se espalhando por seu corpo. Isso acontecia sempre que lia demais, como se não houvesse o suficiente dela para estar no presente. Sua boca estava seca e suas mãos não paravam de tremer. Todas aquelas garotas tinham sido mortas como um sacrifício que nem sequer deu certo. Foram mortas em vão.

Laila escorregou até o chão, com o rosto entre as mãos e as costas pressionadas na placa de gelo. Não sentia o frio. Não sentia nada além do batimento surdo de cada pulsação.

— Sinto muito — soluçou. — Sinto muito mesmo.

Momentos, ou talvez horas depois, surgiram passos urgentes de alguém do lado de fora do necrotério. Ela estava de costas para a porta e não se virou de imediato. Provavelmente era um serviçal vindo para lhe dizer que o médico, o padre ou o policial assumiriam dali. Ela ia parecer uma tola aos olhos deles, parada e chorando, com as mãos tremendo. Mas, em vez disso, ouviu:

— Laila?

Séverin. A voz dele parecia engasgada, sem fôlego.

— Laila! — chamou novamente, no momento em que ela segurou a placa de gelo e se levantou para dar de cara com ele parado à porta.

Em seu casaco de zibelina, com os cabelos molhados de neve, Séverin parecia algo invocado por uma maldição. E, quando deu um passo à frente, a luz de gelo do necrotério tingiu seus olhos com a cor de hematomas profundos.

Por um momento, os dois apenas se observaram.

Ela podia ser amante dele no nome, mas não na prática.

Séverin até poderia acompanhá-la para o quarto que compartilhavam à noite, mas não permanecera lá desde aquela primeira vez, muito menos tinha se deitado na cama com ela. Nas últimas manhãs, Laila acordara sozinha. Vê-lo agora — parado a apenas um metro e meio dela — a chocou. Todas aquelas leituras deturparam sua própria perspectiva e, por um instante, ela se sentiu arrastada de volta a um passado que pertencia a outra vida. Um passado em que ela estava feliz, assando um bolo nas cozinhas do L'Éden, com as mãos cobertas de açúcar e farinha. Um passado em que os olhos dele eram iluminados pela maravilha e pela curiosidade. Um passado em que ele exigiu, de modo brincalhão, saber por que ela o chamava de *Majnun*.

— *O que você vai me dar para saber a resposta?* — *perguntara ela.* — *Exijo oferendas.*

— *Que tal um vestido costurado com a luz da lua?* — *sugerira Séverin.* — *Uma maçã de juventude imortal... ou talvez sapatos de cristal que nunca cortariam sua pele.*

— *Nada dessas coisas é real* — *dissera ela, rindo.*

Ele a encarou quando riu, e seus olhos nunca abandonaram o rosto de Laila.

— *Por você, eu faria qualquer coisa se tornar real.*

A lembrança desapareceu, trazendo-a de volta para o presente gelado.

— Você está aqui — finalmente conseguiu dizer Séverin. — Eu tentei... Eu continuei...

Séverin ergueu a mão, sem olhar para ela. A joia de diamante brilhou à luz. Laila olhou para a mesa ao lado dele, aquela que continha o colar Forjado usado para convocá-la.

— Por que você achou que eu tinha ido embora?

— Os outros — disse ele, erguendo os olhos escuros para os dela. — Eles desapareceram.

21

ENRIQUE

Inclinado para fora da gruta de gelo, na direção da estranha cidade banhada pelo sol, Enrique desejou ter um instinto de autopreservação melhor. Parte dele queria fazer com que Zofia e Eva retornassem à gruta, mas outra parte queria continuar avançando. Seu pé balançava sobre o precipício, e a luz do sol o mantinha cativado. Foi só então que percebeu que o pátio em ruínas tinha capturado algo perigoso dele: sua curiosidade.

No santuário, nove estátuas femininas serviam como pilares, sustentando um teto de ripas de madeira. O tempo havia erodido seus detalhes, mas Enrique ainda percebia o que deviam ter sido pregas da seda e diademas finos em suas testas. Paredes pintadas atrás das estátuas chamaram sua atenção. As cenas mostravam nove mulheres encapuzadas se prostrando diante das nove deusas gregas da inspiração divina, as musas. Enrique as reconheceu pelos emblemas pairando sobre as cabeças — Érato com sua cítara, Tália com sua máscara cômica. Algumas folhas de ouro ainda estavam presas à imagem de uma lira nas mãos de Calíope, a musa da poesia épica. A pintura Forjada permitia que as imagens se alterassem, de modo que, em um momento, os objetos que as musas seguravam estavam íntegros e brilhantes, e, no instante seguinte, se despedaçavam em um padrão cíclico de construção e desconstrução. Quando olhou para as mulheres aos pés das deusas, Enrique sentiu todo o seu corpo retesar. Na pintura, cada uma das nove mulheres estendia os braços, mas nenhuma delas tinha mãos. E ali, empilhada aos pés das musas, uma coleção de mãos separadas nos punhos. Como oferendas.

Sacrifício.

Horrorizado, Enrique se afastou da pintura macabra enquanto fragmentos de histórias e pesquisas se encaixavam em sua mente. Seus pensamentos se voltaram para as garotas mortas na gruta de gelo. Nove delas, todas sem mãos. Suspeitava que tivessem desempenhado algum papel como guardiãs, mas agora via a ligação direta com o conhecimento da Ordem sobre as Musas Perdidas, a antiga linhagem de mulheres incumbidas de protegerem *As Líricas Divinas*. E se isso nunca tivesse sido um mito? E se...

Um som áspero sufocou seus pensamentos.

— Você não levará mais ninguém.

Um velho enrugado surgiu sob a luz. Ele ergueu a mão no ar. As nove estátuas ergueram os pés de seus pedestais de pedra e os pousaram no chão. A poeira pairava no ar, e o chão tremia enquanto nove rostos sem expressão aos poucos se viravam na direção deles.

— Temos que ir embora! — gritou Enrique. — *Agora!*

Aos tropeços, Zofia e Eva voltaram correndo. Enrique se inclinou ainda mais para fora do portal Tezcat, segurando-o com uma mão e estendendo a outra para ajudá-las a subir novamente, quando algo passou zunindo perto dele.

Enrique recuou abruptamente, mas não antes de algo afiado passar perto de sua orelha. A mão que segurava o portal escorregou nas pedras ásperas da parede. No instante seguinte, ele tentou se equilibrar, mas Eva puxou sua mão e o chão gelado deslizou sob seus pés. O sangue rugia em seus ouvidos. No último momento, ele estendeu os braços, amortecendo a queda no chão quente e arenoso do pátio.

— O portal! — gritou Eva.

Zofia ajudou Enrique a se levantar. O rapaz se virou com agilidade, pronto para retornar pelo portal... mas este tinha desaparecido.

— Ele simplesmente... simplesmente *desapareceu* — disse Eva, lutando para conter as lágrimas. — Estamos presos.

— Mais sangue — disse Enrique, ofegante. — Talvez seja a única maneira de abri-lo novamente...

Outra flecha passou zunindo perto de seu rosto. As penas na haste rasparam sua bochecha e, logo em seguida, ouviu o estalo da pedra quando a flecha se cravou na parede quebrada. Os pelos em sua nuca se eriçaram, e um zumbido agudo pairou no ar.

— Corre! — Zofia o agarrou pela mão.

Enrique saiu em disparada pelo terreno. Mais à frente, Zofia tateou seu colar. O historiador se lançou para a frente, empurrando-a para fora do caminho. A engenheira caiu no chão, rolando para o lado, bem quando a ponta de uma flecha cravou na terra.

— Para! — gritou Eva. — Nós só queremos ir embora!

Diante deles, o velho saiu das sombras e entrou na luz. Seus olhos estavam opacos pela cegueira. Cicatrizes profundas cercavam suas cavidades, e as cicatrizes sobressaltadas pareciam roxas e furiosas. Este homem tinha sido cegado.

— Nós não queremos causar nenhum mal — começou Enrique, estendendo as mãos para se proteger. — A gente só estava seguindo uma pista de algum outro lugar...

— Não minta para mim — disse o velho. — Eu tenho esperado por vocês desde que levaram minha irmã. Não são bem-vindos neste lugar sagrado. Vocês pensam em nos usar. Pensam em brincar de Deus, mas os dignos optam por não manipular o toque divino.

Zofia inspirou com força, sua mão imóvel sobre o colar.

— Você fala polonês?

— Ele tá falando russo — disse Eva, confusa.

Enrique se surpreendeu. Para ele, o homem falava sua língua nativa, tagalo, tão familiar que ele mal conseguia reconhecer que o idioma estava fora de lugar ali. O homem ficou imóvel, e as estátuas das musas pararam em meio ao movimento. Ele se virou na direção de Zofia, seus olhos vidrados.

— Meninas — disse o homem, e sua voz falhou. — Eles também pegaram vocês?

Ele ergueu a cabeça, seus olhos cegos fixos em algum lugar acima da cabeça de Enrique.

— Quantas meninas vocês precisam levar antes de perceberem que, não importa quanto sangue ofereçam, nunca serão capazes de ver? Se não podem ver, então não sabem onde usar o instrumento do divino. E, sem isso — o velho riu —, a vontade de Deus está segura. — O homem apontou para os olhos arrancados. — Vocês também não podem me usar. Eu me certifiquei disso.

Então se virou para Zofia e Eva.

— Eu vou salvá-las, crianças. Não vou deixar que as levem.

Ele mexeu os punhos envelhecidos. A estátua à esquerda de Enrique avançou, lançando uma sombra fria sobre eles. O rapaz recuou, mas a estátua não o atingiu. Em vez disso, ela se ergueu atrás deles, os braços abertos para bloquear o caminho de volta ao Palácio Adormecido. O terror congelou suas veias.

— Houve um mal-entendido... — tentou dizer Enrique.

O velho mexeu o punho mais uma vez. As oito estátuas restantes ergueram seus braços de pedra, obrigando os três a saírem do pátio. Adiante, cortado pela gaze de cortinas de seda, Enrique avistou as águas de um lago. Dava para distinguir as tendas coloridas e as multidões se aglomerando em um bazar local.

— Nos ajudem! — gritou.

Ninguém olhou na direção deles. Era como se ninguém pudesse vê-los. Enrique olhou para a direita e para a esquerda, mas paredes de tijolos sólidos os cercavam. Aquilo não fazia sentido. Então de onde veio o velho?

— É um beco sem saída — constatou Enrique.

Ele olhou por cima do ombro, e imediatamente se arrependeu. As estátuas das musas se moveram com velocidade, suas túnicas de pedra cortando a terra.

— As duas são Tezcats — disse Zofia, segurando um de seus pingentes. Ela encostou em um ponto na parede de tijolos, e sua mão desapareceu até o cotovelo. — Por aqui!

Zofia atravessou a parede com Eva e Enrique logo atrás. O rapaz se preparou, virando o rosto para o lado, mas tudo o que sentiu foi uma corrente de ar fresco enquanto atravessaram o portal e caíram sobre ricos tapetes de seda de um mercador. Seu queixo bateu no tapete, e ele fez uma careta quando seus dentes morderam a língua e um calor metálico e cobreado inundou sua boca. Pela cortina de seda na porta do quiosque do mercador, Enrique avistou a curva da estrada que tinha visto do pátio. O reflexo do lago verde-garrafa se refletia nos espelhos polidos do bazar. Aquela estrada devia atravessar o bazar inteiro, incluindo o pátio. Tudo o que tinham de fazer era seguir a estrada e, então, voltariam ao portal que os levaria para o Palácio Adormecido.

Enrique virou a cabeça. Deu de cara com um mercador sentado de pernas cruzadas entre suas mercadorias, olhando para eles em choque. Acima, lamparinas turcas delicadas balançavam com suavidade, projetando uma luz tingida de joias ao redor deles.

— Este... este é um tapete adorável? — disse Enrique, dando um tapinha no tecido sedoso embaixo de si.

— *Ne yapiyorsun burada?!* — disse o mercador de tapetes.

O comerciante ficou de pé em um pulo, com um pedaço de madeira afiada na mão. Enrique se arrastou para trás com os braços abertos para proteger Eva e Zofia, mas as paredes da loja começaram a tremer e balançar. Uma lamparina se soltou, estilhaçando vidro sobre a seda, e o cheiro de cera e incenso impregnou o ar.

— A gente precisa... — começou a falar Eva, mas um estrondo abafou suas palavras quando uma mão de pedra do tamanho de uma poltrona irrompeu pelo teto.

O homem gritava enquanto os três saíram correndo pela entrada, misturando-se à multidão. Do lado de fora, um caos diferente os envolveu. No bazar, pirâmides de canela e noz-moscada, açafrão dourado e montes emaranhados de cânhamo forravam as fachadas das lojas de especiarias. Ambulantes sacudiam potes de anis-estrelado e penduravam grinaldas de pimentões vermelhos reluzentes. No ar, os sons do *muezzin* chamando os fiéis para a oração permeavam o bazar.

Era um momento de perfeição resplandecente...

Até que o comerciante de tapetes saiu correndo de sua loja aos berros.

Uma das estátuas das musas atravessou a tenda. A multidão entrou em pânico, derrubando pilhas de especiarias e sal enquanto fugiam.

— Por aqui! — indicou Enrique. — É um círculo... podemos voltar para o Tezcat!

— Ou poderíamos nos esconder — sugeriu Eva, fazendo uma careta enquanto segurava a perna.

Tarde demais, Enrique lembrou-se do leve mancar em seu passo. Mas então a cabeça da estátua das musas se voltou para eles.

— Receio que não vai rolar! — disse Enrique.

Os três saíram correndo pelas ruas, quase tropeçando em mesas de chá e em grupos de velhos fumando narguilé. Os topos das tendas passavam acelerados sobre suas cabeças. Atrás deles, Enrique conseguia ouvir o barulho dos passos de pedra das musas. Olhou para trás — eram apenas quatro. Com os braços esticados, os olhos vazios fixos em nada. Ao redor deles, o bazar se transformara em um caos à medida que as fachadas das lojas começaram a quebrar. Passos ressoavam em seus ouvidos, mas ele manteve os olhos nos trechos da estrada que era capaz de enxergar. Só precisavam chegar ao outro lado, repetia ele mentalmente, de novo e de novo.

Uma fachada de loja destruída surgiu diante deles. Zofia lançou um de seus pingentes na pilha de entulho e madeira, o qual estalou, ardendo em uma parede de chamas que, com sorte, retardaria as estátuas. A estrada fez outra curva, e o coração de Enrique quase afundou em alívio. Não deviam estar muito longes agora, logo voltariam ao pátio...

Um gemido suave chamou sua atenção. Ele se virou e viu Eva com dificuldades para caminhar. Uma viga quebrada prendera seu vestido, rasgando-o até a coxa. Em circunstâncias normais, Enrique teria desviado o olhar no mesmo instante, mas a visão da perna de Eva o deteve. Cicatrizes grossas e elevadas cruzavam sua pele. Os músculos de sua coxa pareciam encolhidos.

— Não *olha pra mim* — rosnou ela. — Só *continua!* Vai!

Zofia voltou a se virar, seu olhar passando por Eva e depois para além da garota, para onde o alto da cabeça das estátuas das musas se erguia acima da parede de fogo. Sem hesitar, voltou correndo até a prima do patriarca, arrancando seu vestido do obstáculo. Eva soltou um suspiro entrecortado.

— Não consigo acompanhar vocês — revelou. — Tenho dificuldade depois... depois de um tempo.

A dor contorceu sua voz diante da confissão, e Enrique foi até ela com a mão estendida.

— Então deixa a gente te ajudar — disse ele, baixando os olhos.

Eva hesitou por apenas um momento e então assentiu. Nos contos heroicos da imaginação de Enrique, os mocinhos sempre fugiam com donzelas nos braços. Então ele arregaçou as mangas, colocou um braço ao redor das pernas dela e o outro em sua cintura, e a ergueu — então a colocou de volta no chão no mesmo instante.

— Sou fraco — gemeu. — Preciso de ajuda. Zofia?

— Coloca o braço em volta de mim — disse a engenheira, passando por ele.

Enrique segurou o outro braço da artista de Forja e prometeu lamentar seu orgulho mais tarde. Assim, os três saíram cambaleando pela curva da estrada, ficando perto das tendas que não haviam sido derrubadas no ataque. Logo atrás, o som de madeira se quebrando os alcançou. A terra tremia e estremecia a cada passo dado pelas estátuas, que se aproximavam.

Enrique sufocou o pânico, concentrando-se no lago, à medida que este entrava completamente em seu campo de visão. O cheiro úmido da terra misturada com água parada atingiu seu nariz. Do outro lado da margem, mal dava para distinguir os painéis de madeira que escondiam do público o pátio antigo e a entrada para o Tezcat. Os três se encolheram sob a tenda de uma loja abandonada enquanto o silêncio caía sobre o mercado.

— Havia nove musas — comentou Zofia de repente.

— Que observação brilhante — respondeu Eva, com sarcasmo.

— Apenas quatro estavam nos seguindo.

— Então...

Com um som rasgante, a tenda cedeu. Cinco estátuas das musas estavam ali, segurando as tendas rasgadas nos braços como se não passassem de pedaços de seda arrancados do chão. De modo instintivo, Enrique recuou, mas Eva o deteve.

— Elas tão atrás da gente...

Sombras frias caíram sobre o historiador. As nove estátuas das musas se aproximavam, enquanto o lago se estendia a não mais do que seis metros de distância e, além dele, o caminho de volta para o Palácio Adormecido.

— Temos de nadar — disse Enrique, com o coração batendo no peito sem qualquer controle. — Vão agora! Vou distraí-las.

— Não podemos te deixar — disse Zofia.

Mas Eva nem hesitou. Encarou Enrique com um olhar firme.

— Até o outro lado, então.

— Enrique... — chamou Zofia, a voz tensa.

Ele se permitiu olhar para ela, se permitiu absorver a claridade de seu cabelo, que parecia feita por velas, o azul de seus olhos. E então tirou o braço de Eva em torno de seu ombro e se lançou na direção oposta, para as tendas dos mercadores. *Olhem pra mim, olhem pra mim*, desejou. Sua respiração raspava os pulmões, e ele não conseguia ouvir nada além do pulsar estrondoso em seus ouvidos.

— Aqui! — gritou ele. — Olhem! *Olhem!*

Por fim, se virou. Mas não conseguiu abrir os olhos até ouvir: o rangido das dobradiças de pedra gemendo. Seus olhos se abriram, e ele deu de cara com as nove musas cercando-o. Através dos vãos entre as estátuas, viu Eva e Zofia entrando no lago.

Mas seu alívio foi breve. Segundos depois, uma das musas bateu a mão no chão, desequilibrando-o e fazendo-o cair. A poeira voou até seus olhos, e sua visão melhorou apenas um segundo antes de ver um punho de pedra se aproximando...

Enrique reuniu energia, se esquivando do golpe no último instante, assim que outro punho atingiu a terra. De trás das estátuas, o velho exclamou:

— Você não vê que não fomos feitos para ser deuses? Que isso só traz destruição?

Enrique se desviou de mais um golpe, se jogando atrás de uma estátua.

— Nenhum mortal pode se esconder dos deuses. — O velho riu.

Quando outro golpe veio, o rapaz se agachou e então saltou — agarrando-se à estátua com os dedos bem cerrados enquanto seus músculos abdominais queimavam em protesto. A estátua tentou lançá-lo para longe, mas ele se manteve firme. Na altura em que estava, viu Eva e Zofia escalando as margens opostas e então, finalmente, desaparecendo através das ripas de madeira...

A estátua chacoalhou o pulnho de novo, e Enrique caiu no chão, batendo de lado. A dor queimava e atravessava seu braço. Era isso. Por meio da dor, o orgulho brilhava sem força dentro dele. Tinha salvado as duas.

Fizera algo heroico, afinal.

— Este é o seu fim — disse o velho.

Enrique ergueu a cabeça. Sabia que era inútil se defender, mas não conseguia evitar.

— Não sou um ladrão — sussurrou.

As estátuas das musas permaneceram imóveis. Seus corpos de pedra o cercavam por todos os lados. Mesmo que, de alguma forma, conseguisse chegar ao lago, Enrique não sabia se teria forças para nadar.

— Por favor — ouviu-se dizer.

Ia morrer. Sabia disso. Até mesmo as sombras projetadas pelas estátuas eram anormalmente frias e... gélidas? Uma fina camada de gelo se espalhava pelo chão à frente, enrolando-se em volta de sua perna como uma videira insistente. Ele ergueu o olhar e então, através da abertura estreita entre duas das estátuas das musas, avistou uma ponte cristalina delicada se formando sobre o lago, camada por camada, sendo construída até poder suportar peso.

— Não darei uma morte misericordiosa para você — gabou-se o velho.

— Assim como você não deu uma a ela.

Enrique se obrigou a ficar de pé.

Vá para o lago, disse para si mesmo. *Apenas chegue até o lago.*

Continuou avançando, passo a passo, aproximando-se da abertura entre as musas. Em um movimento fluido, elas ergueram os braços. Enrique virou o corpo, medindo o tempo, reunindo uma última explosão de energia...

E então se lançou para a frente.

Enrique forçou o corpo pelo espaço entre as estátuas. Elas tentaram se virar, mas ele as tinha feito se aproximarem tanto que acabaram se emaranhando umas nas outras.

— Matem-no! — gritou o velho.

O rapaz saiu em disparada em direção ao lago, o mais rápido que pôde. A ponte de gelo ainda estava a quase cinco metros de distância. Ele meio que correu, meio que nadou em direção a ela, mesmo enquanto a água o congelava e as algas escorregadias roçavam contra sua pele. A terra tremia abaixo, mas ele não parou. Se lançou sobre a ponte enquanto o frio percorria seu corpo. Lentamente, depois cada vez mais rápido, ganhando velocidade, a ponte se moveu. Ela o puxou em direção à margem, se contraindo sobre si mesma. Enrique se largou no gelo, deixando a ponte puxá-lo cada vez mais, enquanto os gritos do velho o perseguiram até a inconsciência.

— Mas em que merda ele tava pensando?

Enrique piscou algumas vezes... seu quarto surgindo à vista.

— Não grita com ele — repreendeu Laila.

Enrique gemeu. Sabia que ainda estava dolorido, mas agora uma sensação agradável se instalava em seu sangue. Obra de Eva, talvez. Quando virou a cabeça, viu Zofia e Ruslan do lado esquerdo de sua cama, enquanto Laila e Séverin estavam perto dos pés.

— A bravura é fisicamente exaustiva — conseguiu dizer.

— Você tá acordado! — exclamou Laila, abraçando-o.

— Você tá *vivo*.

— E seu cabelo continua excepcional — comentou Ruslan gentilmente.

— *C'est vrai* — disse uma voz calorosa.

Enrique se virou para a direita, e lá estava Hipnos, uma mão calorosa em seu ombro. Aquele nó frio da rejeição que se formara em seu coração no instante em que Hipnos o deixara na biblioteca se desfez em calor. O patriarca poderia estar ao lado de Séverin, mas escolhera estar com ele.

— O que você descobriu? — perguntou Séverin, brusco.

— Isso não pode esperar? — questionou Laila.

— Não — respondeu Enrique, apoiando-se nos cotovelos.

Quanto mais olhava para Laila, mais o mundo ganhava urgência. Naquele segundo, sentiu o peso dos olhares sobre si. A ironia daquilo era quase engraçada. Até que enfim, pensou, todos ali o ouviam. Exceto que aconteceu exatamente no momento em que tudo o que ele queria era silêncio. E dormir. Mas não queria imaginar quais pesadelos o perseguiriam quando fechasse os olhos. Ele dera coisas demais para alimentar aqueles sonhos sombrios — as meninas mortas na gruta, as mãos empilhadas atrás das musas de rosto impassível. Um arrepio percorreu sua espinha, e ele se obrigou a se sentar ereto.

— Estávamos errados sobre as Musas Perdidas — disse Enrique.

— As mulheres que supostamente guardam *As Líricas Divinas*? — Ruslan inclinou a cabeça.

— Não apenas guardam — explicou Enrique. — Pelo que parece, havia algo na linhagem delas que as permitia ler o livro em si. Não acho que seja um mito. Não mais.

— Mas isso é impossível, *mon cher* — disse Hipnos. — Que mulher tem uma linhagem assim? E o que isso tem a ver com aquelas pobres meninas?

Enrique encarou o colo. Só conseguia pensar em uma única mulher com uma linhagem que permitisse fazer o impossível: Laila. E a própria existência dela dependia de encontrar *As Líricas Divinas*. Assim, evitou olhar para a amiga.

— Enrique? — insistiu Séverin.

— Eu não sei quem teria essa linhagem — disse Enrique, forçando seus pensamentos de volta para a conversa. — Mas está óbvio que a Casa Caída acreditava nisso. No pátio do outro lado do portal, vi representações de mulheres sem mãos, oferecendo-as às musas. E nenhuma daquelas meninas que encontramos...

— ... tinha mãos — completou Laila, baixinho.

— Acho que uma vez que a Casa Caída obteve *As Líricas Divinas*, eles tentaram encontrar mulheres da linhagem necessária para ler o livro. E, quando não conseguiam fazer isso, eles... eles as sacrificavam, organizando-as como uma sombra das Musas Perdidas, como guardiãs de seus tesouros e de *As Líricas Divinas* que não conseguiam decifrar. Talvez tivessem continuado a procurar mais meninas, mas então foram exilados.

Laila levou a mão à boca. Ao lado dela, Zofia e Eva pareciam enjoadas.

— E não é apenas o sangue — continuou Enrique, lembrando-se dos olhos arrancados do velho. — Acho que há mais nisso, como a visão.

— O velho — disse Eva, estreitando os olhos. — Ele disse algo sobre como se a pessoa não pode ver o divino, então não sabe onde *usá*-lo? Eu não entendi o que isso significava.

— Eu também não — admitiu Enrique.

Séverin girou uma pequena faca em sua mão e falou lentamente, como se para si mesmo:

— Então, para ler *As Líricas Divinas*, seria necessário ter uma garota da linhagem.

Um arrepio gelado percorreu as costas de Enrique. A maneira como Séverin disse isso... como se. Não. Não, pensou Enrique com firmeza. Ele nunca faria isso. Ele queria o livro para vingar Tristan. Qualquer outra coisa era loucura.

— Mas e os outros tesouros da Casa Caída? — perguntou Ruslan. — Os símbolos levaram a alguma coisa?

Enrique balançou a cabeça negativamente.

— Acredito que seja um alfabeto codificado, mas, sem mais símbolos ou uma chave, não consigo decifrá-lo.

Com isso, Zofia pigarreou. Segurava um mnemo-inseto, e ele se lembrou de que ela tinha visto algo dentro do leviatã.

— Encontrei mais símbolos — disse Zofia. — Acho que a gente consegue decifrar o código.

22

LAILA

Laila ficou parada à porta da cozinha do Palácio Adormecido, dividida entre o desejo de se juntar aos serviçais nas preparações da refeição e o de evitar aquele lugar por completo. Costumava amar aquilo — examinar ingredientes como pedaços de um universo ainda não criado. Costumava saborear a segurança das cozinhas, onde nenhuma lembrança poderia machucá-la, onde todo toque que ela evocava era algo que valia a pena compartilhar entre amigos.

Antes, ela até preparava algumas maravilhas comestíveis.

Agora, tudo o que restava era a pergunta: Como viveria? Como morreria? Olhou para as próprias mãos. Elas lhe pareciam estranhas. Muito tempo antes, quando perguntara ao *jaadugar* como poderia continuar vivendo, ele apenas a instruiu a encontrar o livro e abri-lo, pois ali estavam os segredos de sua criação. Não havia dito que ela precisaria encontrar alguém mais para lê-lo em seu lugar, e, no entanto, foi isso que as descobertas de Enrique e Zofia confirmaram. Para ler *As Líricas Divinas*, era necessário alguém da linhagem perdida das Musas.

— *Mademoiselle?* — perguntou um serviçal. — Você veio nos dar alguma instrução para o chá?

Laila foi arrancada de seus pensamentos. Os serviçais devem ter notado sua presença ali. Ela avistou carrinhos de chá já carregados com samovares e *podstakanniks* dourados projetados para segurar os copos finos, montes de caviar brilhante ao lado de colheres de madrepérola elegantes, sanduíches de geleia com a cor de sangue e frágeis biscoitos de açúcar que pareciam camadas de renda. Tudo preparado para a reunião que seria realizada agora que Enrique estava mais uma vez consciente. Laila pigarreou. *Um passo de cada vez.* Primeiro, precisava do livro. A partir daí, ela descobriria o que fazer.

— Sem carne de porco para o prato número dois — pediu Laila, apontando para a bandeja de Zofia. — Por favor, não deixe nenhuma comida se tocar no prato.

Ela examinou a bandeja de Enrique e franziu a testa.

— Mais bolo nessa aqui.

No prato de Hipnos, apontou para o cálice de água.

— Você poderia colocar isso num copo mais bonito? Algo entalhado e em quartzo? E coloca o vinho num cálice mais simples.

Hipnos tendia a beber mais quando servido num copo mais bonito, e eles precisavam que ele ficasse sóbrio. Laila hesitou na última bandeja. A de Séverin.

— O que o *monsieur* Montagnet-Alarie quer? — perguntou o serviçal.

Laila olhou para a bandeja e sentiu um riso sem alegria subir em seu peito.

— Vai saber— respondeu.

O homem assentiu e prometeu enviar as bandejas para a biblioteca dentro da próxima meia hora.

— Precisamos de uma bandeja a mais — disse Laila. — Coloca um pouco de tudo nela... Eu não tenho certeza do que ela gosta. E você pode me entregar diretamente.

O serviçal franziu a testa, mas fez como foi pedido. Com a bandeja em mãos, Laila seguiu pelos corredores intricados até a sala que Ruslan tinha lhe dito que servia como enfermaria. A essa altura, os outros estariam reunidos na biblioteca, prontos para decifrar o código que Zofia tinha encontrado na boca do leviatã, mas Laila precisava de mais um minuto de silêncio. Não tinha tido a chance de lamentar as garotas que lera. Nem mesmo tivera a chance de recuperar o fôlego depois que Eva, Enrique e Zofia desapareceram, e tudo o que ela e Séverin encontraram foi uma flecha salpicada de sangue girando pelo chão da gruta de gelo.

O que ela precisava fazer agora era agradecer, e à pessoa certa.

Laila bateu na porta da enfermaria.

— O que você quer? — ralhou uma voz lá dentro.

Laila respirou fundo e abriu a porta. Deitada em uma cama improvisada no centro do quarto estava Eva. Imediatamente, a artista de Forja puxou os lençóis para cobrir a perna. Naqueles segundos desprotegidos, Laila avistou as cicatrizes espessas e manchadas na pele de Eva, o músculo encolhido.

— Ah, é *você* — constatou Eva, acomodando-se nos travesseiros.

— Quem mais você pensava que seria?

— Alguém importante. — Eva levantou o queixo. —Fiz alguns questionamentos para descobrir mais sobre Moshe Horowitz. Pensei que você pudesse ser alguém me trazendo informações úteis.

Laila ignorou o insulto, pega de surpresa pela familiaridade do nome, embora não conseguisse situá-lo.

— Foi um nome que encontramos no poço — acrescentou Eva.

As mãos de Laila se contraíram e ficaram frias, como se tivessem tocado em uma placa de gelo e em uma coroa de pétalas congeladas. Em sua cabeça, ouviu as últimas lembranças da garota morta: *Meu pai, Moshe Horowitz, é um prestamista. Ele pode pagar qualquer resgate que você pedir, juro, por favor...*

Laila segurou a bandeja com mais força, e seu coração doeu.

— Não tenho nenhuma informação, mas trouxe isso. Posso entrar?

Eva semicerrou os olhos, mas concordou depois de alguns instantes. Conforme Laila se aproximava, a outra levou a mão à garganta, puxando com nervosismo o pingente que sempre usava. De perto, Laila finalmente pôde ver que era uma bailarina de prata girando em uma corrente fina. Eva a pegou olhando e rapidamente a escondeu.

— Se você acha que pode comprar minha amizade... — começou a dizer, mas então seu estômago roncou. Eva corou, furiosa.

— Eu jamais sonharia em te subornar — comentou Laila. — Seu estômago, no entanto, é uma criatura diferente.

Em seguida empurrou a bandeja para a frente. Ainda assim, Eva não a pegou. Laila suspirou.

— Isso não precisa ser um gesto de amizade — declarou. — Chame de gratidão. Sem a ponte de gelo que você fez, Enrique estaria morto, e meu coração estaria partido. Então, quer queira minha amizade ou não, você tem o meu agradecimento.

Quando Eva continuou sem dizer nada, Laila se levantou e seguiu até a porta.

— Você não gosta de mim — disse Eva. — E eu não gosto de você.

A mão de Laila parou na porta. Quando olhou para Eva, havia tanta dureza em seu rosto que algo se suavizou dentro de si.

— Então talvez possamos concordar apenas com respeito mútuo.

Sem esperar por uma resposta, saiu do cômodo. Só deu alguns passos pelo corredor antes de sentir uma sensação de aperto em torno do pescoço. Nunca apertava a ponto de sufocá-la, mas sua respiração ficava presa de qualquer maneira. Séverin a chamava.

Laila seguiu pelos corredores cristalinos e sinuosos. Estava quase completamente silencioso. A luz emitida pelos fios luminescentes Forjados nas paredes parecia sinistra, como raízes luminosas para salões sobrenaturais. Portas entreabertas revelavam quartos vazios de mobília, mas não menos surpreendentes. Em um deles, flocos de neve intricados caíam do teto. Em outro, entalhes afiados de plantas e criaturas impossíveis abriam seus olhos e mostravam seus dentes de cristal conforme ela passava. Quando emergiu no átrio, foi recebida por outra visão inumana. Séverin estava envolto em seu longo casaco de pele, as luzes brilhando em seus cachos escuros, delineando a expressão cruel de sua boca. Se as luzes gélidas do Palácio Adormecido a lembravam das estrelas que povoavam a noite, então Séverin parecia estar entre elas como um eclipse. Tudo nele era o oposto de resplendor, e o rapaz atraía seu olhar como uma mancha no horizonte. Indesejado e, ainda assim, impossível de tirar os olhos.

Atrás dele, artesãos contratados pela Casa Dažbog moviam-se de um lado para outro, as mãos erguidas enquanto conduziam a coleção de animais de gelo. Era como algo saído de um conto infantil. Laila meio que esperava ver Snegurochka caminhando entre eles, com as mãos frias pressionadas contra o coração ainda mais frio para evitar que se apaixonasse e derretesse. Veados enormes com chifres cintilantes pisavam com leveza no gelo. Ursos gigantes arrastavam as barrigas translúcidas pelo chão. Jaguares, cujas patas esculpidas tilintavam como taças de champanhe no chão de cristal, seguiam os artesãos de gelo, que os guiaram até o átrio. Pareciam ser os fantasmas de animais mortos aprisionados no gelo.

— Ruslan teve a ideia de reconfigurar os mecanismos de Forja deles — disse Séverin, em voz baixa, enquanto se aproximava. — Faz com que seja mais seguro estar por perto se não puderem atacar.

Ele encurtou a distância entre os dois, e deslizou a mão ao redor da cintura dela. Laila se perguntou como deveria estar fria, se um garoto feito de gelo ainda tremia sob seu toque. Sabia que isso era um espetáculo encenado para o benefício dos serviçais, mas seus batimentos a traíram mesmo assim, e Séverin sabia disso. Um leve sorriso tocou os lábios dele, e Laila reprimiu a raiva. Ela passou o polegar sobre o lábio dele e foi recompensada com o mais sutil dos tremores nos dedos do rapaz.

— Você tá forçando a barra — disse ele friamente. — De novo.

— Você me chamou, meu amor — apontou ela, sua voz um pouco mais alta do que precisava. — À vista de todos. Teremos uma plateia?

O olhar de Séverin se voltou para o dela. Sua frieza ainda não chegara aos olhos, que ainda tinham aquela tonalidade vespertina de violeta. Ainda perturbadora.

— Eu te chamei pra saber o que você viu quando leu aquelas meninas — disse, baixando a voz. — Corrobora com o que Enrique, Zofia e Eva viram naquele pátio?

Laila assentiu, ainda que sua alma se contraísse.

— Aquelas meninas eram sacrifícios que deram errado, destinadas a agirem como "instrumentos do divino", seja lá o que isso significa. O patriarca era desvairado, Séverin. O que ele fez com elas... — Sua voz falhou por um instante, e ela lutou para continuar: — O que Enrique disse estava certo. Elas não tinham a linhagem necessária para ler o livro, e o patriarca da Casa Caída esperava que seu filho tivesse mais sorte. Foi por isso que deixou pistas nos rostos delas. E a maneira como as escolheu... ele disse especificamente que as escolheu porque achava que ninguém ia procurá-las. Eva está rastreando as famílias agora.

Séverin assentiu, e depois a observou com curiosidade.

— Você tem procurado por esse livro por muito tempo — disse ele, como quem não quer nada. — Como vai lê-lo?

Laila ergueu os olhos para ele.

— Quem disse que eu preciso lê-lo?

— Você conseguiria?

Quando perguntou, seus olhos pareciam estar derretendo. Desesperados, até, e isso a desconcertou. Todo esse tempo, Laila pensou que ele queria o livro para vingar Tristan. Afinal de contas, roubar o tesouro mais precioso da Casa Caída seria um golpe mortal. Mas ela não viu nenhum desejo de vingança no rosto de Séverin. Era algo mais... algo que não conseguia entender, mas mesmo assim a perturbava.

— Eu não sei — disse, por fim.

O *jaadugar* apenas lhe dissera para abrir o livro. Isso era tudo. Aquele era um terreno frágil para a fé, e ainda assim sua esperança se equilibrava sobre isso.

Séverin tocou a garganta dela, os dedos descansando sobre as joias de diamante.

— Não me faça esperar.

Laila segurou o punho dele, apertando o bracelete de juramento.

— Não faça exigências que você não fez por merecer — avisou ela.

— Merecer? — perguntou Séverin, arqueando uma sobrancelha. — Ah, eu mereci minhas exigências. Mantive minhas promessas. Prometi compartilhar tudo o que sabia com você e levá-la comigo. Prometi torná-la minha amante.

Atrás dele, um serviçal atravessou o átrio, conduzindo um tigre de cristal atrás de si.

Séverin se inclinou.

— Não prometi tratá-la como tal. É esse o problema? — perguntou, zombeteiro. — Você me quer na sua cama, Laila?

Laila cravou as unhas no punho dele, até que Séverin franzisse a testa.

— Só quero que você se lembre das suas promessas.

Na biblioteca, as estátuas das nove musas cintilavam como madrepérola. Uma mnemo-projeção flutuava no ar, exibindo dois conjuntos de símbolos. Laila reconheceu um deles como as imagens esculpidas nas mandíbulas das meninas.

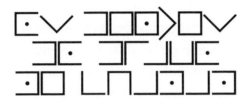

O outro conjunto devia ser o que Zofia vira dentro do leviatã.

Delphine cumprimentou Laila com uma expressão carrancuda. Como de costume, a outra mulher estava vestida impecavelmente — seus cabelos loiro-platinados presos em um coque apertado, uma capa de safira escura guarnecida de pele de raposa caía ao redor de seus ombros. Laila a observou. Delphine não era... *simpática*. Mas era gentil, e aí residia toda a diferença. Quando a matriarca a acompanhara, depois de descobrirem os corpos, Laila conseguiu deslizar os dedos pelas echarpes e peles da outra mulher. O que sentiu foi o aperto da solidão como uma presilha em seu coração, e o que vislumbrou foi a lembrança de Séverin quando criança: olhos violeta e bochechas de querubim, seus olhos brilhando de admiração. A vergonha tendia a distorcer lembranças, evocando texturas viscosas e sujas nas leituras de Laila. Mas as da matriarca a respeito de Séverin corriam por sua mente como um rio de luz... e ela não conseguia conciliar o que Delphine sentia por ele com o que fizera com o garoto. Não fazia sentido.

— Eles são *sempre* assim? — perguntou Delphine.

Laila olhou por cima do ombro da outra mulher, e viu que Hipnos e Enrique discutiam acerca da posição das almofadas em um divã; Zofia, distraída, acendia fósforos e os observava queimarem; Séverin — que havia deixado o átrio antes dela — fingia não notar nada; e o pobre Ruslan só esfregava a cabeça, confuso.

— Estão com fome — disse Laila.

— São *selvagens* — rebateu Delphine.

— Também.

— Será que devo pedir comida...

Atrás de Laila, as portas foram abertas de novo, e os serviçais entraram empurrando um carrinho de comida. Laila ouviu alguém dizer "bolo" enquanto a comida era distribuída. Notou que Séverin não pegou nada.

— Vamos começar — disse ele, em voz alta.

Delphine arqueou uma sobrancelha e estava a caminho do pequeno arranjo de cadeiras quando Séverin levantou a mão.

— Você, não.

Delphine parou onde estava. A mágoa passou rapidamente pelo rosto da outra mulher.

— Sou eu quem está patrocinando sua aquisição, portanto posso ficar.

— Já temos a presença de dois patriarcas da Ordem.

A matriarca deixou o olhar pousar sobre Ruslan, que acenou sem graça, e Hipnos, que franzia a testa para a taça em sua bandeja. Até Laila sentiu um leve desconforto no coração.

— Que cena inspiradora — comentou Delphine. — Dois representantes da Ordem me parecem um tanto estranho.

— Tudo bem — disse Séverin. — Vou mandar um deles embora.

Do outro lado de Laila, Hipnos ficou imóvel.

— Patriarca Ruslan, você poderia nos deixar a sós, por favor?

— Eu? — Ruslan piscou como uma coruja.

— Você.

Laila percebeu os ombros de Hipnos relaxarem de repente. O alívio era visível em cada linha de seu corpo. Quando o patriarca olhou para Séverin, algo parecido com esperança tocou seus olhos.

Ruslan resmungou e fez beicinho, antes de acabar se juntando a Delphine na frente da sala e oferecer-lhe o braço não machucado. Ela o aceitou tão de leve quanto se fosse um pano sujo.

— Então eu os deixarei trabalhar — disse Delphine. — Mas vocês deveriam saber que a Ordem está ficando impaciente.

— Eles sabem onde estamos? — perguntou Séverin.

— Em breve saberão — respondeu Delphine. — É um segredo que nem eu, nem o patriarca Ruslan, nem o patriarca Hipnos, temos o direito de esconder deles quando o Conclave de Inverno começar daqui a três dias.

— Então suponho que devemos nos apressar — disse Séverin.

Ruslan indicou a porta e, com isso, os dois deixaram a biblioteca. Laila seguiu em direção a Zofia, que mordiscava a borda de um biscoito açucarado.

— Não são tão bons quanto os seus — disse Zofia.

— Eu os farei de novo. Quando voltarmos pra casa.

Zofia ergueu os olhos, a confusão dando lugar à felicidade. Ao lado delas, Enrique tinha acabado de engolir metade de um grande pedaço de bolo.

— Comecem — pediu Séverin.

Enrique tomou um gole de chá. Ainda parecia machucado e cansado, mas havia um brilho novo em seus olhos. Um brilho que só tinha quando a curiosidade o agarrava.

Antes de olhar para os símbolos, o historiador olhou para Laila, e sua expressão estava cheia de esperança.

— O conjunto de símbolos de cima é o que encontramos nas garotas — disse Enrique. — O de baixo é do leviatã.

Laila franziu a testa.

— Onde exatamente você encontrou esses símbolos no leviatã, Zofia?

— Eu entrei na boca dele.

Laila massageou as têmporas.

— *Sozinha?*

— Havia algo lá dentro. E tinha escadas.

— Zofia, isso é muito perigoso pra fazer sozinha — repreendeu Laila. — E se algo acontecesse com você?

O olhar de Zofia ficou sombrio.

— E se algo acontecer com *você*?

Isso pegou Laila de surpresa. A palma de sua mão pulsava com a lembrança de Zofia e Enrique cuidando de seu ferimento.

Eles se importavam e, toda vez que se lembrava disso, era como um raio de sol inesperado.

— Esse leviatã é uma monstruosidade... — Hipnos estremeceu.

— Não é uma monstruosidade — contestou Zofia, um tanto na defensiva. — Animais de estimação autômatos não estão tão fora do comum...

— *Animal de estimação?* — repetiu Hipnos. — Ela disse mesmo animal de estimação?

— Um animal de estimação é um cachorro ou um gato... — começou a falar Enrique, chocado.

— Ou uma tarântula — acrescentou Zofia.

— Olha, você vai me desculpar...

— Não há necessidade de pedir desculpas — disse Zofia.

Enrique franziu o cenho.

— Não consigo imaginar alguém dando um nome a essa coisa e olhando pra ela com carinho — apontou Laila.

Zofia pareceu pensar no assunto.

— ... Eu o chamaria de Davi.

Todos ficaram em silêncio.

— Davi — repetiu Enrique. — Uma tarântula chamada Golias e um leviatã de metal chamado *Davi*.

Zofia assentiu.

— Por que...

— Os *símbolos* — disse Séverin.

Zofia apontou para o último símbolo no padrão que identificara.

Enrique esfregou o polegar ao longo do lábio inferior.

— Há outros que se repetem também — refletiu ele, em voz alta. — Como letras. Se eu substituísse um símbolo por uma vogal, poderia revelar uma mensagem. Vamos tentar com *A*? — Enrique deu um passo para trás e depois balançou a cabeça. — Deixa para lá. Que tal *E*?

Zofia meneou a cabeça, seus olhos azuis brilhando enquanto estudava o padrão.

— Supondo que *E* seja a vogal correta para a substituição, você pode trabalhar de trás pra frente... Tudo está se construindo, como uma matriz...

— Um alfabeto feito a partir de uma matriz? — perguntou Enrique.

Laila observou Zofia se levantar, ir até o quadro, discutir com Enrique e depois construir uma matriz solta...

Enrique soltou um grito de alegria.

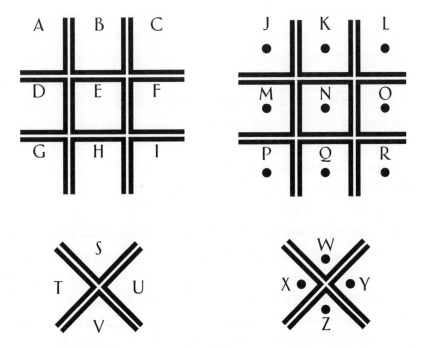

— Agora só precisamos alinhar os símbolos com as letras. Zofia, você pega o conjunto do leviatã. E eu pego o original.

— O que devemos fazer? — perguntou Hipnos, inclinando-se para a frente, ansioso.

— Desfrutar da genialidade deles — disse Laila, suspirando.

Hipnos olhou para ela e fez biquinho, então foi se sentar ao seu lado. Ele pegou a mão dela, virando-a para um lado e para o outro.

— Como você faz isso, *ma chère*?

Laila congelou. Alguém tinha contado a ele o que podia fazer? O pânico a percorreu. Hipnos não sabia nada do seu segredo. Não achava que a veria de maneira diferente dos outros, mas não confiava totalmente que o patriarca pudesse manter tal conhecimento em segredo.

— Faço o quê? — inquiriu.

— Ah, você sabe, no sentido de... não quero ofender... mas você contribui talvez tanto quanto eu nessas reuniões, não é verdade? — perguntou. — Você garante a comida e coisas assim, mas eu tentei fazer isso também e fui recebido com muito pouco sucesso. Como você...

Ele parou de falar, e Laila sabia qual era a palavra que o patriarca não pronunciaria: *pertencer*. Embora Hipnos não percebesse, enquanto virava a mão dela, uma parte de Laila não pôde deixar de estender seus próprios sentidos. Se lembrou do que Hipnos dissera na sala de música da casa de chá em Moscou. De como a música havia preenchido sua solidão e, mesmo em algo tão pequeno quanto a borda dobrada de sua manga de camisa, Laila achava que podia ouvir aquela solidão ressoando através de si. Era como chuva gelada escorrendo pelo pescoço, como olhar para uma sala cheia de calor e a cada vez não enxergar a porta para entrar.

— Dê tempo ao tempo — disse Laila, apertando a mão dele. — Acho que a maioria valorizaria mais saber quem você é... do que com quem está.

Laila ficou tensa, sem saber se ele se ofenderia com o último comentário. Todos sabiam que estava envolvido com Enrique, mas até que ponto? O afeto de Hipnos sempre lhe parecera casual, apesar de sua sinceridade. O que ele tinha com Enrique não parecia sério até que o historiador emergiu inconsciente do Tezcat. Naquele instante, Hipnos insistiu em cuidar dele. E, ainda assim, Laila notou como seu olhar ia para Séverin muito mais do que para Enrique; como sua mão no ombro do rapaz parecia menos afetuosa e mais como se ele estivesse se ancorando a um lugar na sala. Hipnos ficou um pouco mais sério e seu olhar se desviou para Enrique quase que com culpa.

228

— *Saber quem eu sou* — repetiu Hipnos. — Está me chamando de enigma, *mademoiselle*?

— Não fique se achando.

— Ah, mas é preciso — disse, com ar de superioridade. — Como decifrar um enigma, alguém pode se perguntar. Talvez com nomes? Talvez você até possa me dizer o seu?

Ela o encarou com um olhar irritado.

— Laila.

— E, com certeza, eu nasci um *Hipnos* — provocou ele, com um sorriso torto. E então, depois de um momento, soltou a mão dela. — Mas, pensando bem, o nome com o qual nascemos pode acabar significando tão pouco. Os nomes que damos a nós mesmos, bem, talvez eles digam a verdade sobre nós.

— E, falando da verdade, você queria ser o deus do sono?

O sorriso de Hipnos suavizou.

— Eu queria ser uma pessoa que só via em meus sonhos, então dei a mim mesmo um nome desse reino — explicou, com suavidade. — E você?

Laila relembrou o dia em que escolheu seu nome de um dos volumes de poesia de seu pai.

Laila. Noite.

— Eu me dei um nome que esconde todo e qualquer defeito.

Hipnos assentiu. Por um momento, parecia que diria mais alguma coisa, mas então a voz de Enrique ecoou pelo ar...

— Consegui — disse Enrique. — Havia uma mensagem esperando por nós o tempo todo.

Laila fechou os olhos. O pânico se agitou brevemente em seu corpo. Ela se fortaleceu e então abriu os olhos para a tradução do primeiro conjunto de símbolos:

Os dentes do diabo me chamam.

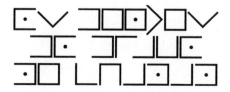

Em seguida, seu olhar se voltou para a tradução dos símbolos que Zofia encontrou dentro da boca do leviatã:

Eu sou o diabo.

23

ZOFIA

Zofia sentiu os batimentos cardíacos acelerarem conforme as palavras surgiam à sua frente... *Eu sou o diabo.*

No ano anterior à morte de seus pais, alguém vandalizara a fachada de um comerciante judeu bem conhecido, chamando-o de demônio responsável pela morte do Czar Alexandre II. Durante todo o dia, seu pai ajudara a limpar a tinta das paredes. Quando Zofia fora vê-lo, ele pôs a mão sobre a dela e, juntos, traçaram a pedra ainda molhada com os insultos pintados.

— Vê isso, minha Zosia? — perguntara. — Isso é o diabo. Quando um homem não consegue enxergar outra pessoa como pessoa, então o diabo entrou nele e está espreitando por seus olhos.

Um zumbido baixo e frenético começou na base de seu crânio. Zofia se obrigou a respirar fundo. Começou a contar o que podia ver — os biscoitos no prato à frente, o número de borlas penduradas no tapete. Contou até que não precisasse mais se lembrar de respirar. Quando pensava no mal, não imaginava monstros mecânicos nadando nas águas do lago, mas em pessoas. Nas pessoas que tinham capturado aquelas garotas e as matado; nas pessoas que escondiam crueldade atrás de política. Quando o zumbido diminuiu, tentou decifrar a expressão no rosto de todos. O de Laila estava vazio. Hipnos e Enrique tinham expressões iguais de horror, pelo que parecia. Mas o lábio de Séverin estava curvado. O gesto perturbou Zofia. Aquilo a fazia se lembrar de uma imitação de sorriso humano por parte de um animal.

— Precisamos entrar no leviatã — constatou Enrique, quebrando o silêncio.

— Todos nós? — perguntou Hipnos. — Não podemos enviar, sei lá, um emissário até a besta aterrorizante?

Enrique cruzou os braços.

— Você é um verdadeiro exemplo de bravura.

— Ou talvez eu me preocupe com você, *mon cher* — rebateu Hipnos.

Zofia observou enquanto a cor surgia nas bochechas de Enrique. Toda a interação — o sorriso lento de Hipnos e o brilho nos olhos de Enrique — a deixou desorientada. Seus batimentos escalonaram e suas palmas ficaram úmidas... mas para quê? Esses pequenos gestos pareciam significativos sem ter um motivo. Não eram uma equação que precisasse ser resolvida. Era apenas um cenário no qual ela não tinha lugar. Ainda assim, seu centro de equilíbrio parecia inclinado, e ela não sabia por quê. Irritada, mordeu a ponta de um palito de fósforo.

— Quando o leviatã retornar ao meio-dia amanhã, eu entro — disse Séverin.

— E *ele* é um exemplo de mártir — comentou Hipnos. — Você não vai sozinho. — Revirou os olhos. — Eu vou.

— Foi você quem acabou de chamar a criatura de besta aterrorizante — observou Enrique.

Zofia não concordava com aquilo. Uma invenção Forjada não era inerentemente boa nem má, mas um recipiente criado para um propósito específico.

— Talvez fosse menos aterrorizante se tivesse um nome — tentou Zofia. — Eu gosto de "Davi".

— *Nem vem* — disseram Hipnos, Laila e Enrique ao mesmo tempo.

Zofia franziu o cenho. Antes que pudesse se defender, as portas da biblioteca se abriram e Eva entrou segurando um pedaço de papel. À medida que se aproximava, o mancar em seu passo parecia mais perceptível. Ela parou de andar no momento em que viu a tradução dos símbolos.

— Você não deveria estar aqui — disse Séverin, com firmeza.

Com um estalar de seus dedos, a mnemo-projeção desapareceu.

Enrique deu um passo para o lado, bloqueando a tradução da vista.

— Trouxe notícias — anunciou Eva.

— Notícias sobre o quê? — Séverin parecia desconfiado.

— Uma das garotas desaparecidas era filha de um homem chamado Moshe Horowitz, o nome que encontramos no poço. Os contatos da Casa Dažbog conseguiram rastrear o nome até um prestamista que morava em Odessa até 1881.

— E...? — perguntou Laila.

Nisso, os ombros de Eva caíram e seu olhar se desviou para Zofia.

— Moshe Horowitz está morto. E sua família também. Foram assassinados num *pogrom*.

Todos ficaram em silêncio. Zofia não queria pensar na família da garota morta em Odessa. Tinham perdido a filha e, depois, perderam suas vidas. Até aquele momento, as garotas mortas só a faziam se lembrar de Laila. Agora, via algo de si mesma nelas. A mesma impotência.

— O patriarca da Casa Caída a escolheu porque era judia — disse Laila, com raiva. — Ele achou que ninguém a procuraria. Que ninguém sentiria falta dela. Todas essas garotas... ele... — Ela engoliu em seco, e Zofia sabia que isso significava que a amiga estava prestes a chorar. — Ele achou que poderia sair impune.

— Como você sabe disso? — perguntou Hipnos.

Zofia notou que Eva se inclinou para a frente com curiosidade. Laila piscou para conter as lágrimas, depois acenou com a mão.

— Encontrei algumas inscrições perto dos corpos — disse.

Os olhos de Eva se estreitaram.

— Isso não é possível...

— Por que alguém gravaria o nome Horowitz dentro de um *poço*? — interrompeu Séverin.

Quando não houve resposta, ele repetiu a pergunta:

— Por que um *poço*? — insistiu. — Não é um lugar normal para homenagear os mortos. Deve existir um motivo. Explorem novamente.

Enrique fez um som sufocado.

— Depois que quase fomos destruídos por deusas autômatas, você quer abrir todas aquelas portas de novo?

— Quem disse que elas se *abririam*? — perguntou Eva. — Todos aqueles Tezcats estão completamente fechados, com a exceção de um.

Era verdade, pensou Zofia. O velho em Istambul poderia ter bloqueado completamente o caminho por dentro.

— Quero que as examine, que as estude. Não que as atravesse — explicou Séverin.

Zofia notou que ele estava olhando apenas para ela enquanto dizia isso. Rapidamente, ela olhou para outro lado.

— Me deixa ser direto aqui: eu *não* vou me voluntariar pra abrir essas portas de novo usando meu sangue — disse Hipnos, cruzando os braços.

— Sou o único que acha que isso é uma ideia terrível? — indagou Enrique. — *Assassinas. Autômatas. Deusas.* A gente *não* vai abrir aquela porta.

— O Tezcat de Istambul está fechado — disse Séverin. — Eu só quero saber se há algo escrito do outro lado, da mesma forma que o poço fechado tem inscrições.

— Como você sabe que está fechado? — quis saberEva.

Séverin tocou no pequeno mnemo-besouro em sua lapela.

— Porque estou observando.

— *Como?* — perguntou Enrique, incrédulo.

— Antes de a porta se fechar, joguei um inseto pela abertura para poder ficar de olho. Aquele velho em Istambul tem uma estátua gigante posicionada na entrada. Ele não quer que vocês passem, e eu também não. Temos todos os olhos que precisamos naquele lugar — disse ele. — Zofia, Enrique... vão examinar as portas...

— E *eu* — interrompeu Eva, brusca. — Eu salvei a vida deles. Tenho *tanto a oferecer quanto* qualquer um. Além disso, não temos nenhum representante da Casa Dažbog nessa busca.

Séverin olhou de Enrique para Zofia. Eva dizia a verdade, então Zofia não a corrigiu.

— Ela pode vir — disse Enrique.

Eva sorriu, mostrando todos os dentes, e ergueu o queixo na direção de Laila.

— Precisamos saber o que mais pode estar lá antes de Hipnos e eu entrarmos no leviatã amanhã — disse Séverin. — Enquanto isso, vou organizar o que precisa ser feito com Ruslan e a matriarca.

Laila se levantou da cadeira, dirigindo-se a Zofia.

— Por favor, tenham cuidado — falou. — Não posso deixar que algo aconteça com vocês.

Uma dor aguda surgiu no peito de Zofia ao estudar o rosto de Laila. Havia algo nela que a fazia sentir como se estivesse olhando para Hela. Não era algo físico. Seus olhos tinham tons diferentes. Os de Hela eram de um cinza-esfumaçado, enquanto os de Laila eram um chocolate escuro. A cor de suas peles também era diferente. A de Hela era a cor do mármore, e a de Laila, a cor da casca de árvore após uma tempestade. Talvez fosse o efeito que as duas tinham sobre o mundo que as cercava. A maneira como, de alguma forma, elas o tornavam seguro.

— Eu vou me cuidar — garantiu Zofia.

Então, ela virou e seguiu Enrique e Eva para fora da biblioteca. Enquanto se dirigia à gruta de gelo, Zofia observava a luz dançar sobre o teto abobadado e os entalhes cristalinos de coelhos saltando e raposas sob as varandas. Seus pais sempre lhe disseram para ser uma luz, mas a luz que lhe parecia mais brilhante pertencia aos outros. Algumas pessoas eram tão brilhantes que afastavam a escuridão do medo. Depois de perder os pais, a presença de Hela afogou as sombras. Em Paris, Laila e Tristan, Séverin e Enrique — até mesmo Hipnos — fizeram o mesmo. Mas perder Tristan permitiu que as sombras voltassem, e, enquanto os três passavam por baixo de um arco escurecido, Zofia temia que, se perdesse Laila e Hela, talvez nunca voltasse a encontrar seu caminho de volta da escuridão.

◆———◆———◆

No átrio, Zofia percebeu como a coleção de animais de gelo fora esvaziada. Agora, estátuas de cristal imóveis de ursos, cisnes, leopardos elegantes e enormes falcões cobriam o chão translúcido do Palácio Adormecido, espalhadas pelos vários aposentos e corredores. Era desconcertante apenas olhar para as estátuas inertes, mas Zofia não tinha escolha. Enrique tinha esquecido o caderno na biblioteca e as fez prometerem que esperariam.

— E não diga apenas "prometo", Zofia.

Ela cruzou os braços.

— Eles estão reutilizando os animais de gelo — explicou Eva. — Afinal, não podem atacar se o mecanismo Forjado deles mudar.

Zofia observou enquanto um dos artesãos retirava um veado de gelo que tinha a pata dianteira quebrada. Um deles puxou uma tocha apagada e depois levantou um fósforo em direção ao objeto. Ela sabia que era um veado de gelo, mas, por alguma razão, tudo o que podia ver eram as garotas mortas e esquecidas nas lajes de gelo, a tosse persistente de Hela apesar de todo o remédio providenciado, o anel de granada de Laila e os números que diminuíam cada vez mais dentro da joia. Tudo isso convergiu em um medo sem nome que a fez gritar:

— Para!

O artesão ergueu os olhos, primeiro na direção dela, depois na de Eva.

— Não... não o destrua.

— É uma máquina quebrada, senhorita — disse o artesão.

— Eu sei, mas...

Mas dificilmente era culpa da máquina o fato de que ela não conseguia funcionar neste mundo. Que algo nela fosse menos desejável. Que coisas aconteceram com ela que não podia controlar. Não precisava ser destruída.

Eva se colocou na frente de Zofia.

— Coloque-a numa cela, então. Fora do caminho.

O artesão a olhou com incredulidade, mas Eva estreitou os olhos.

— Faça o que estou falando.

O artesão assentiu, levando o veado para outro lugar. Os batimentos de Zofia gradualmente voltaram ao ritmo normal.

— Obrigada — disse Zofia.

Eva assentiu com brusquidão, levando a mão até o pingente de prata em seu pescoço. O rosto da outra garota mostrava um padrão de hesitação

— sobrancelhas franzidas, pupilas se movendo. Por fim, olhou para Zofia e deu um sorrisão.

— Nós realmente não nos conhecemos muito bem, não é? — perguntou Eva, balançando a cabeça. Não esperou Zofia responder. — Por exemplo, você gosta de balé?

— Eu não sei — respondeu Zofia. — Nunca fui.

— Talvez seja melhor assim — disse Eva, colocando uma mecha de cabelo vermelho atrás da orelha. — Parei de ir anos atrás também. Não é bom ser tentada por algo que não se pode ter.

— Você queria ser bailarina?

A boca de Eva se apertou em uma linha fina.

— Há muito tempo.

Para Zofia, Eva já parecia uma bailarina. Era alta e esguia e, apesar de sua maneira de andar ser arrastada, não era menos graciosa.

— Sinto muito — disse Zofia.

Não tinha motivo para se desculpar. Não era como se tivesse feito alguma coisa, mas achou que seria o tipo de resposta que Laila daria.

— Eu também — falou Eva, soltando de forma abrupta o pingente que segurava. — Você dança, Zofia?

— Não.

Eva meneou a cabeça.

— Mas Laila dança?

— Aham.

No entanto, Zofia se lembrava de que Laila nem sempre considerava o que fazia no *Palais des Rêves* como dança.

— Eu invejo isso nela... entre outras coisas — disse Eva. — Laila e você são próximas?

Quando Zofia assentiu, Eva emitiu um som pensativo do fundo da garganta.

— Ela é muito perspicaz, não é? — perguntou Eva, como quem não queria nada. — É como se às vezes ela soubesse do impossível.

Laila sabia o que outras pessoas não sabiam porque podia ler o que outras pessoas não podiam. Mas isso era um segredo, então Zofia não disse nada. Em vez disso, olhou a comoção da sala, observando enquanto um artesão abria uma das paredes do átrio e empurrava o veado quebrado para dentro.

— Uma cela — disse Eva, seguindo o olhar de Zofia.

A garganta da engenheira se apertou. Não gostava de espaços apertados e sem luz. Nem sequer sabia que havia uma cela escondida dentro do átrio do Palácio Adormecido.

— Como Laila e o *monsieur* Montagnet-Alarie se tornaram amantes?

— Eles não são — respondeu Zofia. Um segundo depois, percebeu que havia dito a coisa errada. Ficou agitada. — Eles são. Quer dizer...

— Ah, que bom, vocês esperaram! — falou Enrique, correndo na direção delas pelo corredor da biblioteca.

Ele ajustou a pilha de cadernos sob o braço. Quando chegou até elas, estava sem fôlego. Olhou para a engenheira e sorriu. Zofia sentiu o sorriso como se fosse uma coisa tangível, e aquilo a fez se sentir aquecida de um jeito desconfortável. Ela não sorriu de volta.

Mais uma vez, os três ficaram diante das portas Tezcat.

Zofia não conseguia deixar de lado o que Eva contara sobre a garota Horowitz e os *pogroms*. Mais do que qualquer outra coisa, desejou poder ter notícias de Hela... e então parou. Não tivera notícias da irmã.

Devido às numerosas conexões da Ordem por toda a Rússia, Séverin havia arranjado para que ela recebesse notícias de sua irmã toda semana. A última tinha sido exatamente oito dias atrás, quando Hela falara sobre a volta da tosse e sobre conhecer um rapaz chamado Isaac. Zofia disse a si mesma que não deveria se preocupar. Estatisticamente, havia várias razões pelas quais a correspondência poderia se extraviar: erro humano, caligrafia ilegível, condições climáticas e assim por diante. Qualquer ação deveria ser acompanhada de um desvio-padrão. Se tivesse os números para calcular as probabilidades, não entraria em pânico. No entanto, sem isso, seu pânico com frequência parecia incalculável, desafiando os limites de um número sólido e, em vez disso, ameaçava se tornar um buraco profundo que engoliria seus pensamentos por inteiro.

— Prontas? — perguntou Enrique.

Sem responder, Eva passou o anel afiado de seu mindinho pela palma da mão e a pressionou no escudo de metal. As dobradiças do portal Tezcat brilharam em um tom azul-claro e se abriram. Atrás da primeira porta, não havia nada além do musgo úmido que cresceu sobre o tijolo, tão fortemente aderido à entrada do portal Tezcat que mal havia um centímetro de espaço entre a abertura e a parede.

— Como esperado — comentou Enrique.

Mas Zofia pôde ouvir o leve tremor em sua voz.

— Agora, para o poço em Odessa — disse Eva.

Eva pressionou a palma contra a segunda porta. Mais uma vez, as dobradiças brilharam fluorescentes e depois se abriram. Uma bolha subiu no peito de Zofia. Disse a si mesma para ficar calma... para contar as coisas ao redor. Quando a porta se abriu, ela contou os tijolos: dezoito; os parafusos ao redor do portal Tezcat: quarenta e três; as gotas de sangue brotando na palma da mão de Eva: sete. Mas nada daquilo a preparou para a visão do poço lacrado depois que soube por que o nome fora inscrito.

— Eu *sabia* que havia mais inscrições aqui — disse Enrique, e se virou para Eva. — Faca, por favor.

Eva entregou a lâmina e Enrique começou a raspar o musgo úmido que crescia ao redor do nome de Moshe Horowitz. Quando terminou, leu a inscrição em voz alta:

— "Para a família de Moshe Horowitz, levados mas não esquecidos..." — Ele raspou o resto do musgo que cobria o tijolo. — "... Sendo este o local onde Rebekah Horowitz desapareceu e, presumivelmente, se afogou..."

Rebekah.

Um ódio antigo roçou a parte de trás da mente de Zofia.

Quando completou treze anos, Zofia se lembrava da barriga de sua mãe inchada com uma criança. Não queria ter outro irmão. Não gostava de todas as novas mudanças — o som constante da marcenaria para construir um berço, a fila de visitantes, os pratos desconhecidos que sua mãe agora desejava comer. Mas então sua mãe perdeu o bebê. No começo, Zofia não conseguia entender como alguém poderia perder um bebê não nascido, mas então viu a parteira saindo do quarto de seus pais com uma cesta de panos ensanguentados, e entendeu.

Será que era sua culpa? Ela sabia que sua vontade tinha consequências. Foi nessa idade que sua afinidade com a Forja começara a se manifestar, a idade em que percebeu que, se segurasse um pedaço de metal e *quisesse* que ele fosse incendiado ou dobrado... poderia fazer isso. O que ela tinha feito...? A lei judaica afirmava que a criança nunca tinha vivido e, por isso, nunca morrera. No entanto, sua mãe sussurrava "Rebekah" no túmulo e, quando o rabino na sinagoga chamou os membros para se levantarem para o Kadish, Zofia ficara na parte exclusiva para mulheres da sinagoga e olhara feio para quem a encarasse nos olhos. Ainda pensava no nome, Rebekah, embora nunca o pronunciasse em voz alta. Para ela, era o nome de uma mudança que não sabia como desejar. Era o nome de um medo que nunca teve a chance de se tornar uma alegria, e isso a enchia de vergonha por não ter tentado amá-lo, e por nunca mais ter a chance de fazê-lo.

Agora, Zofia sentia a mesma urgência e impotência de uma só vez.

A urgência de proteger o que sabia, e o temor de não saber o que esperar. Ela se preparou, pensando nos olhos escuros de Laila e no olhar cinzento de Hela, e prometeu a si mesma que as protegeria.

Zofia quebrou um de seus pingentes de Tezcat, fazendo a luz fluorescente brilhar contra os tijolos. Pequenos insetos se contorciam de volta para o interior do revestimento do tijolo. Sua luz capturou uma forma prateada e derretida. Enrique ergueu a mão.

— Conheço esse símbolo — disse ele, franzindo a testa.

— De onde? — questionou Eva.

Zofia olhou mais de perto. Ali, enterrado logo abaixo do nome de Rebekah e não maior do que uma unha, estava um pequeno número 3 invertido.

— Nunca vi esse símbolo na vida — comentou Eva. — Será a letra *E*?

Zofia inclinou a cabeça. O símbolo lhe lembrava de algo que vira no escritório de seu pai, um sinal matemático como o ômega minúsculo.

— Tenho *certeza* de que já vi isso antes — repetiu Enrique, folheando as páginas do caderno.

— Parece um símbolo matemático — disse Zofia. — Como o número ordinal transfinito.

— Trans o quê? — perguntou Eva.

— Transfinito é um número tratado como "infinito" ou muito maior do que os números finitos, mas não completamente infinito, e ordinal é uma teoria usada para descrever um número que descreve a coleção de outros números.

— O que essas palavras aos menos *significam*? — Eva massageou as têmporas.

— Conhecendo a Zofia, tenho certeza de que deve ser algo brilhante — disse Enrique.

O historiador lhe deu um sorriso caloroso. Zofia estudou seu rosto: sobrancelhas pressionadas, boca levemente inclinada nos cantos. Um padrão de pena. Ele tinha *pena* dela. E Eva nem sequer estava ouvindo. As bochechas de Zofia esquentaram, e então se afastou do portal Tezcat, indo em direção à terceira porta. Enrique ficou para trás, documentando o símbolo.

— Isso ainda não explica por que o nome dela estaria esculpido num poço — observou Eva. — A Casa Caída entrou pelo poço? Quem a viu entrar?

— Não faço ideia — suspirou Enrique.

— Talvez a terceira porta nos diga — sugeriu Eva.

Enrique emitiu um leve gemido e ficou atrás de Eva. Um segundo depois, pareceu mudar de ideia e ficou atrás de Zofia, murmurando:

— *Porfavorquenãohajaumadeusaassassina, porfavorquenãohajaumadeusaassassina, porfavorquen...*

Revirando os olhos, Eva pressionou a palma da mão ensanguentada no escudo de metal, que rangeu e se abriu. Imediatamente, Eva deu um pulo para trás. Enrique gritou.

— O que foi? — perguntou Zofia.

Eva se virou para ela, seus olhos verdes arregalados.

— Tem... tem alguma coisa inscrita na parede.

Enrique não se mexeu.

— Metaforicamente ou...

— Você gritou por causa de uma inscrição? — questionou Zofia.

— Dependendo da inscrição, algumas palavras podem parecer excepcionalmente intimidadoras — disse Enrique. — E eu não gritei. Respirei fundo com força e gritei. — Ele segurou o peito e a encarou, carrancudo. — É diferente.

Zofia olhou pela terceira porta e viu as palavras inscritas com uma tinta luminosa:

O ATO DE TOCAR O INSTRUMENTO DE DEUS
INVOCARÁ O DESVANECIMENTO

24

SÉVERIN

Séverin sabia que a descoberta deveria deixá-lo feliz, mas não conseguia lembrar o que era felicidade. Sua mente continuava a se prender a uma memória específica do ano anterior, como um lenço de seda preso em galhos afiados. Os cinco haviam adquirido um ovo Fabergé valioso, cuja venda apoiaria uma antiga comunidade indonésia de Forjadores de ouro contra os interesses comerciais holandeses. Era o aniversário de Zofia, embora apenas Laila parecesse saber. Como surpresa, ela tinha escondido um bolo em formato de ovo de galinha dentro da carruagem de fuga deles. Antes que Enrique pudesse começar a falar sobre o significado mitológico dos ovos, Tristan perguntara em voz alta:

— O que veio primeiro, o ovo ou a galinha?

Zofia fora a primeira a responder:

— Falando cientificamente, o galo.

A carruagem toda ficou em silêncio e, em seguida, riram tanto que, em um acidente, Séverin acabara enfiando o cotovelo no bolo, e todo o brilhante creme de limão que Laila tinha modelado como uma gema acabou indo parar nas calças de Enrique, o que só fez com que eles rissem ainda mais...

— Para com isso — sibilou Séverin para o próprio reflexo.

Ele se apoiou na penteadeira do quarto, lutando para controlar a respiração. Ruslan e a matriarca tinham decidido fazer um jantar formal, o que significava que ele teria uma noite inteira para enfrentar antes de se aventurar leviatã adentro. Se esforçando, tentou acalmar a pulsação.

Laila o acompanharia, mas ele não a tinha visto desde a biblioteca, quando Enrique, Eva e Zofia vieram correndo lhes mostrar a inscrição na parede...

O ATO DE TOCAR O INSTRUMENTO DE DEUS
INVOCARÁ O DESVANECIMENTO

Aquilo não resolvia o mistério do poço, mas ele não precisava de todas as respostas... aquela inscrição era tão boa quanto qualquer prova. *O desvanecimento*... palavras vagas com vastas consequências. Gostava daquilo, pois significava que *As Líricas Divinas* era tudo o que ele esperava. Poderosa o suficiente para desfazer cada erro.

— Séverin — disse uma voz junto à porta, que o fez se sobressaltar.

Os pelos em sua nuca se arrepiaram. Era estranho que, entre todas as coisas, seu nome fosse o que mais lhe perturbava. No passado, Laila o teria chamado de *Majnun*. Ele nunca soube por que ela tinha escolhido aquele nome, e agora não importava.

Quando Laila entrou no quarto, ele a viu primeiro pelo espelho, como um conto de fadas no qual o herói se aproximava do monstro, arriscando apenas um olhar para seu reflexo, temendo que com este simples ato faria seu coração se transformar em pedra. No entanto, a situação atual se tratava de uma inversão. Agora, o monstro observava a donzela, arriscando apenas um vislumbre de seu reflexo, temendo que ela fosse transformar em coração a pedra que tinha no peito.

Pelo espelho, viu que Laila usava um vestido de fumaça. Seda cinza, Forjada de modo que as bordas parecessem se dissolver no ar que a cercava. A seda movia-se em torno de seu corpo, revelando um canto de seu ombro antes de se transformar em plumas cinza; em seguida, um decote que afundava por um momento antes de se transformar em uma gola alta adornada com pérolas prateadas. O colar de diamantes cintilava logo abaixo.

Toda vez que ela aparecia, era como vê-la pela primeira vez. Dois anos atrás, Laila chegara com um grupo de dançarinas *nautch* no L'Éden e havia impedido um ataque contra a vida dele. Na época, Séverin mal notara seu traje revelador. Teve uma vaga impressão de sua beleza, mas algo mais o prendeu naquele instante. Foram necessários alguns minutos até que pudesse identificar o que era. Bondade. A bondade de Laila era um calor derramado sem amarras — como um tesouro não solicitado — e tomou conta dele, como se fosse um mendigo presenteado com a fortuna de um rei por uma razão tão irracional quanto qualquer outra.

— Parece que há muito mais em você do que podem ver os olhos — dissera ele.

Laila arqueou a sobrancelha e gesticulou para seu traje.

— Mas não muito.

Foi a primeira vez que ela o fez rir.

Agora, ele a olhava pelo espelho, para o belo vestido e para sua pele lustrosa, sua bondade exaurida até o último gole, não restando nada além de uma crosta dura de desconfiança.

— Amanhã, você terá o que deseja — disse, sem olhar para ela.

E eu também.

A Casa Caída não podia ler seu próprio tesouro, mas a Casa não tinha Laila. Óbvio, ela não era o tipo de pessoa que consideraria a hipótese de poder carregar a linhagem das Musas Perdidas. Mas se alguém pudesse ler aquele livro, Séverin tinha certeza de que seria ela. Era apropriado, pensou, que ele precisava dela tanto quanto ela precisava dele, embora nem de perto do jeito como imaginara no passado. Se acreditasse em tais coisas, poderia chamar isso de destino.

— Espero que você fique satisfeita — desejou ele.

— E você? — perguntou ela. — Você ficará satisfeito, Séverin?

Novamente, aquele nome que mal parecia seu.

— Mais do que isso — respondeu, sorrindo para si mesmo. — Pode-se até dizer que renascido.

Em suas primeiras excursões pelo Palácio Adormecido, o único lugar que não tinham encontrado era a sala de jantar. Fora preciso o trabalho dos serviçais das Casas Kore e Nyx para encontrá-la. A entrada não era por uma porta, mas por uma janela de sacada no segundo andar, a quinze metros do chão, a qual tinha vista para a faixa irregular e crepuscular dos montes Urais. Um pavão de gelo pousava diante da enorme janela, com as penas translúcidas abertas para bloquear a entrada. Quando os viu, a ave afastou as penas e emitiu um lamento melancólico.

Como que surgida do ar, a matriarca apareceu no vestíbulo e os encarou com um olhar crítico.

— Estão atrasados — disse, como cumprimento. — Todos os outros já chegaram.

Laila espirrou e o rosto de Delphine se suavizou. A matriarca — a mesma mulher que descartara Séverin sem nem olhar para trás — mais uma vez tirou a capa de pele e a colocou nos ombros da jovem. O gesto provocou um nó frio na garganta de Séverin.

— Obrigada — disse Laila.

— Espero que seu amante seja atencioso além da conta em outros aspectos, considerando que ele a deixou congelar num piscar de olhos — comentou, lançando um olhar furioso para Séverin. Ela fez um gesto em direção ao corredor. — Por aqui. E fiquem avisados de que parece que cada passo os fará despencar em direção à morte.

Ela se afastou da janela, e o estômago de Séverin se embrulhou, tudo nele à espera de que ela realmente fosse cair. Mas isso não aconteceu. Quando ele inclinou a cabeça *da maneira certa*, pôde ver o brilho lustroso de um chão de vidro Forjado de maneira engenhosa. Ele e Laila seguiram a matriarca pelo corredor que prometia uma queda de pelo menos noventa metros caso dessem qualquer passo em falso. Uma porta de ouro fundido apareceu como se estivesse no ar, flutuando, e, ainda que estivesse fechada, Séverin captou os sons de Hipnos tocando piano...

A porta foi aberta e revelou uma grande sala de jantar abobadada. Um banquete se espalhava sobre uma longa mesa preta talhada feita de ônix. Próximo ao fundo, Hipnos tocava piano, com Enrique, Zofia e Eva ao seu lado. Enquanto Ruslan se aproximava para cumprimentá-los, Séverin observou a sala. Lâminas finas, feitas de penas douradas, serviam como chão. Acima, o teto Forjado ampliava as estrelas, de modo que pareciam ao alcance das mãos, e, embora as paredes de vidro proporcionassem uma vista deslumbrante do lago Baikal... eram ornamentadas com luzes giratórias com o formato do zodíaco grego.

— É lindo — comentou Laila, inclinando a cabeça para trás e suspirando. A luz refletiu na linha brilhante de seu pescoço, e Séverin quase se pegou encarando-a.

— Sim, muito — disse Ruslan, inclinando-se sobre a mão estendida de Laila. — E a sala também agrada a você, *monsieur* Montagnet-Alarie?

— Acho mórbida.

— *Mórbida?* — repetiu a matriarca.

Mas o sorriso de Ruslan se alargou.

— Me diz o que você vê.

Séverin bateu o pé no chão.

— As penas de Ícaro. E, acima, céus próximos demais. Ao nosso redor... — ele apontou para o zodíaco — ... o destino inflexível. Esta sala é um lembrete de como os homens podem se superestimar... um lembrete do quão profunda pode ser a nossa queda. Estou surpreso que o chão não seja vermelho como sangue.

Ruslan concordou com uma cantarolada, esfregando a cabeça careca.

— "Jorrou o sangue imortal; icor puro, tal como os abençoados habitantes do céu, podem sangrar, nectáreo."

— Quem está recitando a *Ilíada*? — chamou Enrique do fundo.

— Eu! — disse Ruslan, alegre. — Às vezes, eu me surpreendo lembrando de coisas... é de se pensar que, sem um fio de cabelo, todos os pensamentos simplesmente abandonem o crânio.

— O que você disse? — perguntou Séverin.

— Crânio?

— Não.

— Cabelo...

— Não.

Havia algo mais. Algo que o impressionara naquele momento.

Ruslan fez uma pausa e então disse:

— Icor?

— Sim, é isso. *Icor puro.*

Ruslan passou a mão pela cabeça.

— A Casa Caída adorava qualquer menção aos deuses. Dizia-se até que tinham descoberto uma maneira de se *darem* icor, de certa forma. Uma forma de manipular a própria matéria humana. Um boato, no entanto.

— Não é um boato — disse Laila. — Nós vimos.

— Ah, sim... nas catacumbas, correto? — perguntou Ruslan, olhando da matriarca para Séverin. — Então é verdade? Vocês viram o icor deles?

Como se Séverin pudesse esquecer. Às vezes, se pegava tocando a boca, sonhando com o ouro pegajoso. Ele desejava fosse lá qual era a alquimia que transformasse homens em deuses.

— O que os permitiu fazer isso? — perguntou Séverin.

— *Permitiu?* — repetiu Ruslan, a palavra se torcendo em sua boca. — Eles tinham objetos com os quais nem você nem eu podemos ao menos sonhar.

Ruslan se dirigiu à mesa de jantar, puxando uma cadeira para Laila e Delphine enquanto falava.

— A Casa Dažbog se especializa na coleta de conhecimento sobre Forja, e acredito que a Casa Caída tenha encontrado uma arma antiga... que tinha muitos nomes. No subcontinente indiano, era conhecida no idioma tâmil como um *aruval*; a corte medieval de Bagdá a chamava o *zulfiqar* de um anjo perdido. Mas, quando a Casa Caída a descobriu, a chamou de Faca de Midas, não apenas em homenagem ao rei amaldiçoado da mitologia grega, mas também por suas propriedades alquímicas: transformar sangue em ouro, e homem em deus.

— Me parece magia — observou a matriarca, com desdém.

— Talvez o *monsieur* Montagnet-Alarie possa nos dizer melhor — disse Ruslan. — Foi magia? O que você viu?

Por um instante, Séverin estava de volta às catacumbas. Mais uma vez, se ajoelhava em um palco, sentia o rasgar agudo das asas queimando em suas omoplatas, a pressão dos chifres em sua cabeça, e sempre a cadência estranha em seu sangue que cantava com uma invencibilidade divina.

— O que é magia senão uma ciência que não podemos compreender — respondeu Séverin.

Ruslan sorriu com cordialidade.

— Bem colocado — disse. — Embora eu imagine que tal arma seja empunhada com grande custo. Dizia-se que foi criada a partir de fragmentos do tijolo mais alto da Torre de Babel e, portanto, é o mais próximo do alcance do poder de Deus.

— Talvez isso seja o que levou os membros da Casa Caída a pensarem que poderiam se tornar deuses — sugeriu Séverin.

A matriarca zombou, fazendo um gesto em direção às penas de ouro no chão, à proximidade embriagante das estrelas.

— Daria para imaginar que, depois de todos esses lembretes de fatalidade, eles teriam parado.

Ruslan massageou o braço machucado, ainda apoiado na tipoia.

— Mas então não seríamos humanos, não é mesmo?

Ele sorriu e fez sinal para um serviçal, que soou um gongo anunciando o jantar. Hipnos continuou a tocar o piano, perdido na música. Costumava ser impossível tirar o rapaz do instrumento.

Eva o chamou por cima da música:

— Você aceita pedidos, *monsieur*?

Hipnos parou.

— Sim!

— Excelente — disse Eva. — Então pare.

E em seguida se afastou. A expressão de Hipnos azedou, mas ele se levantou do piano e se juntou a todos à mesa. Quando Séverin virou para a direita, percebeu que estava sentado ao lado da matriarca. Um serviçal parou ao lado dela, entregando-lhe um pequeno frasco ensanguentado que o rapaz reconheceu como a imunidade da mulher a qualquer Forja de sangue indesejada.

— Você sempre vê com tanta clareza na escuridão dos corações dos homens, *monsieur* Montagnet-Alarie — disse ela, antes de adicionar em um tom mais suave: — Mas me lembro de quando você costumava ver maravilhas.

Séverin estendeu a mão para seu cálice de água.

— Agora eu vejo a verdade.

Para o jantar, o banquete parecia oferendas queimadas, a comida apresentada aos deuses. Tudo projetado para parecer chamuscado, embora nada o fosse. Em uma tigela de prata havia figos pretos, tão aveludados e suculentos que parecia que alguém tinha pegado uma colher prateada à meia-noite e os colhido. Depois um pernil assado, servido em um travesseiro de sálvia queimada; morcela em terrinas de gelo; suflês da cor do céu noturno. Ao redor deles, os animais do zoológico de gelo haviam sido reaproveitados... um jaguar de cristal rondava a mesa de jantar, equilibrando nas costas garrafas de vinho de gelo delicadas. A mesa de ônix refletia o céu acima e, à medida que a noite se alongava, o teto crescia com estalactites delicadas que lembravam fios de prata finamente batidos. Séverin seguiu os movimentos do jantar, mas quase sentia como se não estivesse presente. Em sua mente, já estava dentro do leviatã, virando as páginas de *As Líricas Divinas*, vendo o sangue em suas veias se transformar no icor rico de um deus. Ele não precisaria da Faca de Midas da Casa Caída para tal coisa. Poderia conseguir aquilo por conta própria.

Séverin só percebeu que o jantar havia terminado quando o gongo soou novamente. Ele empurrou a cadeira para trás e foi quando se deu conta de que Zofia estava ao seu lado, o encarando. Ele não a vira sair de seu lugar, muito menos caminhar em sua direção.

— O que foi?

— Não recebo notícias de Hela há oito dias — falou ela.

Séverin franziu a testa. Não havia motivo para tal atraso nas mensagens. Ele pagou um preço exorbitante para que um mensageiro atravessasse os caminhos da Ordem e trouxesse as cartas com notícias da saúde de Hela. Talvez o homem tivesse se perdido em Irkutsk.

— Deixa que eu resolvo — garantiu ele.

Zofia hesitou por um momento, e então assentiu.

— Eu sei.

Algo tremeluziu atrás do coração de Séverin, e a camada de gelo que ele havia colocado ao redor do órgão se desfez por um instante. *Como* ela sabia que ele cuidaria disso? *Como* podia confiar em sua palavra depois de ele ter se certificado de que ela não poderia voltar para sua família? Depois de ter visto o que aconteceu com a última pessoa que confiou nele tão cegamente?

Séverin cerrou a mandíbula, e o frio em seu coração se reafirmou. Havia encontrado o melhor médico na região para tratar da irmã da engenheira. Segundo todos os relatos, a garota estava respondendo ao tratamento melhor do que o esperado. Era a confiança de Zofia que o irritava de um jeito que não conseguia explicar. Aquilo era uma transação comercial. Não havia espaço para esperança e, ainda assim, ela colocara esse fardo sobre ele.

Ao lado, Laila tocou seu braço. Enquanto se preparava para sair, Séverin ouviu Ruslan chamar seu nome. Ele ergueu os olhos e viu o patriarca da Casa Dažbog ainda sentado à mesa, arrastando um dedo pelo prato de sobremesa para coletar o pouco de açúcar de confeiteiro que restava.

— Não consigo decidir se entrar na boca daquele monstro o torna corajoso ou louco — comentou, com um pequeno balanço de cabeça. — Mas talvez seja apropriado. — Ruslan olhou para Laila, sorrindo. — Com um nome como "Laila", e um louco como amante, espero que você chame seu Séverin de "Majnun".

A mão de Laila ficou tensa em seu braço.

— O que você disse?

Ruslan parecia confuso.

— É uma referência ao poema do século VI, *Laila e Majnun*, composto por Nizami Ganjavi...

— Eu sei o que é — afirmou Laila, baixinho.

— Ah! Bom, bom — disse Ruslan. — E você, Séverin, sabe?

Séverin quase não percebeu que estava balançando a cabeça em negativa. Sentia-se entorpecido por completo.

— *Laila e Majnun* é uma das minhas tragédias favoritas — disse Ruslan. — Sempre considerei uma pena que os personagens tenham sido ofuscados por suas contrapartidas sucessoras, *Romeu e Julieta*.

Séverin lutava para ouvir a conversa, mas sua atenção parecia ser puxada para cada momento em que Laila o havia chamado de *Majnun*. Louco. Ela lhe dissera o que significava, mas ele nunca soubera que seu apelido vinha de um poema. De uma tragédia, ainda por cima. De forma inexplicável, ele se sentia um tolo. Uma vez, aquele nome tinha sido um talismã a seus olhos. Agora, tinha um gosto amargo e profético.

— Ah, *Majnun*. O louco que se perdeu num sonho impossível — continuou Ruslan, e riu suavemente. Depois, olhou para o relógio. — Desejo a vocês uma boa noite, e estou honrado por ter passado uma noite tão esclarecedora em sua companhia. Boa sorte amanhã, *monsieur* Montagnet-Alarie.

Ele se curvou uma vez e voltou a atenção para o prato de sobremesa.

Séverin não se lembrava de subir as escadas, mas deve ter feito isso.

Tampouco se lembrava de abrir a porta de sua suíte, mas foi o que deve ter feito, pois ali estavam os dois. O silêncio pairava espesso ao redor deles e, talvez por isso, quando ele finalmente falou, pareceu mais alto do que pretendia.

— É verdade?

Laila se assustou. Havia se sentado à penteadeira de gelo e mármore no canto do quarto, de costas para ele, enquanto tirava as luvas e as joias.

— O que é verdade?

— O meu... — Ele parou, se recompôs, começou de novo: — O nome com o qual você me chamava. Você o tirou daquele poema?

— Tirei — admitiu.

Nesse momento, se deu conta de que, mesmo antes de ela o beijar e criar raízes tão profundas em seu corpo, a *escolheria* — sem pensar duas vezes — no lugar de seu próprio irmão... ela já o havia marcado como alguém a quem jamais pertenceria, um vínculo que só poderia terminar em decepção. Quanto fora acertado o nome escolhido por ela.

Ele estava louco, então, em pensar que o destino o deixaria ser feliz.

Talvez estivesse louco, agora, em tentar mudar isso.

Laila lutava com o zíper nas costas de seu vestido. Devagar, ele chegou mais perto dela. Quase não percebeu o que estava fazendo... o tempo todo, só havia tentado colocar distância entre eles. Se aproximar dela agora ia contra tudo isso, e ainda assim ele sabia que havia uma negociação a ser feita caso quisesse a verdade. Quando ficou bem pertinho dela, sentiu-se fraco. Sem dúvida, ela se sentiria fraca ao revelar seus segredos, e assim ele devia encontrá-la em pé de igualdade.

— Me conta o que acontece no final do poema, Laila.

Laila fechou os olhos, como se estivesse se armando. Nada disso, pensou Séverin. Em seguida estendeu a mão e moveu o cabelo dela para um dos ombros. A pele de Laila se arrepiou quando curvou o pescoço, graciosa como um cisne. As mãos dele roçaram o zíper emperrado, cujos dentes haviam se enroscado na seda. Sob o toque dele, Laila deu um pequeno sobressalto. Geralmente ela odiava que alguém visse sua cicatriz, mas dessa vez não fez nenhum movimento para se esconder, como se, apenas desta vez, ela também estivesse disposta a se mostrar sem reservas.

— Me conta, Laila — pediu novamente.

O zíper deslizou alguns centímetros. No reflexo, Laila abriu os olhos.

— Uma vez, um garoto e uma garota se apaixonaram, mas não podiam ficar juntos — narrou. — A garota se casou com outro. O garoto enlouqueceu, e...

Sua respiração falhou quando ele puxou o zíper um pouco mais.

— E...? — ecoou Séverin.

— E ele se abandonou à desolação do deserto — continuou ela, mas se recusou a encará-lo. — No final, tiveram a chance de ficar juntos, mas escolheram não o fazer.

Séverin deslizou o zíper mais para baixo. Agora podia contar os ossos delicados das costas dela. Se quisesse, poderia traçar aquela cicatriz vívida que algum monstro a fizera acreditar ser um sinal de sua natureza anormal. Uma vez, ele a beijara por toda sua extensão.

— No final, eles escolheram preservar a lembrança pura um do outro em seus corações.

A mão de Séverin parou em meio ao ato. No reflexo do espelho, Laila enfim encontrou os olhos dele.

— Acho que Laila não suportou ver o quanto seu Majnun tinha se perdido nos recantos desolados de sua alma.

Ela não fez nenhum movimento para se cobrir ou sair, mesmo com seu vestido quase completamente aberto. Séverin reconheceu a tensão na linha de seus ombros, a inclinação de seu queixo... a imobilidade tensa de quem está *esperando*.

Por ele.

Sem pensar, Séverin se inclinou em direção à curva do pescoço dela. Viu os olhos dela se fecharem lentamente, a cabeça se inclinar para trás. Laila o atraía como um sono sem sonhos após meses de inquietação. Os lábios estavam quase tocando a pele dela quando ele parou.

O que estava fazendo?

Laila era uma miragem vislumbrada através da fumaça. Uma tentação no deserto que iludia a alma com falsas promessas. Séverin tinha a dele registrada dentro das mandíbulas do leviatã mecânico adormecido sob a gruta de gelo. Sua promessa estava atrás dos dentes do diabo. Amanhã, ele a teria e então seria livre.

As palavras dela ecoaram em sua mente.

Acho que Laila não suportou ver o quanto seu Majnun tinha se perdido nos recantos desolados de sua alma.

Séverin se afastou da curva do pescoço dela e encontrou seu olhar através do espelho. Fosse lá o que estivesse na expressão de Laila se desvaneceu, toda fraqueza substituída pela cautela.

— Acho que *Majnun* sabia que Laila nunca foi destinada a ele — disse Séverin.

Em seguida pegou o casaco de onde o havia jogado no chão. Suas mãos pareciam estar pegando fogo. Então, dirigiu-se à biblioteca para esperar durante a longa noite.

PARTE IV

AS ORIGENS DO IMPÉRIO

MESTRE EMANUELE ORSATTI,
DA CASA ORCUS DA FACÇÃO ITALIANA DA ORDEM

1878, REINADO DO REI UMBERTO I

Ao debater os méritos de ir atrás de um tesouro oculto, é preciso levar em consideração o risco de que, talvez, este nunca devesse ser encontrado e, se for esse o caso, por quê?

25

SÉVERIN

Ao meio-dia, o diabo aguardava por Séverin.

Séverin levou um tempo para sair da biblioteca. Queria se lembrar daquilo... dos rostos indiferentes das nove musas. Elas eram gigantescas, o topo de suas coroas de mármore roçando o teto de vitrais. Elas sombreavam tudo, e talvez essa tenha sido a intenção do arquiteto. Fazer com que ele se lembrasse de sua própria insignificância. De sua impotência. Mas Séverin não precisava de lembretes. Cada toque evocava o escorrer do sangue quente de Tristan em suas mãos. Cada respiração carregava o fedor das chamas da *troika* encurralando todos eles em São Petersburgo; a doce pira de fogo que levou seus pais. Cada visão prometia olhos incapazes de enxergar. Ser impotente era o preço da mortalidade. E ele estava farto da mortalidade.

Além da lâmina de Tristan, ele carregava um último lembrete de seu passado: o ouroboros entalhado que outrora adornara o Anel de seu pai. Em outra vida, aquele teria sido o Anel que ele usaria como patriarca da Casa Vanth. Antes, cada vez que tocava o metal quente do objeto e traçava os olhos cravejados da serpente, sentia-se estranhamente leve, como se alguém tivesse soltado sua alma e esta balançasse do lado de fora de seu corpo, sempre à procura de um lugar no qual criar raízes e sempre faminta por luz. Talvez, depois de todo esse tempo, seu espírito tivesse se acostumado à sensação. Afinal, o que eram raízes quando se podia escolher não estar ancorado, mas sim nascer nas alturas?

E, ainda assim, embora não se importasse mais com a herança, não conseguia esquecer que ela lhe fora roubada. Ele esfregou o polegar ao longo da cicatriz na palma da mão, lembrando-se da luz azul cintilando em seus olhos no teste de herança. Prova de que o instrumento Forjado tinha aceitado seu sangue e, ainda assim, a matriarca conspirara contra ele. Já não importava mais por que ela havia mentido ou o que a mulher tinha a ganhar, porque, no final, tudo o que importava era o que estava por vir. A alquimia de *As Líricas Divinas* até poderia lhe conceder as penas nevadas dos serafins ou os chifres laqueados dos demônios, mas aquele sangue dourado cumpriria sua promessa:

Nada mais seria tirado dele de novo.

Séverin mal ouvia a conversa ao redor. Sentiu as mãos de Eva em seu peito, o calor de um beijo rápido e pressionado em sua bochecha.

— Para dar sorte — sussurrara ela em seu ouvido.

Laila permaneceu imóvel perto da entrada, a mão, frouxa, brincando com o colar de diamantes. Zofia tinha trazido para ele e Hipnos um bracelete cheio de dispositivos incendiários e detectores esféricos, além de vários mnemo-insetos para capturar todos os ângulos do que encontrassem lá embaixo.

Enrique andava de um lado para o outro na entrada da boca do leviatã, puxando os fios da frente de seu cabelo.

— Vocês vão procurar um livro — começou a falar o historiador.

— *Non! Um livro?* — repetiu Hipnos, com um falso suspiro. — *Qu'est-ce que c'est?*

Enrique deu um tapa no braço dele, o que fez Hipnos sorrir.

— Nós sabemos, *mon cher* — disse ele.

— Não vai parecer um livro comum. Provavelmente será enorme. Encadernado com pele de animal. De acordo com minha pesquisa, da última vez que foi visto, alguém tentou entalhar seu nome na superfície, mas foi interrompido em L-Í-R-I-C-A-S D-I-V.

— Fragmentos grandes e antigos — disse Hipnos. — Anotado. Agora me dá um beijo. Pra dar sorte.

Séverin observou a conversa. Como alguém que tinha sido uma espécie de especialista em performances, ele conhecia a diferença entre algo genuíno e algo forçado. Aquele beijo pertencia à última categoria. A questão residia apenas em quem estava atuando — Hipnos ou Enrique? O historiador sorriu para si mesmo, um corar se espalhando ao longo das bochechas. Hipnos, no entanto, se virou em direção ao leviatã sem ao menos olhar para trás.

Séverin tinha sua resposta.

— Vamos? — perguntou.

Hipnos assentiu. Por ordem da matriarca da Casa Kore, eles tinham apenas uma tarefa: entrar, encontrar *As Líricas Divinas* e sair. Era a prioridade máxima. Depois disso, membros das Casas Dažbog e Nyx entrariam e começariam a remover os objetos e a levá-los para a biblioteca para catalogação posterior. A lua na gruta de gelo já começava a encolher — instante após instante, ficando mais fina, contando os segundos antes que o leviatã de metal se afundasse de volta nas ondas.

Delphine os esperava perto do leviatã, com um prato nas mãos.

À medida que se aproximou, Séverin reconheceu o cheiro familiar de geleia de framboesa e cereja espalhada sobre torradas amanteigadas. O gosto de sua infância antes de ter abandonado todo e qualquer direito à ela. Quando Delphine o olhou, algo como esperança ousou tocar os cantos de seus olhos. Séverin pegou a comida sem nada comentar. Podia sentir os olhos da matriarca em suas costas, mas não se virou. Assim como ela não havia feito quando ele a encarou, chamando-a pelo nome, mesmo quando a mulher dera de ombros e disse que os dois não eram mais família, que ela não era mais sua *Tante FeeFee*.

— Vou avisar vocês quanto ao tempo — disse Enrique. — De quinze em quinze minutos. A matriarca quer que saiam com dez minutos de sobra.

A boca do leviatã era muito úmida e estreita para que os dois entrassem ao mesmo tempo, então Séverin foi na frente, suas botas encontrando os sulcos que levavam à escadaria sem dificuldade. Ele quebrou um bastão fosforescente, e a luz subiu pela garganta de metal do leviatã, refletindo no topo de uma escada em espiral que se desenrolava bem fundo para dentro de suas mandíbulas. Séverin engoliu em seco. Sabia que a criatura era Forjada, e ainda assim ela parecia estranhamente viva para ele. Vapor se espalhava de suas juntas de metal como um sopro exalado. Ele olhou para trás, estendendo a mão para Hipnos. O outro rapaz olhava para o túnel, seus olhos azuis arregalados de medo. De repente, se lembrou de Hipnos como costumava ser — o garoto com a voz cantante, desesperado por um convite para se juntar ao jogo.

— Você não precisava ter vindo — disse Séverin.

— Bobagem, *mon cher* — respondeu Hipnos, apertou os dentes. — Se eu não viesse, quem é que ia te proteger?

As rebarbas familiares daquelas palavras penetraram em Séverin, que piscou uma vez e viu Tristan de olhos arregalados, sorrindo. Piscou novamente e o viu morto. Séverin cerrou a mão em punho, sentindo a borda elevada de sua cicatriz, o gosto amargo da promessa que não pôde cumprir: *Eu te protejo.*

— Vamos lá, então — disse, sem emoção na voz.

Os degraus estavam escorregadios, e as juntas de metal gemiam com a pressão de seu peso. Água ártica respingava em seus tornozelos, encharcando suas calças resistentes à água. Onde a luz tocava, Séverin via ruína. Ainda havia vários degraus pela frente, mas ao menos ele podia ver o chão prateado e gradeado do ventre do leviatã.

— Já se passaram quinze minutos! — gritou Enrique, embora sua voz soasse distante.

Um pouco antes de chegarem ao final da escada, Séverin pediu o dispositivo de detecção esférico. Hipnos lhe entregou, e os dois observaram enquanto a luz da detecção iluminava as sombras abissais, as cavernas e as prateleiras da sala do tesouro da Casa Caída.

Em tudo o que já vira, a palavra "admiração" raramente lhe vinha à cabeça.

Mas agora... agora sentia uma admiração renovada.

A luz iluminava um mundo repleto de tesouros espetaculares. Parecia o interior de um lugar sagrado. Mesmo agora, Séverin conseguia distinguir as bordas desgastadas de um tapete escarlate e luxuoso. Havia um rolo de almofada danificado pela água, uma mesinha com uma vela. Independentemente de quem tivesse construído aquilo, tinha a intenção de torná-lo um lugar de meditação. Além da pequena área de meditação, a sala se abria para uma caverna. Pilares egípcios de lápis-lazúli sustentavam as paredes. Estátuas imensas de tigres dourados rugindo giravam a cabeça na direção de Séverin e Hipnos e estreitavam os olhos de rubi. Manuscritos iluminados, Forjados à semelhança de pássaros, tremulavam, deixando cair pedaços de folha de ouro enquanto pairavam sobre eles. Havia bustos de estátuas e relíquias, colares de pedras luminosas, planetários giratórios esculpidos em jade...

— Meu Deus — exclamou Hipnos. — A Ordem seria capaz de *matar* por isso.

Hipnos caminhou em direção a uma coluna no meio da sala. Tinha pouco mais de um metro de altura e estava adornada com os símbolos internacionais das Casas da Ordem de Babel. Séverin o seguiu. Cada um dos símbolos tinha um entalhe específico. Lá, entre os espinhos da Casa Kore e as luas crescentes da Casa Nyx, reconheceu a forma do ouroboros da Casa que deveria ter sido dele: a Casa Vanth.

— Por que ter isso aqui? — perguntou Hipnos.

Séverin seguiu a direção da coluna até o teto baixo, que lembrava um espelho distorcido. Ou uma mnemo-lente.

— Acho que funciona como uma chave — disse Séverin, apontando para os entalhes dos símbolos das Casas.

Ele pegou seu entalhe do ouroboros e o colocou na forma afundada na coluna de pedra. Encaixou perfeitamente. Em um movimento suave, pressionou o ouroboros e depois olhou para o teto.

Nada aconteceu.

— Me deixa tentar — disse Hipnos.

Então pressionou o anel da Casa Nyx no entalhe, e uma ondulação de luz percorreu o teto prateado...

Séverin prendeu a respiração, perguntando-se se aquilo poderia revelar alguma prova de que o tesouro que buscavam estava ali. Em vez disso, a mnemo-tela mostrou a gruta de gelo acima: Enrique andando em círculos; Zofia acendendo um fósforo; Laila com o rosto paralisado, sem nem sequer piscar.

— Nós os vemos tão nitidamente, mas eles não podem ver a gente, né? — perguntou Hipnos, agitando as mãos de um lado para outro diante da tela, mas a expressão de ninguém mudou. — Como isso é possível?

— O dispositivo de gravação deve estar em um dos dentes do leviatã — comentou Séverin, embora não estivesse tão interessado naquilo quanto estava nos Anéis. Ele olhou para o encaixe perfeito da entalhadura de ouroboros na coluna sem pestanejar. — O emblema do meu pai não funcionou.

Hipnos parecia vago de um jeito curioso enquanto retirava seu Anel. No mesmo instante, a mnemo-tela escureceu. Séverin notou que as linhas da boca do outro rapaz tinham se contraído, como se a boca dele estivesse em guerra com a mente. Era a expressão de um segredo lutando para ser conhecido.

— Talvez só funcione com Casas ativas? — sugeriu Hipnos, sem olhar para ele.

— A Casa Caída foi exilada muito antes da queda da Casa Vanth — rebateu Séverin, apontando para o emblema da estrela de seis pontas na coluna. — Tá funcionando direito.

— Sim, bem — disse Hipnos, dando de ombros. — Isso importa, *mon cher*? Isso aqui não é um tesouro e não nos interessa.

Séverin observou a coluna por mais um momento e depois retirou seu entalhe de ouroboros. No fim das contas, Hipnos tinha razão. A coluna não guardava verdades ocultas nem tesouros escondidos. Eles precisavam continuar procurando.

Enquanto Hipnos se virava para a parede de tesouros, Séverin se dirigiu à seção norte da sala. Embutida na parede, havia uma grande roda de leme, com as malaguetas envolvidas em branco.

O leviatã não apenas se movia, mas podia ser *controlado*. Manipulado. De repente, o nome da família Horowitz no poço fez sentido. Cada um desses portais Tezcat havia sido uma rota para o leviatã se infiltrar.

Enrique não tinha mencionado que havia um lago em Istambul? E o poço era largo o suficiente para a criatura passar. Séverin examinou a área mais próxima da roda de leme, uma náusea se insinuando através de seu corpo. A Casa Caída devia ter usado o leviatã como meio de transporte. À direita, uma bolha de metal se projetava da parede, um mecanismo de fuga de algum tipo, equipado com sua própria roda de leme pequena e esferas enevoadas que ele reconheceu serem Rajadas de Shu, aparelhos respiratórios Forjados cheios de oxigênio, cujo nome era uma homenagem ao deus egípcio do ar. Essa parte do leviatã formava uma espécie de um nártex parcial, o qual terminava no lugar de meditação. Havia uma mesa curva meio oculta nas sombras. Lá, uma placa de pedra — como um altar — se projetava do chão. Sobre ela repousava algo escuro e enrugado.

Séverin deu um passo à direção em mesa. Algo vibrava em seu cerne.

A cicatriz em sua mão formigava.

— Trinta minutos! — ecoou a voz de Enrique ao longe.

Era isso.

Séverin sentiu como se estivesse em um sonho. Aquele livro o chamava. Objetos estranhos estavam espalhados pela superfície do altar. O livro em si era como Enrique o descrevera: grande e escurecido, o couro corroído nas laterais. Sangue antigo salpicava a pedra. Uma faca, agora enferrujada, estava caída no chão. Havia uma página de hinos, litanias em diferentes idiomas e uma harpa pequena e estranha largada de lado; algumas de suas cordas cintilavam como se fossem feitas de luz de estrelas.

Naquele instante, Séverin sentiu como se tivesse captado o ritmo da pulsação do universo, como se estivesse à beira de uma apoteose. Ele estendeu a mão para o livro. Quando o tocou, pensou ter ouvido a risada de Tristan ecoando em seus ouvidos. Sentiu a pressão de chifres, a voz de Roux-Joubert sussurrando: *Podemos ser deuses.*

Ele abriu o livro...

E então parou. Era impossível. E, ainda assim, a verdade o atingiu com a força de um porrete.

26

LAILA

Laila observava enquanto a luz da tarde se infiltrava pelas rachaduras do gelo, como se estivesse tricotando o mundo em ouro.
Ou talvez não fosse ouro, mas um icor rico, aquele sangue nectáreo dos deuses que Séverin e Ruslan mencionaram durante o jantar. O pensamento a perturbou. Se olhasse para o mundo dessa maneira, o lago deixaria de ser algo maravilhoso e se transformaria em algo ferido. E ela não suportava mais feridas, nem das meninas mortas e suas mãos roubadas, nem da dor crua em seu peito toda vez que via Séverin.

Perto da entrada do Palácio Adormecido, ela encontrou um elegante mirante Forjado de gelo e mármore, as colunas entrelaçadas com jasmim e violetas de cor roxa para afastar o cheiro dos cadáveres de peixes deixados no gelo pelas focas lustrosas que viviam no lago. Ela respirou fundo. Saboreou tudo: o cheiro da vida e da morte. A doçura fétida da vida expirada, a amargura verde da vida interrompida. E sempre aquele sabor metálico de gelo.

Ao longe, os montes Urais, pontiagudos, refletiam sobre o lago, como se existisse uma cordilheira idêntica bem embaixo da superfície da água.

Ela gostaria que fosse verdade.

Gostaria que existisse outro mundo, paralelo ao deles, um mundo onde ela tivesse nascido em vez de ter sido criada; um mundo onde as garotas presas ao Palácio Adormecido nunca tivessem morrido. Laila se perguntava quem teria sido nesse outro mundo. Talvez ela já fosse uma mulher casada, como tantas garotas de sua idade em Puducherry. Talvez um garoto com a pele tão escura quanto a dela e olhos que não fossem da cor do sono a tivesse conquistado.

Laila torceu seu anel de granada até que o número brilhasse: 12.

Doze dias restantes.

Ou, dependendo de como Séverin e Hipnos pudessem ser rápidos em trazer *As Líricas Divinas* do leviatã, centenas de dias a seu dispor.

Sua garganta se apertou, e Laila segurou firme no corrimão do mirante, evitando qualquer visão de seu reflexo, quando um ranger de neve repentino a fez olhar para cima. Lá estava Enrique, embrulhado para se proteger do frio. Usava um longo sobretudo, e o vento gelado bagunçava seus cabelos.

— Posso me juntar a você? — perguntou.

Laila sorriu.

— Sim.

Ela abriu espaço para ele no banco, e os dois ficaram olhando para a vastidão interminável e os prismas de gelo e luz. O historiador brincava com as bordas do casaco. Abriu a boca e depois a fechou.

— Desembucha, Enrique.

— Sabe como você consegue ler objetos com um toque? — perguntou Enrique, em um sussurro ofegante.

— *Eu consigo?* — Laila fez de conta que estava chocada.

— Eu tô falando sério!

— O que é que tem?

Enrique virou seu caderno de ideias e pesquisas. Parecia agitado. No passado, ele poderia ter se apoiado nela, frouxo como um filhotinho que quer que alguém coce sua cabeça, ou, como costumava dizer: *Irrite as ideias debaixo do meu crânio.* Algo o continha agora, e somente então Laila viu parte do que estava escrito no caderno:

O ATO DE TOCAR O INSTRUMENTO DE DEUS
INVOCARÁ O DESVANECIMENTO

Palavras estranhas que lançavam sombras em seu coração.

Enrique segurou a mão dela.

— Você já parou pra pensar que o motivo de poder fazer isso pode não ter nada a ver com, hm, as circunstâncias de seu nascimento... — começou ele, com delicadeza, e então, de uma vez só: — ... e mais com, talvez, uma-linhagem-secreta-de-mulheres-guardiãs-encarregadas-de-proteger-um-livro-poderoso-da-qual-você-é-descendente?

— Enrique.

Enrique puxou uma mecha de seus cabelos pretos.

— Quanto mais pesquiso, mais essa ordem sagrada das Musas Perdidas entra em jogo. Óbvio, elas têm títulos diferentes, dependendo de em que cultura é feita a pesquisa, mas estão sempre lá! E aí temos *você*, com suas habilidades de deusa, e a necessidade de encontrar *As Líricas Divinas*, e o fato de que todas aquelas estátuas na gruta e as garotas mortas não tinham mãos. As mãos delas foram um sacrifício, Laila, como renunciar ao poder que tinham dentro de si. — Ele cutucou a palma da mão dela. — Apenas pense a respeito do poder em suas próprias mãos.

Laila fechou os dedos.

— Enrique — disse ela, dessa vez com mais cansaço na voz.

Ele parou, e o alto de suas bochechas enrubesceu.

— Quando trouxerem o livro, nós precisamos ser cuidadosos, é só isso. Em especial você. Há coisas demais que são desconhecidas e eu... eu me preocupo.

Ele disse essa última parte como uma criança, e Laila se lembrou dos vislumbres de infância dele que vira nos objetos que o historiador lhe entregara. O menino que lia ao lado do joelho da mãe e escrevia "livros" para o pai a partir dos pedaços de livros-razão de comerciantes. Um menino que era brilhante e ávido.

Ignorado.

Laila levou a mão até a bochecha dele.

— Eu entendo, Enrique.

Ele pareceu murchar.

— Mas não acredita em mim.

— Eu não sei no que acreditar — confessou ela. — Se eu realmente fosse descendente das Musas Perdidas, imagino que minha mãe teria me contado.

— Talvez ela não tenha tido tempo — argumentou Enrique, com delicadeza. — E nem precisa ter sido sua mãe. O homem que vimos em Istambul tinha a linhagem e, por causa disso, se cegou como forma de prevenção.

Laila mordeu o lábio. Enrique tinha um bom argumento... mas parecia algo grande demais para ela compreender.

O historiador a apertou no ombro.

— Você, pelo menos, vai entrar e esperar com a gente?

— Daqui a um minuto.

— Esse lugar tá *congelando*. Por que você tá aqui fora, Laila?

Laila sorriu e soltou a respiração, observando o ar que condensava.

— Está vendo? — perguntou ela, indicando com a cabeça a névoa que se desvanecia no ar. — Às vezes eu preciso ver que ainda sou capaz de fazer isso.

Enrique pareceu aflito ao soltar seu ombro, encolhendo-se e abrigando-se contra o vento. Não a olhou no rosto.

— Óbvio que você consegue... e continuará por muito, *muito* tempo.

— Eu sei, eu sei — disse ela, sem querer preocupá-lo.

— Não, mas você *realmente* deve ficar sabendo — falou Enrique, parecendo excepcionalmente magoado. — Eu não consigo me alimentar sozinho, Laila. Eu vou perecer entregue aos meus próprios recursos. A vida é cruel e com frequência não tem bolo.

Ela deu um tapinha no braço dele.

— Nunca vai faltar bolo.

Ele sorriu, e então sua expressão mudou para algo suplicante.

— Falando em bolo... ou melhor, no oposto de bolo. — Ele fez uma pausa, parecendo confuso. — Qual *é* o oposto de bolo?

— Desespero — disse Laila.

— Certo, bem, falando em desespero, acho que você deveria contar pra ele.

Enrique não precisou definir quem era *ele*. Laila já sabia, e o pensamento a perturbou. Séverin não tinha direito aos seus segredos, muito menos à sua morte.

— Sei que ele tem sido o oposto de bolo, mas continua sendo o nosso Séverin — disse Enrique. — Eu sei que esses últimos meses têm sido difíceis, e ele está... diferente. Mas e se o ato de você contar pra ele mudar a forma como ele tem agido? Eu *sei* que ele ainda tá lá dentro, em algum lugar... eu sei que ainda se importa...

A expressão em seu rosto ficou um pouco sombria. De todos eles, Enrique sempre fora quem mais confiava em Séverin. E como não confiar? Séverin tinha conquistado sua lealdade de ponta a ponta, mas isso era passado, e agora Laila sentia como se alguém tivesse ateado fogo em suas veias.

— E se isso não o mudar? — argumentou, erguendo o tom de voz. — E, mesmo que mude, o que representa o fato de que eu tenho que estar à beira da morte pra trazê-lo de volta a si mesmo? Minha vida, o que resta dela, não será o alimento que a alma dele necessita para recuperar as forças. Minha *morte* não está a serviço da índole dele, e eu não vou ser um sacrifício só pra que ele encontre paz de espírito. *Não* é minha responsabilidade salvar Séverin.

Foi só quando se deu conta de que estava olhando para baixo, na direção de Enrique, que ela percebeu que havia se levantado.

O rapaz arregalou os olhos, e ele soltou um "Concordo" quase inaudível.

— Eu sei que você quer o meu bem — disse Laila, suspirando ao se deixar cair de volta no banco. — Mas eu... eu não consigo fazer isso, Enrique. Ia doer demais.

O queixo do historiador caiu um pouco, e ele voltou os olhos para o gelo.

— Entendo. Eu sei como é doloroso perceber que a gente não é abraçado com o mesmo apreço emocional que achava. Ou, talvez, imaginava.

— Me promete que não vai contar pra ele, Enrique — pediu ela, segurando sua mão. — Coisas me foram tiradas a vida toda. Minha morte não será uma delas.

Enrique a encarou, seus olhos sombrios. E então assentiu. No instante seguinte, apertou a mão dela e partiu. Laila o observou ir embora enquanto uma leve neve começava a cobrir suas roupas. Agora, o Palácio Adormecido parecia ter sido retirado das páginas de um conto de fadas gelado. Os pináculos de quartzo congelado pareciam ossos de vidro, e Laila queria imaginar que o palácio pertencia a Snegurochka. Talvez a donzela de neve tivesse escolhido não derreter por amor, mas congelar pela vida. No entanto, sua divagação foi interrompida ao ver Delphine cumprimentar Enrique na entrada do palácio. Laila estava muito longe para ouvir as palavras trocadas, mas viu como o rapaz ficou rígido. Ele olhou para trás, para ela, mas Delphine o segurou pelo braço, apontando para dentro. Laila sabia o que aquilo significava.

Séverin estava de volta.

O livro estava aqui.

No frio, o anel de Laila parecia folgado de um modo maravilhoso, como se desejasse ser descartado agora que não havia mais motivo para usá-lo.

A outra mulher se aproximou, as peles pretas envoltas em seu corpo. Ela era uma figura marcante no gelo e, se Laila não soubesse a verdade, diria que Delphine era o tipo de mulher que respirava como se fosse um exercício de lazer, em vez de necessidade.

— Eles voltaram? — perguntou Laila.

Delphine assentiu.

Laila sentia como se sua vida estivesse esperando que ela corresse e a alcançasse, mas não conseguia se mover. Algo a prendia. Laila superou suas apreensões e se levantou para enfrentar seu destino.

Juntas, caminharam de volta em silêncio por alguns instantes, antes que Delphine falasse:

— É difícil olhar para ele, não é?

Laila sabia que a matriarca se referia a Séverin, e um pedaço de lealdade havia muito morto se acendeu dentro dela.

— Imagino que seja tão difícil quanto é para ele olhar pra você.

— Eu não devo a você uma defesa das minhas escolhas — disse Delphine, com altivez. Mas então sorriu, triste, perdida por um momento. — Eu só quis dizer que não consigo vê-lo como é agora. Aos meus olhos, ele sempre será um garoto virado para trás na cadeira no teatro. Um garotinho olhando para as pessoas, observando enquanto a fascinação florescia nos rostos da plateia.

Laila quase conseguia imaginá-lo como uma criança. Magro e de cabelos escuros, seus olhos sombrios e enormes em seu rosto. Um garotinho que teve de crescer rápido demais.

— Por que tá me contando isso?

Delphine sorriu, embora seu sorriso fosse frágil e não alcançasse seus olhos.

— Porque eu preciso contar o que lembro pra alguém — disse ela. — Eu invejo você, criança.

Laila conteve uma resposta. A matriarca não tinha nada a invejar. Delphine podia se movimentar pelo mundo sem a expectativa de uma porta ser batida em sua cara. Delphine tinha *vivido*. Laila só tinha sonhado com a vida.

— Eu te garanto que qualquer inveja que eu inspire é desmerecida.

Delphine olhou para baixo, analisando o reflexo de seu rosto na água do lago.

— Eu te invejo porque você pode se olhar. Consegue suportar o próprio reflexo, sabendo que pode carregar o peso de cada escolha que fez e cada arrependimento que carrega. Isso é algo raro à medida que se envelhece.

O que parece mais raro é a chance de envelhecer, pensou Laila.

Dentro do Palácio Adormecido, a agitação era grande. Um dos artesãos da Casa Kore abriu uma garrafa de champanhe. Uma onda cautelosa de empolgação percorreu Laila.

— Tesouros! — gritou um deles. — *Montes* de tesouros!

Delphine aceitou uma taça de champanhe. Laila ficou nas sombras, seus olhos percorrendo a sala, parando no brilho da luz refletida nos animais de gelo em movimento lento e no grande lustre balançando acima de todos eles.

— O patriarca da Casa Dažbog não teve escolha a não ser enviar uma mensagem para a Ordem de Babel, de acordo com o protocolo da Ordem — disse outro. — Eles estão vindo, matriarca. *Todos* eles.

A taça caiu da mão de Delphine, se despedaçando no chão.

— *Aqui?* — exclamou. — E quanto ao Conclave de Inverno?

—Ao que parece, matriarca, eles estão trazendo o Conclave de Inverno... até nós.

Laila olhou em volta, para o vasto átrio vazio. O ressentimento se acumulou em seu estômago. Não queria centenas de membros da Ordem correndo de um lado para outro, com suas mãos pegajosas agarrando tesouros. Talvez ela se sentisse diferente se o Conclave admitisse seus membros não ocidentais — aqueles das guildas coloniais que foram absorvidas pelas Casas do país que conquistou suas terras —, mas eles não tinham lugar aqui. Isso fazia Laila se lembrar das garotas mortas, caçadas por sua própria invisibilidade no grande esquema do mundo.

— Quando eles chegam? — rosnou Delphine.

— Em alguns minutos, matriarca — disse o serviçal. — Eles planejam usar seus próprios acessos Tezcat, tanto acima do solo quanto debaixo d'água. E trarão seus próprios artesãos para decorar antes do Leilão da Meia-Noite anual.

Delphine praguejou baixinho. Naquele instante, Laila viu os serviçais carregando cestos cheios de tesouros — livros e estátuas, joias amontoadas em bandejas e instrumentos brilhantes. Seus pensamentos pareciam puxados em mil direções. Ela sentiu alguém empurrando uma taça de champanhe em sua mão. Quando olhou para cima, pétalas prateadas caíam do teto de gelo, grudando no chão azul. Ela sempre sonhara que, quando se aproximasse do livro, seu corpo saberia. Talvez suas veias brilhassem com luz, ou seu cabelo se erguesse de seus ombros. Em vez disso, seus batimentos ficaram lentos. O tempo parecia ter se esquecido de reuni-la em seu ímpeto, diminuindo a velocidade da sala e de seus habitantes ao redor dela. A dúvida a alcançou. Seu coração doía por nenhuma razão que pudesse nomear. E então, finalmente, ela sentiu Enrique e Zofia ao seu lado. Zofia — doce e estoica — tinha lágrimas escorrendo pelo rosto. Enrique falava rápido demais, e Laila só conseguiu pegar uma frase, tão afiada que sentiu como se tivesse quebrado sua vida naquelas palavras:

— Não havia livro algum.

27

ENRIQUE

SEIS HORAS ANTES DO LEILÃO DA MEIA-NOITE...

Enrique costumava amar a sensação de incredulidade. A ideia de que o mundo conspirava para deslumbrá-lo. Foi assim que se sentiu quando visitou o L'Éden pela primeira vez, no aniversário do hotel, quando Séverin projetara o espaço para se parecer com o Jardim do Paraíso. Um basilisco feito de maçãs, duas vezes o tamanho de uma mesa de jantar, se contorcia entre as colunas, torcendo e batendo as mandíbulas, perfumando o ar com frutas. Criaturas de topiarias passavam com suavidade pelos sofás de seda. E Séverin se movia entre elas como um deus bem-vestido, ainda criando seu universo. Aquilo era inacreditável. Que alguém como Séverin pudesse convocar sua imaginação e o mundo não o derrubaria, e sim se curvaria diante dele. Enrique não se lembrava de ter decidido conscientemente que queria trabalhar para o estranho hoteleiro com gosto por artefatos ainda mais estranhos... Tudo o que sabia era que queria saber como o mundo era do ponto de vista dele.

O que ele sentia agora era um tipo diferente de incredulidade. Aquele no qual alguém liberou um sonho no mundo, apenas para redescobri-lo no chão, pisoteado e manchado.

Não havia livro algum.

Como...

Como eles poderiam estar *tão* errados? E com um preço tão caro em jogo?

Ao lado dele, Laila não se movera. Seu rosto estava sem cor, seu anel de granada deslizando pelo dedo. Zofia estava do outro lado dela, os ombros das duas mal se tocando.

Ao redor, membros das Casas Dažbog e Kore se aglomeravam. O ar parecia tremer e vibrar com a promessa de convidados prestes a chegarem. Na entrada do Palácio Adormecido, a matriarca da Casa Kore fixou o olhar no lago com uma expressão arrogante.

— Como *ousam* — disse ela, entre dentes. — Eles não suportaram a ideia de alguém descobrir tesouros sem a presença deles. Bem, que assim seja. Que tragam o Conclave até aqui. Que vejam exatamente o que o *meu* patrocínio ainda produz.

Ela lançou um olhar feroz para Enrique.

— E você *ainda* precisa cortar o cabelo.

O rapaz queria resmungar com ela como costumava fazer, mas não conseguia encontrar as palavras certas. Tudo o que sentia era a mão de Laila na sua... fria e imóvel como um cadáver. Uma mão quente agarrou seu ombro, e Enrique se virou para ver Hipnos sorrindo.

— Você não vai me parabenizar? — perguntou Hipnos. Seu rosto brilhava de orgulho. — Conseguimos os tesouros da Casa Caída! A Ordem terá seu famoso Leilão da Meia-Noite. Séverin tem sua vingança. O que resta da Casa Caída nunca se recuperará desse golpe.

Enrique não estava no clima de parabenizar, então nada disse. Hipnos não pareceu perceber. Sua mão deslizou do ombro de Enrique enquanto apontava para o gelo. Eva apareceu ao lado de Hipnos, cruzando os braços. Um sorriso desafiador curvava seus lábios.

— Eles estão aqui — disse ela lentamente.

A pulsação de Enrique acelerou ao som de patas raspando no gelo. Centenas de trenós puxados por cães se espalhavam pelas águas congeladas do lago Baikal. À medida que se aproximavam, Enrique reconheceu diferentes facções da Ordem e os baús de tesouros vivos que as acompanhavam. Um lobo de berilo soltou um uivo mecânico. Eva acenou na direção da fera.

— Casa Orcus — apontou ela. — Eles se especializam em coletar objetos de tortura, em especial os usados para punir aqueles que quebram juramentos.

No alto, uma águia de obsidiana mergulhou baixo, sua sombra estendida sobre a água.

— Casa Frigg do Império Prussiano — explicou Eva mais uma vez, apontando para o pássaro pálido. — Eles têm um gosto mais agrícola quando se trata de suas aquisições, ainda mais na extração de borracha das árvores...

— Um *gosto* pela agricultura? — repetiu Hipnos, o lábio se retorceu. — Tenho certeza de que é assim que aquelas almas na África também enxergam as coisas.

Um golfinho de mármore rompeu a superfície do gelo antes de desaparecer sob as ondas, enquanto uma camurça-europeia de ágata e um cavalo de ônix imponente trotavam ao lado de duas carruagens ornamentadas.

— Casa Njord, Casa Hadúr e Casa Atya das facções austro-húngaras — disse Eva.

Hipnos cruzou os braços e soltou um assobio baixo.

— E o que temos aqui? Ah, até os britânicos decidiram dar uma espiadinha em nossas mercadorias. — Ele acenou para um leão dourado cintilante que seguia devagar sobre o gelo. Ao lado dele, uma carruagem menor e menos ornamentada. Como um acréscimo de última hora. — Eles costumam manter suas descobertas para si e para seus museus — comentou Hipnos, revirando os olhos. — Mas os artefatos perdidos da Casa Caída tentam a todos.

Enrique sentiu o estômago revirar ao observar a procissão do Conclave de Inverno. A Ordem se considerava guardiã da civilização ocidental, mas seu poder era muito mais forte e terrível; eles eram os guardiões da história. O que levavam, o mundo esquecia. E ele os ajudara.

Eva puxou seu pingente de bailarina prateado.

— Eles vão querer ver todos vocês esta noite... os grandes caçadores de tesouros que encontraram o ninho oculto da Casa Caída.

— Eu não quero vê-los — respondeu Enrique, no automático.

— Ah, deixa disso — disse Hipnos. — Nem *eu* gosto deles, mas isso não significa que não possam ser úteis pra gente.

— Receio que nenhum de nós tenha escolha — disse Eva, antes de fazer uma pausa para olhar ao redor do salão. — Onde está a *mademoiselle* Laila?

Foi só então que Enrique percebeu uma sensação de leveza em sua mão.

Olhou para baixo e percebeu que não estava mais segurando a mão dela. Quando se virou, só viu o arco de gelo do Palácio Adormecido. Laila tinha desaparecido.

— Para onde ela foi? — perguntou Enrique, virando-se para Zofia.

Mas o olhar da engenheira estava fixo nas Casas da Ordem de Babel que estavam chegando. Enrique olhou para Ruslan e Delphine, mas os dois já haviam se afastado para cumprimentar as outras Casas.

— E onde está Séverin? — quis saber Enrique.

Eva deu de ombros.

— A última vez que o vi foi há uma hora. Ele estava supervisionando o transporte dos tesouros de dentro do leviatã, pois ainda precisam ser catalogados e preparados para o Leilão da Meia-Noite do Conclave de Inverno.

— Onde estão mantendo os objetos? — perguntou Enrique.

— Acredito que na biblioteca.

— Já são quase três da tarde — disse Zofia.

— E daí? — Eva a encarou.

— O leviatã só fica por uma hora. Mecanicamente, não pode ficar mais tempo.

— Não acho que tenha muita escolha quando há cordas de metal Forjado envolvidas — retrucou Eva.

— Davi foi amarrado no gelo? — indagou Zofia, erguendo o tom de voz.

— *Davi?* — perguntou Eva, com uma risada. — A gente teria prendido aquela coisa no chão mais cedo se as cordas não tivessem demorado tanto tempo para serem Forjadas.

Zofia a olhou com raiva.

— Com licença — disse Enrique, brusco.

Então empurrou Zofia para fora da multidão e os conduziu para longe de Eva e da procissão da Ordem.

— Tá vendo, é por isso que não se dá nome a monstros mecânicos — resmungou Enrique enquanto os levava mais para o fundo do átrio.

— Por que estamos saindo? — exigiu Zofia.

— Primeiro, precisamos encontrar Séverin na biblioteca. E, segundo, eu não queria que você incendiasse Eva.

— Eu não desperdiçaria um pingente incendiário — disse Zofia, sombria.

Enquanto se dirigiam para a biblioteca, Enrique se desviou de organizadores e artesãos, ursos de gelo cochilando e de um trio de cisnes de cristal cujas penas translúcidas eram adornadas de prata. No átrio, um enorme púlpito tinha sido erguido para o Leilão da Meia-Noite. Serviçais das várias Casas, que tinham chegado mais cedo, andavam apressados, carregando bandejas de taças de quartzo cheias de vinho gelado. Antes, a visão teria deslumbrado Enrique, mas agora ele mal se importava. Se recusava a acreditar que tudo o que tinham visto — as mulheres sem mãos, as musas com seus olhares vazios e objetos quebrados — tinha sido em vão. Se recusava a acreditar que Laila tinha apenas alguns dias de vida. E se recusava a acreditar que Séverin não tinha outro plano escondido na manga.

Dentro da biblioteca, as estátuas das musas brilhavam. Placas de gelo formavam mesas espalhadas pelo chão onde antes só havia um corredor vazio. Tesouros estavam empilhados sobre as superfícies, cada um deles com etiquetas brancas e bem-arrumadas para o leiloeiro ler. Em outro momento, Enrique teria parado para admirar os objetos que vislumbrava — objetos que haviam sido considerados perdidos por toda a sociedade histórica —, mas isso foi antes de ver Séverin.

No meio de todos aqueles tesouros, o rapaz parecia algo saído de um mito, e Enrique se lembrou de como os mitos podiam ser enganosos. Quando tinha sete anos, pensou ter visto um *siyokoy*, um homem-peixe. Esse homem escalou o topo de um penhasco, olhando para o oceano. Não usava camisa e, ao redor do pescoço, tinha colares de pérolas. Em seus dedos, incontáveis anéis. Suas calças caíam com pedras do mar, e cem lenços de seda pendiam por seus passadores de cinto. Na época, Enrique estava com a família em um barco *paraw* que oscilava na água, celebrando o aniversário de sua mãe.

— O rei do mar! — exclamara ele, animado.

Na cabeça dele, apenas um homem cheio de tesouros poderia ser um rei do mar.

Mas não foi o que sua família viu. Seu pai entrou em pânico, gritando para o homem parar, para *esperar...* Sua mãe se benzeu, abraçando Enrique para que o garoto não pudesse ver. Ele tentou se libertar do abraço, desesperado para ver o rei do mar, mas tudo o que ouviu foi o barulho da água e o grito angustiado do pai. Semanas mais tarde, Enrique entendeu que o homem tinha se afogado. Ouviu os rumores — toda a família do homem perecera em um tufão recente. Na época, ele não entendeu como um homem carregado de tesouros podia ser tão pobre na vida, a ponto de escolher a morte. Agora se lembrava disso, ao ver Séverin sentado em uma sala cheia de tesouros, com os olhos cheios de nada.

Todo esse tempo, Enrique suspeitara de que Séverin queria *As Líricas Divinas* como um último golpe esmagador na Casa Caída... mas o rapaz parecia tão arrasado quanto Laila, como se tivesse perdido toda a sua vida. Algo nessa história não se encaixava bem na mente do historiador.

Sem dizer nem uma palavra, Séverin apontou para um volume pesado situado na mesa mais próxima dele.

— Vai em frente e olha — falou Séverin, com voz rouca.

Enrique se aproximou com cautela, enquanto Zofia o seguia.

Como suspeitava, havia algum traçado de ouro na capa, e certamente era feito de pele de animal. As dimensões eram bastante grandes para um livro, e havia a sugestão de fivelas ao longo da encadernação, quase como se fosse um livro destinado a conter algo dentro. Pressionada na superfície havia uma marca queimada... como um pequeno *W* inclinado. A imagem o incomodava, mas ele não sabia por que a reconhecia. Dentro do livro não havia nada além de espaço vazio, com as depressões mais vagas de algo que esteve ali, mas que já não estava mais.

Enrique engoliu em seco, deixando os dedos percorrerem a espinha do livro.

— E se a gente deixou alguma coisa passar? — perguntou. — Talvez se nós...

— Não adianta — disse Séverin. — Não restou nada.

Ele não ergueu a voz. Nem sequer fez contato visual. Mas o ar se curvou ao redor dele, e era como se estivesse se esquivando de uma abertura súbita no mundo. Enrique sentiu o rosto corar. Queria gritar com Séverin. Queria dizer a ele que Laila morreria sem a ajuda deles. Mas, no final, a promessa feita a ela o manteve em silêncio.

Séverin se levantou da cadeira. Do bolso de seu paletó, retirou um envelope e o entregou para Zofia.

— Isto chegou para você — avisou ele, sem emoção. — Você pode voltar para sua irmã amanhã mesmo. Não faz diferença.

Zofia pegou o envelope, a linha entre suas sobrancelhas se aprofundando.

— Parabéns a todos nós — disse Séverin, a voz sem vida. — Encontramos uma das maiores coleções de tesouros que o homem já conheceu.

Assim que Séverin se dirigiu para a porta, Hipnos apareceu na soleira, parecendo sem fôlego e confuso.

— Estava me perguntando onde todos estavam — disse, virando um olhar acusador para Enrique. — Pensei que você e Zofia fossem voltar, mas isso nunca aconteceu. Se soubesse que viriam atrás de Séverin, teria me juntado a vocês imediatamente.

As palavras de Hipnos se assentaram de modo desconfortável dentro de Enrique. Seria Séverin a única razão para que ele se juntasse ao grupo?

Séverin passou pelo patriarca.

— Para onde você tá indo? — perguntou Hipnos. — Precisamos nos preparar para as celebrações mais tarde!

Séverin saiu pela porta, fazendo Hipnos gemer e jogar as mãos para o alto. Ele ajustou seu terno, deu um suspiro profundo e estava prestes a ir atrás do outro quando algo em Enrique o forçou a chamar:

— Espera!

Hipnos olhou em sua direção, com uma expressão de irritação.

— O que é, *mon cher*? Pode esperar?

Enrique sentiu um nó na garganta enquanto se aproximava de Hipnos. De súbito, sentiu-se tolo. As sombras do dia se enrolavam sombrias em seu coração, e ansiava pela luz e pelo calor de outra pessoa antes de se lançar na análise dos tesouros. Pensou que Hipnos teria reconhecido esse pedido em seu rosto, mas o outro rapaz não percebeu. Na verdade, Hipnos parecia pronto para sair correndo.

— Eu poderia contar com a sua ajuda?

Mesmo enquanto perguntava, ele sabia a resposta.

— Eu não posso — apressou-se a dizer Hipnos, seus olhos se dirigindo para a porta. — Séverin precisa de mim...

— E se *eu* precisasse de você? — perguntou Enrique. E então, sereno, acrescentou: — Isso faria alguma diferença?

— Séverin é o mais próximo que tenho de uma família — respondeu Hipnos. — Tenho que ir até ele.

A piedade atravessou o coração de Enrique.

— Eu não acho que Séverin te veja assim — disse Enrique, com gentileza. — Pode acreditar, Hipnos... Eu reconheço um afeto unilateral. — Sua mão caiu ao lado do corpo. — Pelo menos, agora eu reconheço.

Hipnos ficou imóvel. Em seu silêncio estava toda a resposta da qual Enrique precisava. Ele viu, com uma clareza cansada, tudo o que não queria notar. Como tinha buscado algo que Hipnos não estava disposto a oferecer. Como o outro rapaz parecia mais feliz quando estava com o grupo, em vez de apenas com ele. Hipnos lhe dissera desde o início que era algo casual, e ainda assim Enrique continuou tentando fazer aquilo ser... *mais*. Uma dor se instalou atrás de suas costelas. O quarto parecia maior, e ele se sentia ainda mais diminuído.

A boca de Hipnos se torceu em culpa.

— Ah, *mon cher*, não é unilateral, apenas...

— Não é o suficiente — completou Enrique, olhando para os sapatos.

Hipnos se aproximou. De forma vaga, Enrique sentiu os dedos quentes do outro erguendo seu queixo.

— Sou completamente encantado por você, meu historiador — disse Hipnos. — Você e eu... nós entendemos o passado um do outro.

Mas um passado compartilhado não garantia um futuro. E Hipnos também parecia saber disso.

— Acho que, com o tempo, poderia aprender a te amar — disse Hipnos.

Enrique levantou o braço, lentamente removendo a mão de Hipnos de seu rosto. Ele segurou a mão do outro garoto, depois a cerrou em um punho, roçando seus lábios uma vez contra os nós dos dedos de Hipnos.

— Talvez nós dois mereçamos alguém que não seja tão difícil de amar — disse Enrique.

— Enrique...

— Eu vou ficar bem — rebateu ele. — Você não quebrou nenhuma promessa para mim. Só vai.

Hipnos abriu a boca como se fosse dizer alguma coisa, mas, no final, escolheu o silêncio. Ele encarou os olhos de Enrique, acenou com rigidez e deixou o aposento.

Enrique ficou olhando a porta vazia. Sentia-se oco, como se um vento de inverno desgarrado pudesse atravessá-lo com facilidade. Com hesitação, respirou fundo. A biblioteca cheirava a papel, tinta... e possibilidades. E foi para lá, afinal, que direcionou sua atenção. Ele precisava do refúgio do trabalho e, pelo que havia vislumbrado dos tesouros, havia muito a ser feito ali. Só quando deu as costas de vez para a porta é que percebeu que não estava sozinho. Zofia estava lá, girando um fósforo aceso entre os dedos e observando uma mesa cheia de tesouros. Ela havia ficado, e o historiador não sabia o que fazer a esse respeito. Ela o olhou nos olhos, seus olhos azuis ferozes.

— Precisa de ajuda? — perguntou.

Ao redor deles, a biblioteca parecia adquirir um novo significado. As cariátides das musas tinham as mãos dobradas no peito, a iconografia de seus campos específicos brilhando em suas formas esculpidas. Enrique viu a lira de Calíope, a líder do grupo e musa da poesia épica; a corneta de Clio, musa da história; o aulo de Euterpe, musa da música; a cítara de Érato, musa da poesia de amor; a máscara trágica de Melpômene, musa da tragédia; o véu de Polímnia, musa dos hinos; a lira de Terpsícore, musa da dança; o cajado de pastoreio de Tália, musa da comédia; e a bússola de Urânia, musa da astronomia. Um arrepio percorreu sua espinha ao olhá-las. Um dia, foram reverenciadas como as deusas da inspiração, mas o que elas inspiraram neste lugar além de mortes? E por que todos os objetos delas estavam quebrados?

— O que estamos procurando? — perguntou Zofia, caminhando até uma das mesas repletas de tesouros. — Onde mais o livro poderia estar?

Zofia estendeu a mão, tocando uma coroa delicada de Medusa, um objeto Forjado da Grécia Antiga capaz de transformar pequenos objetos em pedra. Uma das pequenas serpentes de pedra se retraiu ao seu toque, e seu corpo se encolheu... ganhando uma forma que parecia muito familiar a Enrique. Como um oito. Lembrava algo que vira momentos atrás. Ele foi até a musa mais próxima, estudando o símbolo que encontrara gravado na palma das mãos delas dias atrás:

Segurou o caderno perto do símbolo e então... virou-o de lado, da mesma maneira que havia visto a serpente Forjada fazer momentos atrás.

Seus batimentos aceleraram. Quando o símbolo foi virado, não era de forma alguma um três invertido, mas a forma minúscula da última letra do alfabeto grego, ômega. *Alfa e ômega.* Tudo o que ele precisava fazer era estender e curvar as linhas de uma certa maneira, e era quase idêntico ao símbolo da lemniscata, a representação matemática do infinito. Supostamente, a forma de oito da lemniscata era derivada da forma minúscula do ômega, que em grego se traduzia a apenas uma coisa:

— O primeiro e o último, o começo e o fim — sussurrou.

O poder literal de Deus, o poder que se supunha que *As Líricas Divinas* acessariam. E ele sabia que já tinha visto isso em algum lugar antes.

— Zofia, você pode pegar o tomo pra mim? — perguntou.

A engenheira estendeu a mão e o trouxe da mesa. Lá, gravado na superfície, estava aquele mesmo formato de *W*... um lemniscata enterrado.

— Você vê isso? — perguntou ele.

— O símbolo para o primeiro número ordinal transfinito — apontou Zofia. Enrique não tinha ideia do que isso significava.

— Talvez, mas também...

— Um ômega minúsculo.

— Sim, exatamente! — exclamou Enrique, animado. — Também representa...

— O primeiro e o último, o começo e o fim — recitou Zofia. — Foi isso o que você disse no ano passado, na primeira vez que notou o símbolo. Você disse "em outras palavras, o poder de Deus". Certo?

Enrique ficou olhando para ela, e Zofia deu de ombros.

— O que foi? Eu estava prestando atenção — disse ela.

Enrique apenas a encarou. Ela tinha prestado atenção. Essa pequena afirmação carregava um calor estranho e pouco familiar. Zofia abriu o tomo, pressionando a mão pálida no vazio em que as páginas de *As Líricas Divinas* deviam estar.

— Parece mais uma caixa do que um livro — comentou.

Enrique examinou a cavidade, traçando o interior da lombada. Se fosse um livro, deveria ter fios ou algum outro sinal de que as páginas já foram unidas, mas a superfície era lisa.

— Se sempre foi oca e *continha* algo... então, e se for este símbolo que liga tudo? — perguntou ele, apontando para a lemniscata na superfície.

— Como um livro dentro de um livro? — perguntou Zofia.

— É a única coisa que faz sentido — disse Enrique.

Fosse lá o que estivessem procurando, tinha de ter o mesmo símbolo. Juntos, se viraram e encararam as pilhas de tesouros empilhados sobre as mesas.

Agora, só precisavam começar a procurar.

28

ZOFIA

DUAS HORAS ANTES DA MEIA-NOITE...

Zofia não contou as horas enquanto trabalhava com Enrique. Mas não precisava contar para ouvir como os sons do lado de fora da biblioteca cresciam em antecipação ao Leilão da Meia-Noite. Todas aquelas *pessoas*. Isso a fazia tremer. Zofia odiara ficar lá fora para receber a Ordem de Babel. Não gostava de toda aquelas pessoas, apertadas umas contra as outras, e não gostava que sua altura a obrigasse a ficar na altura da nuca delas.

No momento, gostava da tranquilidade e das tarefas definidas que tinha diante de si: pegar um objeto; procurar pelo símbolo da lemniscata; seguir em frente quando não o encontrasse. Pelo menos, estava fazendo algo. Antes, quando descobriu que não haviam encontrado *As Líricas Divinas*, ela não conseguia falar. Lágrimas escorriam por seu rosto. Mas não era de tristeza. Ela já se sentira assim uma vez, quando sua família fizera uma viagem de verão para um dos lagos. Ela nadara muito longe, feliz por estar debaixo d'água e não conseguir ouvir a barulheira das outras crianças. Mas, em algum lugar do lago, seu pé ficou preso em uma rede, e ela não conseguia manter a cabeça acima da superfície por mais do que alguns segundos de cada vez. Por acaso, Hela a viu tendo dificuldade e chamou o pai delas, que correu para o lago e a salvou.

Zofia nunca esqueceu como se sentiu — batendo as pernas e as mãos no lago, cuspindo água e engolindo ar. Ela nunca esqueceu a frustração da impotência, a consciência de que seus movimentos não faziam diferença, e que a água — vasta e escura — não se importava.

Foi assim que se sentiu ao perceber que Laila morreria.

Nada do que ela fizera fez diferença, pensou Zofia enquanto colocava um objeto de lado. Mas talvez, desta vez, ao estender a mão para pegar um artefato diferente, ela esperava fazer. Restavam 212 objetos para examinar e, em cada peça não examinada, Zofia buscava o conforto dos números, a certeza de que, por menor que fosse a chance, descobrir um símbolo de lemniscata não estava fora do reino estatístico da probabilidade.

Ao lado, Enrique trabalhava praticamente em silêncio. Cantarolava para si mesmo, e, embora em geral preferisse o silêncio, Zofia achava o murmúrio ao fundo uma constante agradável. Enrique também conversava sozinho, e Zofia percebeu que, assim como ela encontrava conforto nos números, ele encontrava consolo na conversa.

A essa altura, eles já tinham examinado duas das sete mesas sem ter algum resultado. Quando Zofia se moveu para uma mesa diferente, Enrique balançou a cabeça.

— Deixa essa pra depois.

— Por quê?

Enrique indicou outra mesa. Zofia examinou o conteúdo: um pequeno caderno com um verniz dourado; uma coleção de penas brilhantes em um jarro; uma harpa; um colar de contas de jade esculpidas com rostos de bestas; e uma balança. Não era diferente das outras mesas repletas de objetos semelhantes. Não tinha uma probabilidade maior de esconder um símbolo de lemniscata.

— Você sente esse cheiro, Fênix?

Zofia cheirou o ar. Sentiu o odor de metal e fumaça. Ela se aproximou de onde o historiador estava e percebeu um cheiro de algo mais... algo doce, como cascas de maçã jogadas no fogo.

— O cheiro de perfume — disse Enrique.

— O cheiro é irrelevante pra gente — apontou Zofia, virando-se de volta para a outra mesa.

— Mas o *contexto*... o contexto faz a diferença — contra-argumentou Enrique. — A palavra "perfume" vem do latim *perfumare... passar através de fumaça*. O cheiro era um meio através do qual os antigos se comunicavam com os deuses.

Enrique apontou para os objetos espalhados na mesa.

— Séverin foi quem explicou como o lugar inteiro foi projetado como um templo, até mesmo o altar de sacrifícios — disse ele, estremecendo. — Minha suposição é que eles só teriam usado incenso para os objetos mais preciosos, em especial fosse lá o que estivesse dentro de *As Líricas Divinas*, o que me faz pensar que devemos olhar nessas coisas aqui antes de tentarmos em outro lugar.

Zofia encarou a mesa, depois olhou para ele.

— Como você chegou a essa conclusão?

Enrique sorriu para ela.

— Ah, você sabe... superstições, histórias. — Ele fez uma pausa. — Um instinto visceral.

Já dissera algo assim para ela antes, e isso a irritou tanto agora quanto naquela ocasião.

Zofia estendeu a mão para pegar um novo objeto. Eles haviam acabado de examinar as duas primeiras peças — um cálice e uma cornucópia — quando um gongo soou do lado de fora. Enrique ergueu a cabeça, estreitando os olhos.

— Isso não é bom — comentou ele. — Não temos muito tempo antes que o leiloeiro comece a levar os objetos para a venda, e eu quero dar uma olhada dentro da gruta e do leviatã mais uma vez.

— Por quê?

— Por causa desse símbolo...

Enrique pegou seu caderno, traçando o sinal mais uma vez.

— Agora que sabemos o que estamos procurando, só quero ter certeza de que não deixamos nenhuma pista passar batido.

Zofia pareceu intrigada. Eles não teriam tempo suficiente para ir até o leviatã, vasculhar o local e voltar. Um deles precisava ir sozinho. Um deles precisava tentar ganhar mais tempo.

A ideia de se aventurar naquela multidão revirou o estômago de Zofia.

Mas isso nem se comparava à ideia de perder Laila.

Zofia ficou mais ereta e sentiu o envelope pesado e lacrado pressionando contra seu peito. Não reconhecera o selo do envelope, e a caligrafia não parecia ser a de Hela. A falta de familiaridade disso a encheu de uma estranha inquietação que ela não conseguia nomear, impedindo sua mão cada vez que reunia coragem para lê-lo.

Ao lado, Enrique estava falando sozinho.

— Se a gente conseguisse fazer Hipnos voltar, nós poderíamos ir, mas ele odeia ficar sozinho, e não podemos pedir a Laila... ela tá deitada e a visão disso só a deixaria mais abalada... e eu não faço ideia de onde Séverin tá... Ruslan poderia assumir a tarefa, mas Séverin costuma aprovar quem sabe o quê e quanto tempo perderíamos se...

— Eu posso ir sozinha.

O olhar de Enrique se fixou no dela. Por um segundo, Zofia mal registrou que havia dito tal coisa. Mas, no momento em que foi dito, isso a acalmou.

— Não, eu não poderia pedir uma coisa dessas pra você — disse Enrique.

— Eu sei o quanto situações novas podem ser difíceis para você. Eu vou.

As palavras atingiram Zofia. Ela se lembrou de uma das cartas anteriores de Hela: *Ah, não os deixe preocupados, Zosia. Pode ser que comecem a se preocupar com quem vai ter que cuidar de você quando eu me for.*

Ela não era uma criança que precisava de cuidados constantes.

— Eu vou sozinha. É mais importante que você fique aqui.

Enrique manteve o olhar nela por apenas mais um momento, e então assentiu.

— Tenho certeza de que a gruta estará vazia. Tudo o que você precisa fazer é uma busca rápida pelo símbolo da lemniscata. Se puder, no caminho, tenta ganhar tempo pra nós? Vou trabalhar o mais rápido que puder e me juntarei a você assim que tiver algo.

Zofia assentiu e se dirigiu para a porta. Mas, no instante em que levou mão à maçaneta, Enrique a chamou:

— Fênix?

Ela se virou e o viu apoiado em uma das mesas, um objeto em uma das mãos e um caderno enfiado embaixo do outro braço. Quando ele sorriu, Zofia notou que o canto esquerdo dos lábios dele se erguia mais do que o direito. Gostava desse detalhe, apesar da assimetria. Hipnos também deve gostar, pensou, lembrando-se de como o patriarca o beijara antes de entrarem no leviatã. Uma sensação desconfortável atingiu seu estômago.

— O que foi? — perguntou.

— Você é muito mais corajosa do que a maioria das pessoas lá fora — disse Enrique. — Nenhuma delas seria capaz de construir uma bomba de olhos fechados, entrar num monstro de metal e ainda querer chamá-lo de "Davi". Confie em si mesma, Fênix.

Zofia assentiu e teve o desejo irracional de que algumas palavras pudessem ser sólidas, recolhidas do chão e seguradas bem perto, para que pudesse alcançá-las sempre que fosse preciso.

— Pode deixar.

Quando Zofia saiu da biblioteca, o Palácio Adormecido havia mudado.

O que antes era calmo agora se transformara em algo diferente. Zofia perdeu a conta de quantas esferas prateadas cobriam o teto. Contou não menos do que onze Esfinges patrulhando o perímetro. O chão translúcido se tornara outro palco. Treze ilusões Forjadas de *rusatka*, donzelas do folclore polonês, saíam se arrastando do chão e pareciam envolver as dezenas de homens e mulheres que riam e deslizavam pelo salão de festa.

Ao lado do corredor que levava à biblioteca erguia-se uma tenda branca. Zofia não teve escolha senão atravessá-la para chegar ao corredor que abrigava seu laboratório. Desviou-se dos convidados espalhados pelo chão, recostados em almofadas pálidas e segurando taças. Dispositivos de prata cobriam seus mindinhos, todos terminando em uma garra afiada. Eram exatamente iguais ao anel de Eva, e Zofia percebeu que eram instrumentos de Forja de sangue. Em um canto, duas mulheres riam e, ao mesmo tempo, cravavam a garra no punho uma da outra. O sangue brotou e as mulheres cruzaram as mãos, deixando o sangue cair em suas taças. Zofia se moveu com agilidade em direção à saída quando outro grupo bloqueou seu caminho. Dois homens e uma garota não mais velha do que Laila. A garota tinha as costas voltadas para eles, e os dois homens estampavam o mesmo sorriso. Um homem bebeu seu drinque em um só gole. E, de imediato, sua aparência tremeu e se distorceu, até que ele ficasse idêntico ao outro homem.

— Nos diferencie, querida — disse o homem ao lado dele, girando a garota na direção de ambos. — Ou talvez precise da assistência do toque?

Um dos homens olhou para Zofia e estendeu sua taça.

— Você é mais do que bem-vinda para se juntar, fadinha adorável.

Zofia balançou a cabeça e saiu da tenda o mais rápido que pôde, até chegar em seu laboratório. Uma vez lá dentro, levou um momento para recuperar o fôlego. A Forja de Sangue a confundia. Ela sabia que era a ciência do prazer e da dor, e sabia que amantes apreciavam o talento artístico. Supostamente, ela deveria querer... *aquilo*? Corpos operavam como máquinas, e a engenheira se perguntava sobre suas próprias engrenagens e por que nada naquela tenda lhe interessava. Pelo menos, não com aquelas pessoas.

Zofia deixou de lado a pequena pontada de dor e rapidamente reuniu lâmpadas de calor, mais pingentes fosfóricos, um mnemo-inseto, vários pedaços de cordas e uma nova caixa de fósforos. Quando voltou para o corredor, percebeu que não estava sozinha.

Hipnos estava encolhido no chão, as costas apoiadas na parede, uma garrafa de vinho enfiada debaixo do braço e uma taça vazia na mão. Quando a viu, olhou para cima e exibiu um sorriso unilateral. Correspondia ao sorriso assimétrico de Enrique.

O padrão percorreu Zofia, abrindo um abismo de calor em seu corpo. Ela se lembrou do dia em que os viu por acaso no corredor do L'Éden. Ela usava um vestido de seda que Laila lhe comprara. Depois daquilo, não suportara mais o toque do tecido. Ela se lembrava também do beijo de Hipnos e Enrique na gruta de gelo: breve e descomplicado. O patriarca costumava dizer que não era culpa dele que a maioria das pessoas quisesse beijá-lo, assim como não era culpa dela não sentir vontade de beijar a maioria das pessoas. No entanto, a única pessoa que a fazia considerar tais pensamentos olhava não para ela, mas para Hipnos. Na estatística, fazia sentido. Hipnos atraía muito mais pessoas do que Zofia. Tal percepção não deveria lhe causar dor alguma, e ainda assim ela sentiu uma torção aguda atrás dos ossos do peito, e não sabia como fazer aquilo parar.

— Eu sou uma pessoa terrível? — perguntou Hipnos. E soluçou alto. — Eu não quis *usar* ninguém. Achei que estava tudo bem? — Ele balançou a cabeça. — Não, nunca esteve tudo bem.

As palavras dele estavam um pouco turvas, e Zofia reconheceu aquilo como embriaguez. Hipnos não esperou que ela respondesse às perguntas. Em vez disso, deu outro gole em sua taça.

— Eu vou voltar pra gruta de gelo... — começou a dizer Zofia.

Hipnos estremeceu.

— É assustador, frio, úmido e sem comida e bebida. Por que *diabos*...

— Eu preciso — disse Zofia. — Tenho que proteger alguém.

— Guardando segredos, é isso? — perguntou o outro.

Zofia assentiu. Hipnos soltou uma risada, segurando a taça. Seus olhos pareciam vidrados, e os cantos de sua boca se curvaram para baixo. Estava triste.

— Segredos dentro do grupo no qual, suponho, nunca serei incluído — constatou. — Eu invejo quem quer que seja, por ser digno de tal sigilo. E também invejo você, por desfrutar de tanta confiança. Por ser tão... — ele girou a taça, franzindo o cenho — ... *desejada*.

Desejada.

Zofia percebeu que podiam invejar a mesma qualidade um no outro. Ela se lembrou de todas as vezes que Hipnos tentara ajudar: quando trouxera lanches descoordenados, quando propusera um brinde no armazém de São Petersburgo, quando pairou ao seu lado e tudo o que ela conseguiu pensar em dizer foi que ele estava projetando uma sombra sobre seu trabalho. Tristan também havia feito o mesmo quando estava vivo. Ele tinha tentado estar presente, e Zofia não lhe dissera o suficiente que, embora sua presença não melhorasse a eficiência de seu trabalho, também não era indesejada.

— Pensei que fôssemos amigos — disse Hipnos, soluçando. — Nada de fazer sacrifícios de gatos às quartas-feiras et cetera.

— Nós somos amigos — respondeu Zofia.

E disse isso com sinceridade. Zofia desejou que Laila estivesse ali. Ela saberia o que dizer. A engenheira fez o melhor que podia e pegou a caixa de fósforos.

— Quer botar fogo em alguma coisa? — perguntou.

Hipnos bufou.

— Uma sugestão bastante perigosa, dada a minha atual embriaguez.

— Você está sempre embriagado.

Ele ponderou a respeito daquilo.

— Verdade. Me dá um fósforo.

Zofia acendeu um e o entregou. Ele semicerrou os olhos enquanto assistia à chama consumir a madeira até que a faísca se apagou e a fumaça se desenrolou da ponta queimada.

— Isso *é* bastante calmante — concordou Hipnos, encolhendo os ombros. — Mas eu prefiro ajudar a procurar coisas inflamáveis por aí.

As palavras de Enrique voltaram a soar nos ouvidos de Zofia: *Se puder, no caminho, tenta ganhar tempo pra gente.*

— Eu sei como você pode ajudar — falou Zofia.

Hipnos bateu palmas.

— Me diz!

— Embebede os *outros* — disse Zofia. — Atrase o Leilão da Meia-Noite. Isso vai ajudar muito.

— Ajuda! — Hipnos soluçou e sorriu. — Causar uma distração embriagada? Canções licenciosas? *Valsas improvisadas?* Eu adoro valsas.

— Você faria isso?

Um largo sorriso puxou os cantos da boca de Hipnos.

— Se eu provaria que faria qualquer coisa pra ajudar meus amigos? *Oui, ma chère*, eu faria. — Ele acenou com a mão. — Além disso, você sabe que eu vivo para tramoias.

Zofia usou as entradas dos serviçais para evitar o átrio principal. Não queria ver aquela tenda branca de novo. Dois guardas uniformizados protegiam o corredor que levava à gruta de gelo. Um distintivo desconhecido da Ordem de Babel estava estampado na frente de seus casacos.

Zofia pensou nos vários roteiros que havia memorizado ao longo dos últimos dois anos trabalhando em aquisições com Séverin. Serrou os dentes e levou a mão ao coração, não por sentimentalismo, mas como um lembrete da carta de Hela pressionada contra seu peito. Às vezes ela precisava de ajuda, mas isso não a tornava indefesa.

Zofia marchou até os guardas.

— E quem é você? — questionou um deles.

— Eu sou uma das engenheiras de Forja que supervisionou a remoção do tesouro — informou Zofia, em sua melhor imitação de uma voz arrogante. — Fui solicitada pelo leiloeiro para vasculhar a gruta de gelo em busca de qualquer tesouro remanescente.

O outro guarda balançou a cabeça em negativa.

— Já tem alguém fazendo isso agora mesmo.

Zofia não tinha previsto isso. Enrique achava que a gruta estaria vazia. Quem estava lá dentro?

— Me disseram para dar consultoria para quem está aí — rebateu Zofia.

O guarda a encarou por um momento antes de suspirar e se afastar. Zofia passou por eles, seguindo pelo corredor longo, estreito e escuro. Dentro da gruta, encontrou o silêncio. Muitas das lamparinas haviam sido removidas, deixando a gruta na escuridão. O leviatã estava acorrentado ao gelo, tiras de metal forjado cruzando seu pescoço e mantendo sua mandíbula aberta.

— Olá, Davi — disse Zofia.

O leviatã se contorceu, e pequenas fissuras de gelo se espalharam ao seu redor. A visão da máquina acorrentada enfureceu Zofia, mas foi o silêncio da gruta que a confundiu. O guarda havia dito que outra pessoa estava aqui e, no entanto, o lugar estava vazio. Talvez eles tivessem se enganado.

Zofia colocou uma de suas lanternas na entrada do leviatã. Quando tocou a borda de metal, sentiu-o se contorcer, espumando a água do lago ao redor deles. Uma pontada de pena a atingiu quando entrou, segurando um de seus pingentes de fósforo para poder se orientar. Ela pensou que o leviatã estaria frio, mas dentro de sua boca o ar ficou úmido e sufocado.

Quando espiou sobre a beira da escada, vislumbrou um brilho vermelho e oscilante. A luz a perturbou, quase fazendo-a cambalear para trás quando uma nova imagem passou por sua mente: os rostos de seus amigos e de sua família. Pensou em Séverin, e como ele andava como se carregasse muito mais do que o próprio peso. Pensou na vivacidade de Laila. No sorriso assimétrico de Enrique e nos olhos acetinados de Hipnos. Tudo isso era luz. A partir dos ensinamentos de seu pai, ela sabia que a luz pertencia a um espectro eletromagnético. A luz que o mundo percebia pertencia ao espectro visível, o que significava que havia certas luzes que os humanos não podiam enxergar. Mas Zofia se perguntou se seria possível senti-la de qualquer maneira, do mesmo modo que podia sentir o sol contra suas pálpebras fechadas. Porque era assim que ela sentia a amizade, uma iluminação grande demais para seus sentidos capturarem. No entanto, não duvidava de sua presença. E guardava aquela luz perto de si enquanto, passo a passo, descia as escadas.

Cinco...

Catorze...

Vinte e sete...

No final da escada, viu a sala completamente iluminada. Cinquenta e sete prateleiras nuas se estendiam a partir do teto. Um tapete danificado pela água cobria o espaço principal. No canto, à direita, Zofia reconheceu uma cápsula em forma de casulo contendo um volante e dois assentos. Um mecanismo de fuga embutido. No teto, reconheceu uma projeção de um mnemo-inseto que mostrava a gruta de gelo que acabara de deixar. Ela não conseguia se lembrar de tal aparelho constar nos registros de Hipnos e Séverin.

Todas essas observações empalideceram diante da fonte de calor que ela sentira quanto mais descia as escadas. Em um altar de pedra elevado, centenas de velas rubras queimavam brilhantes. A luz vermelha se espalhava pelos rostos esculpidos em pedra das nove musas inclinadas sobre o altar. Não fazia sentido deixar as velas acesas. Ela já vira uma situação semelhante no passado. Poderia ser um gesto de sentimentalismo, um que reconhecia do tempo em que seus vizinhos deixavam velas ao lado do olmo da família, quando seus pais morreram. Talvez isso fosse para as meninas que tinham morrido. Mas então ela notou a inscrição na parede...

Zofia levantou seu pingente, procurando sinais do símbolo ao longo do altar. Mas a lemniscata não estava ali. Quanto mais se aproximava, mais legível se tornava a escrita na parede:

ESTAMOS PRONTOS PARA O DESVANECIMENTO

— Desvanecimento? — repetiu Zofia em voz alta.

A palavra a lembrou da última vez que tinham visto a inscrição na parede.

O ATO DE TOCAR O INSTRUMENTO DE DEUS
INVOCARÁ O DESVANECIMENTO

O que isso significava?

Um brilho em sua visão periférica lhe chamou a atenção. Um pequeno objeto tinha caído perto da base do altar. Ela se abaixou, pegando-o do chão...

Era uma abelha dourada.

Zofia não via um pingente de abelha assim desde as catacumbas onde o doutor abriu os braços e deixou os membros da Casa Caída inundarem o lugar em Paris. O pânico percorreu suas veias. Precisava avisar os outros. A engenheira deu um passo para trás, mas seu pé escorregou no degrau e ela trombou em... *alguém*. Por um momento, tudo o que sentiu foi a subida e descida da respiração da pessoa.

O instinto assumiu o controle.

Zofia se agachou. O chão abaixo ficou úmido e escorregadio. Seu pé deslizou quando pulou para o lado, o que a fez cair no chão. Zofia levou a mão ao colar, desesperada para pegar seu dispositivo incendiário, quando uma mão segurando um pano cobriu-lhe boca e nariz. Um odor semelhante a éter, tingido de doçura, invadiu suas narinas, e seus olhos começaram a se fechar.

— Eu odeio que você tenha me obrigado a fazer isso — disse uma voz familiar. — Mas sei que vai entender, querida.

29

ENRIQUE

Quando se tratava de silêncio, Enrique sempre pensava em preenchê-lo.

Achava que, para algo ser poderoso, precisava de um som que combinasse, da mesma forma que o rosnado de um trovão ao fundo tornava o relâmpago ameaçador. Ou a forma como as palavras descolavam da página e, *ao serem ditas*, ganhavam nova solidez e peso.

Na primeira vez que fora escolhido como orador de sua equipe de debates, ele se sentira lisonjeado. As pessoas confiavam no peso de suas palavras, ainda que seu tópico de interesse — *Histórias universais: uma defesa do folclore filipino* — não parecesse ter cativado nenhum de seus colegas da *escuela secundaria*. Ele se preparou a noite toda para o discurso, seus nervos praticamente efervescentes. Até mesmo frequentou a missa matutina e rezou para não ficar com a língua presa. Mas, momentos antes de subir ao pódio, um colega lhe entregou sua palestra.

— O que é isso? — perguntou Enrique, confuso.

Nada do que estava escrito ali lhe parecia familiar.

O colega riu.

— Não se preocupe, *Kuya*, fizemos todo o trabalho pra você.

— Mas... — disse Enrique, segurando a própria palestra sem muita convicção.

O outro a afastou com um gesto.

— Ah, não se preocupa com isso. — Seu colega de classe deu um tapinha de leve em sua bochecha. — Seu rosto vai convencer todo mundo. Agora vai lá!

Enrique se lembrava do calor sufocante do teatro, seus dedos deixando impressões úmidas no papel, e a plateia trocando sorrisos irônicos ou olhares de pena. Ele queria ser ouvido por conta de seu rosto ou de sua filosofia? Ou apenas queria ser *ouvido*? A covardia tomou a decisão em seu lugar. Ele falou, lendo a partir da página. Mais tarde, quando lhe entregaram o prêmio de primeiro lugar, Enrique foi para casa envergonhado, enfiou o troféu embaixo do pátio e nunca sussurrou uma palavra sobre aquilo para seus pais. Anos depois, não conseguia se lembrar do que tinha dito.

Mas isso não importava de fato.

Enrique se lembrou daquele momento enquanto analisava o tesouro diante de si. Talvez, pela primeira vez, estava fazendo algo que importava. A chave para salvar a vida de Laila podia estar — *tinha de estar* — ali. E nada disso exigia palavras. Apenas o silêncio de manter a cabeça baixa, o rosto longe da luz.

Enrique olhou para a porta e depois de volta para a mesa. Era a segunda vez que fazia aquilo desde que Zofia fora para a gruta de gelo, vinte minutos antes. Ele disse a si mesmo que era apenas porque não gostava de ficar sozinho e o trabalho ia mais devagar sem a presença dela. Ainda assim, tinha de admitir que gostava de vislumbrar o mundo pelos olhos de Zofia. Era como uma cortina sendo aberta para revelar os mecanismos mecânicos e esguios que sustentavam o palco, um mundo que ele não sabia como enxergar.

Enrique estendeu a mão para outro artefato. Restavam apenas três tesouros na mesa. Um jarro de penas, uma harpa pequena e enferrujada com cordas de metal opaco e um punhado de máscaras ovais e compridas cobertas por chamas frias Forjadas. Estava prestes a pegar a harpa quando ouviu uma batida aguda na porta. Franziu a testa. Era cedo demais para ser

Zofia. E, embora precisasse de ajuda, não estava pronto para ver Hipnos. Pensar nele — ou melhor, na desconexão entre o que ele queria e o que tinham — era como encostar em uma contusão recente.

— Olá? — chamou.

— Sou eu! — falou uma voz familiar. — Ruslan!

Enrique limpou as mãos no avental e foi abrir a porta. Ruslan estava parado na entrada, segurando um prato de comida em uma mão, enquanto a outra, como sempre, repousava em uma tipoia apertada sobre o peito.

— Seu cabelo parece bastante desalinhado — observou Ruslan, lançando um olhar crítico sobre ele. — Pensamentos perturbadores, talvez? Ou a falta de um pente?

— Os dois.

Ruslan ergueu o prato.

— Parece que o Leilão da Meia-Noite foi adiado, e pensei que você poderia querer um pouco de comida e companhia?

Enrique deu um sorriso forçado. Na verdade, não queria perder um segundo que pudesse poupar Laila da dor. E, se fosse trabalhar com alguém, seria com Zofia.

— É muito gentil da sua parte — disse ele.

— Mas não particularmente desejado? — perguntou Ruslan, seu sorriso se desfazendo um pouco. — Tudo bem, entendo. Assim que vi o estado do seu cabelo, imaginei que, me perdoe, está esplendidamente desanimador...

— Não, por favor — apressou-se Enrique, recuperando os modos. — Entra. Você tem todo o direito de estar aqui. Afinal, é o patriarca que comissionou a expedição — disse Enrique.

Ainda assim, Ruslan não se moveu, e Enrique teve a sensação repentina de que havia dito a coisa errada.

— Eu preferiria depender da força da minha personalidade do que de meus privilégios — disse Ruslan, em voz baixa.

Enrique se abrandou. Olhou para a mesa cheia de artefatos e suspirou. Talvez Ruslan pudesse ser útil. Séverin costumava ser rigoroso a respeito de quem podia ajudá-los, mas hoje em dia Séverin era um fantasma que nem conseguia reunir interesse para assombrá-los.

— Eu poderia usar sua ajuda — disse Enrique.

Ruslan deu um pulinho de alegria e então o seguiu para dentro.

— O que você tá examinando? — perguntou Ruslan, observando a mesa.

Enrique apontou para o símbolo que encontrara na palma das mãos das musas e no lado de fora da caixa que tinham confundido com *As Líricas Divinas*:

ε

— É isso que estamos procurando, mas em um dos outros objetos — explicou Enrique. — Acho que pode ser o símbolo real de *As Líricas Divinas*. O livro que Séverin e Hipnos encontraram estava vazio, então talvez não seja um livro no final das contas? Ou um livro dentro de um livro? Não tenho certeza.

Ruslan pareceu absorver a informação com cuidado.

— Você acha que pode não ser um livro? Por quê?

— O próprio termo foi uma tradução incompleta — disse Enrique. — Até onde sabemos, temos apenas as letras: AS LÍR DIVINAS para explicar o que é... o que pode não ser uma imagem completa. Há certos erros iconográficos que continuam me chamando a atenção, mas não sei o que isso significa. Por exemplo, todas as musas nesta sala estão segurando objetos quebrados, o que é idêntico ao que vimos quando atravessamos o portal Tezcat para Istambul. A gente sabe que as Musas Perdidas guardavam *As Líricas Divinas*, e que sua linhagem lhes permitia lerem o livro. Talvez seja isso que conecta as pinturas em Istambul e... — Enrique fez o sinal da cruz — ... as garotas mortas na gruta. Suas mãos foram removidas, talvez como um gesto para restringir seu poder de, sei lá, segurar o livro? Virar suas páginas? Ainda não está óbvio pra mim, mas demonstra um controle de poder...

De repente, Enrique parou. Sentiu um ligeiro constrangimento ao falar. Em geral, ele não falava tanto antes que a maioria das pessoas lhe dissesse para parar. Laila nunca o fazia, mas o historiador sempre percebia quando ela ficava entediada porque seu olhar ficava desfocado... e então Zofia. Bem, na verdade, Zofia sempre se inclinava para frente. Zofia sempre ouvia.

— Peço desculpas — disse rapidamente. — Às vezes, me empolgo com meus pensamentos.

Ele olhou para Ruslan e viu que o patriarca estava *absorto*. A visão o fazia sentir uma profunda modéstia.

E também um profundo desconforto.

— Ah, se você quiser ajudar, pode começar pegando os objetos no lado direito da mesa para procurar o símbolo? — pediu Enrique. — Alguns deles estão um pouco sujos e precisam ser limpos antes.

— Posso sim! — disse Ruslan, voltando para a mesa.

Ele pegou o pote de penas.

— Devo dizer, sempre me surpreendo um pouco ao te ouvir falar... Você é tão eloquente que é, hum...

Deslumbrante? Inspirador?, perguntou-se Enrique, e inchou um pouco o peito.

— Confuso — completou Ruslan.

Bem, deixa para lá.

— Confuso? — repetiu Enrique.

— Um pouco, sim. Ouvi falar de sua reunião com os Ilustrados em Paris...

Enrique congelou ao ouvir aquilo. Toda a sensação de estar parado na sala da biblioteca, a mesa vazia e a comida esfriando. A maneira como cada som fora do corredor trazia um choque de nervos esperançosos.

— Algo sobre não se sentir à altura da tarefa de dar palestra; embora tenha sido muito gentil da sua parte enviar um cheque para cada um deles — disse Ruslan, dando de ombros. — Pensei que talvez você estivesse apenas nervoso, ou talvez não se sentisse tão eloquente quanto esperava, e foi por isso que cancelou a reunião.

Enrique sentiu-se enraizado no lugar.

— Eu nunca cancelei aquela reunião.

Todo esse tempo, ele pensou que ninguém tinha se importado. Mas não era o caso. Alguém tinha cancelado em seu lugar. Alguém que tinha dinheiro suficiente para pagar os Ilustrados; que podia falar em seu nome; que o conhecia bem o suficiente para saber exatamente o que ele queria.

Séverin.

Enrique desejou não se lembrar de como Séverin tinha se atirado entre o fogo da *troika* e Enrique. Desejou não se lembrar do dia em que Séverin o apresentou como o novo historiador do L'Éden e prontamente dispensou qualquer um que falasse contra ele.

Sem perceber, Enrique levou a mão até o coração. Qualquer marca que Hipnos tivesse deixado nele não se comparava ao que sentia agora. Uma fissura no coração na qual a certeza desmoronava. Ele sempre soubera que uma parte de Séverin tinha morrido quando Tristan foi assassinado, e Enrique chorou pela perda dos dois. Mas pelo menos Séverin estava ali e, embora fosse uma sombra de si mesmo, sempre havia a chance de que ele se reencontrasse. Agora Enrique sabia que tinha alimentado esperanças por um fantasma.

O Séverin que ele conhecia se foi.

— Enrique? — perguntou Ruslan. — Desculpa... devo sair? Eu disse algo errado?

Enrique afastou os pensamentos.

— Não, de jeito nenhum — disse, voltando sua atenção para os objetos. — Só faz um tempo que não penso na palestra em Paris. Não importa. — Ele encontrou os olhos do outro homem. — Por favor, fique.

Ele se permitiria pensar na traição de Séverin quando tudo estivesse acabado. Por muito tempo, havia perdoado o temperamento e a frieza de Séverin... mas *isso*. Isso ele nunca poderia perdoar. Enrique endureceu a mandíbula e alcançou um novo objeto.

— Isto é uma harpa? — perguntou Ruslan, arqueando a sobrancelha.

— Não — disse Enrique, estudando a forma. Ele olhou para Calíope, a musa da poesia épica. Em suas mãos, um instrumento dourado quebrado. — É uma lira.

A lira não se parecia com os outros tesouros. Para começar, era feita de um metal que ele não reconhecia, com entalhes nas laterais. As cordas, que normalmente seriam de tripa de gato e, a essa altura, já teriam se desintegrado, pareciam metálicas. Tentou dedilhar uma das cordas, mas estava rígida e intratável, dura como concreto. Um zumbido se formou no fundo de seus pensamentos enquanto, devagar, ele esfregava a superfície da lira com uma toalha limpa até que o metal brilhasse. Ali... entalhado no lado esquerdo, apareceu um símbolo.

Ɛ

Enrique mal respirou enquanto erguia a lira, levando-a com cuidado até a caixa que tinha uma forma enganosamente semelhante a um livro. A lira se encaixou perfeitamente no espaço vazio. E, da mesma forma, as imagens se encaixaram em sua mente com perfeição. A razão pela qual as mãos de todas as mulheres foram cortadas. Não era para não virar páginas... era para não *tocar* um instrumento.

— Nunca foi *As Líricas Divinas* — murmurou Enrique. — Sempre foi *a lira divina*... um erro de tradução. As palavras estavam cortadas, e todo mundo pensou que se tratava de um livro, mas estávamos errados. É por isso que tudo o que encontramos sempre se refere a isso como um *instrumento* de Deus.

Mal havia terminado de falar, e se lembrou das palavras pintadas no portal de Istambul...

O ATO DE TOCAR O INSTRUMENTO DE DEUS
INVOCARÁ O DESVANECIMENTO

Desvanecimento...

Enrique voltou a olhar para as estátuas das musas. Os objetos quebrados em suas mãos. Pensou nos quadros em Istambul... na maneira como cada pintura mostrava um objeto Forjado se desintegrando nas mãos das deusas da inspiração divina. Todo esse tempo, eles sabiam que o que estavam procurando continha o segredo da arte da Forja... mas e se tal segredo não era sobre como criar... mas sobre como *destruir*? E então isso significava que Laila, perseguindo o que achava que a salvaria sem nunca desistir, estava correndo direto para a própria morte.

—Ah, não —exclamou Enrique, retirando as mãos como se o simples ato de tocar o objeto fosse invocar a destruição.

Ele precisava encontrar os outros. Olhou para a porta. Onde estava Zofia? Certamente ela deveria ter voltado a essa altura. E então ele sentiu uma sombra se assomar sobre si. Antes que pudesse se virar, antes mesmo que conseguisse *falar*... o mundo se tornou preto.

30

LAILA

UMA HORA ANTES DO LEILÃO DA MEIA-NOITE...

Em onze dias, Laila ia morrer.
    Talvez sentisse medo amanhã, mas agora o medo parecia desfocado e distante, como algo avistado sob camadas de gelo. Talvez lá no fundo de seu coração, ela sempre soubera que terminaria assim. Ou talvez tivesse perdido a capacidade de sentir qualquer coisa além de arrependimento. Não que ela não fosse viver mais tempo, mas por não ter vivido o *suficiente*. Ela deveria ter ficado no L'Éden, mesmo que doesse, porque então pelo menos teria tido mais tempo com aqueles que amava. Deveria ter assado bolos e os compartilhado com os amigos. Deveria ter ficado mesmo que isso significasse ver Séverin... talvez devesse ter ficado especialmente por isso.
    Ela deveria, ela deveria, ela deveria.
    Esse mantra corria por suas veias, florescia em seus batimentos, até que seu coração cantou junto. Laila cerrou os punhos. Onze dias de vida. Era tudo o que tinha. Moedas preciosas para gastar como quisesse, e ela não queria fazer isso sozinha. Queria estar com as pessoas que amava. Queria ouvir música, sentir a luz em sua pele. Queria pisar no gelo e ver sua respiração se condensar.
    Laila encontraria a morte de pé.

Mais cedo, ela se obrigara a se vestir para a noite, mas pulara completamente o jantar. Só agora percebeu que seu colar Forjado de diamantes brancos não apertou uma única vez com um chamado. Séverin estava perdido para si mesmo. Talvez achasse que encontrar *As Líricas Divinas* seria a vingança mais verdadeira para Tristan, e agora sua culpa apenas se espessava em seu sangue e o afastava do mundo. Ou talvez... talvez ele não pensasse nada a respeito da ausência dela. Ele nunca saberia que a morte se aproximava dela.

Cada vez que pensava em contar, a fúria paralisava sua língua. Ela não podia viver com a pena de Séverin, e morreria com sua apatia. Tudo o que restava era o silêncio de Séverin. Laila se perguntava se essa era a verdadeira morte — aos poucos ser tornada invisível, de modo que tudo a que ela aspirava era a indiferença.

Laila olhou para o convite sobre a penteadeira. O tema do Conclave de Inverno era o crepúsculo e a aurora... para saudar a transição de um novo ano.

Para a noite de hoje, ela escolheu um vestido mergulhado em meia-noite. A seda Forjada aderia a cada contorno. Sua única concessão à opulência era nas extremidades do vestido, cujos tentáculos pareciam fitas de tinta suspensas na água. Caso se inclinasse para a frente, a parte de cima da longa cicatriz em sua espinha dorsal espreitaria para fora. Isso costumava fazer com que se sentisse como uma boneca montada às pressas; agora, sentia apenas que não estava escondendo sua verdade. Laila prendeu os diamantes frios em seu pescoço.

E agora?

—Agora — disse Laila, mais para si mesma do que para qualquer outra pessoa. — Agora, eu danço.

No topo da escadaria, os sons altos da festa chegavam até ela, pulsando com urgência e desespero. Havia velas enfileiradas pelo corrimão da escada, Forjadas para parecerem sóis brilhantes. Luas lustrosas lotavam o teto e confetes prateados espiralavam com vagarosidade pelo ar, para parecer que estavam observando uma constelação explodir bem devagarinho. Os membros da Ordem de Babel vestiam-se como deuses e deusas, demônios e serafins... todos encarnando o crepúsculo ou a aurora.

Laila vasculhou a multidão à procura dos demais. No pódio do Leilão da Meia-Noite, Hipnos liderava a multidão entoando a letra de uma canção obscena, enquanto o leiloeiro parecia cada vez mais aflito e fazia gestos para o relógio. Quando o patriarca a viu, deu uma piscadela. Não era um gesto incomum vindo dele, mas fez com que ela parasse. Parecia intencional, como se ele estivesse distraindo a multidão sob algum pretexto. Mas qual era?

— *Mademoiselle L'Énigme* — disse uma voz familiar ao seu lado.

Laila se virou e deu de cara com Eva, que usava um vestido de baile verde brilhante. Seus cabelos ruivos estavam dispostos em um coque cascateado, com um adorno dourado se desdobrando atrás de suas orelhas como asas esguias. Eva cruzou os braços, e Laila notou o brilho do anel de prata envolvendo seu mindinho como uma garra. Eva a flagrou olhando e sorriu. Era um sorriso de gato, com todos os seus dentinhos afiados. Ela abriu a boca, mas Laila falou primeiro:

— Você está linda, Eva.

A outra fez uma pausa, quase recuando diante do elogio. De repente, sua mão foi até o pingente de bailarina em seu pescoço antes de soltá-lo.

— Nós ainda poderíamos ser amigas — ofereceu Laila.

A sombra da morte a privava de sutileza, e Laila observou enquanto os olhos de Eva se alargavam quase culpados antes que a garota voltasse a si.

— Você tem coisas demais que eu desejo, *mademoiselle* — disse ela, com frieza, e então inclinou a cabeça. — Às vezes, me pergunto como seria ser você.

— Imagino que seja uma dúvida efêmera. — Laila sorriu.

Eva franziu o cenho.

— Quem você deveria ser? — perguntou ela. — Uma deusa da noite?

Laila não tinha chegado a pensar em se vestir como uma deusa, mas agora se lembrava das histórias que sua mãe lhe contava, contos de rainhas tocadas pelas estrelas que traziam a noite em suas sombras.

— Por que não? — respondeu. — E você?

Eva apontou para o verde de seu vestido, e somente então Laila notou o padrão delicado das asas de inseto.

— Titônio — disse Eva. — O amante desafortunado de Eos, a deusa da aurora.

Quando viu a confusão no rosto de Laila, ela disse:

— Titônio era tão amado pela deusa da aurora que esta implorou a Zeus pela imortalidade do amante, para que ele pudesse ficar ao seu lado para sempre... mas ela se esqueceu de pedir juventude eterna. Então Titônio envelheceu e se tornou horrendo, e suplicou pela morte, mas nenhum deus poderia conceder isso, até que Eos teve pena dele e o transformou num grilo.

A história arrepiou a pele de Laila.

— Então você está vestida como um aviso, é isso?

— Por que não? — disse Eva, dando de ombro. — Um aviso para sermos cuidadosos com o que pedimos aos deuses.

Do pódio, Hipnos bateu um gongo e apontou para os músicos.

— Uma dança antes de dividirmos nossos tesouros!

A multidão aplaudiu. O leiloeiro ergueu as mãos em rendição, assim que os músicos começaram uma melodia animada. Quando Laila se virou para Eva, percebeu que a garota tinha se aproximado até que estavam separadas por apenas um palmo de distância.

— Esse colar é lindo — comentou Eva, inclinando a cabeça. — Mas ele virou, e o fecho tá na parte da frente. Deixa que eu ajusto.

Sem esperar por uma resposta, Eva estendeu a mão na direção de seu pescoço, os dedos frios deslizando sob o colar. Laila deu um gemido com o frio, mas se transformou em um grito contido quando algo afiado roçou sua pele.

— Pronto, agora tá melhor — disse Eva. — Aproveita a festa.

Eva se virou e desapareceu na multidão de asas e auréolas. Foi só então que Laila sentiu um leve gotejar de sangue em seu pescoço.

O anel de Eva tinha deixado um cortezinho. Laila tocou o machucado, e a confusão deu lugar ao desprezo. Não tinha tempo para os pequenos atos de maldade de Eva.

Ao redor, os membros da Ordem de Babel começaram a dançar. Dezenas de participantes usavam máscaras Forjadas de gelo — algumas elaboradas, com penas brilhantes; outras cruéis, com bicos curvos. Alguns deles tinham espalhado tinta dourada pelos lábios, como se fossem deuses que derramavam seu próprio sangue rico sem nenhuma preocupação.

Laila deu um passo para trás, apenas para que um homem usando uma coroa com raios de sol a pegasse nos braços. Ela hesitou por um instante antes de se entregar à dança. Sua própria pulsação ganhou um ritmo intoxicante. *Mais*, implorava ela aos batimentos de seu coração. Laila dançou por quase uma hora, trocando de parceiro em parceiro, parando apenas para dar um gole no vinho doce e gelado em taças de cristal. Dançou até que seus pés escorregaram, e ela avançou sem jeito, estendendo os braços antes que alguém a puxasse de volta no último segundo.

— Você está bem, querida? — perguntou uma voz conhecida.

Laila se virou e deu de cara com Ruslan, sua mão não ferida ainda estendida após tê-la salvado da queda.

Seu coração martelava alto em seus ouvidos.

— Sim, graças a você.

— Eu esperava vê-la — disse ele, com timidez. — Posso convencê-la a dar mais uma volta pelo salão?

— Eu nunca preciso de muita persuasão pra dançar — informou Laila, sorrindo.

Ruslan irradiou alegria. Enquanto dançavam, ele mantinha o braço ferido próximo ao peito, embora não fosse menos gracioso por causa disso. Seu Anel de Babel brilhava à luz e, pela primeira vez, Laila notou uma tonalidade azulada na pele. Sua mão parecia estar bem rígida.

— Dói?

Os olhos dele se suavizaram.

— Sabe... você é a única pessoa que me perguntou isso. Eu gostaria que houvesse mais pessoas como você, *mademoiselle*.

Ele a girou em um pequeno círculo, apenas para serem interrompidos por um serviçal usando uma máscara de coelho branco e segurando uma bandeja vermelho-sangue cheia de copos de ônix.

— Posso oferecer algo para refrescar? — perguntou, oferecendo uma bebida de cheiro amargo. — Bebidas Forjadas com sangue, especialmente preparadas em homenagem ao Conclave de Inverno. — O serviçal sorriu, e Laila notou que seus dentes tinham um tom escarlate. — Consumir uma gota do próprio sangue permite que você se entregue aos seus desejos mais íntimos... uma gota do sangue de outra pessoa e você até poderia usar o rosto dela por uma hora.

Laila se afastou.

— Não, obrigada.

Ruslan também recusou, mas olhou de maneira quase ansiosa para as bebidas.

— É um pouco sinistro demais para o meu gosto, embora ia ser bom parecer diferente por um tempo...

Ele suspirou, dando um tapinha no alto da própria cabeça.

— Eu gosto bastante do meu próprio rosto — disse Laila, com ironia.

— Tenho certeza de que o *monsieur* Montagnet-Alarie concordaria — comentou Ruslan, dando uma piscadinha. — Posso perguntar onde estão a *mademoiselle* Boguska e o *monsieur* Mercado-Lopez esta noite?

— Ocupados, acredito — responeu Laila, olhando para a bandeja de bebidas Forjadas com sangue. — Dedicados aos tesouros recém-desenterrados do leviatã de metal antes do Leilão da Meia-Noite.

— Pelo jeito, *meia-noite* pode ser um horário flexível — comentou Ruslan. — Mas isso dá tempo para que outros sigam o seu exemplo, e talvez até mudem de roupa.

— O que você quer dizer com isso? — perguntou Laila, perdida.

— Bem, não faz trinta minutos, eu te vi com um lindo vestido verde — disse Ruslan. — Você e o *monsieur* Montagnet-Alarie estavam indo para a sua suíte... para se trocar, imagino, e, ah, bem...

Ruslan ficou vermelho, gaguejando para terminar a frase, mas Laila parou de ouvir.

Um vestido verde.

A imagem do sorriso de Eva, com seus dentes de gatinho, passou por sua mente. Laila se lembrou da sensação dos dedos frios em seu pescoço e do calor escorregadio de seu próprio sangue em seus dedos. *Às vezes, me pergunto como seria ser você.*

— Preciso ir — disse Laila abruptamente, dando meia-volta.

Ruslan chamou seu nome, mas Laila o ignorou. Atravessou a multidão correndo e subiu as escadas. Sua pele parecia apertada e ardente e, enquanto seguia a toda velocidade, ela se perguntou se talvez poderia simplesmente derreter.

Do topo das escadas e pelo corredor que levava à suíte deles, ela viu que a porta estava entreaberta. Laila a empurrou. O cheiro de vinho temperado atingiu seu nariz, e a primeira coisa que viu foram dois cálices pretos. Dois pares de sapatos. Nenhum deles era dela. O ácido percorreu o estômago de Laila quando ergueu os olhos do chão e ouviu um gemido suave vindo da cama. As cortinas do dossel de gelo se moveram, e a visão a congelou no lugar. A cabeça de Séverin estava inclinada no pescoço de uma garota, suas mãos cravadas em sua cintura... a garota ergueu os olhos ao ouvir o barulho da porta raspando no chão.

Ela usava o rosto de Laila.

Quando seus olhares se encontraram, a outra deu um dos sorrisos de Laila, mas parecia completamente errado nela. Era astuto em excesso.

— Eu tive que saciar minha curiosidade de alguma forma — disse ela.

A garota usava o vestido de Eva... mas falava com a voz de Laila. E, em volta de seu dedo mindinho, Laila avistou o anel de prata de garra afiada. O mesmo anel que havia perfurado sua pele e feito seu sangue brotar. Laila avançou na direção da outra. O susto passou rapidamente pelo rosto de Eva, que recuou sem jeito sobre a cama.

Séverin ergueu a cabeça, olhando entre a Laila de mentira, na cama, e a Laila de verdade. O choque fez seus olhos se arregalarem.

Ele tocou a boca, a incredulidade aos poucos dando lugar a uma expressão de horror pálido.

Eva saltou para o chão, apertando seu anel e rodeando Laila.

— *Suma*— ameaçou Laila.

— Você deveria se sentir lisonjeada — disse Eva, com rapidez.

— E você deveria sentir o salto do meu sapato nas suas costelas — rosnou Laila.

Eva cambaleou para trás. Tentou pegar seus sapatos, mas Laila agarrou um candelabro de cima de uma cômoda próxima.

Os olhos de Eva se arregalaram.

— Você não faria isso.

— Só porque você tá usando meu rosto não significa que me conhece — rosnou.

Eva olhou para seus sapatos e para o colar, depois novamente para Laila.

— *Fora* — disse Laila pela última vez.

Eva se esgueirou ao redor dela e pressionou o corpo contra a parede antes de sair correndo do quarto. Laila bateu a porta atrás da garota. Fúria vibrava em seu curpo. Fúria e — embora parecesse um capricho cruel — *desejo*. Deveria ser ela naquela cama, apoiada entre os braços dele.

— Como você pôde pensar que era eu? — quis saber.

Ou pior... será que ele sabia desde o início que não era ela? Séverin olhou para Laila, e, como se tivesse sido exposto, a expressão dele dissipou a dúvida. Sua camisa estava desabotoada, puxada para fora da calça, e os botões superiores exibiam o bronze de sua garganta. Ele tinha a aparência de alguém gloriosamente desafiador mesmo em sua derrota, como um serafim recém-expulso do céu.

— Eu vi o que queria ver — disse ele, rouco. — Apenas um homem desesperado confia numa miragem no deserto, e eu estou desesperado, Laila. Tudo pelo que vim aqui... não era nada. E, como não era nada, eu não tinha mais desculpas.

— Desculpas? — repetiu Laila. — Desculpas pra quê?

Ela se aproximou, notando a linha borrada de sangue em seu pescoço e a leve tonalidade rosada em seus lábios. Com vagar, ela se lembrou dos dois cálices no chão e das palavras do serviçal: *Consumir uma gota do próprio sangue permite que você se entregue aos seus desejos mais íntimos.*

— Desculpas para ficar longe de você — revelou ele, as palavras jorrando. — Desculpas para dizer que você é um veneno que eu passei a cobiçar. Desculpas para dizer que você me aterroriza a ponto de me fazer perder os sentidos, e que estou bastante certo de que você será minha morte, Laila, e ainda assim não consigo me importar.

As palavras ressoaram através dela, e Laila sentiu um lampejo de poder em suas veias. Era a mesma vibração de energia que sentira certa vez, no espetáculo de dança da Casa Kore, quando ele a tinha observado... sua postura como a de um imperador entediado, seu olhar como o de alguém faminto. Ela olhava para Séverin agora, apoiado nos travesseiros, a expressão no rosto dele desesperada e crua. Quanto mais o olhava, mais um calor perigoso se espalhava por seu corpo.

Laila virou seu anel — e todos os seus dias contados — em direção à palma da mão, escondendo-o de si mesma. Mal sabia o que estava fazendo, só tinha noção de que não conseguia se conter. Ela subiu na cama, sua pulsação se agitando no segundo em que os olhos dele se arregalaram.

— Como você sabe que não sou uma miragem... como sabe que sou real desta vez, Séverin? — perguntou Laila. — Você mesmo disse que eu não era.

Enquanto falava, ela se sentou sobre ele, seus quadris acima dos dele. A boca de Séverin se torceu, sombria e lupina.

— Talvez — disse ele, sua voz baixa, e deslizou a mão pela coxa dela —, todas as deusas sejam apenas crenças alicerçadas em um andaime imaginário de ideias. E eu não posso tocar o que não é real. — Séverin olhou para cima, as pupilas dilatadas. — Mas eu posso venerá-las mesmo assim.

As mãos de Laila foram para os ombros dele... para seu pescoço.

— Posso, Laila? — perguntou. Seus olhos ardiam. — Você vai me permitir?

Laila enfiou os dedos nos cabelos dele, puxando-o para trás para que ele não pudesse desviar o olhar dela. Séverin fez uma careta ligeira, o canto da boca se torcendo em um sorriso quando ela enfim se deixou dizer:

— Vou.

Nem um segundo após ter falado, as mãos dele agarraram a cintura dela, puxando-a rapidamente de seu colo para que ela caísse na cama. Houve um instante em que o crepúsculo perpétuo do lado de fora se infiltrou em sua visão... mas desapareceu assim que Séverin se moveu sobre seu corpo e se tornou sua noite.

Laila acordou com uma dor desconhecida no peito. Levou os dedos até a garganta, verificando sua pulsação: *um, dois... um, dois... um, dois...*

Seu batimento cardíaco estava normal. Então o que era essa dor? Ao lado, Séverin se mexeu. O braço dele sobre sua cintura se curvou, puxando-a contra si. Contra seus batimentos. Dormindo, ele deu um beijo em sua cicatriz, e finalmente Laila reconheceu a forma e a agitação dessa dor.

Esperança.

Era como o tremor de asas recém-formadas, finas e úmidas de crisálida, perigosas em seu novo poder. A esperança *doía*. Ela havia esquecido essa dor. Laila olhou para sua mão sobre a de Séverin. Devagar, entrelaçou os dedos nos dele, e essa dor rugia cada vez mais aguda, quanto mais apertado ele segurava suas mãos.

Eles já tinham visto um ao outro exposto antes, mas não assim. Séverin tinha revelado um canto de sua alma, e Laila queria responder a essa força. Queria acordá-lo, contar sobre o punhado de dias que lhe restavam. Não queria desistir da busca deles, mas renová-la. *Juntos.*

Eufórica, saiu da cama. Recusava-se a dizer qualquer coisa para ele com os cabelos naquele estado; sua mãe teria feito um escândalo. Alcançou o roupão no chão e seus dedos roçaram em algo frio... algo que fervilhava com dor e fúria logo abaixo do metal. Laila deu um gritinho, depois olhou para baixo; era o colar e o pingente de bailarina de Eva.

Encarou-o, depois olhou de volta para Séverin dormindo na cama.

Parecia errado espiar essa parte de Eva com Séverin tão perto. Com cuidado, Laila vestiu seu roupão, então saiu para o corredor e desceu até o patamar da escada. O colar de Eva vibrava com emoção e, no instante em que o tocou, a sensação de estar sendo *caçada* a dominou, e o pânico fez com que seus batimentos acelerassem. A ação mais recente tinha sido na noite passada, quando Eva o tirara do pescoço e o escondera na palma da mão depois que Séverin consumiu a bebida Forjada com sangue. Mas havia uma lembrança mais profunda enterrada nele. Laila fechou os olhos, buscando as verdades do objeto...

Uma Eva pequena e ruiva girando diante da pintura de uma bela bailarina com cabelos idênticos. Ela estava em uma sala cheia de pinturas e estátuas.

— Eu quero dançar como a Mamãe! — dizia ela.

— Você nunca vai ser como sua mãe. Tá entendendo, Eva?

Mesmo na lembrança, Laila reconheceu a voz... Mikhail Vasiliev. O negociante de arte de São Petersburgo. A imagem de um retrato passou por sua cabeça: uma bela bailarina, amante de Vasiliev, que se matara após o nascimento de uma criança ilegítima. Todo esse tempo tinham pensado que o bebê estava morto. Estavam enganados.

Laila se lembrou das últimas palavras de Vasiliev no salão:

Ela vai te encontrar.

Nunca foi a matriarca. Era Eva, a própria filha de Vasiliev.

Laila apertou o pingente com mais força, e as lembranças jorraram...

Uma faca longa e quente aplicada na perna de Eva. Seus gritos agudos enquanto suplicava para pararem.

— Eu não posso deixar você ser como sua mãe. Estou fazendo isso para te proteger, criança, entende? Faço isso porque te amo.

Lágrimas arderam nos olhos de Laila... mas nada comparado ao pânico que sentiu subitamente, quando a memória mudou. As lembranças anteriores eram profundas... mas essa... essa era do último ano.

— Eu sei que você quer liberdade, Eva Yefremovna. Faça como eu digo, e te darei o que quer. Sem mais toques de recolher, sem mais esconderijos, sem mais escuridão. A Casa Caída depende de você.

O colar caiu da mão de Laila com um pequeno tilintar metálico. Muitos pensamentos passaram por sua cabeça, mas foi o som que chamou sua atenção. Dizia-se que as festas do Conclave de Inverno duravam horas. Não era para estar tão silencioso assim.

— Você devia ter ficado na cama — disse Eva no pé da escadaria.

Eva tinha trocado o vestido verde de baile por uma roupa de soldado. Calças pretas justas e uma jaqueta da mesma cor.

— Gostou do presente do doutor? — perguntou Eva, avançando em sua direção. — Em sua misericórdia, ele quis proporcionar a vocês uma última noite de prazer. Imaginou que ou você seria teimosa demais para ir até Séverin, e eu teria que fazer a honra de dar a ele uma última noite com você, ou então que eu te incitaria a ponto de você ir até ele por conta própria.

Eva a avaliou de cima a baixo.

— Parece que fui bem-sucedida. Eu fiz *mesmo* um bom trabalho.

Eva puxou uma adaga. Laila olhou por cima do ombro. Estava muito longe da porta. Ela ergueu as mãos, seus pensamentos se aglomerando. *O doutor? Ele estava aqui?*

— Escuta, Eva. Entendo que a Casa Caída possa ter prometido liberdade a você, mas nós podemos *ajudar...*

Os olhos de Eva se arregalaram.

— Como você...? — Mas parou de falar, o olhar fixo no colar caído. Nisso, Eva olhou além do ombro de Laila. — Você estava certo.

Mas não estava falando com Laila.

Atrás dela, alguém começou a aplaudir. Antes que Laila pudesse se virar, a pessoa a segurou, puxando-a contra o peito. Eva se lançou à frente, agarrando-a pelo pescoço. A garra de seu anel se cravou em seu pescoço.

— *Fica quietinha.*

Os membros de Laila ficaram dormentes. Ela mal conseguia falar. Tudo o que sentia era uma sensação de náusea agitada.

— Você deve estar se perguntando o que a Casa Caída quer com você — disse Eva.

— É a mesma coisa que o seu adorado Séverin deseja, minha doce musa, meu instrumento divino — disse uma voz familiar.

Laila sentiu os braços serem puxados para frente, suas mãos trazidas até seu rosto.

— Nada além de seu *toque.*

31

SÉVERIN

Séverin acordou em uma cama fria, e um pânico que parecia uma tempestade de trovões tomou conta de sua mente. Laila tinha ido embora. Lólgico que tinha. Se pudesse, ele teria amaldiçoado aquela bebida Forjada de sangue por tê-lo liberado tão completamente. Ele devia tê-la aterrorizado.

Tocou o espaço vazio ao seu lado. Cada detalhe delicado da noite anterior queimava dentro de seu corpo. Incluindo tudo o que dissera. A vergonha lhe subiu às bochechas... mas então por que se lembrava de Laila sorrindo para ele, da risada dela contra sua pele? Laila era muitas coisas, mas não cruel. A piedade não a teria levado para a cama dele. Então, por que ela o deixara em tão pouco tempo?

Séverin jogou as cobertas para trás, tateando na mesa ao lado em busca da adaga de Tristan, escondida sob um de seus cadernos. O peso do cabo de madeira em sua mão o acalmou. Ele a desembainhou, encarando a lâmina e a fina veia translúcida no metal onde o veneno paralisante de Golias corria espesso. Talvez mais do que o fracasso em proteger Tristan, o que mais o incomodava era o fato de que falhara em conhecê-lo por completo. Como Tristan podia infligir dor e dar amor ao mesmo tempo?

Como poderia viver sabendo que tudo isso tinha sido em vão? *As Líricas Divinas* nunca estiveram ali. Ele tinha falhado com Tristan. Falhara com todos eles, deixara-os desprotegidos... e também se deixara desprotegido. O que fizera com Laila... ele se sentia como uma criatura arrancada de sua concha, toda carne exposta e nervos à flor da pele.

O silêncio cercava tudo e... calma. Silêncio?

O terror se apossou de seus pensamentos. Séverin se vestiu às pressas, enfiou algumas das armas retráteis de Zofia e a faca de Tristan nos bolsos e então abriu a porta. Logo de cara, um cheiro doce e enjoativo atingiu seu nariz. Como sangue e vinho temperado. Ele atravessou o patamar da escada. Em um dos degraus, avistou um colar familiar... o pingente de bailarina de Eva.

Pensar nela trouxe um gosto amargo à garganta. Ela o enganara, e aquela poção de Forja mental o tornara imprudente, confundindo as diferenças para lhe mostrar quem ele queria ter nos braços. Não quem tinha de fato.

Lá embaixo vinha um som estranho de algo sendo arrastado, como folhas secas em uma estrada. Arrepios percorreram-lhe a pele. O silêncio estava completamente errado. Não era o silêncio entorpecido e cheio de corpos desmaiados como em uma multidão embriagada, mas algo mais sinistro. Mais ausente.

Séverin se aproximou da lateral da escada. Ali, uma forma arredondada atraiu seu olhar. Ele deu um passo à frente e seu estômago afundou.

Uma pessoa estava caída nos degraus.

Em um evento normal da Ordem, ele teria presumido que os convidados só estavam desmaiados devido à bebedeira... mas os olhos dessa pessoa continuavam a se mover, olhando de um lado para o outro, desesperados, a boca congelada em um formato oval de pânico. Paralisado.

Séverin se abaixou, levemente virando o queixo do homem. Uma pequena ferida marcava sua pele. Devia ser um ato de Forja de sangue. A pessoa paralisada — um homem branco na casa dos cinquenta e tantos anos — encarava os olhos de Séverin sem piscar, suplicando em silêncio por ajuda. Mas Séverin não tinha habilidade em Forja de sangue. E, para dizer a verdade, aquele homem não era sua preocupação. Ele se importava com o paradeiro de Laila; se Zofia e Enrique estavam a salvo... e Hipnos.

Conforme descia a escadaria e adentrava no átrio, Séverin viu dezenas de membros da Ordem caídos, alinhados em fileiras organizadas nas paredes congeladas. Espalhados entre eles, os cofres vivos da Ordem, semelhantes a animais vivos, pareciam tão inanimados quanto rochas, congelados assim como suas respectivas matriarcas e patriarcas. Hipnos não estava entre eles.

Quanto mais Séverin observava os membros paralisados da Ordem, mais os detalhes o impactavam. Para começar, estavam todos muito bem-organizados. Cada pessoa estava disposta de forma que nenhuma tinha o rosto voltado para o chão. Poderia parecer misericordioso, uma pose que lhes permitisse respirar... mas havia muito tempo Séverin já tinha prática em decifrar salas repletas de tesouros. Aquilo era pessoal. Fosse lá quem tivesse feito isso os arranjara de modo que pudessem se ver, para que seu próprio horror fosse refletido de volta de forma infinita.

Alguém queria ter certeza de que todos soubessem quem os havia colocado em seus lugares. Ele precisava descobrir exatamente quem era essa pessoa, o que eles tinham feito com os outros... e por que escolheram poupá-lo. A localização de seu quarto não era nenhum segredo. Evidente-mente, ele estava destinado a ver isso. Só não sabia por quê.

O átrio agora tinha uma beleza macabra. Confetes prateados ainda cintilavam no ar. Os candelabros de champanhe flutuavam sem rumo, a geada se espalhando por suas hastes. Descendo o corredor em direção à gruta de gelo, Séverin avistou uma rede de calor composta de padrões cruzados e delicados em vermelho brilhante que se estendiam do chão ao teto. Bloqueava objetos Forjados, mas não humanos. Se os outros tivessem sido levados, poderiam ter sido arrastados através da rede com facilidade.

À direita, ele ouviu o rangido de uma porta. Séverin fez uma rápida avaliação de sua posição no amplo átrio. O som vinha da biblioteca, o lugar onde vira Enrique pela última vez.

Um rosnado baixo emanou do púlpito. Séverin virou a cabeça para o palco no qual se supunha que o Leilão da Meia-Noite teria ocorrido, mas, a julgar pelo confete e champanhe intocados, eles nem sequer chegaram tão longe antes do ataque.

Entre as fileiras de membros paralisados da Ordem, serpentes cristalinas se arrastavam. Um jaguar transparente espreitava atrás de um grande piano. Várias aves de rapina se soltaram do candelabro de pedra da lua, as asas de cristal ressoando alto. Ao seu redor, as silhuetas agachadas de animais começaram a se mexer. Animais de *gelo*, os mesmos que tinham sido retirados da coleção, seus mecanismos internos alterados para transformá-los em mesas dóceis e conscientes.

O rabo do jaguar de gelo se mexeu, suas mandíbulas se alongaram.

Eles já não eram mais dóceis.

Outra batida veio da porta da biblioteca. Como se alguém estivesse tentando sair. Séverin pesou as chances de morrer pelas garras dos animais de gelo ou pelas mãos de quem estivesse escondido lá... e então saiu correndo pelo corredor. Atrás dele, as patas dos animais de gelo rangiam contra o chão. Séverin derrapou até parar perto da entrada da biblioteca. Cadeiras barricavam as portas, e uma mesa com vasos de lírios congelados o bloqueava. Séverin os empurrou para o lado, depois levantou a corrente que mantinha as portas no lugar. Quando girou a maçaneta, ela estava presa... mas pelo lado de dentro.

— Quem tá aí? — veio uma voz de dentro.

Enrique. Séverin poderia ter caído no chão em alívio.

— Sou eu, Séverin — disse. — Você precisa abrir, tem...

— *Séverin.* — Enrique praticamente cuspiu a palavra. — Onde estão os outros? O que você fez com eles?

— Por que *eu* faria alguma coisa com eles?

— Você visivelmente tá determinado a destruir tudo ao seu redor, então onde estão eles?

Atrás de Séverin veio um rosnado baixo e o *som* agudo de gelo contra gelo. Arriscou um olhar sobre o ombro e viu um urso de gelo fuçando o chão. Séverin permaneceu imóvel. Os animais eram atraídos pelo calor e pelo movimento... o urso não se moveria a menos que *Séverin* o fizesse.

— Enrique... — começou a falar Séverin.

— Você não achou que eu fosse descobrir sobre as cartas que você enviou para os Ilustrados? — quis saber Enrique. — Como você cancelou a reunião e destruiu meus sonhos?

Séverin congelou, mas apenas por um instante. Sim, tinha enviado uma carta para cada membro dos Ilustrados. Sim, tinha incluído um cheque em cada carta, para que não comparecessem. Ele não se importava se parecia sabotagem. Nem se importava se Enrique o odiasse por isso. Tudo o que ele tinha feito era tentar protegê-lo.

O historiador abriu a porta e saiu.

— Então, a menos que você possa explicar por que eu deveria confiar...

A porta balançando chamou a atenção do urso, que rugiu, batendo no chão enquanto corria na direção deles.

Séverin agarrou o vaso de lírios congelados, esmagando-o na cabeça do animal. Um quarto de seu rosto se quebrou, espatifando no chão. Enrique gritou, e Séverin o puxou para longe da parede, bem quando o animal investiu mais uma vez.

— Eu vou distraí-lo, você corre pra dentro, e então fechamos a porta — disse Séverin. — Entendeu?

Antes que Enrique tivesse a chance de responder, Séverin pegou os lírios brancos do chão, agitando-os para o lado. A criatura olhou do historiador para as flores. A mão de Séverin emprestou ao buquê uma ilusão de calor. O urso pulou, se lançando em direção às flores...

Séverin as jogou na direção do animal, então agarrou Enrique, empurrando-os para dentro da biblioteca. Tarde demais, a criatura percebeu a falsidade do ato. Investiu contra a biblioteca, mas Séverin chegou à porta primeiro, batendo-a com força suficiente para que cascalhos de gelo delicados caíssem sobre o mármore. O urso rosnou e fungou, arranhando a porta da biblioteca.

— O que foi que acabou de acontecer, caramba? — perguntou Enrique, tentando recuperar o fôlego. — Eles não deveriam agir assim.

— Alguém deve ter reprogramado os animais às configurações originais — explicou Séverin.

Então olhou para trás de Enrique. As mesas cheias de tesouros pareciam exatamente como as haviam deixado.

— Eu ainda te odeio — disse Enrique, ofegante.

— Não é um sentimento incomum hoje em dia.

—Você *enviou bilhetes* pra cada membro dos Ilustrados se certificando de que não fossem à minha reunião? Você nega?

—Não — confirmou Séverin. — Precisamos encontrar os outros. Você pode me repreender mais tarde.

—Eu posso te *matar* mais tarde, esqueça isso de repreender...

—*Shiuu* — sibilou Séverin, encostando o ouvido na porta e olhando pelo buraco da fechadura. — Ótimo. A criatura de gelo se foi — disse Séverin. — Me conta o que aconteceu. Onde estão os outros?

Enrique o encarou, ainda respirando com dificuldade, seu rosto contorcido entre a fúria e a preocupação. Por fim, ele suspirou e Séverin sentiu que, por enquanto... o historiador deixaria de lado a mágoa.

—Me apagaram — contou ele, massageando as têmporas. — A última coisa de que me lembro é Ruslan dizendo que entregaria a lira para a matriarca. É provável que tivesse algo na nossa bebida, destinado a nos derrubar, mas Ruslan não tomou o cálice. Ele pode estar *morto*. E Zofia... — Enrique engoliu em seco. — Zofia tinha ido examinar uma parte da gruta de gelo, mas nunca mais voltou. Não faço ideia de onde Laila estava na noite passada.

Séverin abriu a boca, fechou, e repensou suas palavras.

—Até algumas horas atrás ela estava sendo vigiada.

—Onde ela estava?

—Na cama — respondeu Séverin, breve.

—Como você sabe? — quis saber Enrique.

—Porque eu estava lá — disse Séverin, logo acrescentando: — E Hipnos?

—Não vejo Hipnos desde ontem à noite e... espera um minuto, o que você acabou de dizer?

—Eu não o vi lá fora com os outros — falou Séverin.

—Você estava com Laila "na cama"? — perguntou Enrique. — Tipo... ao lado dela ou... calma lá, o que você quer dizer com "lá fora com os outros"? Quem são os outros?

—Os membros paralisados da Ordem estão enfileirados por todo o átrio. Deve ter sido um artista de Forja de sangue — contou Séverin. Então franziu o cenho, repassando o que Enrique tinha dito. — Por que Ruslan precisaria entregar uma lira pra matriarca?

Enrique o olhou desconfiado.

Foi então que Séverin percebeu: o historiador não confiava nele. Enrique, que uma vez tinha se voluntariado para entrar em um vulcão em sua companhia e emergido do outro lado desejando marshmallow e barras de chocolate. Este era o custo do que ele tinha feito, e encarar isso de frente e não ter nada a oferecer em troca: nenhuma divindade, nenhuma proteção, nenhuma compensação...

Era uma espécie de morte em si.

— Mais tarde — disse Enrique, sucinto.

Séverin se obrigou a assentir e se virou para a porta da biblioteca.

— Os seres de gelo são atraídos por calor e movimento. Há uma rede de calor bloqueando a entrada da gruta, e eles não podem atravessá-la. A gente só precisa chegar lá antes deles.

— E como, exatamente, evitamos ser dilacerados?

Séverin não se importava com o que pudesse acontecer com ele, contanto que os outros estivessem a salvo, mas seria inútil para o grupo se estivesse muito ferido para ajudar. Ele olhou ao redor da biblioteca, depois foi até uma das mesas lotadas de tesouros. Havia bustos de estátuas, tapeçarias que brilhavam e cantavam ao toque... mas não era isso que estava procurando. Seu olhar se fixou em um espelho de mão do tamanho de sua palma.

Enrique foi para trás dele.

— Isso é uma réplica do espelho de Amaterasu do século IV. É uma relíquia que veio do Japão, então seja *muito*...

Séverin o quebrou, arrancando um som de sufocamento estrangulado de Enrique.

— ... *cuidadoso* — terminou Enrique, sem força.

Séverin escolheu os cacos, pegando alguns para si mesmo e depois alguns para o historiador.

— Vem comigo.

Séverin abriu a porta da biblioteca bem devagar, e eles caminharam pelo corredor até o átrio. Ao lado, Enrique murmurou algo sobre a "tirania da indiferença". A luz da manhã mudou de posição na sala, prateando o interior do Palácio Adormecido. Os seres de gelo não eram animais verdadeiros;

eles não podiam enxergar. No entanto, sua função de Forja era idêntica à de um mnemo-inseto. Eles podiam rastrear e registrar movimento como qualquer par de olhos comuns... e responder da mesma forma.

Séverin avaliou os cacos do espelho em sua mão.

— Você se lembra da Ilha Nisyros?

Enrique gemeu. Séverin sabia que o historiador, em particular, nutria uma grande aversão à ilha.

— Você se lembra dos tubarões mecânicos?

— Aqueles que você disse que não atacariam? — retrucou Enrique.

No passado, Enrique sempre mencionara isso de forma brincalhona, mas agora não havia mais humor. Naquele momento, os olhos de Enrique estavam embotados, como se qualquer alegria que havia encontrado no passado tivesse se quebrado sob o peso do presente. Séverin queria sacudi-lo pelos ombros, dizer a ele que tudo o que tinha feito era em seu *favor*, e não para prejudicá-lo. Mas o desuso tornara sua língua desajeitada para falar a verdade, e a oportunidade de passar as coisas a limpo se fechou com o rosnado distante de um animal de gelo.

— Aqueles tubarões seguiam padrões de luz — explicou Séverin.

— Que carregariam uma assinatura de calor muito fraca para os animais de gelo — completou Enrique, concordando.

— Exatamente — disse Séverin. — Agora. Quando eu contar até três, vou refletir os cacos do espelho na parede atrás de nós. Nesse ponto, você tem que correr.

Mesmo sem se virar, Séverin sentia Enrique se agitar ao pensar naquilo.

— Um...

Séverin avançou. As silhuetas de animais lotavam o palco, tensas, à espera de qualquer sinal de um intruso.

— Dois...

Enrique moveu-se ao lado dele, e Séverin se lembrou de todas as outras vezes em que ficaram assim. Como amigos.

— *Três.*

Séverin jogou os cacos do espelho. Padrões de luz atingiram o chão.

— Vai! — gritou.

Enrique avançou. A luz se espalhou como diamantes pelo chão translúcido. As criaturas saltavam e rosnavam nos pontos de luz. Mas nem todas estavam tão distraídas. Para elas, qualquer combinação de calor e movimento valia a perseguição. De canto de olho, Séverin viu um glutão de cristal enorme se separar do resto do grupo. A cabeça do animal se virou bruscamente na direção deles antes de rosnar, saltando na direção dos dois, o chão cedendo sob seu ritmo ágil.

Adiante, a rede de calor forjada em vermelho estava mais próxima. Enrique tentava acompanhar o ritmo de Séverin, mas não era rápido o suficiente. O glutão se aproximou dele, uma única garra afiada era tudo o que seria preciso...

Ágil, Séverin se virou e se lançou contra o glutão de gelo. A criatura deslizou para a direita, arranhando o gelo para voltar ao curso.

— Não para de correr! — gritou Séverin.

Séverin arrancou um dispositivo incendiário do cinto, atirando-o na boca escancarada do glutão. Segundos depois, uma luz laranja explodiu diante de seus olhos. Então levantou o braço enquanto estilhaços de vidro voavam em todas as direções. Rosnados e sibilos enchiam seus ouvidos. Tudo o que as outras criaturas detectavam era calor e luz, e elas seguiam esses elementos como um rastro de sangue deixado por uma presa ferida. Séverin não conseguiu correr. As criaturas se aproximavam de todos os lados. Ele se obrigou a ficar parado, os braços paralisados. À sua frente, um abutre deu um salto em sua direção, abrindo o bico.

Devagar, ele manobrou os cacos do espelho pela manga do paletó, até que alcançassem suas mãos. Se conseguisse distraí-los, poderia escapar. Já estava quase com o caco na mão quando ouviu o arrastar do vidro sobre o gelo. De canto de olho, viu um leopardo recuar sobre as patas traseiras. Seu coração disparou. Ele girou no mesmo instante em que a criatura saltou no ar. A luz cegou seus olhos, os pés deslizando sob seu peso. Séverin ergueu as mãos, e naquele instante o ar frio explodiu em seu rosto. Os animais tinham se dispersado. Padrões afiados de luz cortavam o chão, cegando-o.

— Corre! — exclamou Enrique.

Séverin virou o corpo. O historiador estava parado na entrada da rede de calor Forjada e, por um momento, o tempo pareceu congelar com o choque: Enrique não o abandonara. Lutando para se levantar, Séverin saiu correndo. Às suas costas, dava para ouvir os animais de gelo se movendo para persegui-lo. Uma garra pegou a borda de seu paletó, rasgando-a. A rede forjada estava cada vez mais perto, sua luz vermelha quente queimando em sua visão. Um passo, depois três...

Ao mesmo tempo, Séverin e Enrique se jogaram através da rede de calor Forjada, e o primeiro caiu no chão. Uma dor aguda subiu por seu punho, mas ele a ignorou.

— Atrás de você! — gritou Enrique.

Um leão de gelo enorme se lançou na direção deles. Séverin se arrastou para trás com os cotovelos, virando o rosto com brusquidão. Segundos depois, uma onda de água atingiu o chão. Ele olhou para cima e viu a água encharcar a perna de sua calça.

A rede de calor havia transformado a criatura em uma poça d'água.

Ao lado, Enrique lutava para recuperar o fôlego, os braços ao redor dos joelhos.

— Obrigado — disse Séverin.

Os olhos de Enrique ficaram acetinados. Quando o encarou, era um olhar sem vida. Por um longo momento, não conseguiu dizer nada. Então desviou o olhar de Séverin para o chão.

— Como você pôde fazer isso comigo? — perguntou, em voz baixa.

Ao som da voz de Enrique, algo dentro de Séverin ameaçou se quebrar. Ele não tinha mais nada a oferecer além da verdade. Fechou os olhos, pensando que mais uma vez sua mente estaria cheia de lembranças do líquido dourado escorrendo da boca de Roux-Joubert e do breve peso das asas.

No entanto, em vez disso, pensou no último brinde de Hipnos. *Que nossos fins justifiquem nossos meios.* Isso era tudo o que ele queria. E tinha falhado.

— Eu precisava de você pra esse último trabalho — respondeu Séverin, se erguendo com esforço. — Eu precisava da concentração e atenção de todos, mas não era só pra mim. Era para todos nós. *As Líricas Divinas* podem conceder divindade. Era isso o que eu queria pra gente... Entende? Se eu tivesse isso, ninguém jamais nos machucaria. Você poderia ter tudo o que quisesse. Poderia voltar pros Ilustrados, e eles se ajoelhariam para tê-lo. Tristan até poderia...

— Você perdeu a cabeça? — interrompeu Enrique. — Se tornar um *deus*? Era *essa* a solução para seus problemas?

— Você não tem ideia do que eu vi ou do que senti quando estava naquelas catacumbas. Eu tinha *asas*, Enrique. Tinha sangue dourado em minhas veias, e o que senti... era como conhecer o ritmo do universo — disse Séverin. — Você ouviu Ruslan na sala de jantar. A Casa Caída tinha os meios para fazer isso, com a Faca de Midas ou seja lá o que era. Imagina se houvesse mais. Imagina o que eu poderia ter dado pra gente se nós tivéssemos aquele livro...

Ele parou quando Enrique começou a rir. Não era uma risada de alegria, mas de histeria.

— Nem sequer é um livro — informou Enrique.

Séverin hesitou. Tudo em sua mente se aquietou.

— Como é que é?

— É uma lira.

— Uma lira — repetiu Séverin.

Mais uma vez, algo se agitou em seu interior. Algo que se parecia perigosamente com esperança.

— Mas eu não acho que ela vai dar o que você quer, Séverin — adicionou Enrique, triste. — A inscrição na parede falava sobre o instrumento convocando o desvanecimento. Poderia significar que tudo que é *Forjado* entraria em colapso.

— Supostamente, ela concede o poder de Deus...

— E Deus cria e destrói em igual medida.

— Então vamos nos certificar de que apenas *nós* a tocaremos...

Enrique acenou com a mão.

— Você não tá me *ouvindo*! E quanto a Laila? A Casa Caída tá procurando por alguém da linhagem das Musas Perdidas... uma *garota* com a habilidade de ler o que os outros não conseguem. É a Laila. Se a Casa Caída a pegou, será que é porque eles sabem o que ela pode fazer? Eles podem até tê-la conectado à linhagem das Musas Perdidas.

A cabeça de Séverin estava girando. O sangue pulsava em seus ouvidos. Ele precisava chegar até Laila. Precisava ter certeza de que ela estava segura.

— Então só nós a tocaremos, guiados por Laila... que pode ser a única pessoa que ainda pode usá-la...

— *Não* — insistiu Enrique. — Você não percebe como ela poderia ser afetada se esse instrumento for tocado? Ela é *Forjada*, Séverin. Isso poderia significar que ela...

— Como você sabe disso? — O olhar de Séverin se fixou nele.

Duas coisas atingiram Séverin de uma vez. Primeiro, ele nunca sequer tinha parado para pensar sobre a natureza da... criação de Laila. Em sua cabeça, algo Forjado era algo inanimado. Um objeto. Laila era a vida encarnada. A segunda coisa foi que Laila tinha contado a outra pessoa sobre suas origens. Antes, ele era o único que sabia. O único a quem ela confiara esse segredo.

A expressão de Enrique vacilou com culpa. Ele estava escondendo algo. Séverin tinha certeza disso.

— O que você não tá me contando?

Enrique fez o sinal da cruz, olhou para cima e murmurou:

— Desculpa, Laila. Mas ele precisa saber.

— Saber *o quê?* — questionou Séverin.

Enrique desviou o olhar dele.

— Laila está morrendo.

Um instante passou. Depois dois. Aquelas palavras envenenaram o ar, e Séverin não se permitiu respirar, como se um único sopro pudesse tornar aquelas palavras verdadeiras. E, então, antes que pudesse falar, um som sibilante chamou sua atenção para a rede Forjada. A luz tremeluziu, piscando forte e fraca. Logo além dela, os animais tinham se alinhado... rabos chicoteando, cascos arranhando o chão coberto de gelo...

A rede começava a se romper.

32

ZOFIA

Zofia piscou algumas vezes, a mente registrando o ambiente desconhecido em partes: o chão translúcido, a água colorida como uma gema do lago Baikal correndo sob a superfície. O gelo frio e escorregadio queimava as palmas de suas mãos. Quando olhou para cima, a luz refletiu em uma curva afiada que ela não reconheceu. De canto de olho, avistou o alto da cabeça das pessoas, seus couros cabeludos pressionados contra a parede, na altura dos olhos dela. Zofia virou-se abruptamente e esticou os braços, apenas para bater nas paredes que a cercavam. Estava presa. A palavra ecoou em sua mente, e ela se encolheu, a náusea subindo pela garganta.

De novo, não.

Quando piscou, viu as chamas do laboratório... os outros estudantes gritando... a maneira como sua mente e seu corpo falharam quando ela tentou abrir a porta.

Não. Não. Não.

Zofia se encolheu, mas a borda afiada do envelope de Hela pressionou contra sua pele, um lembrete ardente das pessoas que dependiam dela. Zofia se obrigou a se sentar ereta e a se lembrar de tudo o que havia acontecido.

Suas lembranças pareciam fragmentadas. Lembrava-se do leviatã e das velas vermelhas, da inscrição na parede... ESTAMOS PRONTOS PARA O DESVANECIMENTO. Depois disso, nada. Zofia cerrou os dentes e apoiou as palmas das mãos abertas no chão de gelo, deixando o frio a surpreender. Contou suas respirações. *Um. Dois. Três.* Ela se concentrou no chão, contando os rastros marmoreados deixados no gelo... *quinze, dezenove, quarenta e sete.*

Somente então ela levantou a cabeça.

Onde estava? O aposento era longo e retangular, e a largura não era suficiente para esticar os braços. Podia se levantar e se virar com facilidade no espaço, e assim o fez, embora não pudesse andar muito, pois não estava sozinha. Encostado na parede oeste e apoiado em um ângulo acentuado estava o corpo quebrado de um veado de gelo. Ela se lembrava de tê-lo visto com Eva havia menos de dois dias. Eva tinha percebido seu desconforto e pedido à Casa Dažbog para não destruir a máquina. O peito do veado estava rasgado, e os ventrículos de gelo que uma vez pulsavam através dele estavam mortos, deixando apenas fios ocos. Por fim, Zofia soube onde estava.

Na prisão do Palácio Adormecido.

Exceto pela parede voltada para o norte, o ambiente ao redor não mostrava nada além de uma extensão de neve compacta. Quando ela se virou para o norte, as paredes de vidro revelaram o átrio do Palácio Adormecido. Membros da Ordem de Babel estavam apoiados contra o perímetro do átrio como bonecos estranhos. Alguns até se recostavam em uma das paredes da cela em que estava.

— Me deixem sair! — gritou Zofia.

Mas eles não se mexeram quando ela bateu no vidro atrás de suas cabeças. Nem responderam quando Zofia olhou para os que estavam do outro lado da sala, gritando de novo.

Sem resposta.

Nem mesmo um piscar de olhos.

Ela avistou mais alguma coisa. Duas pessoas entrando apressadas no átrio pelo lado oeste de sua cela: Enrique e Séverin. Um padrão de luz em movimento se estendia diante deles. Detrás dos pianos e das mesas, do palco vazio e das fileiras de pessoas, criaturas de gelo se aproximavam para atacar.

Um brilho prateado captou seu olhar. Tarde demais, viu um guepardo de gelo se lançar em direção ao lado direito de Séverin, o qual estava desprotegido:

— Séverin! — chamou.

Mas o rapaz não a ouviu.

Zofia bateu no vidro com o punho. Nada aconteceu. Desesperada, levou a mão ao pescoço, mas só sentiu sua pele.

Seu colar de pingentes e armas retráteis tinha *desaparecido*. Um gosto amargo subiu por sua garganta. Ela apalpou a parte da frente de seus casacos e bolsos. Não tinha nada consigo além da carta de Hela e...

Zofia parou assim que seus dedos encontraram bordas familiares. Sua caixa de fósforos. Ela a tirou, abrindo a tampa de prata: três fósforos. Era tudo o que tinha. Ela olhou para Séverin e Enrique, agora tentando correr em direção à entrada da gruta de gelo, a qual estava protegida por uma rede de calor Forjado. Sua respiração se acelerou. Na Forja, sua afinidade sempre tinha sido a metalurgia. Não fora treinada na arte de detectar e manipular a presença de minerais no gelo. A probabilidade de sucesso era baixa. Mas a de morrer era ainda maior.

Contra o dente, Zofia acendeu um dos três fósforos e o encostou na parede de gelo. Se conseguisse detectar os minerais e acendê-los com a presença do fogo, poderia criar um buraco na parede. Ela pressionou a mão no gelo, esforçando-se para sentir o pulsar de sua afinidade de Forja... a vibração do minério dentro de um objeto que respondia ao seu toque. Ela empurrou com tudo o que havia dentro de si, mas então a chama se apagou. Zofia se esforçou para pegá-la, mas seus pés escorregaram, jogando-a no chão. Seu queixo bateu contra o chão de gelo, e ela sentiu gosto de sangue. Cansada, se obrigou a ficar de pé.

Restavam apenas dois fósforos.

Com os dedos trêmulos, limpou o sangue dos lábios e pegou outro fósforo. O som do fogo rasgou o ar, apenas para o fósforo escapar de seus dedos molhados e ensanguentados. Um soluço ficou preso em sua garganta enquanto a chama esmorecia e morria no gelo.

Zofia sentiu o peso de milhares de fracassos. Viu a expressão vazia no rosto de Laila; a piedade nos olhos de Enrique; a preocupação de Hela puxando os cantos de sua boca para baixo. Mil expressões que ela decifrara sem dificuldade. Tudo isso acertou algo profundo em seu cerne. Sua pele parecia queimar. Um zumbido baixo se formou na base de seu crânio. Não era irritação. Não era aborrecimento. Era fúria.

Zofia se lembrou de uma das últimas noites nas cozinhas do L'Éden, quando Tristan ainda estava vivo. O garoto estava fazendo uma coroa de margaridas, deixando-as crescer em vinhas bizarras que arrancaram o livro de Enrique de suas mãos. Laila os repreendeu por fazerem bagunça e ameaçou:

— Se fizerem bagunça na minha cozinha, eu vou libertar a fúria de uma Zofia que ainda não comeu seu biscoito de açúcar diário.

A engenheira tinha franzido a testa porque não sabia que era capaz de sentir fúria. A fúria pertencia àqueles com temperamentos inflamados, mas, quanto mais pensava nisso, mais sentia como se estivesse descobrindo uma nova parte de si mesma. Quando olhou para o vidro ao norte, viu Enrique tropeçando... um glutão de gelo se aproximando dele, e ela se lembrou da última coisa que o historiador lhe dissera:

Você é muito mais corajosa do que a maioria das pessoas lá fora. Nenhuma delas seria capaz de construir uma bomba de olhos fechados, entrar num monstro de metal e ainda querer chamá-lo de "Davi". Confie em si mesma, Fênix.

Ela não o deixaria ser um mentiroso.

Zofia se virou para o veado de cristal, inerte e cintilante. Sob os cascos, notou uma fratura semelhante a uma aranha se espalhando pelo gelo. Ela não poderia queimar o gelo. Mas o veado era um instrumento Forjado, poderoso o suficiente para que seus cascos, se em movimento, pudessem quebrar a barreira.

Com o último fósforo em mãos, Zofia se ajoelhou ao lado do veado. Dias atrás, a Casa Dažbog tinha dispensado a máquina por seus mecanismos internos de metal quebrados, por sua falha em responder. Ela não era capaz de manipular gelo. Mas podia trabalhar com metal. E com fogo.

Zofia deixou as mãos percorrerem sua artesania suave. Na abertura bagunçada do peito da criatura, ela sentiu os fios finos e ocos... sua forma emaranhada. Sentiu onde a máquina tinha ficado silenciosa. Acendeu seu último fósforo. Sob seu toque, o metal outrora adormecido *cantou*. Era uma canção baixa e trêmula. Devagar, as engrenagens começaram a se mover, o fogo percorrendo os óxidos de metal inflamáveis.

O veado de gelo estremeceu à vida, suas patas esmurrando o ar. Zofia dobrou a criatura à sua vontade, assim como faria com qualquer uma de suas outras invenções. O veado chutou, quebrando a parede de vidro. Então se levantou, endireitando-se e arqueando a linha congelada de sua garganta. Quando sacudiu os chifres, pequenos pingentes de gelo se estilhaçaram no chão. O animal abaixou a cabeça para Zofia, seus enormes chifres afiados como armas. Agora, no centro de seu peito, borbulhava uma pequena fornalha. Um coração de fogo.

Por um instante, Zofia ficou maravilhada. Nenhuma das ferramentas e objetos que ela já Forjara eram assim. *Essa* era a arte da Forja que parecia como se ela tivesse dado a vida. Era a parte da forma de arte que os outros chamavam de uma lasca do poder de Deus.

Isso a encheu de um sentimento de competência... como se pudesse ir a qualquer lugar e não contar as árvores; como se pudesse falar com qualquer pessoa e nunca conhecer o pânico. Era poder, percebeu, e gostou bastante disso.

Zofia alcançou um dos chifres e se içou sobre o dorso gelado da criatura.

— *Vai* — ordenou.

O veado se ergueu sobre as patas dianteiras e estilhaçou a parede de vidro. Em um salto suave, passou por cima da cabeça dos membros congelados da Ordem de Babel. À frente, Zofia pôde ver a linha de animais convergindo em um nó na entrada do salão que abrigava a gruta de gelo. A rede de calor Forjado tremeluzia, fraca. Logo morreria. Na entrada do corredor, ela observou Séverin erguer uma mão diante de si, enquanto empurrava Enrique para trás com a outra.

Os animais estavam prontos para atacar.

Zofia instigou o veado a ir mais rápido, levando a mão mais uma vez para o pescoço. A frustração se acumulou em seu peito. Precisava de uma arma, algo que afastasse as criaturas. Olhou ao redor e viu uma espada ornamentada deitada no colo de um membro congelado da facção italiana. O veado parou em frente a ele, e Zofia estendeu a mão, pegando a espada.

— Obrigada — disse.

Então segurou a lâmina, encontrando o pulso do metal que cantava com sua afinidade de Forja, e depois a encostou no coração flamejante do veado de gelo. O fogo irrompeu pela espada.

— *Mais rápido* — sussurrou.

O veado galopou pela linha de criaturas de gelo e depois derrapou até parar na frente da rede Forjada. A própria rede era feita de metal, e quando ela estendeu a mão... deixando seus dedos deslizarem sobre a criação Forjada, o fio parecia frio ao toque. Precisava de fogo. Ela olhou para trás, para se certificar de que Séverin e Enrique estavam seguros. Séverin segurava um pedaço de espelho na mão e a encarava. Enrique deu um grito, escondendo o rosto atrás do braço. Em seguida ergueu a cabeça, o braço caindo ao lado do corpo. Sua boca se abriu, e ele olhou para o rosto dela e depois para a espada em chamas.

— *Zofia?*

Indignação. Surpresa. Confusão. Poderia ser qualquer uma dessas emoções, pensou Zofia. Então optou pela única resposta que lhe fazia sentido:

— Olá.

Em seguida ela se virou para a linha de criaturas de gelo. Empunhou a espada em chamas. Algumas das criaturas recuaram.

— Séverin e Enrique, fiquem atrás da rede — ordenou.

Ouviu-os dar passos para trás e então encostou a ponta da espada na rede. O calor floresceu novamente, e as criaturas de gelo recuaram, sibilando e rosnando. Zofia largou a espada e desmontou do veado. O animal balançou a cabeça em sua direção e a garota acariciou suas ancas uma vez. Depois disso, o animal partiu pelo átrio, bem longe da rede de fogo.

Quando ela se virou, Séverin e Enrique ainda a encaravam.

— Você nos salvou — disse Enrique, ofegante, e sorriu fracamente. — Isso quase parece um conto de fadas, e eu sou a donzela indefesa.

— Você não é uma donzela.

— Mas estou indefesa.

— Mas...

— Me deixa ficar com minha ilusão, Zofia — pediu Enrique, em um tom cansado.

— Zofia... — começou a falar Séverin, e então parou.

Se alguém parecia angustiado, era Séverin. Ele ficou em silêncio, as sobrancelhas se unindo enquanto apontava para a gruta de gelo.

— Fico feliz que esteja segura, mas ainda não sabemos onde estão Laila e Hipnos — disse, olhando para ela. — Enrique falou que você tinha ido até o leviatã. O que aconteceu?

Zofia olhou para o corredor, uma sensação de desconforto se assomando sobre ela.

— Fui atacada lá dentro.

— Você viu o rosto do agressor?

Ela negou com a cabeça.

— Quais armas temos?

Zofia tocou a garganta nua. *Nada.* Séverin notou o movimento e assentiu. Ele olhou para Enrique e depois para o arsenal vazio de seu cinto.

— Fiquem atrás de mim e vamos juntos — disse ele.

Zofia mal dera um passo quando ouviu um suspiro baixo vindo do fim da gruta de gelo. Era um suspiro de relutância, o som que costumava fazer quando Laila lhe dizia para lavar as mãos antes do jantar ou para ajudar a arrumar a cozinha. Mas esse suspiro não combinava com a figura que emergiu das sombras. Um homem usando uma máscara de abelha dourada... as mãos entrelaçadas entre si, uma delas pálida e a outra... a outra, *dourada.*

Logo de cara ela reconheceu a máscara de inseto. Pertencia ao homem nas catacumbas, o homem que a Casa Caída chamara de "o doutor".

— Eu sei que vocês vão entender — disse o doutor. — Pode não ser fácil no começo... mas vão entender. E vou mostrar a vocês antes que o dia termine.

— O que... — começou a falar Zofia, no momento em que três pessoas mascaradas saíram de trás do doutor.

Séverin investiu contra eles, com um fragmento de espelho na mão, mas o homem foi mais rápido. Ele o dominou, forçando-o a ficar no chão. Séverin lutava para virar o rosto na direção deles.

— Zofia, Enrique, *fujam...*

A pessoa chutou Séverin na cabeça, que ficou imóvel. Um segundo homem mascarado agarrou Enrique pela garganta, segurando uma faca contra seu pescoço. Zofia ergueu os punhos, a fúria se acumulando na parte de trás do crânio quando o doutor levantou a mão.

— Reaja — disse o doutor, virando o rosto mascarado para ela —, e cortarei a garganta dele. Eu *realmente* não quero fazer isso. Primeiro porque é profundamente antisséptico. E segundo porque é um desperdício de uma pessoa.

Zofia olhou para as mãos. Suas veias ainda vibravam com a lembrança do poder, e ela odiava não poder usar nada disso agora. Lentamente, abaixou os punhos.

— Muito bom — elogiou o doutor. — Obrigado por fazer isso, Zofia. Nunca achei que violência fosse a resposta.

A voz dele... Havia algo nela que Zofia reconhecia. E como ele sabia seu nome?

— Agora — continuou o doutor, enquanto o terceiro homem se aproximava dela. — Eu preciso da sua ajuda, minha querida. Você vê, minha musa precisa de um pouco de inspiração para poder trabalhar. E acho que você, Enrique e Séverin nos ajudarão a conseguir isso. Espero que concorde.

Quando ele deu um passo à frente, Zofia notou algo debaixo de seu braço... algo pálido e branco, dobrado em um ângulo estranho. Era uma mão. Um Anel brilhante estava preso ao dedo. E então o doutor ergueu a máscara, revelando um par de olhos gentis com os quais ela estava acostumada, e um sorriso cativante ao qual ela muitas vezes respondia com um sorriso próprio. Para Zofia, pareciam duas imagens que não se encaixavam, mas suas observações não poderiam mentir.

O doutor da Casa Caída era Ruslan.

Ele sorriu e depois acenou com a mão que nunca fora dele.

— Bastante macabro, não acha? — disse Ruslan. — De qualquer forma, espero que todos vocês possam ajudar. Afinal, amigos fazem sacrifícios incríveis uns pelos outros. E eu passei a considerar vocês exatamente assim. — Ele sorriu abertamente. — *Amigos.*

33

SÉVERIN

Séverin acordou com a cabeça latejando e as mãos amarradas. Estava apoiado em uma cadeira de metal em uma sala prateada escura que *pulsava*. O cheiro era familiar, o aroma enferrujado e salgado do sangue. A luz tremeluzia pelas paredes metálicas estriadas. Um pódio elevado e familiar cortava o centro da sala. Séverin piscou. Estava dentro do leviatã de metal. Só que agora parecia diferente, pois havia sido despojado de seus tesouros.

Tentou se mover sem fazer barulho, mas o leve movimento enviou uma onda de dor por sua cabeça. A última coisa da qual se lembrava era de se lançar contra um guarda, apenas para ser jogado no chão e nocauteado por um chute forte. O cabo da faca de Tristan pressionava suas costelas, e a ponta afiada da mnemo-mariposa presa em seu paletó cutucava sua pele.

Um silêncio quase absoluto preenchia a sala, interrompido apenas pela pulsação estranha e aquosa do lago Baikal batendo contra o leviatã de metal. Um leve movimento à esquerda chamou sua atenção. *Hipnos*. Séverin se arrastou para a frente. O outro rapaz estava completamente imóvel e, em um momento de emoção intensa, Séverin rezou para que o tempo tivesse parado, porque Hipnos estava parado demais. Ele queria ser como gelo, mas havia rachaduras demais em sua armadura. Quanto mais se aproximava de Hipnos, mais lembranças antigas escorriam pelas fissuras, queimando-o. Séverin se lembrou de quando eram irmãos — recortados das sombras e resignados a elas; da voz cantante de Hipnos; da luz do sol inundando o falso teatro em que eles brincavam de ser os filhos desejados de patriarcas pálidos. Com as mãos amarradas, cutucou o corpo do rapaz, conseguindo virá-lo. O outro soltou um rosnado baixo, enrolando a mão sob o queixo enquanto... chupava o dedo?

Hipnos estava dormindo.

— *Acorda* — sibilou Séverin.

O Hipnos adormecido apenas franziu ainda mais a testa, mas não acordou.

— Ele vai ficar bem — disse outra voz, emergindo da parte escura do leviatã. — Consegui resgatá-lo antes do segundo ataque de Forja de sangue. O vinho de gelo fez a Ordem dormir, e a Forja de sangue os acordou... embora não poderão se mover por mais doze horas.

A matriarca se aproximou deles. Seu casaco de pele estava preso no pescoço como uma capa. Mas o restante de seu traje era composto de calças e botas. Fora *ela* a pessoa que o nocauteara. Ela fez um gesto em direção ao seu traje e chutou levemente uma máscara descartada no chão.

— Camuflagem. Tenho que agradecer a você e sua equipe pela ideia.

— Você... não foi...

— Afetada pelas bebidas Forjadas de sangue? — perguntou ela. — Eu me imunizei completamente contra elas.

Óbvio, pensou Séverin, os vidrinhos que os serviçais serviam para ela durante as refeições. A matriarca estendeu uma lata de biscoitos e um pote de geleia de framboesa e cereja que ele costumava adorar.

— Você sofreu uma queda feia... minhas desculpas. Comer vai ajudar. Além disso, você precisa se alimentar antes da jornada.

Jornada?

— O q-que você tá...

— Resgatando você — disse a matriarca, de repente. — Você não faz ideia do que está acontecendo lá em cima, não é? Me permita iluminar a situação.

— Me solta — exigiu Séverin, levantando as mãos acorrentadas.

— Depois que você vir isso — disse a matriarca.

Ela apontou para a mnemo-tela acima do palco e pressionou o Anel de Babel em meio aos espinhos de pedra. O teto prateado piscou e ganhou vida.

Séverin ficou em pé em um salto, fazendo o leviatã de metal se deslocar, inclinando-se com força para a direita e desequilibrando-o. Ele cambaleou em direção à mnemo-tela que mostrava a gruta de gelo acima. Enrique e Zofia estavam amarrados com firmeza e panos enfiados na boca para evitar que gritassem. Dois pares de Esfinges da Casa Caída estavam parados de cada lado deles. Mas cada visão era eclipsada por Laila. Quando a olhou, sentiu como se alguém tivesse arrancado seu coração e o apertado com a mão.

Ruslan segurava o braço dela, forçando um instrumento em suas mãos.

O patriarca parecia ao mesmo tempo inalterado e irreconhecível. Um sorriso excêntrico nos lábios. Linhas de riso ao redor dos olhos. E, ainda assim, sua mão era puro *ouro*. Ouro como icor. Ouro como a divindade.

Ao lado, Eva parecia impassível. Ela levantava os olhos do chão várias vezes e encarava os outros, com uma expressão insondável.

— *Leia*, minha querida — exigiu Ruslan. Seu sorriso se desfez um pouco. — Encontre as cordas certas a serem tocadas, e todos nós podemos fingir ser deuses.

Em um frenesi, os olhos de Laila se moveram entre Enrique e Zofia.

— Eu... não... sei... como — murmurou ela.

O sorriso de Ruslan pairou em seus lábios por um instante... e então ele a jogou contra o gelo. Séverin ouviu o som da cabeça dela batendo na parede. Quis se levantar, mas não conseguia fazer aquilo com as mãos amarradas.

— Não *minta* pra mim! — rugiu Ruslan. — Eu odeio isso. Pareço um tolo pra você? — Ele fez uma pausa, respirando fundo e esticando o pescoço de um lado para o outro. — Meu pai achava isso... tenho certeza de que o verdadeiro patriarca da Casa Dažbog também achava, mas eu o matei, então não tenho como perguntar. Mas *eu* acho que sou inteligente, sabe? Olha só o que eu fiz! Me tornei o patriarca. Libertei toda a equipe dele e trouxe a minha. Garanti que sua *troika* explodisse em Moscou e quase terminei o trabalho antes de perceber que talvez você pudesse ter mais utilidade do que eu imaginava... e, ah, como eu imaginei. — Ruslan se virou para Laila, abrindo um sorriso lento. — Roux-Joubert sussurrou sobre você, minha garota. Ele falou de uma garota que parecia *saber* coisas com apenas um toque. E ele estava certo.

Ruslan esfregou a cabeça com a mão de ouro, em seguida, a baixou, virando-a de um lado para o outro.

— Então, veja só, não sou um tolo. Pelo menos, ainda não — disse, tranquilo. — Esse é o preço da divindade, não é? O seu Séverin foi rápido em reconhecer o icor no chão da sala de jantar... o que eu não lhe disse foi que há um preço para tudo isso. Eu não sabia, na época, o que custaria empunhar algo como a Faca de Midas, mudar a matéria dos humanos por completo... nos tornar *diferentes*.

Ele riu.

— O cabelo vai primeiro! — contou. — Um efeito colateral irritante. Mas a sanidade vai logo em seguida, e isso é bem menos fácil de suportar. A menos que se tenha uma solução permanente.

Ruslan girou a lira em sua mão e, no espaço de um segundo, voltou a ser o patriarca de temperamento ameno da Casa Dažbog que havia fingido ser.

— Escuta.... calma, calma, me desculpa por esse acesso de raiva — pediu, ajudando Laila a ficar de pé. Ele acariciou sua bochecha com o dorso de sua mão dourada. — É importante, entende? Eu só quero que o mundo seja um lugar melhor. E posso fazer isso se eu tiver ao menos um *toque* do poder de Deus. Refazer o mundo ao refazer a *nós* mesmos. Você não deseja que o mundo seja diferente? Não anseia por um dia em que possa andar sem amarras pelo mundo? Não deseja, Zofia, viver sem perseguição? E você, Enrique, meu doce historiador revolucionário... eu sei que você sonha o que eu sonho... um mundo no qual pessoas como nós não sejam mantidas submissas, mas tenham restaurado um lugar de igualdade. — Ele virou o queixo de Laila na direção de Enrique e Zofia. — Então, por favor. Não me faça machucá-los. Eu odeio fazer isso. Para começar, o sangue se espalha por todos os lugares, o que é tão horrível, absolutamente deselegante... — ele exibiu um sorriso encantador — ... e, depois, tem o fato de que eu gosto deles. Eu gosto de *você*.

Lágrimas escorriam pelo rosto de Laila enquanto o encarava.

— Você não acha que eu quero ler isso? — exigiu ela. Seus olhos foram para a harpa brilhante no chão. — Você não acha que eu não faria isso, se eu soubesse quais cordas tocar? — Ela agitou uma mão em direção ao instrumento. — Isso é a única coisa que poderia me manter *viva*, e é inútil pra mim. Eu não consigo mover nem uma única corda.

Ruslan soltou o rosto dela com um som de nojo.

— De novo com essa história de ser... — ele agitou as mãos, como se estivesse espantando uma enxurrada de moscas — ... *criada*. Você está mentindo. Está mentindo pra proteger sua linhagem, e eu odeio mentirosos.

Séverin se sentiu enjoado enquanto Ruslan andava de um lado para outro, tocando uma faca na palma da mão com suavidade.

— Os instrumentos dos deuses... eles têm personalidades. Como qualquer um de nós! — disse Ruslan. — E a personalidade deste gosta bastante da companhia de linhagens de sangue antigas de um jeito meio exclusivo. Agora. Isso pode ser muito simples. Toque o instrumento, e me diga o *lugar* que você vê.

— Lugar? — repetiu Laila, cansada.

Ruslan coçou o nariz com a mão dourada.

— Óbvio que há um lugar, minha cara! Não se trata apenas de dedilhar uma harpa e se tornar um deus. Não, não. *Isso* precisa ser tocado num lugar especial... em um templo. Deve ser tocada no templo certo... ou teatro, se preferir... aquela lira desbloqueia o poder de Deus. Tocada em qualquer outro lugar, a lira é muito vingativa e destrutiva. Um objetozinho mal-educado.

Os ombros de Laila afundaram e ela olhou para cima, não para Ruslan, mas para Eva.

— Eu não sei o que tá acontecendo — disse. — Não *sei* do que você tá falando, e eu não *vejo* nada...

O lábio inferior de Eva tremeu, mas ela virou a cabeça.

O olhar de Séverin foi para a lira. O tempo parecia se mover mais devagar, e ele se perguntou o quanto tinha sido forte a batida em sua cabeça. Conseguia ver as cordas brilhando. Seu filamento delicado parecia ter cores suaves, um arco-íris visto através de um vidro oleoso.

Ruslan suspirou.

— Você não me dá muita escolha. — A Esfinge avançou em direção a Enrique e Zofia.

— Não! — Séverin tentou gritar, mas a matriarca tapou sua boca com a mão.

— Abra a boca e você matará a nós todos — sussurrou ela, áspera.

— O que vai motivá-la a usar seus poderes? — perguntou Ruslan. — Eu sei que você os tem. Eu sei exatamente o que seu *toque* pode fazer, *mademoiselle* Laila.

Laila começou a suplicar, e Ruslan suspirou.

— Muito bem, então vou começar com o seu amante — avisou ele, antes de se virar para uma das Esfinges. — Você se importaria de me trazer o *monsieur* Montagnet-Alarie?

A Esfinge saiu.

— Imagino que isso será uma surpresa desagradável — disse Delphine, olhando para a mnemo-tela. — Mandaram te jogar em uma cela e esperar lá, mas, como pode ver, nós tomamos um caminho bem diferente.

— Eva, por favor — sussurrou Laila.

Mas a outra garota não se virou.

Quando a outra Esfinge voltou para a sala de mãos abanando, o sorriso de Ruslan desapareceu.

— Sumiu?

A Esfinge assentiu.

— Bem, então vá encontrá-lo! E certifique-se de que todos sejam contabilizados! Cada matriarca e patriarca, cada tolo com um anel na mão. Vá encontrá-los e certifique-se de que saibam — ordenou. — Faça com que saibam quem fez isso com eles. Ah, e, espere...

Ele parou, virando-se para pegar algo que estava caído no gelo. O estômago de Séverin se revirou. Era a mão de Ruslan. Ou, melhor dizendo, a mão do verdadeiro patriarca da Casa Dažbog.

— Dê uma bofetada neles com isso — instruiu Ruslan, e começou a rir. Depois ele se virou para Laila e Eva. — Sério? *Nenhuma* risada?

Eva parecia chocada.

—Talvez meu humor esteja de *mãos* atadas — disse Ruslan, pontuando a palavra com um balanço da mão decepada. — Mas me escute bem, minha querida. Eu até mesmo vou demonstrar com o nosso bom amigo que deseja ser ouvido com tanto fervor. Tenho certeza de que ele vai apreciar o gesto mais do que a maioria.

Ele se aproximou de Enrique. Tarde demais, Séverin viu um clarão de metal cortar o ar. Enrique gritou, sangue escorrendo pelo pescoço...

Ruslan havia cortado sua orelha.

Laila gritou, debatendo-se contra as amarras, mas Ruslan a ignorou. Enrique caiu no chão, se contorcendo de dor.

— Orelha por orelha? Não é essa a frase? — ponderou Ruslan, chutando pelo gelo a orelha de Enrique decepada. — Que pena. De qualquer forma... — Ele se virou para Laila. — Você tem dez minutos pra tomar sua decisão. O tempo começa... *agora!*

Séverin se afastou da matriarca, lutando para recuperar o fôlego.

— Temos que ir — disse Séverin. — A gente precisa salvá-los.

A matriarca o observou com tristeza.

— Não há nada que você possa fazer por eles. Você não pode sair correndo do leviatã e libertá-los. O leviatã mal consegue se manter no lugar com aquelas correntes quebradas. Não consegue ver que estou salvando suas vidas? Nós vamos embora agora, por aquela cápsula... — falou ela, gesticulando para o dispositivo em forma de cápsula no nártex. — Dali, podemos chegar a Irkutsk e eu posso pedir ajuda. Temos tempo suficiente enquanto ele fica brincando com aquela garota, pensando que ela tem o sangue das Musas Perdidas.

Mas não dava para fazer aquilo em dez minutos. O que significava que Enrique, Zofia, Laila... todos eles morreriam.

— Você quer que eu a deixe morrer? — perguntou Séverin. — Mas você... você gosta dela.

A expressão no rosto da matriarca estava marcada pela idade e pela tristeza.

— E eu *amo* você — disse Delphine. — Eu sempre te amei, e olha só o que tive que fazer mesmo assim.

Amor? Séverin não a ouvia dizer isso para ele havia... anos. Ele mal conseguia pronunciar a palavra, parecia que grudava seus lábios.

A matriarca retirou seu Anel de Babel da coluna, e a mnemo-tela que mostrava Laila, Enrique e Zofia ficou em branco. Ainda assim, o rapaz não conseguia deixar de ver a luz intensa das cordas daquela lira, ou de parar de ouvir o eco do jeito como Delphine dissera que o doutor está *pensando que ela tem o sangue das Musas Perdidas.*

Como se ela não apenas soubesse que Laila não tinha essa linhagem, mas também como se já soubesse quem tinha.

— Há muito tempo, fiz uma promessa de te proteger — confessou ela. — De cuidar de você.

— Cuidar de mim? — Séverin queria cuspir em seu rosto.

— Às vezes proteção... às vezes amor... exigem escolhas difíceis. Como a que estou pedindo a você agora. Eu mostrei isso para que soubesse, e para que pudesse fazer sua própria escolha... um luxo que eu mesma não tive — disse Delphine. — A linhagem sanguínea das Musas Perdidas corre em *suas* veias, Séverin.

Séverin abriu a boca, fechou. Nenhuma palavra lhe veio à cabeça, e tudo o que pôde fazer foi olhar para ela de forma entorpecida.

— Todos esses anos, eu te protegi das pessoas que poderiam usar isso contra você. Que poderiam usar você para os próprios benefícios. É por isso que precisei te manter longe da Ordem o máximo que pude. Quando fizemos o teste de herança, seu sangue poderia ter feito aqueles objetos Forjados se partirem ao meio. Eu tive que esconder você de si mesmo. — Delphine engoliu em seco, mexendo em seu Anel de Babel com nervosismo. Quando falou, sua voz estava rouca de tristeza: — Mas eu tentei ajudar o máximo que pude. Quando vi como seu primeiro cuidador tratava de você, fui eu quem deu as flores de acônito para Tristan. Pensei que Clotilde fosse criar você, mas ela era gananciosa e, no momento em que descobri, fiz questão de tirá-lo dos cuidados deles. Eu fui a primeira investidora no L'Éden. Eu lutei por você nos bastidores. Lamentei todos os dias viver sem você.

Coisas pequenas se encaixaram na cabeça de Séverin, mas era como um junco levado por um rio — simplesmente não havia tração suficiente para deixá-lo parar e refletir. *Ele* tinha a linhagem de sangue. Não tinha espaço em sua mente para processar o que aquilo significava ou, melhor, o que deixava de significar. Herdar sua Casa era um sonho que tinha secado em sua alma, substituído por um desejo que se estendia pela eternidade: um sonho de divindade, a memória de invencibilidade que ele só sentira através da Casa Caída. Todo esse tempo, achou que havia falhado com todos por não conseguir encontrar *As Líricas Divinas*, mas o segredo de seu poder estava em suas próprias veias. Isso o fez se sentir... absolvido.

Ao redor deles, o leviatã começou a inclinar de um lado para o outro de novo. O som de metal quebrando e rangendo ecoava pelo silêncio. O leviatã estava se soltando. Em breve, estaria completamente debaixo do lago, com o ventre cheio de água.

— Você precisa fazer uma escolha, Séverin — apressou-se a dizer Delphine. — Fuga ou morte.

Por um instante, ele não conseguiu dizer nada, mas então Delphine voltou a falar, e foi como se ela tivesse espiado dentro da cabeça dele.

— Você faz a escolha com a qual pode conviver. Não precisa gostar dela.

Ela ergueu uma faca e cortou as amarras. As mãos dele estavam livres, e a escolha era de Séverin.

Séverin se agarrou às palavras de Delphine de uma maneira que não fazia desde criança. Olhou ao lado, para o Hipnos adormecido, e depois para o teto prateado, onde Laila estava com a cabeça baixa, Enrique jazia caído de lado e Zofia encarava o gelo em estado de torpor, com lágrimas riscando as bochechas. Ele queria protegê-los. Queria fazer reconciliações impossíveis. Queria ser um deus.

O que ele não tinha levado em conta era como um deus agia, e essa era sua primeira amostra — o gosto amargo do cálculo da decisão. Deuses faziam escolhas. Deuses incendiavam cidades e poupavam uma criança. Deuses colocavam ouro nas mãos dos perversos e deixavam essa moeda de esperança miserável nos corações dos bons. Ele poderia poupar três e sacrificar um, e talvez — pelo número sozinho — isso tivesse sua própria lógica sangrenta. Laila morreria se a lira fosse tocada. Laila morreria se a lira não fosse tocada.

Séverin fechou os olhos.

Quando inspirou, não captou o aroma dos ossos de metal do leviatã, nem o toque adocicado da geleia de framboesa e cereja. Seus pulmões se encheram *dela*. Rosas e açúcar, a seda polida de sua pele, a força de seu sorriso... poderosa o suficiente para alterar o curso de sonhos profundamente enraizados.

Ele abriu os olhos, retirou do bolso a faca de Tristan. A lâmina tinha o brilho suave do veneno de Golias. Conforme a virava, a cicatriz em sua palma reluzia. Mesmo na escuridão, ele conseguia distinguir a rede tênue de suas veias e o contorno do sangue que corria dentro delas.

Você é apenas humano, Séverin.

Eis a ironia.

Ele não precisava ser.

Para ser um deus, Séverin tinha de se desvincular de tudo o que o tornava humano. De todo seu arrependimento e, até mesmo, de todo seu amor. Às vezes, amar significava machucar. E ele seria um deus amoroso. Séverin olhou para a matriarca e sentiu como se aquele gelo entorpecedor tivesse mais uma vez envolvido seu coração.

— Eu fiz minha escolha.

34

ENRIQUE

A orelha de Enrique — ou o que um dia fora sua orelha — latejava de dor. Ele respirava lentamente pelo nariz, tentando ignorar a sensação úmida e escorregadia do sangue pingando por seu pescoço. Em vez disso, concentrava-se na fina lua na gruta de gelo. A cada segundo que passava, ela se estreitava.

Quase dez minutos se passaram e, ainda assim, Ruslan continuava a girar a faca. Abaixo deles, o piso de gelo compactado da gruta começou a se esfacelar. Fios de água escorriam pelas rachaduras. Enrique tentou falar, mas a mordaça áspera em sua boca permanecia firme. Cada parte de si gritava que aquele era o fim. Ele morreria ali, naquele lugar frio com cheiro de sal e metal, nada parecido com a terra ensolarada das Filipinas.

E era tudo culpa dele.

Que apropriado, pensou, através da névoa da dor, que Ruslan arrancasse sua orelha. Foi seu próprio desejo de ser ouvido que o levou a compartilhar a informação que condenou todos eles. Ruslan viu a fraqueza dentro dele e a transformou em uma arma.

Uma vez após outra, Enrique revivia o que Ruslan dissera quando os arrastou para a gruta. Ele havia prendido a mordaça, cantarolando para si mesmo. E então segurara o rosto de Enrique, pressionando sua testa contra a dele.

— Obrigado, meu amigo, por confiar em mim — dissera Ruslan. — Sabe, sempre pensei que estava destinado a encontrar *As Líricas Divinas*... mas agora acredito que precisava de você. E entendo de todo o coração que o que estou fazendo parece cruel... mas acho que você entende. É tudo a serviço do conhecimento, não é?

Um verdadeiro pesar brilhava em seus olhos.

— Eu gostaria que, na guerra, não houvesse necessidade de baixas — continuou ele. — Ainda assim, ninguém está verdadeiramente seguro. Quando o diabo travou guerra nos céus, até mesmo os anjos tiveram que cair.

Agora, o chão da gruta de gelo tremia mais uma vez. O leviatã estava aos poucos se libertando. Uma das amarras havia se soltado, e a outra — presa em uma guelra mecânica — tremia. Sua cauda chicoteou contra a parte inferior do chão, jogando Enrique para o lado. Sua visão embaçou por um momento, mas ele ouvia tudo.

— Primo — chamou Eva. — A gente devia levar essa conversa pra um cômodo diferente.

Ruslan bateu com o lado da faca contra a boca, depois fechou os olhos.

— Não — disse ele. — Estou esperando. Faltam dois minutos, Laila.

— Nós todos podemos *morrer* — argumentou Eva.

— Se a gente morrer aqui, em busca da divindade, então eu vou levar a lira divina para o fundo do lago. Posso viver com isso. — Ruslan questionou: — *Onde* está Séverin? Por que tá demorando tanto pra encontrá-lo?

Enrique esticou o pescoço. Conseguia sentir Zofia ao seu lado, quieta e firme. Estava em pé, ereta, os cabelos brilhando com intensidade como uma coroa. Seus olhos pareciam desfocados, vazios. A visão dela — tão *derrotada* — o tirou do torpor.

Mesmo que os minutos estivessem se esgotando, mesmo que ele sentisse o horror subindo pela garganta... tudo o que queria era um momento para falar com ela. Eles não podiam salvar o mundo. Não podiam salvar seus amigos. Não podiam salvar a si mesmos. Mas ele podia dizer a ela que estava orgulhoso de conhecê-la, orgulhoso de tê-la visto empunhar uma espada flamejante e montar às costas de um veado de gelo. E se pudesse apenas contar a ela todas as maneiras que sabia que tinham tentado... teria sido o suficiente.

— O último minuto se esgotou — suspirou Ruslan.

Enrique se enrijeceu, esperando que Ruslan arrancasse sua outra orelha ou, pior, sua vida. Ao lado, Zofia fechou os olhos. Enrique queria dizer a ela para não se preocupar, que tudo ficaria bem, para manter os olhos fechados. Ruslan deu mais um passo. Enrique se preparou. A dor em sua orelha não passava de uma pressão maçante. Ele aguentaria.

Mas então Ruslan se aproximou de Zofia. O mundo desacelerou. *Não. Não. Ela não.* Enrique se contorceu, tentando se soltar das amarras. Suas mãos presas o desequilibraram. Toda vez que tentava se endireitar, falhava e caía no gelo. Ele olhou para Zofia, rezando para que seus olhos continuassem fechados... mas estavam abertos. Abertos e fixos nele, e aquele olhar azul como o coração da chama de uma vela o queimava.

— Por favor, você tem que acreditar em mim! — gritou Laila.

— Acreditar? Eu tenho *tanta* crença, minha querida — disse Ruslan. — É por isso que não hesito no que faço.

Então acariciou a lateral da antiga lira, tentando dedilhar suas cordas desgastadas pela milésima vez.

Enrique queria gritar. Queria gritar tanto que, quando ouviu um som alto e ensurdecedor, pensou, por um instante, que tinha vindo do fundo de sua alma. Olhou para cima e viu que algo dentro do leviatã se moveu. Uma figura apareceu. Séverin.

Apesar de tudo... apesar de como alguma coisa se quebrou dentro dele ao saber que Séverin tinha destruído suas chances com os Ilustrados... Enrique sentiu alívio. Quando as coisas desmoronavam, Séverin as remendava. Quando não conseguiam enxergar o que tinham diante deles, Séverin ajustava o foco. Ele resolveria aquilo. Ele *precisava* resolver aquilo porque, não importa o quanto tivesse mudado... ele era o Séverin deles.

Séverin saiu da boca do leviatã, seu rosto sombrio, a mnemo-mariposa em sua lapela agitando as asas de vitrais. No momento em que seu pé tocou o gelo, o leviatã se libertou da última amarra e afundou nas ondas. A última coisa que Enrique viu foi a água azul lambendo o olho de vidro protuberante da criatura.

— Você pegou a pessoa errada — informou Séverin, encarando Ruslan.

— Pensei que você estivesse inconsciente em algum lugar — disse Ruslan, curioso. — De onde você veio?

— Das entranhas do diabo — respondeu Séverin.

Ruslan deu um passo para trás, afastando-se de Zofia, e a frequência cardíaca de Enrique se acalmou.

— Parece espaçoso — comentou Ruslan. — E muito intrigante, mas estou mais curioso sobre por que você acha que peguei a pessoa errada? Laila possui um *toque* diferente de qualquer outra pessoa. Tenho certeza de que você concordaria.

O rosto de Séverin ficou sombrio.

— Ela é uma descendente das Musas Perdidas...

— Não é, não — disse Séverin. — *Eu* sou.

Enrique ficou imóvel. O quê?

— *Você?* — Ruslan o encarou e começou a rir.

— O que você vê quando olha pra essa lira na sua mão, Ruslan? — perguntou Séverin. — Cordas de metal opacas? Porque eu não vejo isso. Vejo uma música esperando minhas mãos. Vejo o guia para um templo onde a lira deve ser tocada se você quiser seu verdadeiro poder. Do contrário, é só um objeto inútil para você.

Uma expressão faminta passou pelo rosto de Ruslan.

— Prove.

Séverin pegou o mnemo-inseto em sua lapela e enfiou a ponta afiada do alfinete na palma de sua mão. De canto de olho, Enrique viu Laila se esticar para a frente, os olhos arregalados em esperança. Ruslan estendeu a lira, e Séverin espalhou sua mão pelas cordas. Enrique prendeu a respiração. Por um momento, nada aconteceu. E, então, ele ouviu um som baixo. Não poderia dizer de onde vinha... algum recanto de sua alma ou uma curva de sua mente. Mas se alguma vez existiu uma Música das Esferas, um hino que movia corpos celestes, era *essa*. Um som como o vento de inverno movendo caramanchões de gelo nos galhos, a canção melancólica dos cisnes ao anoitecer, o gemido da terra girando. Ele sentiu a melodia atravessar seus ossos, expandir-se em seu coração... uma música tecida em um fio que percorria todo o seu ser.

Mas apenas por um instante.

Perto da parede, Laila soltou um grito e desabou para a frente. Quando ergueu a cabeça, sangue escorria de seu nariz. Ao redor deles, pedaços da parede se soltaram, caindo no gelo. Esculturas feitas de gelo, antes em movimento, agora estavam congeladas. Os púlpitos projetados passaram de brilhantes a opacos e sem vida. Tudo o que era Forjado estava falhando.

Enrique forçou seu olhar para a lira... as cordas antes opacas e metálicas brilhavam iridescentes. Pelo menos, ele pensou que era iridescência. Era um brilho como nunca vira. Algo entre um derramamento de óleo na superfície de um lago e o oceano sendo iluminado pelo sol.

— Incrível — exclamou Ruslan, inclinando a cabeça enquanto olhava para Séverin. — *Como?*

E então fez uma pausa.

— Sua mãe — continuou ele, baixinho. — A mulher da Argélia... Eu me lembro de contos sobre ela. E o nome dela... *Kahina*. Fico imaginando se o antigo patriarca da Casa Vanth sabia sobre o tesouro que conseguira contrabandear daquele país. — Ele sorriu e então olhou para a lira com ansiedade. — Bem, não nos deixe mais em suspense! Não mexa apenas numa corda, toque a coisa inteira!

Enrique se contorceu novamente no gelo, tentando chamar a atenção de Séverin. *Não! Não faça isso.*

— Por favor, Séverin... por favor — falou Laila, a voz falhando. — Eu preciso que você toque. Eu... eu tô morrendo...

— Eu sei — cortou-a Séverin.

O gelo em sua voz teria congelado a sala por completo.

Quando ele não disse mais nada, Laila recuou. Sua boca se abriu, e então fechou. Enrique observou o horror se instalando atrás de seus olhos, e queria dizer a ela... não. Não era isso. Ele queria que *Séverin* dissesse a ela que a lira destruía tudo o que era Forjado. Que havia uma razão por trás dessa dor.

— Por favor — clamou ela.

— Sim, *por favor*, Séverin — disse Ruslan, como uma criança. — Toque.

Séverin olhou para Laila com uma expressão completamente vazia e, então, se virou para Ruslan.

— Não.

Laila baixou a cabeça, seus cabelos fazendo uma cortina em seu rosto, e Enrique — mesmo enquanto um alívio o invadia — sentiu o coração doer.

— Eu não vou tocar aqui e arriscar minha própria chance de divindade — disse Séverin, com um sorriso cruel. — Você precisa de mim, então sugiro que siga minhas regras.

— *Toque* — insistiu Ruslan. — Ou... — Seu olhar deslizou para Enrique e Zofia. — Ou eu vou matá-los.

Os batimentos de Enrique ficaram irregulares. Se Séverin tocasse para eles, Laila morreria. Se não tocasse, os três morreriam. Mas, por mais que Enrique lutasse contra seus pensamentos, Séverin parecia tranquilo.

— Vou poupar você do trabalho.

Séverin se moveu com agilidade. Sua expressão era vazia e fria, e Enrique achou que nunca vira tanta determinação vazia nos olhos de alguém. Enrique lutou contra as amarras enquanto Séverin cruzava a sala, parando diante de Zofia. Ela recuou quando ele a segurou pela nuca. Algo vermelho brilhou na mão dele. E então, de forma inacreditável, a adaga de Séverin foi direto para o coração dela.

O coração de *Zofia*.

O mesmo coração que oferecia tanto sem ao menos hesitar. Um coração cheio de bravura. Cheio de fogo.

Enrique piscou. Só podia estar enganado. Talvez tivesse perdido tanto sangue que não conseguia enxergar direito... mas não. Séverin estava tão perto de Zofia que poderia estar sussurrando em seu ouvido. Não que a engenheira pudesse ver. Seus olhos se arregalaram, seu corpo se inclinando para a frente enquanto ficava completamente imóvel. As mãos de Séverin estavam tingidas de vermelho-cereja. Laila soltou um grito, exatamente quando Séverin se virou para ele com a mesma faca. Seus olhos não continham humanidade, mas algo mais antigo. Algo selvagem.

Séverin se aproximou. O coração de Enrique martelava tão alto em seus ouvidos que quase não percebeu que o outro estava falando. Quando finalmente o ouviu, não fez sentido.

— Eu queria que o meu amor fosse mais belo.

Eu não entendo, quis dizer Enrique.

Mas Séverin não lhe deu a chance.

35

LAILA

Laila não confiava em seu corpo.

Ele falhara ao não durar o suficiente. Falhara ao encher sua alma com as batidas de asas da falsa esperança. E, agora, falhara ao lhe mostrar algo que não podia ser real. A cada piscar de olhos, a cada batida de seu coração, o que ela via se tornava mais nítido, até não poder mais ignorar os próprios sentidos.

Séverin tinha matado Zofia.

Séverin caminhara até ela, sua postura inalterada, determinada. Ele olhou para Zofia, e Laila *desejou* não ter visto o rosto de sua amiga. Desejou não ter visto seus olhos azuis se arregalando, a esperança brilhando em seu olhar.

Quantas vezes eles já tinham passado por isso? Quantas vezes Séverin chegara no último momento... e os libertara?

A esperança se espremeu pelos vãos da lógica. Houve um momento — brilhante e suspenso — em que Séverin se inclinou como se fosse sussurrar no ouvido de Zofia, e Laila pensou que tudo ainda poderia ficar bem. Não conseguiu enxergar sua esperança pelo que era: nada mais do que uma serpente prateada.

— *Não!* — gritou.

Mas isso não mudou nada. Zofia desabou no chão ao lado de Enrique, que se contorcia e chutava, caído no gelo, quando Séverin se voltou para ele. E então o historiador também ficou imóvel.

Mortos.

Os dois estavam *mortos*.

E, por algum motivo, ela ainda estava ali. A sensação de que algo estava muito errado atravessou seu coração. Ela não deveria viver mais tempo que eles. Pensou em sua mãe no dia em que morreu. Durante dois dias antes de sua morte, Laila segurara a mão de sua mãe com tanta força que ficou convencida de que sua alma não seria capaz de encontrar o caminho para fora do corpo. Naquela época, o luto de seu pai se tornou uma terra de exílio. Uma que, talvez, ele nunca tenha deixado. Talvez tenha sido por isso que ele se ajoelhou à beira da cama de sua esposa quando pensou que a filha tinha adormecido. Talvez por isso ele tenha dito: *Eu continuo rezando para que a levem no seu lugar.*

Sua mãe o repreendeu por dizer tais coisas: *Eu nunca desejaria sofrer a dor de viver mais tempo do que aqueles que amo. Mesmo nisso, posso encontrar a bênção de Deus.*

Viver mais tempo do aqueles que ela amava.

Ela nunca considerara tal coisa uma maldição até aquele instante. Embora, quanto tempo essa existência ainda duraria, ela não sabia dizer.

Laila sempre quis que sua última visão fosse bela — e era. Ele era a escuridão em movimento, e era tudo o que ela podia ver. Séverin caminhou em sua direção, passando o polegar pelos lábios. Laila se concentrou naquela boca, a mesma que tinha dito verdades tão profundas e sussurrado seu nome como se fosse uma invocação destinada a salvá-lo. A mesma boca que acabara de condená-la à morte.

Estou morrendo...

Eu sei.

Tais palavras continham toda a inevitabilidade de uma lâmina de ataque. Ele sabia. Sabia e não se importava. Laila queria acreditar que havia sonhado todas aquelas últimas horas de ternura — o beijo, o sorriso, o corpo dele se enrolando ao redor do dela em meio ao sono. Mas então, espiando por cima da gola de sua camisa, Laila vislumbrou a evidência da noite anterior: uma mancha de seu batom. *Errado errado errado.* Como ela poderia ter se enganado tanto?

— Laila... — começou a falar Eva, parecendo desolada. — Eu nunca... eu pensei...

Laila a ignorou.

— Imagino que matar Laila também não fará você tocar a lira, não é mesmo? — perguntou Ruslan.

— Não — disse Séverin. — Ela vai morrer em breve, de qualquer maneira, e minha faca está muito escorregadia. Gostaria de começar a andar antes que escureça. Tenho certeza de que ainda temos um longo caminho a percorrer.

Ruslan assentiu. Ele pegou a lira no chão. As cordas ainda brilhavam com o sangue de Séverin, mas a luz nelas havia se apagado. Laila observou em silêncio. Seu corpo falhara mais uma vez, pois, embora pudesse parecer um membro das Musas Perdidas... isso também fora uma mentira.

— Adeus, Laila — disse Ruslan, acenando com tristeza. — Você pode não ser uma musa de verdade, mas viverá como inspiração para mim. — Ele mandou um beijo e então olhou para Eva. — Apague-a.

Horas depois, Laila acordou largada no gelo.

Ao lado, ela percebeu o movimento sutil de asas coloridas. Piscou, seus sentidos lentamente fluindo de volta enquanto via o que estava ao lado de sua cabeça: um mnemo-inseto e um único pingente de diamante do colar que Séverin lhe dera.

Laila levou a mão à garganta. O resto de seu colar havia desaparecido. Talvez Eva o tivesse levado, arrancado dela como um tipo de prêmio. Laila desejou que sua garganta não parecesse tão nua. Desejou não reconhecer o mnemo-inseto largado no gelo. Era o que estava no paletó de Séverin. Laila olhou para a coisa, a mão tremendo ao estender-se para pegá-la, mas se conteve. Este sempre fora o risco. Oferecer seu coração, apenas para ouvir que ele não era tão precioso quanto ela imaginara. A última coisa que queria era ver o momento em que Séverin também chegou a essa conclusão.

Do outro lado, Laila viu as formas caídas de Enrique e Zofia. Quase pareciam estar dormindo, se não fosse pelo vermelho se infiltrando no gelo sob seus corpos. E Hipnos... onde estava? O que Séverin tinha feito com ele? Laila apertou o dorso do nariz, sentindo-se enjoada. Quando olhava para eles, lembrava-se de todos os momentos que passaram no L'Éden. De cada instante que passaram ao seu lado na cozinha. Quando fechava os olhos, quase podia sentir o cheiro dessas lembranças, pão fresco e — inconfundível para seus sentidos cansados — o sabor de geleia de framboesa.

Foi esse cheiro, picante e doce, que a fez estender a mão para pegar a mnemo-mariposa. Suas asas coloridas queimavam com as recordações de Séverin. Laila segurou esse conhecimento por apenas alguns segundos. E então, em um movimento rápido, esmagou o dispositivo contra o chão. As imagens em suas asas se dissiparam como fumaça. Qualquer lembrança que o inseto continha se infiltrou no gelo e desapareceu, deixando Laila sozinha no gélido Palácio Adormecido. Ao seu redor, os candelabros de gelo tilintavam e o teto tremia, fazendo com que uma leve neve caísse no chão. E Laila pensou em Snegurochka. Desejava ser como ela, uma garota cujo coração poderia derreter e se desfazer no mesmo instante. Talvez, se fosse uma garota feita de neve, ela seria apenas uma poça d'água. Mas ela não era. Era ossos e pele, e, embora cada parte de seu corpo se sentisse quebrada, ela abraçou os joelhos como se isso pudesse mantê-la inteira.

36

SÉVERIN

Séverin Montagnet-Alarie sabia que havia apenas uma diferença entre monstros e deuses. Os dois inspiravam medo. Mas apenas um inspirava adoração.

Séverin empatizava com monstros. Enquanto caminhava sobre o gelo duro do lago Baikal, seu coração vibrando, seu corpo entorpecido... ele entendia que talvez os monstros fossem deuses mal compreendidos; divindades com planos grandiosos demais para os humanos; um fantasma do mal que se alimentava das raízes do bem.

Ele deveria saber. Afinal, era um monstro.

Ruslan e Eva o acompanhavam, um de cada lado. O som lento de passos atrás dele o lembrava de que não estavam sozinhos. A Esfinge da Casa Dažbog — *não, da Casa Caída*, corrigiu-se em silêncio — o seguia, lançando sombras reptilianas sobre o gelo. E isso sem mencionar os membros espalhados e escondidos por toda a Europa.

— Séverin, não tenho desejo algum de apressá-lo, considerando os eventos que acabaram de acontecer... — disse Ruslan, batendo contra o queixo o que restava do que um dia fora a mão do antigo patriarca da Casa Dažbog. — Mas... quando, exatamente, você planeja tocar a lira divina?

— Assim que estivermos no lugar certo — respondeu Séverin.

Nos recessos de sua mente, ele via como a sala começara a se desfazer... com o simples *toque* de seu sangue nas cordas. Ele se lembrou de Laila levantando o rosto ensanguentado, sua careta de dor. Séverin estava tão absorto em seus pensamentos que quase não ouviu Eva falar.

— Pensei que você os amasse — comentou Eva, em voz baixa; tão baixa que Ruslan, falando com a Esfinge, não a ouviu.

— E...? — perguntou.

— Eu... — disse Eva, antes de parar de falar.

Séverin sabia o que ela diria.

O que ele tinha feito não parecia amor.

Mas, de novo, o amor nem sempre usa uma face bonita.

UMA HORA ANTES...

— Eu fiz minha escolha — informou Séverin.

— E...? — perguntou a matriarca.

— E não gosto de nenhuma das opções — disse Séverin, virando-se em direção à entrada do leviatã, de volta à gruta de gelo. — Então, vou criar uma terceira.

— E como isso vai funcionar? — quis saber a matriarca. — Você vai se entregar a eles, e então o quê? Vai deixar que se tornem deuses e devastem o mundo?

— Vou dar um jeito — garantiu Séverin.

Delphine o agarrou pela manga, e ele balançou o braço para se libertar.

— Se subir lá, o leviatã pode não aguentar! — disse ela. — Pode desmoronar debaixo de você, e então o quê?

Então, a recompensa continua sendo maior do que o risco, pensou Séverin, mesmo sem dizer nada. Ruslan só dera dez minutos a Laila. O tempo deles já estava se esgotando.

— Espere — pediu a matriarca.

Algo em sua voz o fez parar.

— Eu sei para onde a lira vai te levar — revelou ela. — A um templo muito longe daqui... Pode ser que ainda existam antigas rotas de Tezcat que levem até lá, mas eu não sei onde estão. Tudo o que sei é que a localização desse templo ativa essa lira. Quando seu verdadeiro poder estiver pronto, todos os Fragmentos de Babel do mundo correm o risco de serem arrancados da terra e unidos mais uma vez. Era isso o que a Casa Caída sempre quis... poder reconstruir a Torre de Babel, subir até o topo e reivindicar o poder de Deus para si mesmos.

Séverin não se virou.

— Como você sabe disso? — perguntou.

Delphine fez uma pausa e depois expirou. Foi um som cheio de alívio, como se enfim tivesse se livrado do peso desse segredo.

— Sua mãe me contou — admitiu. — Sua mãe queria ter certeza de que eu seria capaz de te proteger e que, se fosse necessário, você saberia do segredo que ela carregava consigo.

Sua mãe. Todo esse tempo, Kahina e Delphine sabiam que o custo de o proteger significava machucá-lo. E, pela primeira vez, ele sentiu que finalmente podia *entender* as escolhas que Tristan fizera.

Por muito tempo, Séverin se perguntara se os... hábitos... de Tristan teriam se voltado contra eles. E se esses hábitos fossem a versão dele de misericórdia? Todos aqueles demônios na garganta de Tristan, pressionando sua mão, distorcendo seus pensamentos. E se isso significasse que tudo o que ele podia fazer era deslocar seu horror para algo além *deles*?

O amor de Tristan tinha vestido a face do horror.

O amor de Delphine tinha vestido a face do ódio.

O amor de Kahina tinha vestido a face do silêncio.

Mal ele pensara nisso e sentiu a pressão da lâmina de seu irmão contra seu peito. A faca era tudo o que lhe restava de Tristan. Desde que ele morrera, Séverin mantinha a faca por perto, como um fantasma que não podia ir embora, mas agora a via como algo mais... um presente. Uma bênção final. O que ele faria a seguir não era menos monstruoso do que as ações de Tristan... mas era sua própria versão de amor. Séverin tocou em seu mnemo-inseto e respirou fundo. Pela primeira vez em um bom tempo, não sentiu mais o cheiro de rosas mortas, mas sim o frescor da neve recém-caída, o aroma de um novo começo.

— Seja o que for que minha m... — Séverin parou; sua boca ainda não conseguia formar a palavra. Engoliu em seco. — Seja lá o que Kahina tenha dito sobre as coordenadas do templo, eu preciso que você conte a Hipnos, para que possamos chegar lá antes de Ruslan. Mas, por ora, tenho que ir até a gruta.

— O leviatã não vai aguentar — retrucou Delphine. — Logo, a amarra vai se romper, e eu preciso tirar a gente dessa máquina nos próximos minutos! Você pode não chegar ao topo e, se afundar junto com a máquina, vai se afogar.

— Então eu preciso me mexer logo — disse Séverin, indo em direção a Hipnos.

Do bolso de seu casaco, Séverin tirou a faca de Tristan. Ele a virou na palma da mão, traçando a veia translúcida na lâmina onde o veneno de Golias brilhava à meia-luz. Um corte deste lado da lâmina não era diferente da paralisia Forjada em sangue que afligia a Ordem de Babel. Por algumas horas, poderia até mesmo fazer os vivos parecerem mortos. Na outra mão, Séverin analisou a geleia de framboesa e cereja que tanto se parecia com sangue. Seu plano se cristalizou. O cabo da faca de Tristan parecia quente e reconfortante na palma de sua mão, e Séverin se perguntou se o irmão estava tentando lhe mostrar que tinham muito mais em comum do que imaginavam.

Séverin se ajoelhou ao lado de Hipnos e o sacudiu para acordá-lo. O rapaz bocejou, olhou para cima e, aos poucos, percebeu onde estava. Ele se ergueu rapidamente, recuando e se apoiando nos cotovelos.

— O qu... o que tá acontecendo?

— Você confia em mim? — perguntou Séverin.

Hipnos fez uma careta.

— Desde já eu odeio essa conversa.

— Não precisa participar, então — disse Séverin. — Só presta atenção...

Cinco minutos depois, Séverin subiu as escadas. Ouviu a voz de Ruslan, o estalo do gelo conforme o leviatã oscilava de um lado para o outro, batendo contra o lado inferior da gruta. Ele segurou o corrimão para se manter estável. A cada respiração, inalava o terrível odor metálico do ventre do leviatã e repetia seu plano inúmeras vezes na cabeça.

Àquela altura, ele esperava que Delphine e Hipnos estivessem seguros dentro da cápsula, esperando nas águas. Perto do topo das escadas, ele respirou fundo...

Estava prestes a sair quando ouviu uma voz lhe chamar.

Séverin se virou rapidamente, chocado ao ver Delphine a poucos passos atrás dele. Estava sem fôlego. Em uma de suas mãos, ela segurava seu grande casaco preto. E, sob o braço, carregava uma corda enrolada e um único capacete das Rajadas de Shu.

— Você esqueceu isso — disse ela, empurrando o casaco em suas mãos. — E está muito frio.

Ele a encarou atordoado, mas rapidamente se recuperou.

— O que você pensa que tá fazendo? Se não sair logo, você vai...

Delphine acenou com a mão de forma displicente e então empurrou as Rajadas de Shu em suas mãos.

— Eu sei. Eu não podia arriscar que algo acontecesse com você. Fiz uma promessa de mantê-lo seguro, e pretendo cumpri-la. Se eu ficar na cápsula, sei que o leviatã não vai encalhar.

Séverin a encarou. Sem as Rajadas de Shu... ela morreria. Ela ia morrer. Por *eles*.

— Por quê? Por que não voltar correndo? Ir para a gruta?

Para mim, ele não conseguiu dizer em voz alta.

O sorriso de Delphine era cansado, caloroso e completamente exasperado. Era uma expressão que cutucava algo atrás de seu peito. Era a expressão que se lembrava dela fazendo quando ele aprontava uma e era pego no pulo. Uma expressão que dizia que ela o amaria não importa o que fizesse.

— E arriscar Hipnos? Arriscar deixá-los para descobrir tudo o que eu realmente sei e poderia ter te contado? Não, Séverin. Eu não pude te dar mais tempo antes... mas agora posso — disse. — Agora vá.

— Não me deixe — disse ele, as palavras pareciam inacabadas em sua língua.

Não me deixe, de novo.

Delphine o beijou com ferocidade em ambas as bochechas. Lágrimas brilhavam em seus olhos, e sua voz falhou.

— O amor nem sempre veste a face que desejamos — respondeu. — Eu queria que meu amor fosse mais bonito. Eu queria... queria que tivéssemos mais tempo.

Ela segurou suas mãos entre as dela e, por um momento, Séverin era criança novamente, confiando nela o suficiente para fechar os olhos quando segurava sua mão... tendo certeza de que ela sempre o manteria seguro.

— *Tante...* — disse, se engasgando.

— Eu sei, filho — respondeu ela, acalmando-o. — Eu sei.

Então ela o empurrou na direção da boca do leviatã, voltando correndo pelas escadas sem dar nem mais um olhar. Séverin a viu desaparecer, a tristeza se contorcendo em seu interior. Ele se obrigou a sair do leviatã. Embora a luz refletida no gelo brilhasse forte e cegante, as formas de Laila, Zofia e Enrique eram inconfundíveis. O mundo se movia em um ritmo implacável, e tudo o que ele conseguia captar eram as últimas palavras de Delphine. Ele as virou e revirou em seu coração.

Delphine tinha razão.

O amor nem sempre veste a face que desejamos.

Às vezes, parecia absolutamente monstruoso.

Algo dentro de Séverin relaxou, aliviado. Ele tocou a mnemo-mariposa em seu paletó, sentindo o leve movimento das asas, o verdadeiro segredo de tudo o que ele planejava aninhado em suas asas. Ao redor, o leviatã começou a se debater. E Séverin abaixou a cabeça, as mãos cerradas em punhos por conta do que sabia que precisava fazer.

Séverin mal se lembrava do que dissera a Ruslan. Estava nervoso demais para que o outro homem não enxergasse através de suas falsidades e descobrisse a verdade do que ele estava fazendo, para que não visse o pote de geleia de framboesa e cereja guardado no bolso ou a adaga paralisante de Tristan. Enrique e Zofia talvez não gostassem da ideia. Mas, quando acordassem, entenderiam.

Voltar-se para Laila, no entanto, era mais difícil.

Ela não entenderia que ele estava fazendo o melhor para salvá-la. Se pudessem encontrar o templo... se pudessem agarrar o poder de Deus para si mesmos, então não importaria que a lira divina pudesse matá-la. Pois *ele* poderia salvá-la.

Lembre-se do que você significa para mim, pensou Séverin, enquanto ignorava os apelos de Laila e se afastava dela, a arma de sua destruição guardada sob o braço. *Lembre-se de que sou seu Majnun.*

Ele assistiu quando o toque de Forja de sangue de Eva obrigou Laila a tombar no chão. Viu os cabelos pretos dela se espalharem ao redor e murmurou uma desculpa sobre precisar recuperar algo que lhe pertencia... mas não foi isso o que fez. Ele se ajoelhou ao lado dela. Uma última vez, memorizou a poesia de seu rosto, o comprimento de seus cílios, a marca ardente de sua presença no mundo. Deslizou sua mnemo-mariposa e todas as suas verdades para dentro da manga dela. E, por fim, pegou seu colar de diamantes, deixando para trás um único pingente para que, quando chegasse a hora, ela pudesse chamá-lo das trevas.

Enquanto se afastava da gruta, Séverin pensava em Delphine. Ela tinha razão. O amor poderia parecer monstruoso. Mas, se eles encontrassem a força para acreditar nele mais uma vez... veriam além da miragem. Entenderiam que ele ainda poderia cumprir sua promessa. Que ainda poderia protegê-los.

Entenderiam que ele não era um monstro, mas um deus não formado, cujo plano seria decifrado em breve.

EPÍLOGO

Hipnos conduzia a pequena cápsula, esperando sob as águas do lago Baikal antes de agir.

Não conseguia se obrigar a olhar para o fundo do lago, onde jazia a forma curvada e amassada do leviatã. E onde, agora, também jazia a matriarca.

Seus olhos arderam com lágrimas, mas ele manteve a mão firme no volante.

— Meu sobrinho é o próximo, sabe, e não vou permitir que nenhuma de suas bobagens o afetem. — Delphine havia dito a ele, repreendendo e menosprezando-o até o último segundo.

Com "próximo", ela se referia a *herdeiro*. Hipnos se obrigou a fazer uma piada e sorrir.

— E daí?

— E ele é um *santo* — rebatera Delphine. — Então seja gentil com ele.

Hipnos reunira toda a sua força para não chorar. Pelo menos, poderia fazê-la rir...

— Ah, ótimo, eu gosto de santos — dissera ele, mesmo que sua voz tremesse. — Eles estão acostumados a ficar de joelhos.

Delphine dera um tapa em seu braço, e ele interpretou aquilo como um abraço, pois ela apenas se inclinou quando ele a beijou em ambas as bochechas.

— Você é terrível — dissera ela, com carinho.

— *Je t'aime aussi.*

Naquele momento, Hipnos pensava nisso, seu coração afundando. Ele queria estar lá quando Enrique e Zofia acordassem. Queria estar lá para Laila, que provavelmente o esperava agora que tinha lido a mnemo-mariposa e entendido o que Séverin fizera. Mas ele teria de esperar o momento certo para agir e atravessar o pequeno círculo de água na gruta de gelo. Então fechou os olhos, lembrando-se de seus últimos momentos com Séverin.

— *Ainda* quero ir com você — dissera.

Séverin tinha recusado.

— Mas por quê? — começara a dizer Hipnos, quando Séverin agarrou suas mãos em um aperto de ferro.

— Porque *eu te protejo* — respondera ele. — Tá me entendendo?

Hipnos sentiu as palavras passarem por seu corpo, como uma oração respondida. Sim, pensou. Sim, ele entendia. Em seguida, pressionou a mão no bolso do casaco. Lá estavam as coordenadas do templo... o lugar que poderia erguer os Fragmentos de Babel da terra e mudar o mundo como o conheciam. Ele achava que podia sentir o peso desse conhecimento, como algo tomando seu tempo para despertar, a mera consequência de possuí-lo já enviando efeitos ondulantes pelo universo.

Em breve, Hipnos estaria com eles. Em breve, eles correriam pelo mundo.

Mas, pelos próximos dois minutos, não tinha outra escolha a não ser esperar.

AGRADECIMENTOS

Dois mil e dezenove foi um dos melhores, mais vívidos e desafiadores anos da minha vida. Um casamento dos sonhos! Dois lançamentos de livros em quatro meses! Turnê! Viagens! EMPACOTAR TUDO E SE MUDAR! Tentativas de subornar um gato *furioso* com todas essas mudanças, além da ausência dele no casamento!

Foi muita coisa, e eu não mudaria por nada no mundo. Sou muitíssimo grata às pessoas que tiraram este livro do lodo, me instigaram a continuar, me deram tapas metafóricos na cabeça quando precisei e leram rascunho após rascunho após rascunho.

Primeiro, ao meu marido (!!), Aman. Muito obrigada por se casar comigo. Você tem o melhor rosto e a melhor alma, e tenho um orgulho ridículo de ser sua esposa e cotutora de gato.

Obrigada a Lyra Selene, um sonho literal em forma de parceira de crítica; Renee Ahdieh, a *nuna* que eu não pedi, mas da qual sempre precisei; Sarah Lemon, a feiticeira das palavras e detentora de empatia infinita; J. J. Jones, que atua como um oráculo que nos faz voltar à realidade; Ryan Graudin, companheira *meeper* e bruxa das palavras. Agradeço também aos amigos que sempre foram tão generosos com tempo, sabedoria e experiência: Shannon

Messenger, Stephanie Garber, Jen Cervantes. Agradeço também a Holly Black. Se eu pudesse dizer para minha versão de doze anos que sua escritora favorita um dia conversaria com ela por telefone e a ajudaria a criar e fortalecer um livro que era mais advérbio do que ação, eu teria comido meu chapéu. Felizmente, não posso viajar no tempo e não tenho chapéus (por esse motivo específico? É provável que não). Um abraço gigante e obrigada a Noa Wheeler, que me ajudou a ser uma escritora melhor a cada crítica e que sempre me guia com calma para fora de labirintos complicados de enredo.

À minha família na Agência Literária Sandra Dijkstra, obrigada por apoiar meu trabalho e sempre estar ao meu lado. Para Thao, agente extraordinária, a cada ano que passa fico mais grata por fazer parte da #EquipeThao. À Andrea, obrigada pelos passaportes de livro e mensagens que alegram meu dia! À Jennifer Kim, obrigada por sua paciência e atenção.

Sou grata à equipe de vendas, editorial, áudio, produção, LITERALMENTE A TODOS da Wednesday Books. Eileen, pela visão aguçada, apoio inestimável e por me guiar enquanto navego pelas profundezas obscuras da redação; DJ, por conversas sobre escrita e aventuras na publicação e nos aeroportos de Portland tocando "A Thousand Years" enquanto perdemos totalmente a calma; Jess, você não só tem um gosto musical requintado (NÓS AMAMOS VOCÊ J. COLE), mas também é uma editora incrível, e é um sonho ver essa história em todos os lugares. A Tiffany, Natalie, Dana e todos os que tocaram neste livro de qualquer forma, obrigada, obrigada, obrigada. Obrigada a Christa Desir por editar este livro de forma calorosa e afiada. Um enorme obrigada à minha assistente super-humana, Sarah Simpson-Weiss, que sustenta meu cérebro e torna todas as coisas possíveis. Obrigada a Kristin Dwyer por ser um membro de equipe incrível e por todo o humor e orientação.

Aos meus amigos maravilhosos que tornam a realidade mais fantasiosa do que a fantasia, obrigada. Eu não poderia fazer isso sem vocês. Mil abraços para Niv, minha artista favorita, que ouve todas as minhas histórias desde a infância literal; a Cara-Joy, que provavelmente poderia dizer ao sol que ele está fora de horário, fazendo-o reverter, a seu pedido, seu curso; à Marta, a brilhante personificação humana de um cobertor quente e fofo; e à Bismah, que nunca confirmou nem negou seu status de espiã, mas sempre está ao meu lado, não importa o quê. Amo vocês.

Às minhas famílias, amo todos vocês com todo o meu coração. Obrigada por estarem sempre presentes, sempre encorajando e sempre esquecendo, de modo conveniente, as reviravoltas do enredo que menciono para que eu possa me sentir inteligente quando conto a história para vocês pela milésima vez. Para Pog: o porquinho mais brilhante de todos e detentor de anedotas históricas variadas e encantadoras. Para Cookie: que come minha comida e rouba minhas roupas e, em troca, oferece conselhos excepcionais, risadas e calor. Para Rat: que também come minha comida e rouba minhas roupas e, em troca, oferece amor e cuidados dentários gratuitos (obrigada e tchau!). Para mamãe e papai, obrigada por se gabarem de mim no Facebook e contarem aleatoriamente para estranhos sobre sua filha que passa o dia trabalhando de pijama. Eu não conseguiria fazer isso sem vocês, e não gostaria de fazer de outra forma! Para Mocha e Pug, vocês têm sido como família por muito tempo, mas estou feliz que agora seja oficial. Para Ba, Dadda e Lalani, os avós mais apoiadores e amorosos do mundo. Para minha Ba, em especial, pois eu não seria uma contadora de histórias sem você.

Um agradecimento enorme aos meus leitores que têm estado comigo nessa jornada desde 2016. Vocês são incríveis e não têm ideia de quanto me inspiram todos os dias. Obrigada, sempre, por amarem esses personagens tanto quanto eu.

E, por último, para Panda e Teddy, que não podem ler nem escrever, mas cuja presença peluda de alguma forma torna todas as coisas mais fáceis.

Primeira edição (março/2024)
Papel de miolo Ivory Slim 65g
Tipografias Alegreya e Aphasia
Gráfica LIS